FICA ENTRE NÓS

Sophie Gonzales
Cale Dietrich

Fica entre nós

Tradução
VITOR MARTINS

SEGUINTE

Copyright do texto © 2022 by Sophie Gonzales e Cale Dietrich

O selo Seguinte pertence à Editora Schwarcz S.A.

Grafia atualizada segundo o Acordo Ortográfico da Língua Portuguesa de 1990, que entrou em vigor no Brasil em 2009.

TÍTULO ORIGINAL If This Gets Out
CAPA Ale Kalko
ILUSTRAÇÃO E LETTERING DE CAPA Helder Oliveira
PREPARAÇÃO João Pedroso
REVISÃO Adriana Bairrada e Luciane H. Gomide

Dados Internacionais de Catalogação na Publicação (CIP)
(Câmara Brasileira do Livro, SP, Brasil)

    Fica entre nós / Sophie Gonzales, Cale Dietrich; tradução Vitor Martins. — 1ª ed. — São Paulo: Seguinte, 2022.

    Título original: If This Gets Out.
    ISBN 978-85-5534-203-5

    1. Ficção australiana I. Dietrich, Cale. II. Título.

22-102648   CDD-A823

Índice para catálogo sistemático:
1. Ficção: Literatura australiana A823

Eliete Marques da Silva — Bibliotecária — CRB-8/9380

3ª reimpressão

Todos os direitos desta edição reservados à
EDITORA SCHWARCZ S.A.
Rua Bandeira Paulista, 702, cj. 32
04532-002 — São Paulo — SP
Telefone: (11) 3707-3500
www.seguinte.com.br
contato@seguinte.com.br

Para Cameron Steinert e Shaye Dietrich

UM
RUBEN

Quase despencar para a morte em um estádio cheio de gente gritando é um alerta, em meio a outros infinitos alertas recentes, de que preciso dormir mais.

Estamos no meio do último show da turnê norte-americana de *Months by Years* quando acontece. Estou a uns quatro metros e meio acima do palco, numa plataforma suspensa e iluminada que parece o horizonte de uma cidade. Chega a hora de nos abaixarmos graciosamente e sentarmos na beirada, murmurando o início da última música, "His, Yours, Ours", mas em vez de dar uma abaixadinha elegante, dou um passo em falso, tento me equilibrar e caio para fora.

Antes que eu despenque lá embaixo, alguém me segura pelo ombro. É Zach Knight, um dos outros três integrantes da Saturday. Ele arregala um pouquinho os olhos castanhos, mas, tirando isso, age como se não fosse nada. *Tudo certo por aqui.*

Não posso me dar ao luxo de parar para agradecê-lo, porque estamos cercados pela fumaça de gelo-seco no palco — que está ali para parecer ou as nuvens ou a poluição de uma cidade, nunca entendi direito — e os primeiros acordes da música já começaram. Zach mantém a mão no meu ombro enquanto canta, como se fosse tudo parte da coreografia, e eu me inclino para manter uma pose desequilibrada, totalmente sob controle. Pelo menos por fora.

Depois de vinte e sete shows e meio, um atrás do outro só este ano, não é exatamente a primeira vez que um de nós precisa acobertar um tropeço ou erro na coreografia. Por outro lado, é, *sim,* a primeira vez que um desses erros quase causa uma queda de quatro metros de altura, e meu coração nunca deve ter batido tão forte assim, mas o show tem que continuar.

Afinal, a verdade é que não estamos *dando* um show; nós *somos* o show. E o show não pode parar por dois minutos para se recompor depois de quase quebrar o pescoço.

O show é suave, controlado e faz tudo de propósito.

Quando Zach termina de cantar sua parte, dá um apertãozinho no meu ombro — o único tipo de atenção que dará para aquela situação no momento — e então baixa a mão quando Jon Braxton começa seu verso. Jon sempre tem mais solos. Acho que é isso que acontece quando seu pai é o empresário da banda. Não temos um líder, por assim dizer, mas, se tivéssemos, seria Jon. Pelo menos aos olhos do público.

Quando Jon termina e chega a minha vez de cantar a ponte da música, já consegui controlar um pouco a respiração. Não que faça diferença — em todas as músicas, sem exceção, recebo os solos mais simples, sem nenhuma nota alta. Sendo bem sincero, eu daria conta do recado até com uma meia enfiada na boca. Eles não estão nem aí se tenho o maior alcance vocal dos quatro. Por motivos que nunca se deram ao trabalho de me explicar, preferem que eu seja mais suave. "Eles" são nossa equipe de gerenciamento e, de certa forma, nossa gravadora — agência Chorus e Galactic Records.

E Deus me livre tentar forçar essas limitações com um vocal diferente ou uma mudança de tom. Devemos soar exatamente como no álbum. De forma planejada, enlatada e impecável.

Ainda assim, com vocais inibidos ou não, o público parece explodir de energia quando canto — os flashes espalhados pelo mar de gente ficam mais frenéticos, os bastões de luz se balançam com mais força, e as centenas de cartazes dizendo RUBEN MONTEZ, CASA COMIGO se erguem mais alto. Tenho certeza de que é apenas minha percepção, mas quando canto sozinho tudo se encaixa no lugar. Só eu e a multidão, vibrando exatamente na mesma frequência.

Por mim, eu ficaria nesse momento para sempre, cantando o mesmo verso simples sem parar, ouvindo os mesmos gritos, vendo os mesmos cartazes, e a eternidade não passaria de um instante.

Então Angel Phan começa o verso que precede o refrão com seu tom rouco e ofegante, o instrumental abaixa até se tornar um sussurro e o palco mergulha na escuridão. Como fizemos dezenas de outras vezes, levantamos ao mesmo tempo e cada um para em um X que brilha no escuro, conforme a plataforma da cidade se abaixa até chegar ao palco. Assim que dou um passo para fora e volto à superfície firme, consigo relaxar.

É tudo muito rápido. De repente, lasers atravessam a escuridão quando começa o instrumental do refrão, com um ritmo mais animado. As luzes se acendem e, com o público intercalado em fileiras fluorescentes verdes e azuis, partimos para o refrão ainda em êxtase. Para nosso azar, a música final tem a coreografia mais desafiadora da noite, com movimentos de hip-hop que devemos acertar milimetricamente sem perder a harmonia. Antes de a turnê começar, eu já estava em forma e, ainda assim, precisei correr na esteira cantando durante duas semanas ano passado para meus pulmões darem conta.

Mas fazemos parecer fácil. Nos conhecemos como ninguém. Mesmo sem olhar para eles, sei o que todos estão fazendo.

Zach está com a cara séria — mesmo depois de todos esses anos ele ainda fica nervoso durante coreografias mais intensas, e imediatamente liga o modo concentração.

Jon passa metade do refrão de olhos fechados — o pai vive brigando por isso, mas ele não consegue evitar se perder na emoção do momento.

Aposto qualquer coisa que Angel está devorando o público com o olhar, adicionando alguns movimentos pélvicos e chutes no final de cada passo, mesmo sabendo que não pode. Valeria, nossa coreógrafa, sempre chama sua atenção por causa disso nas nossas reuniões pós-show.

"Você acaba chamando atenção demais", ela sempre diz.

Mas todos sabemos o verdadeiro problema: nossa equipe passou dois anos o vendendo como o cara imaculado e inocente que as garotas gostariam de apresentar para os pais quando, na verdade, ele é o exato oposto.

Depois do refrão, mudamos de posição e dou uma espiada em Zach. Seu cabelo castanho está grudado na testa por causa do suor. Nós dois estamos de jaqueta, eu com uma esportiva, e ele com uma de couro. Mas vou te contar: com os holofotes sobre nós, a fumaça que infesta o ar e o calor humano do público aglomerado no estádio fechado, a temperatura chega a pelo menos uns quarenta graus. É um milagre que, com tantos acidentes no palco, ninguém tenha desmaiado de calor ainda.

Zach nota meu olhar, dá um pequeno sorriso e volta para o público. Percebo que estou encarando e afasto os olhos depressa. Em minha defesa, nossa cabeleireira e maquiadora, Penny, uma mulher curvilínea de vinte e poucos anos, deixou o cabelo dele crescer para esta turnê, e está com aquele comprimento feito para exalar sensualidade quando fica molhado de suor. Não estou notando nada que o público já não tenha notado. Na verdade, o único que parece não notar como Zach está lindo é o próprio Zach.

Esvazio a mente e deixo a música me controlar no piloto automático, girando, pisando e pulando numa dança que meu corpo já sabe de cor. A música termina, as luzes ganham uma coloração laranja e amarela, e congelamos, ofegantes, enquanto o público levanta. Zach aproveita a oportunidade para tirar o cabelo encharcado da testa e jogar a cabeça para trás, revelando o pescoço.

Merda. Estou encarando de novo.

Me forço a focar em Jon, que vai até o centro do palco e orienta o público a agradecer aos músicos, ao time de segurança e à equipe de luz e som. Daí vem um *Muito obrigado, Orlando, nós somos a Saturday, boa noite!* enquanto acenamos ao som de aplausos tão altos que chegam a ficar inaudíveis, e saímos correndo do palco.

E é isso. A parte norte-americana da turnê *Months by Years* acaba num piscar de olhos.

Erin, uma mulher alta, roliça e de cabelos longos e ruivos, que deve ter uns quarenta e poucos anos, nos encontra na saída do palco, e vamos todos aos bastidores.

— Parabéns, meninos! — diz ela com a voz estrondosa, erguendo a mão para nos cumprimentar um por um. — Estou tão orgulhosa de vocês! *Acabou!*

Como gerente da turnê, Erin é meio que a substituta dos nossos pais ausentes quando estamos na estrada. Ela é responsável pelas nossas agendas e regras, por nos disciplinar e parabenizar, lembrar dos aniversários e alergias, e garantir que estaremos no lugar certo o dia todo, todo dia.

Gosto da Erin como pessoa mas, assim como todos os funcionários da agência Chorus, nunca abaixo a guarda completamente quando estou com ela. A Chorus pode ser a equipe que vende, promove e organiza nossa banda, mas também é a equipe que nos moldou para o que somos hoje. E que controla rigorosamente com quem conversamos, o que falamos e quais liberdades temos.

No que diz respeito à liberdade, não temos muita. Então, tento não dar motivos para que eles a limitem ainda mais.

É o que todos fazemos.

Zach caminha ao meu lado enquanto passamos por várias pessoas da equipe. Seu cabelo está solto novamente e as ondas rebeldes balançam sobre a testa ainda suada.

— Você está bem? — pergunta ele num sussurro.

Minhas bochechas esquentam. Esqueci que tinha escorregado.

— Sim, tudo bem. Acho que ninguém reparou — sussurro de volta.

— E daí se alguém reparou? Quero saber se você está bem.

— *Sim*. Deixa isso pra lá.

— Por que ele não estaria bem? — pergunta Angel, se enfiando entre nós dois e jogando os braços sobre nossos ombros.

Levando em conta que Angel é uns trinta centímetros mais baixo que eu, e que Zach mede mais de um e oitenta, não é uma tarefa fácil.

— Acabou. Vamos pra casa *amanhã*!

— Por quatro dias — diz Jon ironicamente enquanto acompanha nossos passos.

— Noooossa, valeu mesmo, Capitão Obviedade! Eu sei contar — responde Angel, se esquivando de Jon. — Primeiro, quero muito descansar, mesmo que seja só por quatro dias. E segundo, durante esses quatro dias, vai acontecer o maior evento da vida de vocês.

— Ah, agora sua festa de aniversário é maior que o Grammy? — pergunto.

— E o Billboard Music Awards? — continua Zach, dando um sorrisinho para mim.

— Maior que os dois — responde Angel. — Vai ter pavões na festa.

Jon solta uma gargalhada, mas tira o sorriso do rosto quando Angel o fuzila com o olhar.

— Ainda dá tempo de *desconvidar* vocês — diz Angel.

— Não, por favor, não posso perder os *pavões*.

Jon vira, começa a andar de costas e bate palmas para Angel.

— Pega. Leve. Braxton.

Chegamos aos camarins, onde nossa equipe nos espera para trocarmos de roupa. Ao redor, há quatro araras portáteis, e enquanto nos despimos em modo automático, as roupas são marcadas e organizadas em cabides para serem lavadas a seco. É trabalho deles manter a ordem das dezenas e mais dezenas de figurinos, quem veste o quê e quando. A equipe faz o trabalho parecer fácil e impecável, assim como fazemos com o nosso, mas não invejo a dor de cabeça deles.

Como cresci me apresentando em teatros musicais, estou acostumado a tirar a roupa depois de um show. A diferença aqui, enquanto estamos em turnê, é que tiramos um figurino para vestir outro: não podemos nos vestir por conta própria enquanto houver uma câmera na nossa frente. A Chorus decidiu nossos papéis anos atrás. Quando nossos estilistas não estão fazendo malabarismo para combinar o visual de cada show, estão organizando e comprando roupas casuais para manter nossa marca registrada aonde quer que tenhamos que ir a trabalho. E estamos sempre trabalhando.

Essencialmente, nossas roupas — nossas fantasias — contam a história das nossas personalidades. Mas não quem somos de verdade.

Zach é basicamente um bad boy: jaqueta de couro, botas, jeans rasgados e o máximo de preto possível. Angel é o bobão divertido e inocente, o que significa muitas cores e estampas, e nada justo nas coxas e nem de longe sexy — para desgosto dele. Jon é o conquistador carismático, então a regra de ouro é *mostre esses músculos nem que sua vida dependa disso*.

Quanto a mim, sou o inofensivo com rosto bonitinho, acessível, responsável e esquecível. A maior parte do meu guarda-roupa é cheia de suéteres de caxemira com gola redonda em tons neutros e quentes, feitos para me fazer parecer fofo e abraçável. E, claro, não faz sentido parecer responsável e esquecível se não for para agir como tal, então, minhas regras são claras: nada de mencionar minha sexualidade em entrevistas, nada de me mostrar demais no palco, nada de ter muita opinião e, *definitivamente*, nenhum namorado público. Sou a tela em branco em que os fãs podem pintar a personalidade que quiserem. A carta curinga para aqueles com preferências que não batem com os outros três.

O oposto de tudo que fui criado para ser.

Por mais produzidos que sejamos, a parte interessante é como nossos fãs mais devotos conseguem ver além. Aqueles que assistem e consomem tudo que envolve nós quatro. Já vi descrições da nossa personalidade muito mais próximas da realidade — se referindo ao Zach como sensível e doce, e ao Jon como determinado e cauteloso. Um Angel inconsequente e hilário, e eu perfeccionista e muito sarcástico. Já vi discussões entre fãs na internet, em que os dois lados afirmam saber que nos conhecem *de verdade*. Nenhum deles nos conhece de verdade, é claro, porque não nos *conhecem* de forma alguma, não importa o quanto tentem. Mas alguns nos veem com mais clareza. Nos veem e ficam com a gente. Nos *veem* e, mesmo assim, parecem gostar de nós muito mais que os outros.

Vai entender.

Erin está navegando no iPad enquanto nos trocamos; uma âncora firme no meio desse caos organizado.

— Quando todos estiverem prontos, quero conversar com vocês sobre a semana que vem — diz ela. Resmungamos ao mesmo tempo, e Zach inicia uma competição comigo para ver quem resmunga mais alto. Não conseguimos decidir um vencedor, porque Erin nos cala antes de chegarmos ao volume máximo. — *Eu sei*, eu sei. Vocês estão cansados e...

— A gente virou um bando de zumbi — corrige Angel, antes de abrir a tampa de uma garrafa de água com os dentes.

— É, Ruben quase *desmaiou* — comenta Zach, e chuto a canela dele enquanto Erin olha diretamente para mim.

— Não desmaiei, só me... atrapalhei.

— Não vai levar muito tempo — diz Erin. — Dez minutos, no máximo.

Jon entrega sua camisa de botão cinza para nosso estilista, Viktor, deixando à mostra o peito liso e largo que, como o dos outros dois, já é familiar para mim a esta altura. Angel balança a garrafa para jogar água gelada em Jon, sem camisa, que engasga, grita e dá um pulo bem na hora, fazendo Zach morrer de rir.

— Angel! Por que você é *tão idiota*?
— Não tenho mais nada pra fazer.
— Tá de *brincadeira*?

Zach, ainda rindo, joga uma toalha de rosto para Jon, que seca a pele marrom enquanto murmura sozinho. Embora Jon seja inegavelmente lindo e esteja a alguns metros de mim, seminu e molhado, a cena não chega a me distrair. Trocar de roupa na frente dos outros é uma tarefa cotidiana para nós quatro, então é necessário muito mais que um cara gato com barriga de tanquinho para me pegar desprevenido.

É claro que, quando Zach tira a camiseta, me certifico de que estou olhando para qualquer lugar *menos* para ele, do mesmo jeito que tenho feito em todos os shows nos últimos meses. Porque seja lá qual for a definição do "muito mais" necessário para chamar minha atenção, Zach tira de letra, e ainda que eu tente sufocar esse sentimento, não consigo eliminá-lo totalmente. Em outras palavras, até que eu consiga acabar com essa pegadinha que meu cérebro prega em mim mesmo, preciso tratar Zach sem camisa como a Medusa. Não posso olhar, sob risco de morte.

Angel está de costas para mim, então pego a garrafa de água mais próxima e despejo sobre a cabeça dele, encharcando seu cabelo preto e deixando as mechas caídas. Ele engasga e dá meia-volta.

— Traidor — diz.

Corro para me esconder atrás de Zach, que já vestiu outra camiseta, então estou seguro.

— Meninos, meninos — diz Penny, correndo até a mesa onde está seu kit de maquiagem enorme, feito uma mãe desesperada jogando o corpo na frente do único filho em um tiroteio. — Nada de guerra de água perto da maquiagem. Chega. Ruben, preciso limpar seu rosto, vem cá.

Angel solta a garrafa, levanta as mãos e, rendido, usa uma delas para tirar o cabelo molhado do rosto. Quando saio detrás do Zach, Angel balança a mão depressa, respingando água em minha direção. Mas não consegue me acertar.

Desvio para pegar os lenços umedecidos e começo pelos olhos. Durante os últimos anos, nossa maquiagem nos olhos foi ficando cada vez menos sutil, a ponto de a pintura neutra-porém-marcada virar parte da nossa marca visual. Nos últimos tempos, Penny tem gastado pelo menos um delineador marrom inteiro por semana. Ela tem um jeito de esfumaçar o delineado com sombras suaves e um toque de iluminador que faz nossos olhos ficarem chamativos. Tentei replicar uma vez e ficou parecendo que eu ia fazer um teste para *Piratas do Caribe*. Desde então deixo o delineado com ela.

Por fim, de cara e roupas limpas, nos amontoamos no camarim com Erin. Me jogo no sofá, deito a cabeça no descanso de braço e fecho os olhos, enquanto Zach, sentado no braço do sofá ao meu lado, se diverte cutucando minha cabeça de maneira ritmada. Afundo o rosto na almofada para esconder o sorriso e, contra a minha vontade, abano a mão para fazê-lo parar enquanto Angel e Jon sentam ao meu lado.

Angel chuta meu pé para que eu abra espaço, me forçando a sentar direito e ficar fora do alcance de Zach. Por pouco não cutuco as costas de Angel só de vingança. Em parte porque não tenho mais energia.

Angel não estava brincando quando disse que viramos zumbis. Não tiramos folga há semanas. Todos os dias têm sido iguais. Acordamos cedo, eventos de divulgação — entrevistas, aparições em programas de TV, acenar para multidões da janela como se fôssemos a família real ou coisa do tipo — seguido do jantar, depois ensaios e preparação, o show, troca de roupas e, para encerrar, vamos para o hotel ou para um jatinho privado que nos leva até o estado seguinte onde faremos tudo de novo.

Mas amanhã não. Amanhã vamos para casa.

Sendo bem sincero, não estou tão empolgado assim — nos melhores dias, minha mãe é passivo-agressiva e, nos piores, só agressiva mesmo. E meu pai vive trabalhando. Mas estou animado com a possibilidade de acordar depois do nascer do sol.

— Beleza — diz Erin, e abro os olhos mas não levanto a cabeça. — Queria reunir vocês aqui só pra gente combinar tudo direitinho para a semana que vem, e para o caso de vocês terem qualquer dúvida enquanto ainda estamos juntos.

Semana que vem. Na próxima semana estaremos num avião, nos despedindo de casa por meses enquanto começamos a parte internacional da turnê. Primeira parada: Londres.

Nunca saí do país. Durante os últimos anos, fui me acostumando a deixar meus pais por semanas — e, às vezes, meses — de pouquinho em pouquinho, mas nunca pareceu nada tão sério. Até agora, sempre estive no mesmo país que eles. Mesmo que, tecnicamente, eu já tenha ficado *mais longe* em termos de fuso horário, de certa forma, voar para a Europa parece algo maior. Para ser sincero, pensar nisso me deixa bem ansioso, e ainda não tive tempo de refletir com calma. Sempre foi mais fácil pensar como algo que meu eu do futuro ia resolver.

O problema é que o eu do futuro está prestes a virar o eu do presente.

Eu sabia que tinha um furo nesse plano.

Ergo a mão sonolenta quando lembro que tenho *uma* dúvida. Duas, na verdade.

— Posso só perguntar pela terceira vez se você não vai me surpreender com ingressos para uma peça no West End? — digo.

— Não seria uma surpresa tão boa assim se ela te contasse — responde Jon.

— Não, não seria — diz Erin. — Mas, só pra você não criar expectativas, posso confirmar que não vai dar tempo de irmos ao West End. Desculpa, Ruben.

Não tenho energia o bastante para ficar decepcionado.

— Imaginei. Mas você disse que ia tentar o Burgtheater em Viena...?

Erin sorri.

— Eu disse, e vou mesmo. Prometo, fiz questão de colocar isso no itinerário. Poderemos ficar uma hora lá.

Me animo com a possibilidade. Minha família é amante do teatro. Cresci ouvindo Andrew Lloyd Webber e Stephen Sondheim. Minha mãe me colocou em aulas de canto particulares para aperfeiçoar meu vibrato e meu *belting* desde o jardim de infância, e durante o ensino médio eu já viajava com companhias de teatro profissionais. Já vi tudo que os Estados Unidos têm a oferecer em termos de história do teatro musical, mas não tem como ir para a Europa e não turistar pelo menos *um pouquinho*, e sou apaixonado pela história do Burgtheater. Além do mais, para meu desgosto não teremos tempo de visitar o Globe.

Jon, o único que não está esparramado no sofá, decide falar.

— A gente ainda vai visitar o Vaticano, né?

— Vamos, com certeza.

Ah, sim, claro. Não dá para tirar quatro horinhas para um espetáculo em West End, mas vamos passar uma manhã inteira no Vaticano por causa do Jon. Na verdade, não me surpreende: Jon é supercatólico, que nem a mãe, e embora seu pai, Geoff Braxton, não seja, ele com certeza vai dar um jeito de fazer o que for importante para o Jon. É sempre assim.

Erin olha para Angel.

— Alguma dúvida, meu bem?

Angel finge pensar em alguma coisa.

— Hum... em Londres ainda é permitido beber acima de dezoito anos?

Ela suspira.

— É.

Angel sorri.

— Sem mais perguntas, Meritíssima.

Levanto a cabeça para olhar pro Zach, que está com o queixo apoiado na mão.

— Você está quieto — digo.

— Hummm? — Ele pisca. — Ah, não, estou numa boa. Nenhuma dúvida. Teatros, bebida e, hum... Nossa... parece tudo ótimo.

— Tá com sono, né? — pergunto, e ele assente com os olhos pesados.

Erin pega a indireta.

— Tá bom. O micro-ônibus já está lá fora. Se tiverem qualquer dúvida, me mandem e-mail ou mensagem, e a gente se vê cedinho no domingo.

Nos apressamos para dar o fora antes que Erin lembre de mais algum item na agenda.

— Sei que todos vocês respeitam as leis e não bebem porque não têm idade! — ela grita atrás da gente. — Mas não vão esquecer que ressaca e voos transatlânticos são uma péssima combinação, tá?

Eu e Zach pegamos o banco de trás do micro-ônibus, enquanto Angel e Jon sentam na nossa frente, em assentos separados. Geralmente conversamos bastante no caminho até o hotel, mas hoje, em especial, estou morto. É como se tivéssemos acabado de correr uma maratona: a última reserva de energia foi usada para me carregar até a linha de chegada, e agora estou exausto. A última vez que tivemos quatro dias seguidos de folga foi... Faz tempo pra cacete.

Apesar de o hotel ficar a uns cinco minutos de distância, Angel se encolhe e tira um cochilo, e Jon coloca os fones de ouvido para se acalmar ouvindo música.

Em tese sozinhos, olho para Zach.

— Não acredito que acabou — digo.

Zach arqueia a sobrancelha.

— Ainda falta a Europa inteira.

Quando ele sussurra, sua voz não muda em quase nada. É suave desse jeito. Como a pele de um cervo. Uma superfície macia de musgo. Dá para adormecer de tão calma que é.

— Verdade. Mas é diferente.

— Rapidinho vai virar o novo normal.

— Acho que sim. Tipo, que nem tudo isso — gesticulo vagamente ao redor — parece normal agora.

— Pois é.

— Meio deprimente, né?

Ele joga a cabeça para trás.

— O quê?

— Que não importa como alguma coisa seja grande e empolgante, depois de um tempo a gente normaliza.

O micro-ônibus passa por um quebra-molas e Angel funga pulando no assento. Como é possível que ele já esteja dormindo?

Pensativo, Zach considera por um instante o que eu disse e depois murmura, concordando. Nunca perde a graça ver como a Chorus *insiste* em vender Zach como o cara sombrio, misterioso e um pouquinho rebelde, quando sua personalidade real não poderia ser mais distante disso. Zach não é calado por ser sombrio ou melancólico. Ele só é pensativo e carinhoso — do tipo que pensa por um tempo enquanto avalia qual é a resposta que a pessoa mais quer ouvir. Ele pode não ser do tipo que domina a conversa ou anima o ambiente, mas é tão sombrio quanto um filhotinho de cachorro. Por mais que a imprensa tente alegar o contrário, a pedido de David, nosso assessor de publicidade.

Ele apoia os pés no recosto do assento de Jon e enfia o rosto entre os joelhos. Bem lá no fundo, uma voz me diz que se o micro-ônibus bater, suas pernas vão acertar a cabeça com tudo. A preocupação vai continuar me atormentando se eu ignorá-la, então coloco a mão na canela dele e puxo suas pernas gentilmente para baixo. Ele me dá um sorriso torto e obedece, a contragosto.

— Os canais em Amsterdã — diz ele, do nada.

— Os alpes suíços. Adoro essa brincadeira de dizer a primeira coisa que vem à cabeça.

— Não! — Ele me cutuca com o cotovelo. — São os lugares que quero visitar. Cada um quer uma coisa, e eu não queria dizer na frente de todo mundo, mas se eu puder fazer algo lá, espero que seja isso. Só ficar... sentado nos canais por um tempo.

— Mas por que não dizer na frente de todo mundo? Não é nada escandaloso. Se fosse a zona de prostituição...

— Ah, essa eu quero conhecer também — brinca ele.

— Claro.

Seu sorriso some, e ele pressiona a ponta do sapato no recosto do banco de novo.

— É besteira. Mas foi lá que meu pai pediu minha mãe em casamento. Quero ver como é. Sei que não vai fazer os dois voltarem num passe de mágica ou qualquer coisa assim, mas... sei lá.

— Não é besteira. Vamos dar um jeito.

O sorriso volta.

— Vamos, é?

— Sim. Quer dizer, o Angel vai ficar à solta na Europa, então aposto que a Erin deixou pelo menos uns dois horários reservados para gastar na delegacia. Se temos tempo pra isso, teremos tempo para os canais.

— Eu *tô ouvindo*, hein — murmura Angel com a voz abafada.

Chuto o recosto dele, que responde resmungando.

De anjo, Angel não tem nada. Na verdade, seu nome no registro é Reece, mas ninguém o chama assim desde que formamos a banda. Na primeira reunião de publicidade, David ficou todo paranoico com a possibilidade de a imprensa confundir "Ruben" e "Reece", e Angel já chegou com um apelido de longa data. Ele recebeu do pai quando criança porque o sr. Phan tinha um ótimo e irônico senso de humor e não gostava de "capetinha", o apelido original e mais condizente.

Ao meu lado, Zach deita de novo e, com os olhos fechados, pressiona o braço contra o meu ao mudar de posição.

Acho que paro de respirar pelo resto do caminho.

DOIS
ZACH

Tenho quase certeza de que meu motorista é fã da Saturday.

Ele faz contato visual pelo retrovisor, sorri e desvia o olhar, várias vezes seguidas.

Acabou de fazer de novo, e sinto minha nuca arrepiar. Ele deveria estar me levando para a casa da minha mãe, mas sei muito bem que poderia me levar para qualquer outro lugar, e meu instinto diz que ele talvez tenha um porão coberto de pôsteres da Saturday.

Passo a mão pelo cabelo e presto atenção nas ruas. É melhor encarar com lógica. Erin contratou o motorista, então ele deve ser confiável, porque a carreira dela despencaria ladeira abaixo se eu fosse sequestrado sob sua responsabilidade. No fundo, sei que não há nada suspeito acontecendo.

Então, por que ele continua sorrindo para mim como se estivesse tramando alguma coisa?

Ouço um riff de guitarra familiar. Ah, não.

Ele arqueia as sobrancelhas e sorri para mim com uma cara de *Ah, sim.*

O motorista aumenta o volume e minha voz começa a tocar no carro. Quase prefiro que ele seja um assassino. Não é que eu não goste de "Guilty"; a música é divertida e, pra falar a verdade, uma das minhas favoritas da Saturday, principalmente por causa do riff de guitarra supermeloso e os melhores vocais da carreira do Ruben. Sério, a voz dele está *muito boa* nessa.

Apoio a cabeça no vidro na hora do refrão. É uma das nossas primeiras músicas, da época que eu ainda não tinha abandonado totalmente meu estilo de canto meio punk, que Geoff gentilmente descreve como "chorão e nada comercial", então meu timbre está trêmulo e é impossível não reparar no autotune. Eu faria diferente se regravássemos a música, mas depois que a gente fica famoso, tudo que fazemos nos segue para sempre.

Confiro o retrovisor e, sim, o motorista continua me observando. Bizarro pra caralho.

Balanço a cabeça no ritmo da música, fingindo estar curtindo. *"Guilty"? Adoro essa.*

— Minha filha é fanática por você, Zach — diz ele, me encarando pelo espelho. — Por todos os outros, mas especialmente por você. Ela diz que é uma *stan*.

Estremeço e forço um sorriso.

— Ah, nossa, obrigado, que gentileza da sua parte.

Ele ri.

— Não tem de quê. Sabe, sou um cara mais do rock, mas algumas das músicas de vocês grudam na cabeça. Só não conta pra ninguém que eu disse isso, beleza?

A esta altura, já estou acostumado. O negócio é o seguinte: nenhum cara elogia a Saturday sem algum tipo de porém. *Vocês são horríveis, mas...*

— Não vou contar. — Faço uma pausa e então decido continuar. — Também sou um cara mais do rock. — É a primeira coisa sincera que digo para ele.

Mexo na pulseira de couro que o estilista me obriga a usar.

Só para deixar claro, eu amo nossas músicas. Só não são minha coisa favorita para ouvir quando estou relaxando, nem o que eu escolheria cantar se tivesse controle sobre esse tipo de coisa.

Mas não tenho. Então não faz diferença.

Depois de tocar quase metade da nossa discografia — e eu descobrir o quanto sou capaz de me contorcer de vergonha —, finalmente chego em casa. Saio do carro sob o sol da manhã e me espreguiço como desculpa para analisar a rua. Não há ninguém por perto e, o mais importante, nenhum paparazzi à vista. Uma das coisas mais esquisitas da fama é ver seu rosto nas revistas sem nem lembrar de ter visto paparazzi no local da foto. Para piorar, eles estão ficando cada vez mais sorrateiros, com câmeras que conseguem fotografar a metros de distância. Apareço nas revistas o tempo todo agora, então sempre sinto que tem alguém, em algum lugar, me observando. E, pelo que já vi até agora, sempre tem mesmo.

Confiro meu reflexo e começo a me ajeitar, porque a Chorus faria um escândalo se vazasse uma foto minha acabado. Meu cabelo está mais bagunçado do que deveria, com algumas mechas fora do lugar. Sob as ordens do Geoff, deixei crescer em vez de usá-lo curto e arrepiado, de um jeito que não dá trabalho, e ainda não me acostumei. Vive caindo no olho ou pinicando meu pescoço. É um saco, e nem sei se fica tão bonito assim para valer o esforço.

O motorista pega minha mala enquanto me olha pelo reflexo da janela.

— Obrigado — digo, e dou uma gorjeta de cinquenta dólares para ele.

— Imagina. — Ele continua me observando. — Posso tirar uma foto com você? Minha filha me mataria se eu não tirasse.

Faço questão de abrir um sorriso superanimado.

— Claro, manda ver!

Ele pega o celular e se aproxima para tirar algumas selfies comigo. Parte de mim quer acabar com isso só para sair daqui e ver minha mãe, mas me seguro. *Não seja uma* dessas *celebridades*, ouço o sermão na minha mente. É só um favorzinho. Tá tudo bem.

Assim que ele termina de fazer um álbum completo, entro no prédio e pego o elevador em direção à cobertura usando meu cartão. Bato na porta e, instantes depois, alguém abre.

Minha mãe sai correndo para me dar um abraço apertado. Acho que ela se arrumou para a ocasião, porque está com uma camisa listrada de botão enfiada dentro da calça. Quando nos afastamos, vejo seus olhos cheios de lágrimas. Ela as seca, como se fosse motivo de vergonha e não uma das coisas mais fofas do mundo. Então se aproxima e me agarra de novo, tão forte que chega a doer. Está usando perfume, então, sim, com certeza se arrumou para a ocasião. Meu pai pode até ser um babaca ausente, mas dei sorte com ela.

— Senti tanta saudade — diz ela.
— Por quê?

Ela ri, balança a cabeça e então tira um momento para me olhar de cima a baixo.

— Quando isso aconteceu?

Coloco a mão no bolso da frente.

— A Erin faz a gente malhar duas vezes por dia agora.

Minha mãe franze a testa. Sei que ela tem opiniões fortes sobre as, como ela mesma diz, "merdalhadas" que Erin e o resto da Chorus nos obrigam a fazer, e os treinos constantes não ficam de fora dessa. Mas não me sinto sobrecarregado. Tá tudo bem. Quando eu frequentava o colégio normal, era atacante no time de futebol, o que era um baita compromisso, mas eu adorava mesmo assim. Quando faço parte de um time, ou estou trabalhando com objetivos, seguir ordens não passa de trabalho. Ser um dos membros da Saturday é quase a mesma coisa. Além do mais, já tenho dezoito anos, então entendo. Não dá para chegar muito longe sendo apenas *bonitinho*, e preciso fazer a transição para *gostoso* se quiser ter uma carreira. E eu quero. Talvez não tanto quanto, tipo, o Ruben, mas quero.

— Que foi? — pergunto.

— Nada. Você está tão parecido com seu pai.

Como será que ela se sente com isso? Quer dizer, eu vejo as semelhanças, ainda mais agora que ganhei massa muscular. Mas isso significa que pareço com o cara que a abandonou para começar uma nova família com uma colega de trabalho dez anos mais nova. O mesmo cara que só passou a me ligar com frequência depois que a Saturday começou a bombar. Que me disse que seguir a carreira musical era uma péssima ideia e não me daria apoio se eu optasse por isso, e depois tentou se aproveitar de tudo que consegui com o sucesso da banda.

Apenas balanço a cabeça.

O apartamento da minha mãe é grande, bem decorado e tem uma vista incrível de Portland pelas portas de vidro da varanda. Não cresci aqui; minha mãe precisou se mudar porque nossa casa antiga não era muita segura. E isso se tornou uma questão de necessidade depois que uma fã descobriu onde ela morava e acampou na porta com esperança de me ver. Comprei esse apartamento para a minha mãe algumas semanas depois.

— Como vai o disco novo?

— Acho que bem. Entreguei algumas composições para o Geoff, então agora é torcer pra gravadora gostar.

— Aposto que vão. Sempre amei suas músicas.

— Pois é, mas você é minha mãe, é sua obrigação gostar.

— Prefere que eu diga que são horríveis? — Ela está sorrindo, então sei que é brincadeira. Balanço a cabeça. — Então cuidado com o que fala. Mas, sério, como você está se sentindo em relação a isso? Me parece uma grande novidade.

— Eu sei. Só não quero criar muita expectativa, sei lá. Mas seria muito legal gravar uma música minha.

— Daí você seria um *artista de verdade*.

Finjo vomitar de brincadeira.

Finalmente encontro Cleo, nossa gata, escondida no quarto da minha mãe. Ela cresceu muito desde a última vez que a vi, está parecendo um tijolinho.

— Oiê — digo, pegando Cleo no colo.

Finjo que ela está muito pesada, só para fazer minha mãe sorrir.

Ainda agarrado a Cleo, volto para a cozinha. Minha mãe fez um bolo de chocolate em camadas com *Bem-vindo, Zach!!!* escrito com glacê molengo no topo. Não sei como ela arrumou tempo, já que ainda trabalha em tempo integral numa casa de repouso, apesar de eu ganhar mais que o suficiente para nós dois.

— Não tem problema se você achar exagero — diz ela com a expressão aflita. — Só queria preparar uma coisinha pra você.

— Não, eu amei, muito obrigado. Mas preciso tomar um banho, então você pode esperar, tipo, uns cinco minutos?

— Claro. Quais são os seus planos para o resto do dia?

— Que tal maratonar uns programas horríveis na TV e talvez pedir alguma comida levemente saudável?

— Topo!

Vou para o quarto e coloco Cleo na cama. Meu quarto antigo tinha pôsteres de bandas punk em todas as paredes, mas esse aqui é meio sem graça. É mais adulto, só que de um jeito ruim. Pego uma camiseta surrada e uma calça de moletom e vou para o chuveiro. Nunca teria permissão de vestir algo assim num lugar onde pudesse ser visto, e acho que a questão é essa. Agora, Zach Knight da Saturday está de folga. Sou apenas o Zach de novo. Finalmente.

Quando saio do banho, vejo que minha mãe também colocou pijama. Tem dois pratos de bolo na mesa de centro, e *American Ninja Warrior* está pausado na TV. Sou atingido por uma onda de nostalgia e me sinto com quinze anos de novo, vendo TV com a minha mãe como costumávamos fazer toda noite. Antes que ver minha mãe se tornasse um evento semestral.

Sento, pego um prato e minha mãe aperta o play.

— E aí? — diz ela. — Alguma garota já passou da etapa do *meet & greet*?

Olho meu relógio.

— Estou em casa há vinte minutos e você *já está* se intrometendo na minha vida pessoal?

— Não estou me intrometendo, só sou curiosa. Ah, vai, quem é?

Mantenho o olhar firme.

— Não estou saindo com ninguém, só focando nas minhas composições no momento.

— Tudo bem então, sr. Mistério.

— E você? Algum cara à vista?

— Se você não vai contar, eu também não conto.

Reviro os olhos.

Dou um sorriso quando uma mensagem do Ruben chega.

Já tô com saudade!

— Tá sorrindo pra quem? — pergunta minha mãe. — É uma garota?

Escondo o celular.

— É só o Ruben.

— Já? Mas vocês não acabaram de se despedir?

— Sim, mas ele é o meu... Ruben.

Ela bagunça meu cabelo. Eu deixo; gosto mais assim mesmo.

Respondo a mensagem: saudade também, cara.

Ruben responde com um emoji de joinha, e eu *sei* que é só para me irritar. Já enchi a paciência dele falando sobre como acho esse emoji passivo-agressivo.

FALA DIREITO COMIGO!

Ele manda mais um joinha.

Idiota.

Dou um sorriso e, então, desligo o celular, sem planos para ligar novamente por pelo menos quarenta e oito horas.
O que quer que aconteça, pode esperar.
Zach Knight da Saturday está oficialmente de folga até a festa do Angel.

A festa do Angel é, em uma palavra, ridícula.
O lance dos pavões não era brincadeira. Vejo alguns desfilando pelo gramado. Estão de coleira, guiados por treinadores vestindo macacões verdes. Isso mesmo. "Ridículo" é a única palavra apropriada. O local é enorme, construído em frente a um lago grande, e boa parte do espaço está organizado como uma feira, com barracas e artistas. Há dois brinquedos de parque de diversão: um navio viking e um trenzinho que gira sobre um braço rotatório. Tem até um castelo pula-pula enorme.
Para quem? Vai saber...
Por mais exagerada que seja a decoração, não consigo segurar o sorriso. É a cara do Angel. Além do mais, não há nenhum paparazzi ou fã aqui, e apesar de a festa estar lotada, são apenas pessoas da indústria. Seguranças cercam todo o perímetro, o que significa que não preciso me manter alerta como geralmente fico. Em termos de segurança, pelo menos.
Estou ao lado de Jon no estacionamento, observando todo o espetáculo. Ele está com uma camiseta justa e eu estou de preto, fazendo jus à nossa marca pessoal, mesmo aqui. Ele começa a mexer no celular. Entendo, ele viu esse tipo de coisa a vida inteira. Já eu? Minha festa de aniversário mais empolgante foi num McDonald's, e durante a adolescência eu

não pedia festa porque assim ganhava mais presentes. Os outros jamais entenderiam isso, principalmente Ruben e Jon — que já eram ricos antes de ficarem *mais* ricos — mas eu jamais iria a uma festa como essa se não fosse por causa da Saturday.

Deve ser minha emoção falando, mas eu queria que minha mãe pudesse ver tudo isso.

Hoje, mais cedo, precisei me despedir dela. Mordi os lábios, tentando acalmar a dor no peito. Quero aproveitar a noite, então é melhor parar de cavar esse buraco emocional. Se continuar, será um caminho sem saída. Mas é só que... eu *acabei* de voltar...

— São dançarinos de fogo ali? — pergunta Jon, apontando para dois caras fortes e cobertos de óleo segurando tochas.

O mais novo tem uma tatuagem ao longo da costela, mas não consigo olhar direito sem parecer que estou manjando um cara seminu. Assim como do resto da Saturday, já espalharam inúmeros rumores sobre a minha sexualidade, e as pessoas estão *sempre* em busca de evidências que confirmem a teoria de que sou secretamente gay. Esses boatos são tão invasivos e especulativos, e me obrigam a tomar cuidado até ao fazer coisas simples, como olhar para a tatuagem de um cara. Odeio isso.

Arqueio a sobrancelha e inclino a cabeça.

— Ou então são strippers muito ruins.

Jon não tira os olhos dos dançarinos, então resolvemos nos juntar à multidão de convidados ao redor da dupla, para assistir. Reconheço alguns atores promissores e influencers milionários e, ai, meu Deus, lá está o Randy Kehoe, vocalista da Falling for Alice. Ele está coçando o queixo com uma luva de couro, e sua camiseta tem uma caveira coberta com uma mancha misteriosa vermelho-sangue. O cabelo está rosa-chiclete agora, para combinar com o álbum mais recente da banda, pelo qual estou praticamente apaixonado. Morro de vontade de dar um oi e ficar babando por alguns minutos, mas estamos todos de folga agora. Ninguém quer ser bajulado.

Também queria conversar sobre o processo de escrita do Randy, mas fico sem graça só de pensar. Ele é um compositor incrível, e cá estou eu cantando letras enlatadas sobre garotas que não existem. Por que ele me daria qualquer minuto do seu tempo?

Os dançarinos começam uma nova coreografia, girando as tochas impossivelmente rápido. Sinto o calor no meu rosto conforme eles se movem em sincronia total. O cara tatuado é muito bonito, com cabelo escuro e as maçãs do rosto firmes. Os dois levam as tochas até a boca e sopram, fazendo parecer que estão cuspindo fogo.

A plateia vibra.

Ah, dane-se. Arrisco uma espiada. A tatuagem é de dragão com uma cauda que termina na cintura.

Nossa. É bem bonita, na verdade. Guardo a ideia para o eu do futuro que finalmente poderá ter as tatuagens que desejo já há anos. Uma versão de mim mesmo que não precisa da aprovação de uma assessoria para fazer o que quiser com a própria pele.

Na entrada principal, avisto Geoff Braxton segurando uma taça de champanhe. Ele está sozinho, o que não acontece com frequência. A banda tem muitas demandas, mas não é nada comparado com ele. Até entendo, sabe? Caso ele decida que vale a pena, pode transformar qualquer um numa estrela mundial, com mais dinheiro e fama do que se pode imaginar. Para quem quer ser famoso, ele é um deus.

— Vai falar com ele — diz Jon. — Pergunta se a Galactic já disse alguma coisa sobre as suas músicas.

— Sério? Eu...

— Vai logo!

Jon me empurra e eu engulo em seco e vou até Geoff. Ao contrário do filho, ele é branco, e tenho quase certeza de que começou a pintar o cabelo ralo para esconder os fios grisalhos. Não quero nem imaginar o preço do seu terno de alfaiataria, mas aposto que é um valor obsceno.

Estendo a mão e ele me cumprimenta com força, abrindo seu sorriso perfeito e profissional. Acho que isso significa que tenho mais ou menos um minuto do seu tempo. Quando está disposto a ter uma conversa longa, ele geralmente age como se eu fosse seu amigo de infância.

— Se divertindo? — pergunto.

— Sim. — Ele me encara. — Mas você não está com cara de que veio até aqui para ficar de conversa fiada. Quer falar de negócios?

— Quero.

— Muito bem, gosto das suas prioridades.

Vamos até um canto mais silencioso, na lateral do prédio.

Meu coração acelera. Não quero criar expectativas, mas se ele tiver gostado de pelo menos uma das minhas músicas, já seria incrível.

— Então, o que você achou? — pergunto.

— Gostei. Mas sinto informar que a Galactic Records não quer as músicas. Não porque sejam ruins, mas porque não seguem a direção que eles planejam para a Saturday.

Abaixo a cabeça, incapaz de olhá-lo nos olhos.

— Ah, beleza.

— Quero que você continue tentando, porque está evidente que tem talento, e eu *adoraria* arrumar um crédito de compositor pra você no álbum.

— Beleza. O que eu tenho que fazer?

— Tenha em mente o tipo de banda que a Saturday é. Faça o que a Galactic quer, e não o que você quer. Somos um grupo pop. Se estiver travado, tente pensar numa música que tocaria no rádio, ou num shopping.

Cruzo os braços e tento segurar o choro. São apenas negócios. E apesar do quanto de mim mesmo coloquei naquelas músicas, não é nada pessoal. Mas, sério, um *shopping*? Não consigo imaginar nada que escrevi tocando num shopping.

— Tá bom, beleza. Vou arriscar algo diferente.

— Perfeito. Muito bom te ver aqui. Se divirta na festa.

— Obrigado pela atenção. — Minha voz enfraquece, droga. — Vou tentar de novo, fazer algo mais pop dessa vez.

— Estou empolgado para ver.

Me afasto cabisbaixo. Geoff jamais diria na minha cara que as músicas são péssimas, mas, no fundo, foi isso que ele acabou de fazer. Mesmo assim, tento deixar pra lá. Tá tudo bem. E daí se a Saturday nunca cantar sobre as coisas que são importantes pra mim? É um emprego, só isso. Em que mundo um funcionário pode fazer tudo o que quer?

Caminho pelo ambiente principal. Está iluminado como uma boate, com luzes azuis que atravessam a escuridão e música tão alta que consigo sentir a batida do grave. Há um DJ, um bar e, no canto, sem brincadeira, uma escultura de gelo enorme de um leão rugindo. Tem até um estúdio de tatuagem montado, onde uma garota está tatuando o braço. Chego mais perto e vejo que ela está marcando a palavra GUILTY em letra cursiva.

Nos fundos do salão, recostado na parede, vejo Ruben, tão descolado vestindo suéter e gorro que chega a ser injusto. Os fãs vivem dizendo que Ruben poderia ser modelo e, com aquele cabelo preto perfeitamente despenteado e o maxilar quadrado, não tenho como negar. Posso até estar trabalhando na minha transição de bonitinho para gostoso, mas Ruben já chegou lá, e aposto que sabe muito bem disso.

Ele está conversando com um Adonis da vida real. O garoto ri e apoia a mão no ombro de Ruben por um momento breve. Sinto uma pontada esquisita no estômago. A imprensa e o público geral não sabem sobre Ruben ainda, e mesmo numa festa particular, queria pedir a ele para deixar menos óbvio. Para um cara tão esperto, ele é meio tonto às vezes, principalmente quando está perto de outros caras bonitos. Até entendo, também fico todo bobo quando estou com garotas, mas minha estupidez tem muito menos chance de virar uma manchete internacional.

Jon aparece, e fica evidente que estava procurando por mim.

— Ei! — ele grita por cima da música. — Viu o Angel por aí?

— Ainda não.

— Droga — diz ele, franzindo a testa. — Ninguém sabe onde ele se meteu.

— Ai, merda. Tá, vou mandar mensagem. — O pânico começa a bater.

Angel sempre foi o mais festeiro de nós quatro, mas recentemente está se metendo com umas coisas bem mais pesadas que álcool. Tem um grupo novo de amigos que fornece tudo que ele quer e... sim. Entendo por que Jon está tão preocupado agora.

— Já tentei, mas manda ver.

Ei, acabei de chegar, cadê você?

Os três pontinhos aparecem, depois somem.

— Ele está consciente — digo.

— Bem, já é alguma coisa, né?

Jon procura em meio à multidão. Reconheço alguns rostos famosos iluminados momentaneamente pelas luzes. Muitos já estão cambaleando pela festa, ou amontoados em pares que fariam os editores das revistas salivarem.

— Cadê o Ruben? — grita Jon.

— Está conversando com um cara bem... — Paro, porque ele não está mais ali. Tento não pensar no *que* está fazendo agora.

Jon olha para mim desconfiado.

— Hum... vi os dois quando cheguei. Pareciam próximos.

Jon pressiona o punho contra a testa.

— Pode ir atrás dele e perguntar se ele viu o Angel? Vou continuar procurando. Se o Ruben souber de qualquer coisa, me manda mensagem.

— Beleza.

Deixo a pista de dança e volto para o pátio, em busca de Ruben. Aposto que está aqui com aquele tal Adonis. Só espero que não esteja dando muito na cara.

O que Ruben faz não é da minha conta.

Só queria que ele fosse mais cuidadoso. Qualquer um pode vê-lo aqui. Se eu notei, aposto que outras pessoas também notaram.

Quando o avisto perto do navio viking, no entanto, ele não está mais com o deus grego. Está sozinho, com as mãos nos bolsos do casaco, parecendo apressado. Uma garota chama, mas ele apenas acena e continua andando, a deixando desolada.

Vou atrás dele.

Ruben para bem longe da festa, perto da margem do lago, pega uma pedrinha, joga na água, e mal conseguimos ver onde ela cai.

Mantenho a cabeça baixa por todo o caminho até alcançá-lo. Não há mais ninguém por perto. Só nós dois e o lago, com as luzes neon e o som da festa ao longe, para trás.

Percebo que seus olhos estão molhados. Qualquer pensamento sobre Angel vai embora.

— Você está bem? — pergunto.

Ele dá de ombros.

— Estou... sei lá. Gostei da camisa.

— Gostei do suéter — respondo, hesitante.

Ele pega outra pedrinha e joga no lago. Coloco as mãos nos bolsos e me aproximo um pouco mais. Geralmente, deixo pra lá quando ele disfarça com uma conversa fiada. Mas posso sentir que aconteceu alguma coisa, algo envolvendo aquele cara. E se eu quiser ajudar, preciso ir direto ao ponto.

— É algum cara? — pergunto. — Quer conversar?

— Hum. Não. Não mesmo.

Pego uma pedra e tento fazê-la quicar na água. Só pula uma vez e afunda. Na época do Hollow Rock, o acampamento de artes no qual a Saturday foi formada, eu era muito bom nisso. Mas parece que perdi o jeito.

— Tá bom, então — diz ele. Sorrio porque Ruben nunca foi do tipo calado e fechado; não me surpreende que tenha precisado de apenas dois segundos para se abrir. — Eu estava conversando com um cara, e estava indo muito bem. Tipo, *muito* bem, sabe?

— Sei.

— Mas aí ele me perguntou se eu poderia ouvir a demo dele e mostrar pra Galactic Records se eu gostasse.

— Puta merda.

Ele dá um sorriso desanimado.

— Pois é.

— Sinto muito.

— Ah. Bom, não é você que tem que sentir muito. — Ele atira mais uma pedra. — Foi mal, estou meio mal-humorado. Só achei que talvez ele gostasse de mim por quem eu sou, sabe?

Enquanto olho para ele, sinto uma pontada no peito.

Ruben é o cara mais doce e incrível do mundo. Mas parece um ímã para caras que só querem usá-lo. Nem faz sentido; objetivamente, Ruben é bonito, engraçado *e* legal — a santíssima trindade. E, mesmo assim, sempre é tratado como se fosse descartável. Um dia alguém vai descobrir que ele é o cara dos sonhos. É só questão de tempo.

Só espero que aconteça logo. Porque ver Ruben assim acaba comigo.

— Em dez minutos já vou ter superado — diz ele, apontando para si mesmo. — Só preciso de um tempo. Pode ir lá curtir a festa.

— Estou bem aqui.

— Tem certeza? Você está perdendo o "maior evento da nossa vida".

Sorrio.

Porque, falando sério?, sei que estou exatamente onde quero estar.

TRÊS
RUBEN

Zach fica sentado comigo enquanto me acalmo. Não queria ter feito cena no meio da festa do Angel, e estou irritado comigo mesmo por ter arrastado Zach pra cá, mas, no geral, fico feliz por tê-lo aqui.

Estou duplamente mal-humorado. Chateado por ter sido usado por causa dos meus contatos — por um cara que, ao fim da conversa, eu já estava suspeitando até que fosse hétero, só para acrescentar mais uma pitada de humilhação. Para a maioria das pessoas isso já seria ruim o bastante, mas, depois da minha experiência com Christopher Madden (que não ganhou um Oscar à toa, afinal deu um show ao me convencer de que estava a fim de mim, mas, quando o negócio começou a ficar sério, ano passado, jurou que era hétero), estou de saco cheio de ser tratado como uma nova experiência, e não como um ser humano.

Geralmente consigo desviar desse tipo de coisa e superar rapidinho, mas hoje à noite me sinto uma criança que não teve sua hora da soneca. Essa folga de quatro dias deveria ter sido uma oportunidade para desacelerar e recarregar as energias, mas depois de todo o tempo de qualidade que passei com meus pais, me sinto mais esgotado do que nunca. Acho que tinha esquecido como é estar em casa. É engraçado como o tempo e o espaço jogam um brilho rosado nas nossas lembranças e as tornam menos dolorosas do que realmente são.

Com a minha família, não existe essa coisa de desacelerar e recarregar as energias. Eles consideram perda de tempo. Mas olha só no que deu! Sou um membro de um dos maiores grupos do mundo atual. Então, talvez eles saibam o que estão fazendo. Talvez eu não tivesse conquistado isso sem eles. Talvez eu precise mesmo dos pequenos lembretes, dos sermões severos, das críticas construtivas ácidas.

Coloco as mãos nos bolsos para espantar o frio da noite e fico de pé.

— Acho melhor a gente voltar antes que Angel comece a nos procurar.

— Na verdade, não sabemos onde o Angel está.

— Quê?

Uma rajada de vento sopra forte, e cruzo os braços para me esquentar da brisa do início de março.

— Você não viu ele por aí, viu? Achei que você saberia.

— Hum, não o encontrei desde que cheguei, mas achei que ele estava em algum brinquedo, sei lá. Depois aquele cara me distraiu. Por que você não me disse logo de cara que ele tinha sumido?

— Ele não *sumiu*. Deve estar por aí. Eu ia te contar, mas você estava chateado com o cara lá.

Solto um grunhido.

— Que se foda aquele alpinista social hétero babaca! — cuspo as palavras. — Precisamos encontrar o Angel. Vamos.

— Sim, os héteros que se fodam — Zach brinca enquanto saímos dali, e lembro por que preciso com urgência esquecer essa crush que resolvi ter nele ultimamente.

— Sem ofensa.

— Fiquei um pouco ofendido, sim. Ruben, tá tudo bem. Angel está por aí em algum lugar. Jon já deve estar com ele.

A preocupação deve estar estampada na minha cara. Ele tem razão. Toda a razão. Só estou ansioso. Mas a questão é que Angel saiu para umas noitadas meio inconsequentes nas últimas semanas, principalmente durante a segunda metade da turnê. É só juntar cansaço com dinheiro infinito, pouca supervisão e contato com dezenas de celebridades que usam todo tipo de coisa para curar exaustão e tédio, e a bagunça está feita. Só que hoje é uma noite importante para Angel, ele está cercado de contatos, e muitos devem ter trazido *presentes de aniversário*. Será que estou sendo paranoico só por querer me certificar de que alguém no meio dessa festa ridícula esteve com ele durante a última hora? Se ele não estiver inconsciente num banheiro por aí, *alguém* deve tê-lo visto. Mesmo em seus dias mais casuais, ele nunca passa despercebido.

A festa ficou ainda mais lotada na última meia hora, com a chegada dos atrasadinhos. Desvio de um pavão e observo a multidão.

— Está vendo o Jon em algum lugar?

Zach avista Jon num grupo de pessoas andando até o navio viking e vamos até lá. Ele está ocupado conversando com Teresa Narvaez, protagonista do elenco original no meu musical favorito, *In This House*. Quando nos vê, ele pede licença e se aproxima. Se eu não estivesse tão preocupado com a cara dele, ficaria decepcionado por perder a oportunidade de conhecer Teresa, então penso em pedir que Jon me apresente a ela antes do fim da festa.

— Já faz mais de uma hora que *ninguém* vê o Angel — diz Jon. nervoso. — Nem os pais dele. E não posso contar para eles que estou surtando sem explicar o *motivo* do surto.

— Beleza, vamos ser racionais — digo. — Ele provavelmente está aqui. Não acho que perderia a própria festa, independente do que qualquer pessoa tenha oferecido. E se está aqui, deve estar escondido, ou alguém já teria visto.

Jon olha em volta.

— Não tem muito lugar onde se esconder por aqui.

— Tem os banheiros químicos — aponta Zach.

Viro para ele lentamente.

— Você não acha que...

— Provavelmente não — responde ele, não muito convencido.

— Que maravilha — diz Jon. — Era exatamente assim que eu queria passar a noite. Arrombando portas de banheiros químicos ocupados para procurar nosso melhor amigo inconsciente. Que jeito perfeito de recomeçar a turnê!

— Vamos fazer isso em último caso — digo. — Minha sugestão é procurarmos lá dentro mais uma vez.

Na parte interna, a festa segue com tudo; pessoas comem, bebem e enchem a pista de dança. Procuro com esperança, mas se Angel estiver aqui, foi engolido pela multidão.

Começo a me enfiar na pista, quando a voz retumbante do DJ substitui a música.

— Beleza, galera, se aproximem aqui, o convidado de honra está prestes a chegar. Encontre um lugar, pegue um drinque, porque acabaram de me informar que agora a festa vai começar *pra valer*.

Paro de imediato e viro para os outros dois.

— Bom — diz Zach, piscando. — Parece que pelo menos estamos no lugar certo, né?

— Por favor, me digam que ele não ficou escondido durante as primeiras duas horas da própria festa só pra fazer uma entrada triunfal — comenta Jon.

— Preciso beber alguma coisa — digo, atordoado.

Há um bar sem muita fila à esquerda, então vou até lá, seguido por Zach e Jon.

— Erin disse pra gente não beber — alerta Jon por cima da música baixa.

— Erin não está aqui — respondo, com um sorriso radiante até demais.

— Você está andando muito com o Angel — Jon comenta.

— Pra ser sincero, estou andando muito com vocês três. Então acho que a sua boa influência deixa tudo equilibrado, Jon.

Ele faz careta para mim.

O barista mais próximo é um cara magrelo com espinhas e cabelo loiro. Parece ter a nossa idade. Dou um sorriso encantador e ele se encolhe.

— Oi! — digo. — Por favor, vou querer um uísque, uma coca e... Zach, vai querer o quê?

— Ah, hum, o mesmo que você, acho.

— Dois uísques e duas cocas, por favor.

O barista balança sem sair do lugar.

— Posso, hum... ver a identidade? — ele pede, tentando ganhar tempo, porque não tem como esse cara não saber que sou menor de idade.

Que maravilha. Só eu mesmo para escolher o único barista novato que não foi devidamente instruído. Há um acordo tácito sobre como a lei do álcool não se aplica a nós — *especialmente* em festas particulares. Abro um sorriso ainda maior.

— Você não vai acreditar! Deixei a identidade na mala. Então, vamos fazer assim, vou te deixar em paz por um minuto e aí você deixa as bebidas aqui no balcão. Daqui a pouquinho a gente pega.

Deslizo uma gorjeta generosa pelo balcão — não porque acho que preciso suborná-lo, mas porque o pobrezinho parece assustado — e empurro Jon e Zach pelos cotovelos por alguns metros, para dar uma justificativa plausível para o barista. Ele cumprimenta o próximo cliente, pede para esperar um minuto e pega uma garrafa de Jack Daniel's enquanto olha para os lados, conferindo se algum colega de trabalho está prestando atenção. Como se eles se importassem.

Zach ri e Jon revira os olhos de um jeito demorado e sofrido.

Com as bebidas na mão, nós três encontramos um bom lugar bem na hora que a fumaça de gelo-seco começa a se espalhar pelo chão na outra ponta do salão.

Ouço uma garota preocupada perguntar se o lugar está pegando fogo. Ninguém responde.

Então, uma fileira de máquinas de faísca acende como um chafariz, jogando fagulhas brancas e brilhantes pelo ar. A música aumenta num coro majestoso de trompetes e cordas, antes de ser tomada por batidas de hip-hop. De primeira, não consigo ver muito bem o que está acontecendo lá na frente, mas então me dou conta: Angel saiu de um alçapão no chão, e está de pé numa plataforma elevada que também é cercada por efeitos especiais com fogos de artifício. Com as mãos na cintura, a cabeça para trás e as pernas firmes e separadas, ele parece uma fênix ressurgindo das chamas.

— O que você disse mesmo sobre a entrada triunfal, Jon? — brinco enquanto a multidão aplaude.

— Maior que a Billboard — murmura Zach, antes de beber um gole.

— Espero que não seja inflamável — acrescenta Jon.

— Provavelmente não é, mas tá na cara que ele já está doidão — digo, analisando o sorriso exagerado de Angel e seu peito subindo e descendo rápido.

— De novo? — pergunta Zach com um suspiro.

— Por que isso não me surpreende? — resmunga Jon. — Só espero que ele não caia.

— Obrigado por virem! — a voz de Angel ecoa das caixas de som. Avisto o volume revelador do microfone de lapela. — Estão se divertindo?

Os convidados urram. Angel, que no mínimo já deve ter virado alguns drinques, cambaleia um pouco e Jon parece que vai desmaiar a qualquer momento.

— *Por favor*, não cai — diz ele, como se Angel pudesse ouvir.

— Hoje é minha última noite nos Estados Unidos antes de viajarmos para a *Europa, baby!* — Mais aplausos. — Estou muito empolgado pra curtir a Europa com a minha família, porra! Zach, Ruben, Jon. Vocês são minha família, porra! Amo vocês pra caralho. Gente, eu conheci esses caras num *acampamento de música*, sabiam? Num maldito *acampamento*. E eu nem queria ir naquele ano! Estava namorando e não queria abandonar a garota. Imagina só se eu tivesse deixado passar!

A multidão vibra com gargalhadas.

— Eu e Zach conhecemos o Ruben, e ele nos arrastou pro Jon, que *nenhum de nós* sabia que era filho do Geoff Braxton porque ele *mentiu o próprio nome*, o que deve ser pecado, sei lá, mas enfim...

Jon leva a mão até a testa, desacreditado.

— ... e se isso não for destino, cacete, não sei o que é.

Ha-ha. Destino que não foi. De primeira, acho que o grunhido infeliz de Jon é porque ele sabe tão bem quanto eu que nossa amizade foi qualquer coisa menos obra do destino. Então percebo que não, ele só está em pânico mesmo.

Parece o pai de uma criança. No caso, de uma drogada e na beira de um precipício.

— Ele não vai cair — Zach tranquiliza Jon. — Olha só, ele até já recuperou o equilíbrio.

O discurso se estende por mais alguns minutos e Angel lembra de agradecer sua família *de verdade*, fala por um tempo sobre grampeadores e diz que todo mundo pode escolher um pavão para levar para casa, mas logo o organizador da festa lembra que os pavões são alugados e, legalmente, não podem ser bichinhos de estimação. Enfim a plataforma começa a descer. Só depois de confirmar que ele está em segurança, faço contato visual com o barista e, abrindo um sorriso, levanto dois dedos. Ele assente e começa a preparar nossa segunda rodada.

Angel vem até nós em zigue-zague, bem mais torto do que na plataforma.

— Cadê o meu? — pergunta ele enquanto pego os drinques.

— Desculpa, achei que você já tinha bebido — respondo.

Bem mais sutil do que "acho que você já bebeu bastante" e, portanto, tem menos chance de instigar Angel a virar uma garrafa de vodca só de pirraça.

— Venham comigo — diz Angel, saindo de repente.

Nós três o seguimos noite adentro, passando por árvores e arbustos iluminados com pisca-piscas e as luzes dos brinquedos.

— Aonde estamos indo? — pergunta Jon, desconfiado.

— Castelo pula-pula.

— Por quê? — Sorrio, e Angel dá meia-volta e aponta para mim e para Zach. — Vira. Vira. Hora do castelo pula-pula.

Me viro e tiro o casaco, enquanto Zach joga o resto da sua bebida na grama. Depois, todos tiramos os sapatos e seguimos Angel para dentro do castelo inflável ainda intocado.

Angel se joga de costas, rindo feito criança, e Jon, o único sóbrio do grupo, senta com calma ao lado dele.

— Você podia ter respondido nossas mensagens — diz ele. — Fiquei preocupado.

Angel ri mais.

— Não queria estragar a surpresa. Além do mais, eu não fiquei de olho no celular. — Ele pega o aparelho e começa a filmar Jon. — Estamos ao vivo. Jon, conta pra todo mundo o que você acabou de me dizer. Quero deixar registrado que você se preocupa comigo.

Jon revira os olhos.

— Só queria me certificar de que você estava se divertindo na sua festa.

Angel ajoelha, tremendo a câmera sem parar. Aposto que os espectadores estão *amando*.

— Não é *fofo*, gente?

— Por que você não mostra sua festa pra todo mundo? Acho que estão mais interessados nisso.

— Não, eles querem te ver. Confessa, vai. Você me ama e estava todo preocupadinho comigo porque não conseguia me achar na festa.

Agora tenho *certeza* de que ele está drogado. Jon tem razão — quando está sóbrio, nada deixa Angel mais irritado do que gente se preocupando com ele. Parece que, seja lá o que ele tomou hoje, o deixou afetuoso de um jeito incomum. Ecstasy, eu acho.

— Angel.

— Confessa! — Angel fala com voz de bebê, aperta as bochechas de Jon, filmando tudo. — Diz que me ama e que estava preocupado comigo.

— É claro que te amo, e fico feliz que te encontramos, agora a gente pode se *divertir*! — declara Jon, empurrando a mão de Angel e se voltando para a câmera. — Galera, não esqueçam de desejar feliz aniversário para o Angel. Ele vai ler todas as mensagens durante nosso voo para a Europa amanhã! *Estamos chegando!*

Jon passou a vida toda aprendendo a se comportar na mídia e não perdeu nenhuma lição.

Fora do alcance da câmera, Zach fica parado no meio do castelo, inseguro. Angel e Jon começam a lutar pelo controle do celular, enquanto Angel grita sobre liberdade de imprensa e assédio trabalhista a plenos pulmões. A briga balança o castelo e Zach se desequilibra, mas consegue se manter de pé.

Não por muito tempo.

Pego impulso e me jogo a alguns centímetros dele, com força o bastante para impulsioná-lo. Ele cai com tudo e quica, gritando.

— Ruben!

Ele se lança em minha direção, me derruba e me prende com as pernas, meio desajeitado. Me contorço para tentar fugir, rindo tanto que perco o fôlego. Me dou conta de que, por mais que a gente aproveite cada oportunidade para nos divertirmos durante a turnê, tivemos poucas noites juntos, como um grupo. Senti saudades disso.

Meu celular vibra no bolso. É uma mensagem da minha mãe. Achei isso aqui. É melhor prestar atenção, enviou ela, com o link para um vídeo no YouTube. Não abro o vídeo, mas nem preciso — o título aparece na prévia da mensagem. *Dez vezes que Ruben Montez mexeu a boca de um jeito esquisito naquela parte de "Guilty"!*

— Tá fazendo o quê? — pergunta Zach, ofegante enquanto se apoia nos cotovelos.

— Minha mãe me mandou um vídeo útil — digo num tom de brincadeira, mostrando a tela para ele.

— Ai, meu Deus, não acredito. — Qualquer traço de alegria desaparece quando ele arranca o celular da minha mão. Tento pegar de volta, mas ele o guarda no bolso de trás e coloca a mão no meu peito para me afastar. *Ele é hétero*, aviso ao friozinho no meu estômago. — Não. Para. Você é perfeito, e é o melhor cantor que eu já escutei, tipo, na porra da minha vida inteira, e que se dane a sua mãe. Foi mal, não foi isso que eu quis dizer. Talvez só um pouquinho.

— Ela não *fez* o vídeo. Só queria que eu...

— *Xiuuu*. Não. — Zach pressiona a palma da mão na minha boca, me calando. Dou uma lambida e ele a afasta com nojo. — Vou jogar seu celular no lixo! — anuncia, ficando de pé. — Sem celular pelo resto da noite. Sua mãe vai ter que superar.

Pego Zach pelo ombro e o puxo para trás. Nós dois caímos juntos num emaranhado de pernas e braços, enquanto rimos sem fôlego. Alguém aumentou o volume da música lá fora, e a batida do grave combinada com o cheiro de cerveja e o clima faz com que eu me sinta numa boate inflável.

— Ai, merda. — Suspiro, um pouco sem ar. — Acho que já estou bêbado. Quanto uísque tinha naqueles drinques?

Jon se aproxima aos pulos e ajoelha ao nosso lado.

— Vocês dois precisam de muita água se quiserem sobreviver até amanhã.

— Água é para os fracos — anuncia Angel, com o terno branco já todo sujo.

— A esta altura, água não vai te ajudar em *nada*, cara — diz Jon. — Boa sorte.

— Sorte? Não preciso de sorte. Tenho dezoito anos. Sou um cidadão do mundo, e serei transportado para a Inglaterra por um portal de arco-íris.

Angel se joga com tudo e faz o castelo inflar embaixo da gente.

— Fico enjoado em avião — geme Zach.

Eu o ajudo a levantar.

— Se você está achando ruim *agora*, imagina manhã — provoca Jon, sorrindo.

— Vamos para terra firme — digo para Zach, o segurando por baixo dos braços. — Anda logo.

Cambaleamos para fora do castelo até a grama. Zach cede e se recosta na parede inflável. Me junto a ele mas a parede afunda, então chego para a frente. Zach deixa a cabeça cair com força no meu ombro. Bela jogada.

— Está mais feliz agora? — pergunta ele, fechando os olhos.

O calor da sua bochecha atravessa meu suéter. Sorrio e apoio a cabeça na dele, fingindo por um momento que isso aqui é algo que não é.

— Aham. Muito.

Jon e Angel saem do castelo, e Angel acena para chamar minha atenção.

— Vou pegar mais umas bebidas pra gente — avisa ele. — Porque parece que tenho que fazer tudo por aqui.

— Valeu, Angel — respondo com delicadeza.

Eu poderia me oferecer para ajudá-lo com as bebidas mas, por enquanto, Zach precisa de um tempo para recuperar o equilíbrio. E enquanto ele estiver apoiado em mim desse jeito, suave e quentinho, com o aroma doce e inebriante do seu perfume flutuando ao nosso redor, não tenho nenhuma pressa.

QUATRO
ZACH

Sou o único tentando trabalhar neste voo.

Acho que os outros membros da Saturday, com exceção de Jon, presunçoso como sempre, aceitaram que estão com uma ressaca danada e não serão produtivos. Nós quatro estamos jogados em assentos de couro branco, espaçados pelo jatinho particular. É luxuoso até demais; cada detalhe, das TVs enormes para cada um, até o minibar lotado no fundo, parece decadente e desnecessário. Acabamos de jantar *rigatoni all'arrabbiata*, que é, basicamente, macarrão com molho de tomate e linguiça, só que *caro*, e pão cibatta trufado com azeite de alho. Para sobremesa, ofereceram *foglie di fico*, mas todos recusamos. Para mantermos o tanquinho, acho.

Jon e Angel tiram um cochilo, e Ruben está com os fones de ouvido; deve estar ouvindo música. Na real, há uma grande chance de que também esteja trabalhando — ele acompanha podcasts sobre carreira que sua mãe o obriga a escutar. Ou é isso, ou um musical antigo que ele já ouviu um milhão de vezes. Erin está sentada em uma área com três poltronas, lendo um pouco no iPad. Mesmo que sejamos os únicos passageiros, o diretor da nossa equipe de segurança e o guarda-costas principal estão dormindo no fundo do avião.

Estou com o caderno aberto, tentando escrever uma música, embora me sinta meio enjoado e meu cérebro pareça que foi esmagado.

Levo a caneta até a página e escrevo: *Você é como uma ressaca*.

Só que não tem a menor graça. Posso arrumar encrenca por fazer referência a bebidas, levando em conta nosso público-alvo.

O que a Galactic Records quer é um hit pop. Precisa ser grudento e fácil de ouvir, mas na medida certa. As letras devem ser boas, porém vagas o suficiente para que a maioria das pessoas consiga aplicar a história em sua própria vida. Todos vivem desmerecendo o pop, mas quero ver escrever uma música pop de sucesso. Fácil falar, difícil fazer.

Estou com bloqueio porque, por mais que eu queira ser um compositor renomado, não sou uma pessoa muito do pop. Nunca fui, e mesmo como integrante de uma banda pop famosa no mundo inteiro agora, duvido que um dia eu seja. Enquanto Ruben foi criado ouvindo musicais, eu cresci com rock alternativo. Gosto de músicas emotivas, pessoais e, sendo bem sincero, um pouco esquisitas. Não é à toa que adolescentes solitários sempre acabam se apegando a esse tipo de música. Quero ser isso para alguém, um dia. Salvá-los do mesmo jeito que a música me salvou.

Alguém cutuca meu ombro. É Ruben, do outro lado do corredor, com os fones de ouvido agora pendurados no pescoço.

— Bloqueio criativo? — pergunta ele.

O avião passa por uma turbulência. Mesmo quando não está cantando, Ruben tem uma voz ótima. É grave e com certa rispidez, como se estivesse sempre te provocando.

— Pois é. Alguma dica?

Ele estende a mão.

— Deixa eu ver.

Sinto minhas bochechas começarem a arder, mas ignoro a sensação e entrego o caderno para ele, com apenas uma frase escrita. A da ressaca.

Ele ri.

— O que será que te inspirou a escrever isso?

— Minha mente funciona de formas misteriosas.

— Dá pra ver.

Pego o caderno de volta e escrevo *formas misteriosas*.

— Me diz que você *não* acabou de escrever "formas misteriosas".

— Não, tive outra ideia aqui.

Sua sobrancelha arqueada me diz que ele não vai cair nessa. Não que eu achasse que cairia. Ele se vira no assento para me ver melhor.

— Tá certo, beleza — digo. — Mas tem uma sonoridade legal, não acha?

— Olha, você é um ótimo compositor, mas não. Você só acha legal porque está num voo internacional com uma ressaca fodida. Não é crime parar um pouco pra relaxar, sabia?

Se *Ruben* está me mandando relaxar, é melhor obedecer. Ele nunca para, e está sempre tentando melhorar, mesmo já sendo um dos cantores com a técnica mais aperfeiçoada da indústria. Ele conseguiu transicionar sua formação em teatro musical para o pop com muito mais facilidade do que eu, usando, ao que me parece, só força de vontade. Porque o negócio do Ruben é o seguinte: ele talvez seja a única pessoa de cujo potencial para conquistar tudo o que quiser eu *jamais* duvidaria. Ainda lembro de quando éramos moleques no acampamento, sentados às margens do lago numa noite, e ele me disse que queria ser uma estrela um dia. Ali mesmo eu já sabia, com toda a certeza do mundo, que ia rolar.

— Tá bom. — Fecho o caderno num estalo. — O que você está ouvindo?

Ele desvia o olhar descaradamente.

— Sério mesmo?

— Existe um limite de quantas vezes uma pessoa pode escutar um álbum agora, é? Você chegou a escutar pelo menos *uma vez*, Zachary?

Tenho a gravação do elenco original de *In This House* no celular, mas ainda não parei pra escutar, apesar de o Ruben me atormentar com isso o tempo todo. Acabou se tornando uma piada interna nossa, e vivo adiando. Mas não tenho mais nada para fazer agora. Vou dar o braço a torcer, porque sei que vai deixar o dia dele mais feliz. Ou noite. Não sei, tecnicamente, que horas são.

— Vou ouvir agora. Mas só se você parar de encher o saco.
— Faz o que quiser, Zach.

Coloco os fones de ouvido e encontro o álbum. Duas horas e cinco minutos de duração. Onde foi que eu me meti? Mas agora não dá para voltar atrás, porque Ruben já me disse para escutar esse musical um monte de vezes, e não quero decepcioná-lo. Seria como ignorar um cachorrinho pedindo carinho. Não sou tão sem coração assim. E, além do mais, Ruben nunca me pede nada.

Aperto o play, recosto a cabeça e fecho os olhos.

Estou exausto, mas o voo acabou.

Lá na frente, avisto as portas de vidro fumê da saída. Tenho certeza do que está por vir e tento me preparar, embora saiba por experiência própria que é impossível.

As portas abrem e somos recebidos com gritos ensurdecedores.

Um mar de gente está do lado de fora, em sua maioria garotas adolescentes e também jornalistas e paparazzi. Isso acontece com muito mais frequência agora. A polícia também apareceu e formou uma barreira em volta do aeroporto para tentar nos proteger. Quero olhar em volta, ver se há algo de diferente aqui, tipo táxis diferentes ou qualquer coisa do tipo, mas a multidão prende toda a minha atenção.

Todos correm para a frente, e nossos seguranças formam um cerco apertado ao nosso redor. Um deles estende a mão. Seguro seu pulso enquanto sou puxado adiante, para dentro da multidão. Algumas garotas estão vestindo camisetas estampadas com meu rosto sorridente, coisa que sempre acho superbizarro, ainda mais porque pareço mega sem jeito na foto que elas escolheram. Está na cara que a Chorus não estava esperando tanta gente, senão teríamos feito uma rota diferente.

Na verdade, não. Eles devem saber. É isso o que querem, que sejamos notícia aqui, e que os fãs postem tudo nas redes sociais. Eles querem a divulgação.

— Me dá um autógrafo, Zach!
— Te amo, Jon!
— Ai, meu Deus, eu encostei no Ruben!

Levanto a cabeça por um segundo e vejo um celular ligado em modo selfie a centímetros do meu rosto. Sorrio e me esforço para parecer genuíno, embora odeie isso com cada fibra do meu ser. Tento entender. A Chorus pode até estar usando os fãs, mas são pessoas inocentes que provavelmente acamparam aqui por horas só para nos ver. O mínimo que posso fazer é sorrir para uma foto. Depois dessa, mais dois celulares aparecem na minha frente, ambos com uma capinha de plástico da Saturday. Sorrio para eles também.

Odeio pensar assim, mas queria que os fãs só aparecessem para nos ver no show.

Com Keegan, um homenzarrão de dois metros de altura, abrindo o caminho, passamos pela saída o mais rápido possível, empurrando o mar de gente. Alguém se estica, toca meu ombro e passa a mão no meu pescoço. Sinto calafrios subindo pela coluna quando a pessoa grita de alegria e um guarda-costas entra no meio para me proteger. Paparazzi se aglomeram ao nosso redor, e ouço o *clique* rápido das câmeras, acompanhados de *flashes* que me deixam cego, e gritos para chamar nossa atenção.

Dá um sorriso! Olha aqui, Zach!

Aperto o pulso do segurança com mais força.

Eu já deveria estar esperando tudo isso.

Mas daqui a pouco acaba. Sempre acaba.

Conseguimos sair e há um micro-ônibus cercado de seguranças à espera. A multidão está tão densa agora que até mesmo dar um passo é difícil. Nessa caminhada de dois minutos devo ter posado para umas trinta fotos, e meus ouvidos estão zumbindo com os gritos.

— Zach, olha pra mim!
— Eu vou chorar!
— Te amo!

Ergo a cabeça e vejo Ruben através da multidão. Ele parece tranquilo, com seu rosto charmoso sem expressão alguma. Ruben percebe que estou olhando e gesticula um *Tá tudo bem?*, aparentando preocupação.

Faço um joinha, finalmente sorrindo. Ruben só pergunta esse tipo de coisa para mim quando deixo a máscara cair. Sou grato por isso; sabe-se lá o tipo de notícia que pode aparecer se alguém me fotografar com qualquer expressão que não seja radiante com a recepção dos fãs.

Zach Knight não pode ter emoções humanas quando há pessoas olhando. Ninguém da Saturday pode.

Subo no micro-ônibus logo depois de Jon. Por sorte, nenhum dos fãs tentou entrar também. É tão assustador quanto parece; e sei do que estou falando: uma garota pulou no meu colo uma vez, tentando chegar no Jon, e precisou ser retirada pela Pauline, nossa outra chefe de segurança — dá para ver seu cabelo loiro e comprido, sempre trançado, de longe na multidão, o que é muito útil, levando em conta que ela é bem mais baixa que todos nós e ainda assim provavelmente é a mais musculosa, porte que a ajudou muito em sua carreira anterior como atleta profissional de arremesso de peso.

Aceno para a multidão, agradecendo aos fãs por, pelo menos, respeitarem esse espaço, e então a porta desliza e fecha num baque, transformando os gritos em rugidos abafados. Erin ocupa o banco do passageiro casualmente, como se não estivesse acontecendo nada lá fora.

Encaro a janela antes de começar os exercícios de respiração que aprendi com a minha psicóloga de infância.

— Tudo bem, caras? — pergunta Angel do banco de trás.

Estremeço com a memória da mão suada tocando meu pescoço. De quem era? Quem faz esse tipo de coisa?

Pego o celular e digito uma mensagem para a minha mãe.

Oi, acabamos de pousar :)

Envio e então deito no assento, apoiando a cabeça no vidro respingado de chuva. Não consigo tirar a multidão da cabeça e ainda escuto um zumbido agudo e penetrante nos ouvidos. Queria parar de pensar nisso logo, afinal, estou em Londres, porra! Os aeroportos podem ter perdido a graça, mas visitar um país novo continua sendo incrível. Quero ver a ponte, a torre, ouvir os sotaques britânicos ou qualquer outra coisa que reforce o fato de que estou a milhares de quilômetros de casa.

Se eu voltasse no tempo e dissesse para meu eu adolescente e rebelde de catorze anos que dentro de alguns anos estaríamos fazendo um show em Londres, ele teria surtado. Antes da Saturday, eu nem sequer tinha saído de Portland. Minha mãe fez o melhor que pôde e me deu uma infância ótima, mas não tínhamos dinheiro para viagens internacionais. Acho que era mais difícil para ela do que para mim, porque eu não conhecia nada além do que tínhamos. Mas ela e meu pai costumavam viajar muito para outros países antes de ele ser demitido e precisar aceitar um emprego que pagava bem menos, o que ele sempre diz que foi o começo do fim entre os dois. Já minha mãe deixou escapar uma vez que, para ela, tinha mais a ver com o que ele estava fazendo quando dizia que ia sair com os colegas de trabalho.

A voz de Erin repassando os detalhes da viagem fica distante enquanto olho a cidade pela janela. É estranho ver arquiteturas antigas abrigando Starbucks ou um Pret A Manger — seja lá o que for isso. Pelo visto é bem popular, porque já vi mais de dez. Conforme nos aproximamos do hotel, avisto um pedacinho do Big Ben e da London Eye, ambos contra o céu nublado da cidade. Por um momento, queria estar aqui apenas como turista. Quero explorar a cidade, ir aonde eu bem entender, sem ter que me preocupar com ninguém, muito menos com segurança.

Nem preciso perguntar para saber que isso não é uma opção. Recebemos nosso cronograma, e ele está cheio de sessão de fotos, coletivas de imprensa e ensaios.

Não dá tempo de ver mais nada.

Antes que me dê conta, já estou no palco, no meio da Arena O2 quase vazia e estranhamente silenciosa.

Pela primeira vez em um bom tempo, minha ficha está caindo. Estou exausto, mas não dá para negar como é legal, e consigo juntar energia o suficiente para me sentir empolgado. Já nos apresentamos em estádios maiores lá nos Estados Unidos, mas ter tanta gente querendo nos ver do outro lado do oceano é surreal. Em breve, todos esses lugares vazios, até mesmo os mais distantes que quase não consigo enxergar, estarão preenchidos por pessoas que pagaram para nos ver.

E vamos dar a eles o melhor show de sua vida. Ou, pelo menos, vamos tentar.

A equipe de montagem construiu uma passarela longa e brilhante que vai até o meio do público. Sempre fico chocado com a rapidez com que conseguem montar a estrutura do palco. Só precisam de um dia ou dois para criar um grande espetáculo. Atrás da gente, o nome da banda já está posicionado em letras empilhadas. Também há um piano branco, todo cravejado com contas brilhantes, numa plataforma que vai nos suspender sobre o público durante uma versão mais lenta de "Last Summer" e nosso cover de "Can't Help Falling in Love". Ruben vai tocar enquanto o resto fica de pé ao redor dele, ou sentado na beirada com os pés balançando. Foi assustador na primeira vez, mas já me acostumei. Os fãs também amam, e isso é o que importa.

Dou uma volta para absorver tudo. Estamos aqui para aprovar o palco; o ensaio oficial é amanhã à tarde, antes do show. Ou seja, amanhã estarei aqui, cantando para vinte mil pessoas. Já consigo até imaginar. A multidão. As luzes sem fim.

Uma funcionária do estádio disse que os telões montados aqui são de última geração, assim como toda a tecnologia envolvida. Nossas vozes ficarão cristalinas, até mesmo para as fileiras do fundo. Além do mais, ao contrário da turnê nos Estados Unidos, cada pessoa do público vai receber uma pulseira que muda de cor automaticamente entre uma música e outra. Azul neon para "Repeat", combinando com o videoclipe, dourado para "Unrequitedly Yours", vermelho para "Guilty". Adoro essa atenção aos detalhes. Mesmo com um público tão grande, ou talvez principalmente por causa disso, a energia dos fãs influencia muito minha apresentação. Sinto que canto melhor quando parece que todos estão se divertindo, e cada coisinha que torna a experiência melhor ajuda, e muito.

— Muito bem, meninos — diz Erin. — O que acharam?

— Amei — diz Angel. — Podemos ir agora?

— Só mais um minuto. Quero que vocês se comportem até o show. E isso quer dizer nada de bebida. E, sim, estou falando com você, Angel.

Será que ela sabe que já passou de "bebida" faz tempo?

Angel coloca a mão no peito.

— Vou me comportar. Não quero que o Sherlock Holmes me prenda.

— Sherlock Holmes não prende ninguém — diz Jon.

— Claro que o nerd do grupo sabe.

— Já chega! Sei que estão empolgados porque aqui já têm idade para beber, mas isso é a pior coisa que vocês poderiam fazer com as suas vozes. Eu imploro, por favor, *por favor*, lembrem o que vieram fazer aqui e se comportem.

Angel assente, mas duvido que ele vá se comportar. Não sei nem se *eu* vou. Quem sabe?

— Mais uma coisa — diz ela. — Os paparazzi aqui são ainda piores. Então, se forem fazer alguma coisa que não querem que o resto do mundo saiba, recomendo que sejam discretos.

Todos ficamos imóveis enquanto ela olha para Ruben.

Está na cara que ela acabou de mandar ele não fazer nada muito gay enquanto estivermos aqui, o que é uma palhaçada, porque sei que Angel já marcou reuniões de "negócio" com um monte de modelos em quase todas as cidades da turnê. Duvido que a Chorus gostaria que isso vazasse mas, ainda assim, não tem ninguém chamando a atenção dele.

— Só isso? — pergunta Angel. — Nada de bebida nem homossexualidade extravagante?

— Você é impossível. Mas é. Só isso. Obrigada, meninos.

Angel vira e vai embora, seguido por Jon e Erin que estão conversando sobre alguma coisa. Ruben vem até a frente e senta na beirada do palco. Me sento ao lado dele. O estádio é mesmo enorme, chega a ser difícil compreender a imensidão. A esta altura, eu já deveria estar acostumado mas... não estou.

— Nossa, aquilo foi ridículo — digo, girando minha pulseira de couro.

— O quê?

— O que a Erin disse.

Ele suspira.

— Ah, pois é.

— Sinto muito.

Ele assente.

— Às vezes tenho vontade de me assumir no palco um dia, só pra ver a cara dela.

Ele sorri com a ideia, mas eu fico apavorado. Geoff deixou *muito* claro que não temos permissão para dizer nada no palco, nem fora, que não seja aprovado por ele e pela equipe da Chorus. Foi ele quem criou a banda, não a gente, e todo o poder pertence a ele. Até agora, seus conselhos nunca nos levaram para a direção errada, então ele deixou *bem claro* a importância de termos o controle da narrativa. Perder o controle pode acabar com a nossa carreira.

Ruben levanta, sorrindo. Os outros já foram embora, então somos só nós dois aqui, nesse lugar imenso. Não vejo nem seguranças por perto.

— Tá fazendo o quê? — pergunto.

Ele coloca as mãos ao redor da boca e grita:

— Muito obrigado, Londres!

Sua voz ecoa pelo estádio vazio.

Fico de pé e me aproximo. Ele ainda está sorrindo como se estivesse tramando alguma coisa, mas não faço ideia do que seja.

— Vocês foram um público maravilhoso, nosso melhor show até agora, não é, gente?

Olho em volta. Não vejo ninguém por perto, o que não significa que não há ninguém nos ouvindo nos bastidores.

Ou talvez filmando tudo.

— Mas, olha, já que estamos aqui, gostaria de botar uma coisa para fora. Tenho certeza de que vocês já repararam que eu nunca tive namorada. Bom, *na verdade*, a questão é *que*…

— Xiuuu! — digo, tapando a boca dele.

Faço por impulso, e agora estou bem ao lado dele, com a mão nos seus lábios. Lábios muito macios, por sinal.

Encaro-o e ele nem pisca — na verdade, seus olhos escuros estão na altura dos meus, como se ele estivesse no controle de tudo. Como se não houvesse dúvidas de que ele está no comando, mesmo com a minha mão tapando sua boca. Como se receber ordens minhas fosse apenas uma brincadeira.

Abaixo a mão.

— Foi mal. Mas você não ouviu o que a Erin *acabou* de dizer?

— Relaxa, Zachary. Eu não ia completar a frase. Não sou idiota.
Mas não acredito.
Aquilo me pareceu bem ensaiado demais.

Nosso ônibus para em frente ao Hotel Corinthia, e seguimos Erin em direção a um saguão lindo e dourado. Ela vai até a recepção enquanto esperamos. Há uma mesa no meio do saguão com vários vasos de vidro. Sem pensar, encosto no que está mais perto e passo os dedos pelas pétalas.

Venho tentando entender o que Ruben quis dizer com tudo aquilo. Ele com certeza já pensou em se assumir no palco e sabe exatamente o que diria nessa situação. No passado, Ruben já disse que não tinha problemas em continuar no armário para o público, enquanto esperava o momento certo. Mas havia certa irritação em sua voz mais cedo, como se quisesse, mas não pudesse.

Ruben me pega o encarando e arqueia as sobrancelhas. Eu estava reparando na boca dele. Está na cara que faz um bom tempo que não beijo ninguém, já que não consigo parar de pensar na textura dos lábios dele na minha mão. Tão macios. Preciso descobrir qual protetor labial ele usa. Quero que os meus estejam macios assim também quando eu *finalmente* sair com uma garota de novo.

— Que foi? — pergunta ele.
— Nada.
Seguimos Erin para o elevador e subimos até quase o último andar. Quando a porta abre, saímos para um corredor longo e dourado.
— Zach, esse é o seu quarto — diz Erin, destrancando a porta com o cartão.
— Por que ele é o primeiro? — pergunta Angel.
Acho que todo mundo está cansado demais para responder. Até a piadinha dele parece exausta.

— Boa noite — digo, acenando para eles.

Enfim entro no quarto e fecho a porta. É espetacular, com uma janela enorme que oferece uma vista panorâmica de Londres. Mesmo morto, vou lá observar. É tão lindo. Vejo a ponte, o rio, a roda-gigante, tudo iluminado. É só isso que vou ver da cidade, então aproveito ao máximo.

Toco meus lábios e me pergunto se são tão macios quanto os dele, depois afasto o pensamento.

Minha mala já está no quarto, então pego uma muda de roupa. Embora eu esteja com aquele tipo de cansaço causado por uma noite em claro, são sete horas ainda, e eu deveria tentar me manter acordado por mais algumas horas para meu corpo se ajustar.

Tiro a roupa e vou para o banheiro. Ligo o chuveiro na temperatura mais quente possível. Está pelando. Entro no banho, jogo a cabeça para trás e deixo a água escorrer pelo meu rosto. Que dia! Na maioria das vezes um banho é o bastante para me acordar, mas agora... nem isso. Acho que água quente não faz milagre, no fim das contas.

Dá para tirar uma música disso? Você é quente como água?

Não, nada a ver. Estou delirando.

Deve ser por isso que não consigo parar de pensar nos lábios do Ruben. Estou delirando, não é nada de mais.

Desligo o chuveiro, pego uma toalha e percebo que ela foi aquecida pela prateleira elétrica. Que paraíso!

Me sentindo finalmente limpo, saio do banheiro, visto uma cueca boxer, pulo na cama e entro embaixo das cobertas, aproveitando a sensação da seda dos lençóis na pele. Ligo a TV e o primeiro canal que aparece está exibindo uma reprise de *Saturday Night Live*. Perfeito. Na mesa de cabeceira, há uma pasta dourada com o cardápio do serviço de quarto. Dou uma folheada. Que estranho; estou com fome, mas me sinto enjoado só de pensar em comer qualquer coisa mais substancial.

Pego o telefone e peço uma canja e um chocolate quente sabor floresta negra, porque, se tem uma coisa dessas no cardápio, não tem como deixar de provar.

Sinto meus olhos começando a fechar, assim que desligo.

Não.

Vamos lá, Zach! Você consegue! Pensa no chocolate quente.

Talvez eu deva fechar os olhos só por uns minutos. Não vai fazer mal. Quando a comida chegar, a batida na porta vai me acordar e eu estarei recuperado o bastante para voltar a dormir num horário mais razoável.

Tá tudo bem.

É um bom plano.

Viro a cabeça para o lado e fecho os olhos.

Quando me dou conta, são três da manhã. As luzes e a TV continuam ligadas, as cortinas ainda abertas e minha boca com um gosto horrível.

Devo ter caído num sono tão profundo que desistiram de entregar a comida. Saio da cama e vou até a janela. Esse lugar deve ter um aquecedor de primeira, porque a cidade lá fora parece chuvosa e triste, mas estou torrando. Observo uma gota de chuva escorrer pelo vidro, então fecho as cortinas, desligo a TV e apago as luzes. Não estou mais tão cansado, mas posso ao menos tentar dormir. Senão vou me arrepender depois.

Meu celular acende na mesa de cabeceira onde o deixei. Me jogo na cama antes de conferir a tela.

É uma mensagem de Ruben, no Snapchat.

RUBEN:
Conseguiu dormir?

Ligo a câmera frontal e tiro uma selfie. Sei que estou sem camisa, mas com Ruben não tem nada a ver. Depois de todas as suas experiências, ele é a última pessoa que se deixaria ter sentimentos por um cara que ele já sabe que é hétero.

Ainda assim meu coração acelera só de pensar nele me enxergando de outro jeito. Como um cara, e não seu amigo. O que ele pensaria de mim se não me conhecesse e soubesse que sou hétero? Será que me acharia gato? E por que sequer estou pensando nisso?

Depois de editar a foto, escrevo: haha não. acabei de acordar.
Envio.

Ruben visualiza e começa a digitar. Então os três pontinhos somem. Já reparei que ele faz isso o tempo todo. Como se nunca confiasse nos primeiros pensamentos.

Recebo uma foto. Ele na cama, com os olhos vesgos e o nariz franzido.

Mais uma notificação.

RUBEN:
OI TÁ ACORDADO É?

EU:
TÔ!

RUBEN:
Então é a hora perfeita pra...

Me pego sorrindo.

EU:
Hora perfeita pra quê?

RUBEN:
Pra me contar o que achou de In This House. EM DETALHES, Zach.

Dou risada. Talvez ele não esteja tão chocado por ter me visto sem camisa, mas eu não esperava por essa. Gostei.

EU:
Já não te disse que amei?

Envio e desabo no travesseiro enquanto espero a resposta. Abro o Instagram e vejo algumas postagens antes de voltar para a conversa do Ruben. Nada de três pontinhos por enquanto.

Abro a foto mais uma vez. Ele está sem camisa, mas só dá para ver seus ombros, e é o bastante para meu estômago se contorcer. Um rosto surge na minha mente. Lee, do ensino fundamental, com aquela covinha. Eu costumava abrir sua foto de perfil e analisar a imagem — ele encarando intensamente a câmera —, procurando pelo lugar onde a covinha apareceria se ele sorrisse. Já tinha quase esquecido dessa sensação, mas agora voltou com tudo. É tão familiar que chega a dar medo.

Fecho a foto do Ruben.

Meu coração está batendo um pouquinho rápido demais.

Lee e sua covinha não significavam nada. Nem Ruben. Não desse jeito, pelo menos. Olhar para uma foto não *significa* nada. Não tem problema olhar para a foto de uma pessoa querida. Por que eu sempre fico pensando nessas coisas? Além do mais, estou cansado, então faz sentido que as minhas emoções não estejam batendo bem.

Uma notificação me arranca desse devaneio, então volto para as mensagens.

RUBEN:
Em qual universo "amei" é uma opinião detalhada?
Como você se sentiu? Quais foram suas músicas favoritas?
O que você achou? ME AJUDA A TE AJUDAR.

Sorrio sozinho e começo a digitar a resposta. Sei que deveria estar dormindo, mas o sono pode esperar.

Não vai ser o fim do mundo se eu estiver um pouco cansado amanhã.

CINCO
RUBEN

Estou em Paris, a cidade mais linda que já vi na vida, e só consigo pensar em como estou com fome.

Saímos de Londres nas primeiras horas do dia depois de engolir algumas torradas do buffet do hotel e fomos às pressas para Paris. Quando as placas de trânsito começaram a mudar de inglês para francês, eu já estava sonhando com café, baguetes e sobremesas finas.

Infelizmente, isso não estava nos planos. Não passamos por nenhum café, e não vejo nenhuma parada turística indicando que estamos em Paris. *Paris!* O único gostinho que tive de passear pela cidade foi quando nos deixaram numa rua sem saída muito bonita, cheia de prédios neutros com sacadas. Entramos em um deles — diferente dos demais apenas pelo batente preto em volta da porta — onde demos uma entrevista e fizemos um ensaio fotográfico para a capa de uma revista.

Já passou da hora do almoço e não comemos nada desde a torrada do hotel. Estamos no micro-ônibus — que viaja com mais facilidade pelo trânsito da cidade do que o ônibus da turnê — com Erin, Penny (que precisa arrumar nossos cabelos toda vez que uma câmera aparece) e nossos seguranças do dia. A companhia contratada pela Chorus, Segurança Tungsten, tem várias filiais internacionais. Keegan e Pauline, nossos guarda-costas principais, vieram com a gente dos Estados Unidos, para que pelo menos um deles possa estar presente o tempo todo para direcionar os seguranças fornecidos pela Tungsten em cada país. Isso nos dá a consistência de trabalhar com guardas que já nos conhecem mais as vantagens de trabalhar com guardas que conhecem a cidade, seus perigos e rotas de fuga. Hoje estamos com Keegan e três seguranças franceses da Tungsten, enquanto Pauline fica no turno da noite a semana inteira.

Estamos a caminho da torre Eiffel. Não por lazer, mas para posarmos para uma foto promocional que será usada no Instagram da banda. Estou apoiado na janela no fundo do ônibus, olhando o pouco da vista parisiense que vamos aproveitar nessa parada.

Angel tira o cinto de segurança, vira para trás e apoia o rosto no recosto do banco.

— Então — sussurra ele. — Vou receber um pessoal no meu quarto hoje à noite.

— Um pessoal? — Zach e eu repetimos ao mesmo tempo.

— Uhum. A Kellin está na cidade e quer aparecer com a Ella e o Ted.

Ele está falando de Kellin White, Ella Plummet e Ted Mason, três dos maiores cantores do Reino Unido. Ella e Ted são conhecidos por aprontarem muito e já protagonizaram mais de um escândalo no ano passado. Os tabloides britânicos adoram os dois, porque sempre rendem muito material. *Ella se mete em confusão com Nadia Ayoub durante o casamento real. Ted Mason preso por porte de cocaína. Ella e Ted: vai dar namoro?*

— Os tabloides *adorariam* saber disso — digo ironicamente.

— Posso ser amigo de quem eu quiser — rebate Angel. — Não quer dizer que *eu* estou fazendo algo de errado.

— Então por que está sussurrando? — pergunto.

Zach sorri e bate o joelho no meu quando passamos por um buraco.

— Ruben, cara... — Angel balança a mão. — Relaxa, tá bom?

De repente, Zach se apoia nos joelhos com o celular na mão.

— Espera aí, deixa eu tirar uma foto — anuncia.

Ele apoia a mão com força sobre a minha coxa para se equilibrar enquanto fotografa a paisagem, porque aparentemente quer que eu entre em combustão espontânea. Me esforço ao máximo para pensar em qualquer coisa que não seja o toque e o peso dele. No fim das contas, só consigo olhar pela janela e tentar me distrair.

Estamos passando por uma área residencial que consiste de dezenas e dezenas de apartamentos cor de creme. De primeira, são as janelas que chamam minha atenção: altas, cobertas por painéis antigos e sacadas com grades de ferro, todas decoradas com fileiras e mais fileiras de flores. Há canteiros em todas as janelas, com mais flores penduradas embaixo de cada poste de luz que vejo. Tento focar em contar os canteiros, porque Zach continua em cima de mim e o calor da sua pele atravessa meus jeans, e — *cinco, seis, sete, oito, nove...*

— Meninos, boas notícias! — Erin levanta e, meio desequilibrada, caminha pelo corredor em nossa direção.

Zach sai de cima de mim para ocupar sua própria poltrona, e não sei se fico aliviado ou desesperado.

— Mas, primeiro, isso aqui. As moças maravilhosas da revista mandaram um presentinho de boas-vindas pra gente — anuncia ela, pegando vários doces embalados em plástico de dentro de uma caixa preta. — São balas de caramelo salgado da Maison Le Roux. Espero que dê para segurar a fome de vocês até o almoço.

Graças a Deus, *comida*. Cada um de nós coloca um cubo de caramelo na boca, e preciso me forçar a aproveitar o sabor e não engolir tudo de uma vez. O gosto é diferente de todos os caramelos que já comi na vida! Tem o equilíbrio perfeito de doce com uma pitada de sal e a textura é densa, macia e enche minha boca com o que parece um creme.

— Aí, sim — diz Jon de boca cheia, abrindo mais um doce. — Gostei de Paris.

Zach apoia a cabeça no recosto do banco e fecha os olhos, com um sorrisinho de alegria. Vê-lo desse jeito me dá um aperto no peito.

Fico por um tempo pensando se Erin só está nos bajulando, e então ela faz o próximo anúncio.

— O resultado do Top Cinquenta Homens mais Sexy da *Opulent Condition* saiu, e, Ruben e Jon, vocês dois estão na lista!

Minha reação imediata, sem brincadeira, é me sentir meio lisonjeado. Não dá para evitar. Retornos positivos são meu principal incentivo, e nada é melhor do que saber que você entrou numa lista de homens bonitos com votação popular. Levo mais tempo do que gostaria de admitir para perceber que se eu e Jon entramos, Zach e Angel ficaram de fora.

— Como *ele* entrou na lista e eu não? — pergunta Angel, bufando e apontando para Jon.

— Nada a ver, cara — diz Zach. — O Jon é sexy.

— Jon é reprimido — rebate Angel. — Fofo não é a mesma coisa que sexy. Jon fica vermelho toda vez que uma garota olha pra ele.

Jon ergue as sobrancelhas, atônito.

— Boa sorte na próxima vez.

— Impossível que essa merda não seja roubada — resmunga Angel.

— É claro que é roubada — responde Jon, antes de virar para Erin. — Eles não inventam essa lista sozinhos. Meu pai que inscreveu a gente, né?

Erin não nega, e de repente me sinto idiota por ter achado que fui votado por fãs que me adoram. É claro que a Chorus escolhe quem entra na lista. Entendo a importância de manter nossos papéis como fantasias românticas a todo custo desde o comecinho; Geoff deixou bem claro quando eu disse a ele que esperava poder me assumir publicamente aos 16 anos. *Pense nisso como um dos seus musicais, Ruben. Você está interpretando um personagem. Quem quer o personagem precisa provar que é o melhor para o papel.* Ele quis dizer que não sou insubstituível. Não disse com todas as letras, mas nem precisou.

— Você *entrou* na lista, Jon. Por que não está feliz? — pergunta Erin.

Jon amassa a embalagem do caramelo com a mão, mas não encara Erin.

— Você não acharia esquisito se seu pai enviasse fotos suas sem camisa pra uma revista?

— Eu precisaria tirar fotos sem camisa antes — diz Erin. Acho que ela tentou fazer uma brincadeira, mas ninguém riu. Ela suspira. — É o preço de ser filho do seu próprio empresário, eu acho. Tente ver pelo lado positivo. É boa publicidade.

— E pelo menos você entrou na lista — diz Angel.

Há um tom de raiva em sua voz.

Zach, que odeia conflitos mais do que tudo no mundo, se encolhe ao meu lado.

— Ser sexy não é sua marca registrada, Angel — diz Erin, cansada. — Mas entendo que você esteja decepcionado.

— Não estou decepcionado — rebate ele. — Estou puto da vida.

— Sem essa. Não desconta em mim.

— Sou sarado pra caralho, danço dez vezes melhor que o Ruben, peguei mais garotas que o Jon já teve coragem de dizer oi na vida, mas a Chorus decidiu que *eu* sou o pobrezinho virgem. Que coincidência!

— Tá bom — diz Erin, com um sorriso um pouco mais tenso agora. — Anotado. Pensei que o grupo inteiro fosse ficar feliz com essa oportunidade de divulgação excepcional que vai elevar a banda como um todo. Mas, como sempre, será uma honra passar a resposta de vocês para o Geoff.

Jon não consegue parar de olhar para baixo, e até mesmo Angel está meneando a cabeça para não ter que encará-la. Reclamar com Geoff só serve para nos expor ainda mais. Não muda nada. Nem mesmo se a reclamação partir do próprio filho dele.

— Se serve de consolo — anuncia Keegan da frente do ônibus. — Também não entrei na lista.

Zach pigarreia.

— Parabéns — murmura ele, sorrindo para mim e depois para Jon.

— Viram só? Esse é o tipo de atitude que eu estava esperando da equipe! — exclama Erin.

Jon olha para ela com o rosto emburrado, mas depois parece desistir.

— Então, quem mais está animado para subir na torre Eiffel? — pergunta ele com a voz hesitante.

— Ah, não vai dar tempo de ir até o topo — comenta Erin. — Só uma foto e depois temos que correr com vocês para outra entrevista na M6 Music.

Pela expressão geral, ninguém fica particularmente surpreso ao ouvir isso.

Quando Erin retorna para a frente do ônibus, Angel cruza os braços.

— Vocês *sabem* que eles não me inscreveram porque acham que não dá pra um cara asiático ser sexy, né? — murmura ele. — Inacreditável uma merda dessa.

Jon abre um sorriso ácido.

— Meu pai acha que não é racista só por ser casado com uma mulher negra. Ele nunca entendeu isso. E duvido que vá entender um dia.

Angel solta um grunhido de nojo e volta para o celular. Jon o observa, perdido em seus pensamentos, até que, por fim, se joga na sua poltrona e fecha os olhos com força.

Zach olha para mim, e sua expressão está tão sombria quanto a minha.

Zach está sem camisa no meu quarto de hotel, o que é, ao mesmo tempo, incrível e uma cilada em vários níveis.

Estou me esforçando ao máximo para não ficar olhando. E, tipo, é bem difícil.

Ele bateu na porta do meu quarto uns cinco minutos atrás, pedindo uma roupa minha emprestada para se encontrar com Angel, porque já está cansado de todas as suas camisetas (escolhidas pela Chorus). E agora preciso olhar para qualquer direção menos para ele só para evitar o climão — para a surpresa de ninguém, é muito mais fácil ignorar um cara seminu num camarim lotado do que num quarto a sós.

Decido olhar para o meu celular e ficar de costas para ele. Conto até dez em silêncio, dando tempo para que ele vista minha camisa, mas quando levanto os olhos, ele ainda não vestiu, e está de pé na frente do espelho arrumando o cabelo. Um pedacinho do elástico da cueca aparece por baixo da cintura do jeans justo, e sua pele é lisa e pálida pela falta de sol.

O negócio com Zach é que ele é gato demais. Sempre achei, mesmo quando ninguém mais achava. Ele é esguio, alto, não muito magro, com o cabelo castanho volumoso que deixa qualquer um morrendo de vontade de passar a mão, só para descobrir que é tão macio quanto parece. Covinhas profundas, cílios longos que emolduram os olhos castanho-claros, o rosto oval e bem estruturado, braços curvilíneos com músculos bem definidos. Se a lista de hoje fosse baseada em aparência em vez de publicidade, ele estaria nela sem sombra de dúvidas. Inclusive, acima de mim.

O som do tecido me avisa que ele finalmente vestiu a camiseta.

— Já deu uma olhada lá fora? — pergunta ele. — Tem tanta gente.

Na verdade, não dei. Quando voltamos do show de hoje, já havia um grupo considerável de fãs esperando na frente do hotel. Abro a janela, coloco a cabeça para fora e os gritos ecoam como um maremoto quando me veem. É uma multidão. Um mar de cabeças e mãos, com dezenas de pessoas, a maioria garotas adolescentes. Gritando. Para mim.

Sou a única coisa que existe para eles agora, mesmo que às vezes minha boca fique esquisita, ou meu vibrato falhe, ou eu esqueça de sorrir para a imprensa. Não importa para eles. É incondicional.

Eu não sabia o que era "incondicional" antes da Saturday.

Aceno para o público e Zach se espreme ao meu lado, deixando os gritos de alguma forma ainda *mais* altos. Ensurdecedores. *Pelo menos vai abafar qualquer barulho que vier do quarto do Angel*, penso.

Jogo o braço por cima dos ombros de Zach, e ele segura minha mão.

— *Bonne fin de soirée!* — grito, embora ache difícil que alguém consiga escutar.

Zach me puxa para dentro do quarto com um abraço de urso, rindo, e a multidão fica abafada de novo quando ele fecha a janela.

Quando chegamos no quarto de Angel, já deve haver umas quinze pessoas lá. Não encontramos Jon, apesar de termos mandado mensagem para ele quando Zach apareceu.

As luzes principais estão apagadas e o quarto fica iluminado apenas pelas luminárias e pela luz do banheiro. A música está num volume razoável — por enquanto — e a maioria do pessoal está relaxando na cama, nas poltronas ou no chão mesmo, com o rosto encoberto pelas sombras. Há alguns convidados que reconheço: Ella, Kellin e Ted, claro, junto com Daniel Crafers e Brianna Smith, dois atores de vinte e poucos anos. Já interagi com eles no Instagram algumas vezes.

— Ei, vocês dois — diz Ella quando nos aproximamos dela, que está rolando no chão para encher um copo plástico com vodca. — Sejam bem-vindos à *République française*.

— Ah, você mora aqui agora? — Aceito o copo.

— Não, amore, viemos só por causa de vocês quatro.

Levanto o copo para brindar.

— Então é a gente que deveria estar te dando as boas-vindas à França, né?

Angel aparece do nada, cambaleando na ponta dos pés.

— Rubenzinho, você está sendo malcriado com os convidados?

— Sim, está — provoca Ella, enrolando uma mexa de cabelo castanho-escuro no dedo.

Angel aponta para mim e Zach.

— Virem. Vai deixar vocês mais legais.

— Falando em nós quatro — diz Zach em vez de beber. — Cadê o Jon?

Angel faz careta.

— Tomara que fique no quarto dele em protesto.

— Tantos sabores maravilhosos no mundo, e você prefere ser amargo — Ella diz, rindo.

Alguém aumenta o volume, e o clima do quarto muda de reuniãozinha entre amigos para noite de festa. O grave vibra pelo chão e o sinto nos dedos dos pés, pulsando pelas minhas veias.

— Não sou amargo — diz Angel, se jogando no chão entre mim e Brianna. Ele precisa meio que gritar para ser ouvido. — Se fosse, isso também envolveria o Ruben, e não tenho nada contra meu Rubenzinho aqui, amor da minha vida.

— Você sempre será o homem mais sexy do mundo pra mim — diz Ella para Angel, que fica feliz de um jeito nada sutil.

Ela serve mais algumas doses no copo dele, como um brinde por ser sexy, acho.

— Ei, e a gente? — Zach brinca, mas algo me diz que há um fundo de verdade na brincadeira.

— Pois é, desse jeito você vai partir nosso coração, Ella — decido participar.

Ella ri, leve e cintilante.

— Pelo que ouvi, sou a última pessoa aqui que tem chances de partir seu coração, Ruben — diz ela. — Você deve ter mais sorte com o Levi, bem ali. — Ela aponta para um cara loiro e desconhecido, de pé ao lado do banheiro com Ted. — Quer que eu te apresente?

Não me surpreende que ela saiba sobre mim. Quando alguém sai do armário para a própria equipe, sua sexualidade acaba se tornando meio que um segredo aberto dentro da indústria da música, mas o acordo tácito é que quem sabe não leva a informação para fora. A quantidade de dinheiro gasta todo ano em subornos e processos para evitar que informações sobre a sexualidade de artistas saiam nas primeiras páginas é de fazer chorar. Isso mantém a imprensa na linha, de certa forma. Pelo menos no que diz respeito a provas fotográficas. E qualquer outra celebridade vai jurar de pé junto que você é hétero se alguém perguntar — principalmente porque eles também têm seus próprios segredinhos sujos. É uma questão de comunidade. Uma questão moral. Uma questão de nós contra eles.

Pena que eu não *quero* que seja um segredo.

— Vamos ver o que vai rolar esta noite — digo, e ela franze o nariz para mim, brincando.

Zach me olha de soslaio. Ele costuma ter um comportamento engraçado em relação aos meus encontros. É uma versão mais tranquila do Jon quando se trata de seguir as regras; ele não quer drama e tem medo que eu acabe saindo com a pessoa errada, que vai vazar alguma coisa para a mídia ou dar um jeito de provocar um escândalo. Prefiro encarar como um gesto carinhoso de quem quer me proteger, e não me irritar por ele não confiar nas minhas decisões.

Além disso, é difícil me irritar com Zach, já que eu nunca contei para ele que *quero* me assumir; não com todas as letras. Até onde sei, ele está do meu lado, protegendo o *meu* segredo, e não o da Chorus.

— Quem vai partir o coração do Zach, então? — pergunta Angel, tocando o fundo do copo de Zach. *Beba.* Zach obedece.

— Olha, sendo bem sincera, ele pode até escolher. Quem você quer que parta seu coração, Zach? Tenho certeza que qualquer uma aqui aceitaria o desafio — diz Ella.

As cores do quarto ficam menos vibrantes, de repente. Levanto.

— Vou ver como o Jon está — digo.

— Vou com você — Zach começa a levantar, mas Ella o puxa de novo, rindo.

— Ele consegue achar o caminho sozinho — diz ela.

Desvio das pessoas no quarto lotado — mais gente apareceu desde que chegamos — e quase bato de frente com um grupo entrando. É muita gente, não vai caber todo mundo aqui.

Quando estou prestes a sair, a porta abre e Jon entra.

— O hotel vai acabar reclamando pra Erin — diz ele quando me vê. — Tá *muito* alto o som.

— Deve estar mesmo. Mas o que você esperava?

Jon suspira, vai até Angel e eu também. Zach está na janela, conversando com uma garota de cabelos cacheados e esvoaçantes. Suas pernas compridas estão cruzadas e a cabeça tão caída para o lado que ela deve estar com torcicolo. Parece estar cativada por ele. Com toda razão. Mas eu queria que ela estivesse cativada por outra pessoa. Literalmente qualquer pessoa.

Ella acena para chamar minha atenção. Ela está com o garoto loiro que mencionou antes, Levi. Levanto a mão para dizer que já vou, e alguém me entrega uma bebida quando passa por mim.

Claro, por que não? Bebo um gole e me volto para a conversa entre Jon e Angel.

— Não queremos que você acabe com uma reputação ruim, Angel.

— Ah, não, reputação ruim por ser divertido demais? As garotas odeiam isso — responde Angel, balançando sem sair do lugar.

Com certeza tomou alguma coisa. Sua energia está um pouco mais frenética do que o normal.

— Só faz menos barulho. Por favor.

— Você — aponta Angel — não é nosso empresário. Que tal só se divertir um pouco e deixar os pedidos de desculpa por minha conta, hein?

Ele segura as mãos de Jon e balança para a frente e para trás, tentando fazê-lo dançar. Jon revira os olhos de novo, mas está sorrindo, a contragosto.

Quando termino a bebida, alguém toca meu ombro. É o garoto loiro. Levi.

— Quer mais? — pergunta ele.

Aceito, abrindo um sorriso.

No fim das contas, Levi é um modelo irlandês, o que explica o rosto irreal de tão bonito. Também descubro que ele é muito mais resistente ao álcool do que eu, ao tentar acompanhar seu ritmo e fico zonzo rapidinho. Ele me leva para sentar em um espaço vazio na cama e me conta sobre a vez que quase foi preso com Ella e Kellin. Enquanto conversamos, nos aproximamos cada vez mais, e ele começa a acariciar minha coxa com o polegar. Tudo parece quentinho, lento e macio. Como aqueles caramelos.

A festa vai ficando cada vez mais alta conforme as pessoas viram mais bebidas e, acredito eu, tomam seja lá o que Angel tomou e começou a distribuir. Um grupo barulhento grava um vídeo para o Instagram enquanto faz uma brincadeira de bêbado que aparentemente envolve bater numa mesa e gritar toda vez que alguém fala qualquer coisa. Não muito longe deles, dois garotos e uma garota estão sem camisa, correndo pelo quarto tentando encontrar uma camisa sobrando para a garota. Alguém colocou música trap para tocar no celular, misturando com a música nas caixas de som do Angel, e mal consigo escutar meus pensamentos.

Olho para Zach algumas vezes, e ele ainda está com a garota de cabelo cacheado. Acho que ela foi a escolhida para partir o coração dele esta noite.

E acho que escolhi Levi.

— Então, vai ficar em Paris até quando? — pergunta Levi.

— Só mais hoje e amanhã. Vamos embora na manhã seguinte.

— Ah. — Ele faz beicinho. — Está hospedado aqui?

— Aham, meu quarto é no fim do corredor.

— Ah, cada um tem seu próprio quarto? Legal. — Ele finge estar dizendo casualmente, mas sua mão aperta minha perna com mais força, e algo revira dentro do meu estômago. Minha garganta se fecha, me deixando um pouco sem ar.

Alguém segura meu braço, viro e vejo Zach, bem preocupado.

— Pode me ajudar aqui rapidinho? — pergunta ele.

Peço licença ao Levi, e Zach me leva até a garota cacheada. Só que ela está jogada contra a parede e a cabeça já apoiada no ombro de tão caída.

— Meu Deus, o que você fez com ela?

— Nada! Acho que ela só está bêbada.

Outra garota aparece com uma garrafa de água e dá para ela. Zach se agacha.

— Ela está bem? — pergunta ele.

— Sim, isso acontece às vezes — responde a garota nova com sotaque francês. — Vou chamar um Uber.

— Vocês vão para longe daqui?

— Uns trinta minutos mais ou menos?

— É uma viagem longa. Ela não me parece muito bem.

— Mas só temos lá para ficar.

— Tô enjoada — murmura a Garota Cacheada. — Deixa eu dormir no chão, Manon. Por favor.

Zach hesita e olha para mim esperançoso. Com a tontura do álcool, levo um momento para entender o que ele quer.

— Se quiser emprestar sua cama pra ela... — digo, dando de ombros.

— Você não se importa? Se eu dormir no seu quarto?

Bom, Levi vai se importar. Mas vai ter que superar.

Trabalhando em equipe, nós três ajudamos a garota que parte corações a ficar de pé e a levamos até o quarto de Zach. Rapidamente, ele joga todas as coisas dentro da mala, e eu ajudo a amiga da garota, Manon, a levá-la em segurança para a cama. Manon fica nos agradecendo sem parar, enquanto posta tuítes cheios de erros de digitação sobre como Zach Knight merece ser idolatrado até o fim da eternidade. Depois, eu e Zach arrastamos as bagagens dele até o meu quarto, e eu me jogo na cama, oficialmente tonto demais para ficar de pé.

— Desculpa ter interrompido seu... hum... lance — diz Zach com a voz esquisita.

Ele perambula entre as malas e cruza os braços.

Solto um grunhido e jogo o braço sobre os olhos para bloquear a luz do teto.

— Tudo bem. Para que servem os amigos senão para empatar fodas?

— Merda. Desculpa.

— Tô *zoando*. Mais ou menos. — Dou uma espiada nele e sorrio. — Não posso ficar chateado com você por ser, tipo, o cara mais decente de todos. Isso me tornaria um merda, né?

— Você nunca seria um merda.

— Eu conseguiria, se me esforçasse.

Ouço um barulho. Ele deve ter sentado no chão.

— Quer voltar pra lá?

— Hum-mmm. A gente deveria. Mas a cama está *tão* confortável, e o quarto está girando *rápido demais*.

— Nem me fala. Aquela galera *sabe* beber.

— Né? Levi virou metade de uma garrafa de vodca e não estava nem enrolando a língua.

Mando uma mensagem avisando ao Jon que abandonamos a festa. Não adianta avisar ao Angel, ele só veria pela manhã, de qualquer forma.

— Levi — repete Zach com a voz toda esquisita de novo.

— Sim, aquele cara que eu...

— Sim, sim, saquei.

Me apoio para levantar o corpo e tiro a calça jeans.

— Ele é modelo — digo.

Zach, que também começou a se despir, para com a camisa sobre a cabeça.

— Quem *diria*. Será que ele entrou naquela lista?

Ah, a lista. Tinha esquecido.

— Que se foda aquela lista idiota, Zach — digo, me enfiando debaixo das cobertas.

Zach apaga as luzes e o som do tecido me diz que ele também está tirando a calça jeans. Me arrependo na hora de ter apagado a luz.

— Eu... será que posso...? — sua voz pergunta em meio à escuridão.

— Sim, chega mais — digo.

Queria completar com "onde mais você achou que ia dormir?", mas seguro o deboche.

Ele se arrasta com cuidado para debaixo das cobertas ao meu lado. Zach está emanando calor.

— Que se dane a Erin. E a Chorus também — completo.

Zach resmunga.

— Eu não ligo. Não estou nem... aí.

— Que bom. Porque eles não sabem de nada e são uns idiotas.

A cama se mexe e percebo que ele virou de lado, para mais perto de mim.

— Mas uma coisa eles acertaram. Você é muito mais bonito que eu.

Me viro tão rápido que minha cabeça pulsa de dor. Rápido demais para um cara bêbado, pelo menos.

— Isso — exclamo — foi a coisa mais estúpida que você já disse. Você é um gostoso.

— *Sou naaaaada*.

— *É siiiiimmm*. Você... — Estico o braço para cutucá-lo, tateando pela escuridão até que meu dedo toca o peito dele com força. — Deveria estar no topo da lista.

— *Não*.

— Número um!

Ele tenta empurrar minha mão e nossos dedos se entrelaçam por um segundo.

— Para de mentir.

— Não estou mentindo.

Ele se remexe para ficar mais confortável, e o movimento o traz para mais perto de mim.

— Já vi o tipo de cara que você curte — diz ele. — Não tem nada a ver comigo.

Sinto um nó na garganta. E por que é que ele se importaria com os caras que eu curto ou deixo de curtir?

— Como é?

— Eles são todos, tipo, fortões, sei lá. É por isso que sei que você está mentindo só para eu me sentir melhor.

Ah. Isso faz mais sentido. Por um momento de insanidade pensei que ele estava falando de... outra coisa.

— Zach — digo, com o máximo de clareza que consigo. — Você é um gato. Tipo, gato de verdade.

Ficamos em silêncio por tempo suficiente para nos sentirmos confortáveis, e minha pele começa a coçar de ansiedade. Não consigo enxergar a expressão no rosto dele, mas de repente fico preocupado de ter passado dos limites.

— Vamos dormir um pouco — digo, já que ele não responde. — Temos que levantar daqui a algumas horas.

Minha cabeça está girando, e já estou com medo do despertador. Amanhã vai ser *horrível*. Mas valeu a pena, acho, ficar soltinho por pelo menos uma noite.

— Beleza — diz ele, meio esquisito e me dando a certeza de que o deixei desconfortável.

O problema é que meu cérebro está bagunçado demais para tentar bolar um plano para fazer o clima voltar ao normal.

Estou começando a relaxar quando, de repente, tenho a sensação de que estou sendo observado.

— Zach? — sussurro.

— Oi.

Sinto sua respiração sobre mim quando ele fala. Não estava sentindo ainda há pouco. Ele se aproximou ainda mais. Tenho certeza.

De repente, não consigo respirar porque a ficha caiu. Alguma coisa acabou de acontecer e deixei passar porque não estava olhando direito. Que idiota. Mas algo aconteceu.

Ele está tão perto que se eu me mexer um centímetro que seja, vou tocá-lo. Pernas, barriga, peito, lábios.

Congelo, porque só posso estar entendendo tudo errado. Só pode ser. E se eu me mexer, vou destruir tudo.

Por que ele não está se afastando? Estamos perto demais.

Ele solta o ar com força, tremendo. Ele está tremendo. Sinto meu corpo todo travar de uma vez só.

Ele está *tremendo*.

Então, me mexo. Como se fosse sem querer, um acidente. Mas é claro que não passa de uma farsa estúpida, porque o "acidente" faz nossos joelhos se chocarem com força, e nossos narizes quase se tocam, mas não recuo.

E nem ele.

Meu movimento foi uma pergunta, e a recusa dele a se afastar foi a resposta. Ainda estou tentando me convencer de que estou vendo algo que não existe quando ele solta o ar de novo, põe a mão no meu peito e toca os lábios nos meus.

É um quase beijo, lábios fechados e delicados. Como o ar.

Eu não retribuo. Deixo que ele me beije e deixo que ele se afaste. Deixo que fique em silêncio e se arrependa. E não o puxo para um beijo mais intenso que ele não quer, não pode querer.

— Desculpa — sussurra ele. Aí está. O arrependimento. Parte de mim morre, mas outra está tão, tão grata por não ter deixado ele pensar que eu queria. — Achei que...

— Tudo bem. Você está bêbado.

— Desculpa. Entendi tudo errado. Desculpa.

Agora quem está confuso e perdido sou eu.

— Espera, você... queria?

Ele leva um tempo para responder. Será que é proposital? Então, com a voz tão suave que chega a doer, ele sussurra:

— Queria.

Meu cérebro, que parece ter ficado para trás, tenta juntar as peças do quebra-cabeça, porque isso tudo aconteceu do nada, sem nenhum sinal, nenhum mesmo, mas deve ter tido algum. É muita coisa para processar, e ele continua tão perto de mim, e ainda sinto seu gosto quando passo a língua nos meus lábios, e ele parece tão esperançoso. *Esperançoso*, meu Deus.

Então, seguro a nuca dele. Seu peito encosta no meu e acho que estou sentindo seu coração acelerado. Ou talvez seja o meu.

Quando o beijo, um som baixinho fica preso na garganta dele, e acho que vou desmaiar. Abro a boca, beijo-o com mais força e respiro o ar que ele solta como se Zach fosse meu oxigênio.

Beijá-lo é como mudar de tom e aumentar o volume.

Ele enrola as pernas nas minhas enquanto se apoia para ficar em cima de mim, e o calor disso tudo, a maciez da sua pele, a língua que toca a minha com delicadeza, é demais para mim. Estou desintegrando, derretendo no colchão, e seu peso sobre o meu corpo é a única coisa me ancorando na terra. Ele abaixa o quadril com força, e está duro como pedra, e nada faz sentido, porque é o Zach e ele é hétero, e não pode me desejar desse jeito, mas está acontecendo mesmo assim. Fazendo sentido ou não.

— Porra, Zach — consigo dizer, e ele me cala com mais um beijo.

Minhas mãos estão ao lado da minha cabeça, e ele entrelaça nossos dedos, pressionando minha mão contra a cama. Estou preso. Quero me levantar, agarrá-lo, mas também quero ficar aqui, deitado embaixo dele até morrer.

Acho que sempre quis que Zach me beijasse. Mas nunca pensei que seria possível. Então, mantinha o desejo trancado num baú, lá no fundo. No lugar onde guardo as coisas que só vão me magoar.

Nunca quis abrir esse baú.

Esperançoso, uma voz ecoa em minha mente, e eu a calo, certo de que essa voz não tem nada de bom para dizer.

Espero, a voz insiste, mais alto desta vez, *que ele não esteja só te beijando para massagear o próprio ego. Porque você disse que ele é bonito em um mundo que sempre o fez se sentir feio.*

Sinto uma fisgada no estômago e acho que estou enjoado.

Diminuo o ritmo do beijo. Minha cabeça gira com esse pensamento novo e horrível. Zach percebe a mudança brusca e, ofegante, se afasta.

— Você está bem?

Não. Acho, de verdade, que vou vomitar. Tento manter a respiração constante, trazendo este quarto e a realidade de volta para o foco. A náusea se acalma, mas o pavor não.

Quero implorar por uma certeza, mas ele está bêbado e confuso, e agora não é a hora. Ele não conseguiria me dizer a verdade nem se entendesse a força que motivou esse beijo. E isso é um grande "se". Para ele, a clareza virá amanhã, quando estiver refletindo e arrependido.

E estaremos destruídos. E talvez seja irreparável.

Tudo por um beijo.

Zach sai de cima de mim e senta ao meu lado.

— Ruben?

— Acho melhor a gente dormir.

— Eu não... desculpa — diz ele.

Ele parece magoado. Meu Deus, ele parece muito magoado. Mas vai me agradecer amanhã, por eu ter impedido que a gente fosse além. Ele está bêbado. Eu estou bêbado. Quando estiver sóbrio, vai entender.

— Não precisa pedir desculpas. Tá tudo bem. Só não... se preocupa.

Viro de lado para que ele não consiga me ver, e tapo a boca para não fazer nenhum ruído. Meus lábios tremem, e meu maxilar está travado contra a onda de decepção e pânico.

Merda.

Merda.

Merda.

O que foi que eu fiz?

SEIS
ZACH

O que foi que eu fiz?
    Ainda estou na cama com Ruben, o mais perto possível da beirada sem que eu caia. Os segundos se *arrastam*, mesmo depois que o céu começa a clarear. Não dormi nada, mas estou me forçando a ficar imóvel para não deixar as coisas esquisitas.
    Quer dizer, ainda mais esquisitas do que já estão. Porque puta merda! Eu o beijei. Ou ele me beijou. A gente se beijou, acho.
    E eu gostei. Estava bêbado, mas não tão bêbado a ponto de esquecer essa parte. Foi um dos melhores beijos da minha vida. Praticamente explodiu minha cabeça de tão bom. Mas não faz sentido, porque ele é um cara. Eu quero uma *namorada*. Tipo, quando penso no futuro, me imagino com uma esposa, uma casa e um cachorro. A única coisa que mudou nesse plano desde a minha infância foi o preço da casa. E isso não combina com um cara beijando outro cara e amando cada segundo. Não faz sentido.
    Ruben se estica ao meu lado e quase dou um pulo de susto. Tenho a impressão de que ele está fingindo estar dormindo, afinal, seus movimentos parecem um pouquinho calculados demais. Ele se encolhe de novo com um gemido suave e afunda a cabeça no travesseiro.
    Suas costas são muito musculosas, e o cabelo é curto e bagunçado. Ele é muito um *cara*. E ainda assim, o beijo foi tão gostoso, doce e

avassalador... tudo que espero de um beijo. Acho que nunca quis nada tanto quanto quero continuar isso aqui, sem nunca ter que parar.

    Claro que não é a primeira vez que pensei em beijar um garoto. Mas nenhum desses pensamentos durou mais que alguns segundos. São anomalias, coisas que penso quando estou cansado, bêbado ou...

    Ou não são?

    Já tive sentimentos passageiros por garotos que foram, tipo, uma *mini crushzinha*. Do tipo quando se começa a reparar em alguém *daquele jeito*, e a pessoa invade sua mente em momentos aleatórios, e não dá mais para desviar o olhar sempre que ela está por perto. Quando a pessoa começa a se tornar muito importante, mais do que uma amizade comum. Geralmente acontecia com algum colega do time de futebol, e devo admitir que fiquei todo derretido uma vez quando estava conversando com o capitão do time, Eirik, e ele levantou a camisa para secar a testa durante a conversa.

    Por causa de momentos assim já pensei que talvez fosse gay. Mas não sou. *Não sou*. Já me apaixonei por garotas antes, perdidamente! Garotos gays precisam fingir quando estão com uma garota, e eu nunca precisei; beijos e sexo sempre foram ótimos. Hannah virou meu mundo de cabeça para baixo quando me apaixonei por ela. Não deve ser normal para um gay ter sentimentos românticos por uma garota, muito menos sofrer por ela.

    É claro que sei que existe muito mais que gay ou hétero, mas nenhuma das outras orientações combina direito comigo. Minhas crushes em garotas sempre foram estáveis e recorrentes durante toda a vida, e a ideia de que isso pudesse voltar a acontecer depois que eu superasse Hannah sempre me confortou. Tipo, eu sabia que tudo ficaria bem porque, mais cedo ou mais tarde, acabaria gostando de outra pessoa, quando me sentisse pronto. Minhas crushes em garotos sempre surgiram do nada, me pegavam de surpresa e me deixavam confuso, talvez até em pânico, até eu arrancar a ideia da cabeça à força. Daí eu me apaixonava por uma garota e só conseguia pensar nela, todo bobo e feliz, e quase esquecia minha minicrush por um cara. Esquecia que eu poderia *gostar* de um cara, mesmo que fosse rapidinho. Tenho certeza de que é comum ter crushes minúsculas assim por pessoas aleatórias. Não significa que sou queer. Se eu sentisse o mesmo por garotos e garotas, eu saberia.

Mas aí, na noite passada, foi bem parecido com o que sinto quando beijo garotas.

Se ele fosse uma garota, eu saberia que encontrei minha próxima paixão. Mas é Ruben. Meu melhor amigo, colega de banda e definitivamente um cara.

Então, assim... que porra foi aquilo?

Me sento na cama, torcendo para que ele pare de fingir estar dormindo. Ele não reage, então pigarreio.

Ruben abre os olhos e sorri imediatamente ao me ver. Mas sua expressão muda e o sorriso some. Que balde de água fria. O típico pânico de *o que isso significa?* passa pela minha cabeça. Sinto como se estivesse pelado no palco.

— Oi — sussurra ele, hesitante.

— Oi. — Mal consigo botar a palavra para fora.

Ficamos em silêncio. Analiso Ruben. Ele é muito bonito, claro. Mas será que o acho bonito tipo "quero te pegar de jeito consensualmente" ou "quero *ser* você"? Sempre me peguei reparando em como Ruben é lindo, mas pensei que fosse apenas admiração ou inspiração. Agora não há dúvidas de que existe uma pontinha de desejo nisso tudo. Provavelmente porque agora sei como é o beijo dele.

Ele muda de expressão e se senta. Sinto uma conversa desconfortável pra caramba chegando, e não há nada que eu possa fazer para evitar. A não ser, tipo, sair correndo do quarto, o que me parece bem tentador.

— Como está sua cabeça? — pergunto.

Ele hesita e analisa meu rosto.

— Não tão mal quanto no voo até aqui.

— Pois é. Eu também. Mas não estou me sentindo muito bem hoje. Fiquei *louco* ontem à noite.

Queria estar a um milhão de quilômetros daqui para não ter que lidar com essa maldita conversa. Para não ter que ver esse olhar no rosto dele, de quem criou expectativa e agora está magoado comigo. Como se eu o tivesse iludido.

Puta merda, eu o iludi. Depois daquela merda toda que Christopher fez no ano passado, usando Ruben para entender a própria sexualidade. E depois daquele cara hétero dando em cima dele na festa do Angel *semana passada*. Isso sem falar nos inúmeros encontros que deixaram Ruben cada vez mais fechado para o mundo. Todos os caras babacas que o usaram e o menosprezaram. Até eu ficava puto pra cacete com isso.

Agora sou um deles.

Que merda eu tenho na cabeça? Mesmo que tivesse me dado vontade de ficar com ele ontem, por que *tomei a iniciativa*?

— Você lembra da noite passada, não lembra? — pergunta Ruben, e acho que há uma pontinha de esperança ali. — Não estava *tão* louco assim, espero.

— Lembro sim — respondo. Meu rosto está queimando e sei que ele percebe. — Aquilo foi, hum... — Pigarreio. — Meio merda?

— Meio merda? — repete ele num tom vazio.

— É. Quer dizer, tipo, eu não deveria ter te beijado. Estava tão bêbado e acabei pensando com a cabeça errada.

Nota dez para a escolha de palavras.

Ruben abre a boca, depois fecha. Acho que ele não tem ideia do que está acontecendo. E, tipo, nem eu.

Socorro. Como resolvo essa porra toda sem me meter num problema ainda maior? Se é que isso é *possível* a esta altura.

— Beleza — digo. Me estico para colocar a mão na perna dele, porque é o que eu normalmente faria, mas no meio do caminho fecho a mão e dou um soquinho no colchão. — Eu só... estou com muita coisa na cabeça agora, e em pânico porque você é meu melhor amigo e sei que já se magoou com outros caras que te usaram antes, eu *sei* disso, e a última coisa que quero é te magoar também. Então se eu puder consertar o que fiz de alguma forma, por favor me diz, sou *todo* ouvidos. Por favor.

— Não tem nada pra consertar — diz ele, por fim. — Quer dizer. Acontece.

— Nunca fiz nada assim antes.

— Tá certo, beleza. Talvez ficar bêbado e pegar seu amigo hétero não aconteça o tempo todo. Mas aconteceu. Então, talvez seja melhor a gente... fingir que não?

Me parece uma péssima ideia, mas vai me dar um pouco de tempo. Seja lá o que tenha rolado ontem à noite, talvez nunca mais se repita. Dessa forma, podemos deixar isso no passado, pelo menos por enquanto. Colocar na lista de "coisas idiotas que fizemos durante a turnê". Seguir em frente. Como uma minicrush. Não vou nem lembrar disso quando começar a gostar de uma garota.

Nossos olhares se encontram e eu estou prestes a assentir quando percebo uma coisa. O sol da manhã mudou a cor dos olhos dele para um tom de âmbar. De repente, tudo o que mais quero é beijá-lo de novo. Quero abraçá-lo, fazê-lo sorrir para mim e me perder dentro dele.

O que significa...

Sei lá.

Significa que preciso de um tempo, porra! Não quero acabar com tudo, mas também não quero pensar nisso. Quero respirar, ter um pouco de privacidade e tentar organizar meus pensamentos sem o Ruben *me encarando* como se o mundo fosse acabar se eu não disser a coisa certa. Preciso entender essa porra toda e só depois conversar com ele.

— Na verdade — digo, cuidadosamente. — Não surta. Mas podemos conversar sobre isso depois? Não quero fingir que nunca aconteceu, mas ainda não estou pronto para falar a respeito.

Ele pisca devagar.

— Tipo... quando?

— Só preciso de alguns dias.

— Alguns dias para... fazer o quê?

Boa pergunta, Ruben. *Excelente* pergunta.

— Sei lá, tá bom? Não sei mesmo. Só preciso de espaço. Por favor, não surta, só preciso de um tempo.

— Não estou surtando.

A voz dele está bem aguda então, sim, ele está surtando.

Que droga. O jeito que me olha agora é cheio de mágoa. Parte de mim quer dizer que estou a fim dele, só para que ele se sinta melhor.

Mas não posso mentir, e dizer qualquer coisa antes de pensar melhor pode acabar resultando numa mentira.

Estou enjoado.

Vou vomitar, vou...

Vou magoá-lo.

Não posso magoá-lo. Mas também não posso iludi-lo. Não posso dizer o que sei que ele quer ouvir só para que ele se sinta melhor. Não seria justo comigo, nem com ele. O melhor a fazer é tirar um tempo, entender essa confusão e então conversar quando eu estiver certo do que está rolando e do que quero.

— Desculpa — digo. — Mas preciso mesmo de um tempo para processar isso tudo.

— Não precisa pedir desculpas, eu entendo.

— Não, preciso, sim. Você sabe que gosto muito de você, não sabe? E a última coisa que quero é te magoar.

Os olhos de Ruben estão em chamas.

— Quer saber? Temos que descer para o café da manhã daqui a pouco. — Sua voz está firme e eu *sei* que ele ficou magoado. Mas se eu disser que gosto de garotos e, no fim das contas, não for verdade, isso só vai piorar as coisas.

— É mesmo. — Pulo da cama e procuro minha camiseta. Como é que ela foi parar na porra da *janela*? — Quero tomar um banho antes. Pode se arrumar aqui e eu te encontro lá embaixo.

— Aquelas garotas ainda devem estar no seu quarto — diz ele, enquanto se enrola no cobertor.

Merda. As garotas. Ruben tem razão, mas minha mente está me mandando sair daqui urgentemente, antes que eu diga outra coisa errada e complique tudo ainda mais.

— Eu uso o banheiro do Jon — respondo.
— Pode usar o meu.
— Não, não, tranquilo. Valeu.
— Zach.
— Te vejo no café da manhã.

Só consigo sair do quarto correndo. Fecho a porta e apoio a testa na parede por um momento, respirando fundo.

Que.

Porra.

Foi essa?

Onde foi que eu me meti?

Achei que quando saísse de lá me sentiria aliviado de alguma forma. Mas não dei essa sorte. Aqui fora continuo me sentindo um grande merda. A tristeza nos olhos dele acaba comigo. Conheço Ruben, e se consegui notar sua tristeza foi porque o peguei desprevenido. Ele nunca deixa a dor transparecer. Ou deixa pra lá ou faz algum comentário sagaz. Quase nada é capaz de atingi-lo.

Mas isso o atingiu.

Volto para meu quarto e bato na porta.

Uma das garotas da noite passada abre a porta. Acho que se chama Manon. Está toda descabelada e com o rímel borrado, ainda usando o vestido de festa roxo. Tem a pele pálida e é extraordinariamente bonita. Me imagino a beijando e não odeio a ideia. Que porra é essa, cérebro?

— Zach — diz ela. — Quer seu quarto de volta? Lily ainda está dormindo, mas posso acordá-la se for preciso.

Balanço a mão.

— Não precisa, vou dar uma caminhada, só vim ver se vocês ainda estavam aqui. Levem o tempo que precisar.

— Tem certeza?

— Absoluta.

— Obrigado, Zach, você salvou nossa vida.

Vou até o elevador.

Meu celular pesa no bolso, então pego para dar uma olhada. Minha última mensagem foi para Ruben, e ao ver o nome dele meu coração dispara. Tudo o que consigo imaginar agora é a expressão magoada em seu rosto. A imagem preenche minha mente, toma conta de tudo e faz meu peito pesar.

Sou uma pessoa ruim.

Volto a conferir o celular. Recebi um e-mail de Erin com o itinerário do dia. Quase todos os minutos antes do show estão ocupados. Daqui a quatro horas, temos um bate-papo on-line com fãs, seguido de mais um ensaio fotográfico e depois um encontro com vencedores de um concurso da rádio. Então tenho um dia cheio pela frente. Ao lado do Ruben.

Não sei como vou conseguir olhar para ele de novo.

Mas acho que vou ter que dar um jeito.

No saguão, vejo Pauline jogando em seu Nintendo Switch. Aposto que é *Animal Crossing*; ela é viciada.

— Ei, Zach! — diz ela. — Qual é a boa?

— Ah, nada. Só queria saber se posso dar uma volta. Estou morrendo de vontade de comer croissant. Tipo, um de verdade.

Ela pausa o jogo.

— Se importa se eu for junto? Temos que usar a saída dos fundos para evitarmos os fãs, mas, desde que seja rápido, não tem problema.

É por isso que amo Pauline: é óbvio que eu nunca teria permissão de andar pela rua sem guarda-costas. Mas Pauline nunca me diz o que fazer e sempre pergunta antes.

— Fechado!

— Beleza, vamos lá. Só não conta nada pra Chorus, tá bom?

Fecho a boca e passo o zíper.

— Quem faz o melhor sotaque britânico? — pergunta Angel, lendo uma das mensagens na lateral da tela.

Estamos numa chamada de vídeo com quinhentos fãs que foram sorteados aleatoriamente. As perguntas são enviadas por mensagem e a gente só vê quando aparecem na tela. Esse bate-papo virtual foi ideia do Angel, e a Chorus adorou. Eu até que estou gostando; é um dos momentos mais genuínos e sem filtro que temos com fãs do mundo inteiro.

Mas agora só quero que acabe logo.

Mais cedo, precisei falar com Ruben para pegar minhas coisas no quarto dele. Fui muito cuidadoso e mandei mensagem antes em vez de já chegar batendo na porta — achei que seria injusto da minha parte aparecer do nada depois de pedir um tempo para pensar. Cronometrei direitinho para não demorar muito, porque nenhum de nós está pronto. Agora, não consigo parar de pensar que precisei disso tudo só para interagir com Ruben, meu melhor amigo, por cinco segundos. Foi meio constrangedor, mas, no geral, ele parecia tranquilo, não me pressionou nem nada do tipo.

— Eu que não sou — diz Jon, tentando imitar um sotaque britânico e falhando miseravelmente.

— O que foi isso? — pergunta Angel. — Tenta falar um "aceita um chá, querido?".

Não consigo me juntar à brincadeira. Quer dizer, nunca sou o mais empolgado com essas coisas (isso é coisa de Angel, claro), mas agora só estou falando quando a pergunta é direcionada para mim.

— Acho que consigo — diz Ruben, antes de pigarrear. — *The rain in Spain stays mainly in the plains.*

O sotaque sai perfeito. Vai entender. É claro que ele teria uma referência musical perfeita na ponta da língua. Tento manter os olhos em outro lugar. Ruben age como se já tivesse se recuperado da noite passada, e não parece nada diferente do normal. Agora, está sorrindo e olhando para a câmera, do mesmo jeito de sempre.

Ou talvez já tenha mesmo se recuperado. Talvez eu esteja achando que isso é algo muito maior do que realmente é. O tipo de coisa que sempre faço. Foi meu primeiro beijo em um garoto, mas não o dele. Talvez não tenha feito diferença alguma para ele. Talvez aquela tristeza que vi tenha sido coisa da minha cabeça. Eu sempre acabo pensando demais.

— Então, com certeza, é o Ruben — diz Angel. — A não ser que você queira tentar, Zach!

— Não.

— Certo. — Angel lê a próxima pergunta na tela. — Ah, essa aqui é boa: como vocês se sentem em relação àquela lista dos homens mais sexy?

A pergunta está em negrito, o que significa que o assistente da Chorus, que está cuidando da transmissão, destacou como uma pergunta que temos que responder. Do contrário, não sei se Angel teria escolhido. Queria que essa lista queimasse num incêndio. Ela deixou os fãs em polvorosa, os fandoms brigando entre si, exatamente como a Chorus queria.

— A sensualidade é subjetiva — diz Jon. — A beleza está nos olhos de quem vê.

— Disse o cara que entrou na lista — rebate Angel. — É marmelada! Tá na cara que é roubado! Qualquer lista séria teria *com certeza* me colocado no topo porque eu sou, *obviamente*, perfeito. Não concordam, rapazes? Fala sério, Jon! Eu sei que você me acha gostoso!

— Ah, claro — diz Ruben. — Pensando bem, para que colocar os outros na lista? Eles deveriam deixar só o título, colocar uma foto sua de página inteira, e pronto!

— Exato! Só que... não. Eu deixo vocês três entrarem na minha lista. Você também é sexy, Ruben. De um jeito subjetivo.

Coço o braço e me mexo na cadeira.

— O que você achou da lista, Zach? — pergunta Angel.

— Ah, hum, sim. Provavelmente foi roubado.

— Espera aí! — exclama Angel, claramente se divertindo com a situação. — Quer dizer que você não acha o Ruben e o Jon mais sexy que nós dois? Pensei que já tínhamos concordado quanto à sensualidade subjetiva do Ruben.

— Quer dizer, não acho ele nada de mais, mas... beleza.

Angel arqueia as sobrancelhas.

— Eita! Tá bom, nervosinho. Enfim, vamos para a próxima pergunta.

Ruben me observa como se nem me conhecesse mais. Mas as câmeras estão ligadas e estamos ao vivo.

Desvio o olhar.

SETE
RUBEN

O problema de realizar sonhos é que, por um breve momento, temos um vislumbre de como a vida poderia ser. Então, quando dá tudo errado e a gente acorda para a realidade, o tombo é tão grande que a gente fica caído, jogado e ferido, enquanto começa a aceitar que não merece ser feliz daquele jeito.

Nunca mereceu.

Não sei como me ajustar a este novo mundo. Semana passada, Zach era meu melhor amigo. Para quem eu olhava sempre que ria. Que estava ao meu lado aonde quer que a gente fosse. Aquele que sempre apareceu para ver como eu estava quando me sentia meio perdido.

Nesta nova realidade, Zach mal consegue olhar para mim. Ele coloca o máximo de distância possível entre nós dois e parece não perceber que estou morrendo a cada segundo que se arrasta como um século.

Me sinto congelado. Parte de mim está gritando para que eu me afaste e dê a Zach o espaço que ele precisa para processar tudo e seguir em frente antes que o dano seja irreversível, mas a outra implora que Zach me note, que converse sobre tudo e *veja* o que isso está me causando. Não posso seguir esses dois caminhos, mas a impressão é de que, se escolher a abordagem errada, vou perdê-lo para sempre.

Um nó desesperador e assustador no meu estômago sugere que, talvez, eu já tenha perdido.

Agora, estamos atravessando as ruas escuras de Madri depois de um show, a caminho de um restaurante onde vamos experimentar *tapas* autênticos. Não estava no cronograma, mas Pauline, com os seguranças da Espanha, convenceram Erin de que isso era um desvio sem risco para termos um — muito merecido — descanso. Estamos na *Espanha*, o país onde meus pais nasceram. Eu deveria ficar empolgado por estar cercado pela cultura que influenciou boa parte da minha criação, pisando no mesmo chão em que meus antepassados viveram um dia. Em vez disso, mal consigo processar meus próprios pensamentos velozes e assustadores e a tristeza dolorosa que se alojou no meu peito.

Estou perdendo a oportunidade de aproveitar o país onde há sangue do meu sangue, e não consigo sair dessa.

Zach está duas fileiras à minha frente, conversando com Angel como se aquilo fosse a coisa mais normal do mundo. Como se fizesse isso o tempo todo. Como se não tivesse passado todas as viagens no fundo do ônibus comigo, desde que a Saturday começou até aquela noite em Paris.

Agora Jon é meu companheiro de poltrona, e ele não puxa conversa nenhuma. Minha expressão deve estar tão fechada que é capaz de tê-lo assustado. Mas sou grato por ele ter se sentado ao meu lado. Tenho certeza de que Jon sabe que aconteceu alguma coisa, mas não me pressiona. Só faz companhia.

O ônibus estaciona e Erin nos deixa sair. Estou surpreso com o frio de março daqui. Quando minha *abuela* ainda era viva e contava história sobre a vida na Espanha, sempre imaginei o clima acalorado e úmido, como uma coberta quente e pesada. Não as temperaturas abaixo de cinco graus, casacos enormes e botas. Mas cá estamos nós.

Ouvi dizer que as pessoas saem um pouco mais tarde na Espanha mas, para ser sincero, não imaginei encontrar um lugar lotado desse jeito às onze da noite. Já é quase nossa hora de dormir, mas a cidade segue cheia de vida como se fosse seis da tarde no nosso país.

As ruas estreitas e pavimentadas estão cheias de gente saindo para comer e beber. Os bares e restaurantes estão lotados de clientes e luzes aconchegantes. Em vez de muita bebida, como eu esperava encontrar a esta altura da noite, tudo parece mais casual. Vejo mais grupos de amigos nas mesas externas bebendo vinho e comendo *tapas*, e poucos bêbados tropeçando enquanto viram uma cerveja atrás da outra. O som de dentro dos estabelecimentos não é de música alta, risadas e gritaria, e sim o murmúrio de conversas. De um jeito esquisito, me soa familiar. Uma familiaridade que vem lá do fundo. Será que é possível herdar lembranças no seu DNA ou só estou muito cansado? Provavelmente a segunda opção. Já estamos acordados há dezoito horas.

O cheiro de alho, azeite e tomate atravessa o ar quando entramos no restaurante à meia-luz. Está lotado e, em circunstâncias normais, um grupo a mais chegando não chamaria atenção. Mas Pauline e o segurança espanhol da Tungsten de pé ao lado da mesa, com os outros guardas perto da entrada, devem ter nos entregado. Se não foi isso, foi a aglomeração de fãs gritando na janela. Agora parece que todos os olhos do restaurante se voltaram para nós.

Vou pegar um assento nos fundos ao mesmo tempo que Zach. Nós dois nos esbarramos e dou um sorriso sem graça.

— Pode ir primeiro — digo.

Ele assente, e percebo tarde demais que vamos sentar lado a lado na mesa. Meu estômago dá uma cambalhota. É patético ficar empolgado só com a possibilidade de esbarrar o cotovelo no dele, mas não consigo controlar.

Ele pega o cardápio no exato segundo que me sento. *Estou muito concentrado para falar com você agora* é a mensagem óbvia. Mas tento mesmo assim. Apesar de toda a esquisitice da parte dele nos últimos dias, uma esperança dentro de mim continua me enganando, dizendo que ele vai ceder se eu continuar tentando.

— Não vou deixar ninguém pedir peixe — tento.

Zach odeia peixe. Na primeira noite do acampamento onde nos conhecemos, o jantar foi tiras de peixe frito e ele teve ânsia de vômito. Acabei cedendo todas as minhas batatas fritas para que ele não ficasse com fome.

Seus olhos se iluminam por um instante.

— Valeu — diz ele.

Por um momento angustiante acho que vai sorrir ou dizer mais alguma coisa. Mas ele só volta para o cardápio. Quando olho para o meu, fico surpreso ao encontrar diversos pratos conhecidos. O tipo de comida que sempre comi na infância, mas nunca tinha visto em um restaurante antes. Há um senso de pertencimento nisso tudo. Uma experiência compartilhada com um país de desconhecidos, gente que poderia ter convivido comigo em outra vida. Numa linha temporal alternativa, em que meus avós nunca migraram para os Estados Unidos.

— Mas com camarões, não posso prometer nada. Parece que todo prato tem... — Perco a linha de raciocínio e Zach me dá um sorriso amarelo. — Então tá, tudo bem, beleza — murmuro.

— Ruben, o que você recomenda? — pergunta Jon, sentado do meu outro lado.

— Não sei. Depende do que você estiver a fim de comer.

— Tanto faz. Se vier com o selo de aprovação de um espanhol, eu confio!

Pelo brilho nos olhos dele, sei que está brincando. A Chorus adorou descobrir que meus pais são da Espanha e convenceu nossos compositores a incluírem um verso em espanhol para mim no nosso primeiro single, "Guilty". O problema é que mal consigo falar espanhol. Meus pais passaram *semanas* me ensinando a pronunciar as palavras corretamente, e toda vez que me apresento ao vivo consigo visualizar o olhar de desespero da minha mãe. Hoje, em especial, foi bem humilhante me apresentar *literalmente na Espanha*. Mas o público amou. Embora eu tenha a sensação de que eles amaram do mesmo jeito que as pessoas amam ver cachorros de três patas andando.

Balanço a cabeça.

— Acho que nunca comi, tipo, noventa por cento do cardápio. Comida caseira não é como a dos restaurantes. — Olho para o menu e então, a contragosto, completo. — Mas se quiser uma sugestão, eu pediria as *croquetas*, as *patatas bravas* e as *gambas al ajillo*.

— Você fica tão sexy falando espanhol — provoca Angel, e sei o que vem a seguir. — Não concorda, *Zach*?

Angel acha que o comentário atravessado sobre minha aparência no bate-papo com os fãs foi a coisa mais engraçada do mundo. Em sua defesa, ele não sabe o contexto inteiro: até onde sei, o comentário de Zach foi apenas um cara hétero inseguro da própria heterossexualidade, coisa que Angel obviamente não compreende. Então, em se tratando de Angel, sua única reação é usar toda oportunidade possível para fazer Zach se contorcer daquele jeito de novo.

Pela expressão irritada de Zach, a tática continua funcionando.

A coisa ficou ainda pior porque o vídeo de Zach basicamente dizendo que sou horroroso está circulando na internet com a hashtag #NãoAchoNadaDeMais. *Todo mundo* tem uma opinião a respeito — Zach tem razão, *sou sim* horroroso, e ele mandou a real; Zach é muito mais bonito que eu e deveria estar na lista no meu lugar; sou muito mais bonito que Zach e ele não passa de um invejoso; a banda toda é cheia de garotos bonitinhos com lápis de olho e quem acredita que *qualquer um de nós* merece estar numa lista de homens mais sexy precisa fazer um exame de vista urgente. E por aí vai.

Quero matar Angel agora.

Tento fazer contato visual com Zach para... pedir desculpas em silêncio? Rir dessa palhaçada de Angel? Sei lá. No fim das contas, não importa, porque ele finge que não reparou.

Para a decepção de Angel, Erin faz os pedidos e não eu. Depois ela tira uma foto para as redes sociais — o verdadeiro motivo que nos traz aqui, admita Erin ou não. Enquanto ela envia a imagem para David para que ele e a equipe de publicidade possam postar com a legenda *perfeita*, Angel olha para o celular e arqueia as sobrancelhas.

— Parece que a gente se odeia agora — anuncia ele, balançando o celular como se fosse uma prova irrefutável.

— Me enganaram direitinho — diz Pauline, nos entreouvindo em seu posto.

Erin sorri para ela.

— O que foi agora? — pergunto.

Os olhos de Zach vão parar em mim, mas ele não diz nada. Parece infeliz. Por mais que suas palavras tenham me magoado e eu queira que ele se arrependa, ainda sinto vontade de segurar sua mão debaixo da mesa e garantir que está tudo bem, que isso vai passar em um ou dois dias.

— Parece que a lista dos "homens mais sexy" acabou com a banda.

Angel passa o celular para mim e leio a reportagem, publicada há três horas em um blog de fofocas famoso.

… Uma fonte próxima à banda confirma: "A Turnê *Months by Years* afetou o relacionamento dos meninos. O clima com certeza esfriou, principalmente depois que a lista dos Homens Mais Sexy foi publicada. Alguns dos rapazes começaram a invejar a atenção dada a certos membros". Enquanto nossa fonte se recusa a confirmar quais membros da banda estão brigados, uma discussão durante uma live feita recentemente nos dá algumas pistas. Na tarde desta quinta-feira, durante um bate-papo privado com fãs selecionados, Zach Knight trocou farpas com seu colega de banda, Ruben Montez. Respondendo um comentário feito por Angel Phan a respeito de a colocação de Ruben na lista da revista Opulent Condition ser merecida ou não, Knight declarou: "Não acho nada de mais". Na hora, os fãs perceberam a tensão entre os dois. Outra fonte que não quer se identificar não parece surpresa. "Sempre existiu uma certa rixa entre Zach e Ruben", revelou. "Na frente das câmeras, eles são melhores amigos, mas nos bastidores os dois não se batem. Brigas constantes, trocas de ofensas — já partiram até para agressão algumas vezes. Também foram colocados em camarins diferentes para ficarem separados e darem um descanso para o resto da equipe." Pelo visto, nem tudo são flores. Quem diria que esse grupo tão amigo se odeia tanto nos bastidores? Os fãs devem estar arrasados com a notícia.

Reviro os olhos e passo o celular para Jon. Zach lê junto com ele.
— "Brigas constantes" — digo. — De onde tiraram isso?
— Fonte: vozes da minha cabeça — sugere Angel.
— É inacreditável como esse povo acha que a gente depende da opinião dos leitores da *Opulent Condition* — diz Jon. — Como se a gente ficasse esperando a validação deles até para respirar.
— Falar é fácil, Número Vinte e Dois — rebate Angel.
— É só uma reportagem — comenta Erin. — Acho melhor evitarmos esse tipo de coisa. Só querem colocar vocês pra baixo. E vocês sabem muito bem como a imprensa é.
— Verdade — diz Zach. — Sempre inventam umas coisas do nada.
Do nada, é? Quer dizer que atacar minha aparência em público não foi grande coisa? Deixa pra lá e vida que segue? Encaro-o com uma raiva repentina e perco toda a vontade de confortá-lo.
— Eles só pegaram a coisa do "não acho nada de mais" e exageraram — continua Jon, ignorando. — Essa semana deve estar meio fraca de fofoca.
— Pois é — digo, me servindo um copo da água. — Estou chocado que o comentário escroto que Zach fez sobre mim teve repercussão.

Zach me encara. Não dá para dizer se ele está se sentindo culpado ou ofendido. Como se *ele* tivesse o direito de se ofender.

— Já pedi desculpas — diz ele.

— Pediu? — rebato. — Acho que perdi essa parte.

— Meninos, meninos — intervém Angel, apoiando as mãos na mesa. — Vocês dois são lindinhos, tá?

Isso só me deixa ainda mais irritado.

— A questão não é essa. Foi falta de respeito.

— Tenho certeza que Zach se arrepende por não ter dado à sua sensualidade o devido respeito — diz Angel, rindo.

Não dá. Não faz sentido. Fora do contexto só vai parecer que estou exagerando e com o ego ferido. E não é como se eu pudesse explicar que aquelas palavras não teriam significado nada se tivessem saído da boca de *qualquer outra pessoa*, mas, vindas de Zach, tiveram o efeito de um tapa na cara. Um recado para eu esquecer aquela noite porque ele *nunca* vai me achar atraente.

Ele é hétero. E estava bêbado.

Meu olhar deve estar muito mais furioso do que de costume, porque a risada de Angel morre.

— Sem essa, Rubenzinho — diz ele. — Você sabe que o Zach pisa na bola às vezes. É por isso que a gente ama ele. Você não estava falando sério, né, Zaquinho?

Zach balança a cabeça vigorosamente.

— Não mesmo.

Não *mesmo*.

Bom, desculpa se não estou instantaneamente satisfeito com esse ato convincente de remorso.

Que merda deu nele? Que direito ele tem de estar irritado *comigo*? Se alguém deveria estar irritado aqui, não seria eu? Sou o único que foi magoado. O único que foi humilhado por ele em público. O único que está há dias levando gelo.

E por que é que ele está me dando gelo, afinal? Eu o ofendi de alguma forma? Falei alguma coisa? Fiz alguma coisa? Será que ele notou que aquele beijo significou mais para mim do que para ele e está chateado porque transformei uma aventura de bêbado numa coisa que precisa de explicação?

Ou será que beijo tão mal a ponto de destruir completamente nossa amizade?

Fica cada vez mais óbvio que precisamos sentar e conversar direito sobre isso, queira Zach ou não.

O problema é que, se não consigo nem ter uma conversa fiada com ele, como vou convencê-lo a discutir sobre *aquela noite*?

E o que vai acontecer conosco se não fizermos isso logo?

Uma estação de rádio de Roma fez um concurso há um tempo valendo uma visita aos bastidores, então hoje ficamos por aqui mais um tempo depois do show para encontrar alguns fãs, dar autógrafos e tirar fotos. Geralmente essa é uma das minhas partes favoritas do trabalho — somos puxados para o canto enquanto Penny retoca nosso delineador e depois é mais ou menos uma hora de bajulação, encontros com pessoas que foram tocadas pela nossa música e a oportunidade de baixar a guarda um pouquinho porque não tem ninguém gravando — uma dezena de seguranças garante isso.

A noite já começa cedo quando uma garota de mais ou menos catorze anos, com cabelo preto espesso e olhos grandes e castanhos, me pergunta num inglês fluente mas carregado de sotaque:

— É verdade que você e o Zach não se gostam, Ruben?

Paro no meio do autógrafo num pôster da turnê e levanto o rosto, preocupado, antes que eu consiga disfarçar. Zach está a uns dois passos de distância, com outra fã, e os dois param para me ouvir.

— Claro que não — digo com o máximo de firmeza que consigo.

— Esses caras são meus melhores amigos. Éramos amigos antes mesmo da banda. Eu amo todos eles.

A garota fica aliviada.

— Nossa, a gente fica muito feliz de ouvir isso — anuncia ela, se virando para a fã que está com Zach. Parece que também são amigas. — Nós amamos tanto vocês. A imprensa inventa cada coisa, né?

— Pois é — respondo, mas ela não está mais olhando para mim.

Seus olhos estão em Zach, como se estivesse esperando que ele viesse validar o que estou dizendo. Em vez disso, ele abre um sorriso sem graça e volta a autografar o pôster, fingindo que não ouviu. Pelo amor de Deus, é impossível que ele não perceba como aquilo pareceu óbvio. As garotas se olham preocupadas, e eu entro no modo gerenciamento de crise.

— Que tal nós quatro tirarmos uma selfie? — sugiro, e as garotas assentem com empolgação.

A expressão de Zach está enigmática quando me aproximo dele.

— Posso tirar a foto de vocês três, que tal? — pergunta ele, e tenho vontade de estrangulá-lo.

— Seu cabelo está *ótimo* — provoco, como se ele não quisesse aparecer na foto por pura vaidade.

Ele fica tenso quando vou para seu lado — não estou sequer *encostando* nele — e chega para o lado, criando um vazio ridículo entre nós dois enquanto sorri, com a cabeça inclinada para longe de mim. O espaço fica ainda maior na foto.

— Tenho uma pergunta — diz a fã de Zach antes de ir embora. — É sobre... Anjon? É... né?

— Ahn? — pergunto.

Entendi o sotaque direitinho até este momento, mas não faço ideia do que ela acabou de dizer.

— Anjon — ela repete.

— Qual é a pergunta?

— Eu acabei de dizer. Anjon? É?

Olho para Zach, que está distraído com alguém do outro lado da sala. Típico.

— Hum, claro? — digo, tentando ser educado. — Acho?

As garotas soltam um gritinho e correm para entrar na fila de Jon e Angel, enquanto sussurro para Zach, tentando manter o sorriso no rosto:

— Acho que precisamos conversar.

— Tudo bem, se é isso que você quer.

Se está tentando parecer agradável, está se saindo muito mal.

— Me encontra no meu quarto quando voltarmos pro hotel? Pra gente conversar — esclareço rapidamente, antes que ele fique tenso de novo.

— Pode deixar.

— Tá bom. Podemos dar uma trégua até lá então? Você está dando muito na cara.

— *Eu* estou dando na cara? É você que fica me forçando a tirar foto junto só pra provar que está certo.

— Não estou tentando *provar que estou certo*, só quero provar que estamos *bem* — sussurro, embora seja um pouquinho dos dois.

— Nem todo mundo passou anos no teatro, Ruben. Não sei mentir tão bem. Além do mais, se você quisesse mesmo dar menos na cara, manteria distância pra gente não precisar fingir.

— Desculpa, não sabia que era tão difícil assim fingir que gosta de mim.

— Será que dá pra parar de analisar *tudo* que eu digo? Não foi isso que eu quis dizer, é só que as coisas estão esquisitas e você sabe muito bem. — Ele suspira. — Estou *tentando*, tá bom, Ruben? Se eu soubesse que ia estragar as coisas desse jeito, nunca teria...

Ele para, finalmente lembrando que estamos em público. E eu sangro.

É o mesmo que aconteceu com Christopher, tudo de novo. Só que infinitamente pior.

Minha voz sai venenosa.

— Pois é, é esquisito para mim também, mas desculpa se não estou com peninha por você, uma *única vez*, ter que fingir publicamente ser alguém que não é. Pra mim isso não é novidade. Se eu consigo, você também consegue. Então faz o *favor* de…

As pessoas estão nos encarando. Forço um sorriso.

— E fica de boa pelos próximos trinta minutos.

— Vou ficar se você me deixar em paz.

Ai, meu Deus.

—Tá bom, Zach.

Nos afastamos e cada um vai para um canto da sala. Dá para sentir os olhares em mim, e analiso o ambiente rapidamente, encontrando Erin me observando com os lábios franzidos.

Se eu não assumir o controle da situação *agora*, vamos ter problemas sérios com Geoff a qualquer momento.

E sabe-se lá o que pode acontecer depois.

Eu é que não quero descobrir.

Embora Zach não se sente ao meu lado no ônibus na volta para o hotel, me sinto esperançoso pela primeira vez em dias. Se ele ao menos está aberto a conversar significa que nossa amizade não está em risco, certo? Passo a viagem toda no banco do fundo com as pernas encolhidas, imaginando cenários diferentes.

Zach diz que me odeia mas está disposto a cooperar para manter a paz (não é meu cenário favorito).

Zach diz que jamais seria capaz de me odiar e sente *muito* pelas palavras que usou, mas é que ficou envergonhado e sem jeito com tudo que fizemos (esse me parece o mais provável e já decidi que vou aceitar e perdoar caso aconteça. Só preciso ouvi-lo reconhecer que não estava falando sério sobre a minha aparência. Só isso).

Zach diz que está perdidamente apaixonado por mim e ficou todo esquisito porque não sabia como me contar (não vai rolar, mas é legal de imaginar).

Zach diz que não sente nada por mim, mas sugere uma amizade colorida (quer dizer, ele estava *super* empolgado com o beijo naquela noite. Minha reação para essa fantasia varia entre "nem sonhando" para "ah, quem sabe" aleatoriamente).

Jon se vira do assento na minha frente e sorri para mim.

— Tá tudo bem? — pergunta ele com a voz baixa.

— Sim. Só estou cansado.

— Sei como é. Parece que estamos trabalhando muito mais aqui, mesmo sendo a mesma rotina de sempre, né?

— Jet lag, será? — sugiro.

— Deve ser. Ou talvez a gente precise de uma folga.

— A gente *acabou* de ter uma folga.

— Hummm. — Ele ergue as sobrancelhas. — Verdade. Mas, tipo, a maioria das pessoas tem folga toda *semana*, né?

— Tá falando sério?

— Juro pela minha vida. Uma vez conheci uma pessoa que tinha folga *todo sábado e domingo*.

— Impossível. Como faz pra se manter produtivo desse jeito?

— Me disseram que nosso valor enquanto pessoa não deve estar ligado à nossa produtividade profissional.

— Que esquisito.

— *Muito* esquisito.

Tento trocar um olhar com Zach ao sair do ônibus e entrar no hotel, mas ele está claramente me evitando. Ainda assim, mantenho a esperança, mesmo com meu estômago se revirando até chegar no quarto. Logo que fecho a porta, tiro o celular do bolso e mando mensagem para ele.

Tô pronto, quando quiser é só chamar.

Meu coração acelera como se eu tivesse subido as escadas correndo, e agarro o lençol quando os três pontinhos aparecem.

Desculpa, mas tô muito cansado.
Podemos remarcar? Foi mal.
Quase dormindo já.

Encaro a mensagem, desolado.
Quase dormindo já. Vinte segundos depois de entrar no quarto.
Aham.
Minha mão cai no meu colo, sem força, e encaro a parede cor de creme com a vista embaçada.
Não está tudo bem. Por mais que eu queira desesperadamente que esteja, não está. E não sei como consertar isso.
Talvez eu nem consiga consertar.
Deito de lado lentamente, me encolho em posição fetal. Sinto que esse é o tipo de momento em que eu deveria chorar. Mas nunca tive permissão para isso. A vida inteira aprendi que chorar é perda de tempo. *Não chore. Dê um jeito. Resolva. Pare de sentir pena de si mesmo.*
Mas não consigo. E parece que alguma coisa dentro de mim se partiu ao meio e quer extravasar mas não sabe para onde. Então, em vez de sair, essa coisa faz pressão no meu peito e vai me sufocando. Afundo a cabeça ainda mais, tentando me esconder na escuridão. Como se tudo fosse capaz de começar do zero se eu apagar por tempo o bastante.
Quem diria que alguns dias atrás Zach estava nos meus braços e senti o cheiro dele, o gosto dele, e por um momento me deixei acreditar que milagres acontecem.

OITO
ZACH

Eu te amo e a culpa é minha.

Essa é a primeira frase do refrão de "Guilty", que está grudada na minha cabeça agora. Aonde quer que eu vá, é isso que escuto. Me faz pensar no Ruben e no dia que gravamos essa música. Nos divertimos como nunca no estúdio, naquela época em que ainda nos sentíamos inadequados ali, como se alguém tivesse nos deixado entrar por engano. Ruben me deu umas orientações muito boas, me ensinando aquecimentos vocais e exercícios de respiração. Se não fosse por ele, minha voz jamais soaria tão bem. Além disso, consigo ouvir o quanto eu estava me divertindo naquela gravação e, mais uma vez, foi graças a ele. Era nosso primeiro single, que acabou chegando ao primeiro lugar das paradas, então vai saber onde estaríamos agora se ele não tivesse me ajudado.

Ele sempre foi o melhor de todos. Focado e confiante, mas também gentil, educado e bem-humorado. Ele quer ser uma grande estrela, mas nunca puxou o tapete de ninguém para chegar lá, não como muitas pessoas da indústria fazem. Na verdade, ele faz o oposto. Minha mãe sempre diz que esse é o segredo do sucesso da Saturday: somos um time e nossa amizade é genuína.

No momento, estou sendo um amigo ruim. Não apenas ruim. O *pior*.

Queria conversar com ele quando recebi a mensagem, queria mesmo, mas enquanto me arrumava senti um pico de ansiedade e soube que não poderia ir porque ainda não tenho uma resposta definitiva, e é isso que ele está esperando.

A questão é que não sei se é tudo minha culpa. Pedi um tempo para pensar e ele não me deu. Pelo contrário, em todos os segundos de todos os dias, senti Ruben me encarando, como se eu devesse falar com ele imediatamente depois de me resolver, e nossa amizade dependesse da minha resposta. A culpa é sufocante e a pressão é enorme. Sei que ele está magoado e que só piorei as coisas, mas ele não me deu o que pedi e, no fim das contas, ainda não sei o que quero.

Toda vez que começo a assimilar a ideia de que *talvez* eu meio que goste dele, que *talvez* aquele beijo tenha sido real, fico todo confuso, porque e se eu só *quiser* achar que gosto dele porque é isso que ele quer escutar? Só para eu não ser como qualquer outro merdinha que o tratou mal? Só para não correr o risco de perdê-lo para sempre?

Daí mudo de ideia e decido dizer a ele que foi só uma experiência para mim, que concluí que não significou nada, e peço desculpas sinceras, mas isso *também* não me parece certo. Porque, embora minha cabeça esteja uma bagunça, sei que é impossível *aquele* beijo não ter significado nada.

Então, quer dizer que sou o quê? Bi?

A palavra me deixa desconfortável. Como se estivesse pairando em cima de mim, ou apertando minha garganta.

Esbarro em Angel e volto à realidade.

— Olha por onde anda, Zach Ataque!

Solto um grunhido. Cometi o erro de contar para Angel que todo treinador de futebol que já tive me chamava por esse apelido, que eu odeio, e agora ele ama me chamar assim. Faço o mesmo que sempre fiz com os treinadores: tento ignorar.

Por sorte, há muitas distrações. No momento, nós quatro estamos numa visita guiada pelo Vaticano, com Erin, Keegan e alguns seguranças da Tungsten. Chegamos aqui às quatro da manhã, para uma visita logo cedo, quando o lugar está calmo o bastante para não sermos engolidos por fãs. Mesmo assim, conseguiram descobrir que estamos aqui e já estão se aglomerando lá fora na esperança de nos verem. Se não fossem os guardas, já teriam invadido o local. Seria como no aeroporto. Se espremeriam, aos gritos e empurrões, até conseguirem me tocar. Sinto calafrios.

Mais à frente, caminhando devagar, está Ruben. Queria saber no que ele está pensando. Duvido que seja em mim. Sem chances de que os pensamentos dele sejam consumidos por mim do mesmo jeito que os meus são consumidos por ele.

Sei que deveríamos conversar e tentar resolver a situação. Mas só de pensar nisso, minha cabeça começa a girar. De muitas formas, por mais que evitá-lo esteja sendo uma tortura, também me dá certa segurança, porque pensar nisso tudo é uma coisa. Mas ter que falar a respeito? Aí, sim, é assustador.

Jon está andando ao meu lado, de braços cruzados e com um passo preguiçoso que não combina com ele. Sem maquiagem, dá para ver suas olheiras. Angel está no celular e nem mesmo Keegan e Pauline parecem dar a mínima para o Vaticano. Atravessamos a galeria de mapas e, apesar de eu ter muitas opiniões sobre o impacto da religião no mundo, tenho que admitir: isto aqui é impressionante. Cada cantinho é coberto de arte. Deve ser um dos lugares mais incríveis que já visitei.

É tudo muito bonito, mas não importa. Não é nada comparado ao Ruben. Talvez agora seja um bom momento para contar o que tenho pensado. Talvez não deva ser algo planejado. Talvez eu deva dizer que minha mente está um caos e que estou confuso e é assim que me sinto agora. É melhor do que nada.

Ele está na minha frente, observando um mapa. Não dá mais para inventar desculpas. Chegou a hora. É agora ou nunca.

Paro ao lado dele. Me sinto travado e minha garganta fecha.

— Oi.

— Oi.

Há um tom seco em sua voz, e sua sobrancelha treme. Eu mereço isso.

Tenho medo de que ele já tenha sacado minhas intenções, que saiba que estou aqui pra falar do beijo e não esteja nada feliz com isso, então abandono o plano.

— Maneiro, né? — digo, apontando para o mapa.

— Ah, sim. Muito maneiro.

Aja naturalmente. Aja naturalmente.

— Eu gosto de arte.

Ah, puta merda! Olho em volta, procurando uma janela por onde fugir.

— Hum... que bom?

— Quer dizer, eu gostei *dessa* arte. Tipo, é uma arte legal, sabe? Não gosto de algumas pinturas. Tipo Picasso e tal...

— Você não gosta de Picasso?

— Quer dizer, não, é tudo meio ondulado e esquisito. Mas essa arte aqui... é das boas. Gostei.

Sério, eu quero morrer.

— Gostou? — A voz dele soa distante e distraída. Inocente até demais. — Algumas delas são *muito* fálicas. Não sabia que você curtia isso.

Minhas bochechas *queimam* como se alguém tivesse me jogado dentro de um forno.

— Hum, pois é, arte fálica não é muito a minha praia. Mas, enfim. Hum...

— Você está bem, Zach?

— Nem sei mais como estou.

Ruben alisa o casaco, me dá as costas e aperta o passo para alcançar Jon.

Fico para trás só olhando, incapaz de me mexer. Ele costumava ser o cara mais próximo de mim, e agora não me suporta mais. Mas também é culpa minha. Se eu soubesse o que quero, poderia dar um jeito nisso.

Entramos na Capela Sistina que, claro, é incrível. Mas não consigo admirá-la de verdade, porque está tudo indo de mal a pior com Ruben. Queria poder apagar aquele beijo. Por que é que fui inventar uma bagunça dessas? Por que não consegui ignorar o desejo? Já fiz isso outras vezes. Seria tão fácil quanto deletar uma foto dele, como destruir um pensamento desagradável.

Desacelero o passo quando uma ideia surge na minha cabeça.

Ignore o desejo. Destrua o pensamento.

Será que é verdade que não me apaixono por garotos do mesmo jeito que por garotas? Ou será que só destruo e ignoro esses sentimentos sempre que eles começam a surgir?

Penso em Lee. Penso em Eirik. Penso em Ruben e naquela foto dele.

Deleta. Deleta. Deleta.

Coloquei Lee e Eirik a um abismo de distância depois que comecei a olhar para os dois de um jeito diferente. Me pareceu a coisa mais esperta a fazer. Evitá-los e ignorá-los até o sentimento passar.

Sinto uma onda familiar e sufocante de pavor. Há uma certa explicação aqui e talvez... *não, não pode ser. Se fosse, você saberia. Você saberia.*

Mas e se eu *já* souber?

E estiver morrendo de medo?

Será que passei esse tempo todo me reprimindo? E se passei a vida inteira evitando porque, se eu pensasse muito a respeito, teria que aceitar? E, nesse caso, as coisas ficariam ainda mais difíceis.

Sério, será que eu sou...

— Ei, Zach! — diz Angel, apontando para *A Criação de Adão*.

Me sinto tão grato pela distração que poderia abraçá-lo. Olho para onde ele está apontando. É meio surreal encarar uma das pinturas mais famosas do mundo. Tipo, ouvi falar dela quase a vida inteira e agora está aqui, bem em cima de mim. É como eu me sentia ao ver minhas bandas favoritas ao vivo, antes de isso se tornar praticamente impossível por causa da Saturday.

— Que foi?

— Aquele ali é *gostoso* — sussurra Angel.

Ele está apontando para Adão. Solto a primeira gargalhada sincera em dias.

Mas sei que há algo por trás disso. Ele só faz piadas idiotas como essa quando sabe que estou mal. Nunca conversamos sobre essas coisas, mas sei que posso contar com ele. Isso é o mais perto que Angel chega de perguntar se estou bem.

— Qual é a graça? — pergunta Ruben.

O milésimo de segundo de atenção me dá calafrios. Talvez ele seja o primeiro cara que conseguiu me enxergar. Que viu quem eu sou de verdade, incluindo a parte que pensa em outros caras às vezes. E tudo o que mais quero é ficar longe dele agora. Quero fazer o mesmo que fiz com Lee e Eirik: me afastar até passar. Mas nunca foi tão consciente antes. Agora é diferente.

Todos estão nos encarando agora, até mesmo o guia turístico.

— Não foi nada — digo. — Só uma piada idiota.

No passado, ele teria me perguntado qual foi a piada. Levando em conta toda a sua sofisticação, Ruben tem um senso de humor bem difícil de entender, e fazê-lo rir de alguma coisa estúpida sempre me deixou mais feliz do que, sei lá, qualquer coisa.

— Ah — diz ele. — Então tá.

Meu coração afunda quando sou atingido por um pensamento ainda mais assustador. Andei tão focado em tentar entender que merda está acontecendo comigo enquanto Ruben tentava me forçar a falar que não cheguei a cogitar que agora talvez ele não esteja mais aberto à conversa. Pelo menos, é o que parece. Antes, ele estava impaciente para resolver a situação o mais rápido possível.

Mas e se demorei demais?
E se o afastei demais?

A esta altura, é de se achar que eu já estaria acostumado com ensaios fotográficos.

Mas não.

Nunca sei como posar e sempre me sinto megadesconfortável. Além disso, levando em conta como ando questionando minha vida inteira ultimamente, e a relação com Ruben que continua péssima, a última coisa que quero é uma câmera capturando esse momento para sempre. Queria estar na cama, sozinho, ouvindo uma playlist triste ao lado de todo o chocolate do universo enquanto tento me resolver. Porém, cá estou, fingindo sorrisos, enquanto Ruben me trata como se eu fosse apenas um colega de trabalho, alguém que ele só tolera em nome do profissionalismo.

Penny está fazendo os retoques finais na maquiagem dele. Não preciso ser queer para reparar no quanto ele está lindo. Ruben veste um paletó roxo-escuro, feito sob medida. Ele parece uma estrela, exatamente como eu sempre soube que ele seria, desde o acampamento. Ruben faz uma piada e Penny ri. Talvez ele nunca mais tente me fazer rir desse jeito de novo.

Não quero que ele olhe para mim mas, ao mesmo tempo, quero. Parece que vou morrer se ele não fizer algo que o Ruben de antigamente faria, tipo, agora.

Sinto vontade de me aproximar e dizer alguma coisa, qualquer coisa. Só para que ele pare de fingir que não me conhece. Mas não posso. Estamos trabalhando, e ele vai ficar ainda mais chateado se eu fizer alguma coisa que possa interferir no trabalho. Ou talvez eu só esteja sendo um covarde, só para não ter que dizer a frase que quase me causa um ataque de pânico toda vez que penso nela.

Talvez eu seja bi.
— Zach?

Volto à realidade. Uma assistente está na minha frente, me entregando uma jaqueta.

— Desculpa. Obrigado.

Pego a peça e me visto. É um paletó grande de couro preto e me deixa meio punk e descolado. Meu cabelo foi penteado para trás, e Penny já me maquiou, incluindo os olhos, que são a marca registrada da Saturday. O delineado está um pouco mais sutil nesse novo ciclo de divulgação do próximo álbum, mas continua ali.

Dou uma espiada em Ruben. Estava torcendo para que ele também estivesse de olho em mim, talvez de soslaio, enquanto converso com a assistente, mas não dei sorte: seu olhar passa direto por mim, em direção ao set sendo montado.

Por favor, olha pra mim, Ruben. Dá um sorriso pra mim. Me convence de que, de algum jeito, vai ficar tudo bem. Me faz acreditar que não estraguei tudo.

— Não vou vestir isso — diz Jon, interrompendo meus pensamentos.

Ele está segurando uma camisa azul feita de um material fino, parecido com uma rede.

— Ah, vai! — diz Viktor. — Vai ficar lindo!

— Vou ficar pelado, isso sim.

— Eu visto — diz Angel, colocando a cabeça para fora da gola de um suéter branco, todo comportadinho e chique. É uma peça refinada e bonita, mas nada sexy. — Sério, gente, isso aqui parece roupa da minha avó.

Ruben, que girou na cadeira de maquiagem para assistir à discussão, está com um sorrisinho. Já Penny está completamente envolvida e boquiaberta. Esqueci do quanto gosto do sorriso brincalhão de Ruben, e vê-lo sorrindo assim para outra pessoa me quebra ao meio. Será que um dia ele vai olhar para mim de qualquer outra forma que não com frieza e desprezo?

— Meninos — diz Erin, tirando os olhos do iPad. — Cada um com seu figurino predeterminado, tá bom?

— Vocês querem que eu mostre o corpo — anuncia Jon. — Já conversamos sobre isso. Fico desconfortável.

Viktor franze o cenho.

— Não quer honrar seu lugar naquela lista?

— Não estou nem aí pra lista.

— Vai ajudar a banda, Jon — alerta Erin.

— Não preciso usar o corpo pra vender música, Erin.

— Verdade — rebate Erin. — Mas, se usar, vai vender mais.

— Bom, talvez isso seja ridículo e a gente deva fazer alguma coisa pra mudar.

Erin esfrega a testa e solta um suspiro arrastado e exausto.

— Você não pode escolher outro momento pra bancar o herói, não? Tenho tanta coisa pra resolver agora.

Ele estende a camisa de volta para Erin.

— Deixa o Angel usar se ele quiser.

Ela suspira de novo.

— Olha, se você quiser trocar de figurino agora, vou ter que conversar com seu pai. — Ela pega o celular e desbloqueia a tela. — Duvido que ele vá ficar feliz de ser interrompido.

Jon engole em seco e baixa a cabeça.

— Beleza, eu visto. Mas é a última vez.

Ruben vira e me flagra o observando. Desvia o olhar na mesma hora.

— Obrigada — diz Erin. Jon veste a camisa. Ela é justa e exibe cada gominho de seu abdômen. Ele tinha razão. — Viu só? Ficou ótimo. — Ela vira para mim. — Muito bem, Zach. É sempre tão fácil trabalhar com você, espero que saiba como te admiro.

Quando estamos todos prontos, somos levados para o set, que se acende com uma dezena de luzes. Os únicos elementos no cenário são um sofá de couro marrom e um fundo creme. Somos organizados feito quatro bonecos pela fotógrafa, Alecia Mackenzie, que está usando um vestido esvoaçante e uma pena de pavão no cabelo castanho bagunçado de propósito. Ruben não para de revirar os olhos, então tenho sorte por não ter que sorrir para a foto (como parte do nosso plano de parecermos gradualmente mais adultos na nova era). Não muito a ponto de assustar os fãs mais jovens, mas o suficiente para não afastar aqueles que nos acompanham desde o começo da carreira. Alecia pediu para posarmos no sofá como se tivéssemos acabado de chegar no apartamento de uma garota, esperando ela sair do banho.

Isso me lembra aquela noite. Ruben sorrindo para mim com leveza e confiança momentos antes do nosso segundo beijo. A sensação avassaladora dos lábios dele nos meus. Imagino-o tirando a camisa, minha mão passeando pelo peito dele, sentindo os músculos e a maciez da pele.

— Zach, presta atenção!

Olho para a fotógrafa, que me encara por trás da câmera.

— Foi mal.

Alecia tira mais algumas fotos.

— Beleza — diz ela, olhando para o visor. — Vamos mudar a ordem. Ruben, pode dar a volta e ficar do lado do Zach?

Ai, merda.

Ele assente e troca de lado. É profissionalismo e nada mais. Posamos enquanto Alecia tira mais fotos.

De repente eu sei, com toda a certeza do mundo, que, se tivesse a oportunidade, eu o beijaria de novo. Quero que ele olhe para mim como naquela noite, antes de nos darmos conta do que estávamos fazendo e do que aquilo tudo significava. Quero embolar minhas mãos na camisa linda dele, quero perder o fôlego, quero sentir a maciez dos seus lábios mais uma vez. Quero que ele *me queira*. E que saiba que também o quero.

Então sou bi mesmo.

Mas será que é real?

Ou só uma resposta desesperada à possibilidade de perdê-lo para sempre?

Ou será que só *quero* que seja uma resposta à possibilidade de perdê-lo porque, se for real, significa que...

Meu Deus, que confusão.

— Ô, Zach — diz Erin.

— Oi?

— O que está acontecendo? Você parece tenso.

Engasgo com a saliva.

— Hum, er...

— Não me diz que está de ressaca.

— Não, só estou cansado.

— Então aguenta firme, beleza? Precisamos terminar isso aqui antes do *meet & greet* com os fãs.

Balanço os braços.

— Pode deixar.

Me esforço ao máximo para parecer relaxado e confortável. Como um cara que não ferrou tudo com o melhor amigo talvez para sempre. Como um cara que não está tão confuso a respeito da própria sexualidade que sente a cabeça latejar. Como um cara que não consegue deixar de reparar como o amigo está perto do seu corpo agora. Que não está pensando que, se ele se mover um centímetro para a direita, vão se tocar.

Alecia sorri.

— Ótimo. Agora precisamos de uma mais despojada. Vocês podem apoiar os braços nos ombros uns dos outros?

Minha visão fica embaçada.

— Posso? — pergunta Ruben num tom casual.
— Claro — respondo, dando de ombros.
Estou chocado por minha voz ainda sair.

Ele coloca o braço em volta de mim e consigo sentir o aroma encorpado, aconchegante e levemente adocicado do perfume dele. Âmbar, patchuli e baunilha nas proporções ideais, o bastante para me deixar com vontade de inalar tudo. De respirar *Ruben*.

Ele levanta o braço e se apoia no meu ombro. O cheiro fica ainda mais forte, quase inebriante, tomando conta de todos os meus pensamentos. Seu braço é quente e pesado contra o meu, e minha pele arrepia e vibra sob seu toque. Por mim, eu passaria a vida inteira assim.

Mantenho o corpo completamente parado. Congelado.

Vem o flash e depois a fotógrafa abaixa a câmera e sorri.

— Perfeito!

No segundo em que volto para o quarto do hotel, tranco a porta e ligo para minha mãe.

Geralmente marcamos horários para conversar. Nossa próxima ligação só seria daqui a dois dias, mas não posso esperar isso tudo. Nem sei que horas são nos Estados Unidos, mas espero que não tenha problema e que ela entenda.

Anda logo, atende, atende...

— Alô! — diz minha mãe. Na mesma hora me sinto mais leve do que no dia inteiro. — Como vai?

— Estou bem, e você?

— Tudo bem também. O que foi?

— Nada de mais, só estou ligando pra dar um oizinho mesmo.

Me sento na beira da cama. Mesmo sozinho, tento manter a voz baixa porque sei que estou compartilhando uma parede com Jon.

— Como foi na Capela Cistina?

— Bem legal. Você tá muito ocupada agora?
— Não, estava me preparando pra dormir. Você está vendo *The Bachelor*? Acabei agora o último episódio.
— Ainda não vi, ando bem ocupado aqui. Mas quero muito.
— Tem que rever suas prioridades, hein?

Dou uma risada, mais porque sei que ela está esperando do que por vontade própria.

— Pois é.
— E aí? Como vai a turnê? Os fãs estão dizendo que os shows nunca foram tão bons!

Esfrego a nuca.

— Na verdade, hum, está sendo bem mais difícil do que eu imaginava.
— Ah, como assim?
— Sei lá. Acho que tá todo mundo cansado. Um show atrás do outro.
— Imagino. A rotina de vocês é maluquice.
— É. E, hum, tem uns dramas rolando com a banda e isso está me afetando muito.

Meus olhos enchem de água só de falar.

— Que tipo de drama?
— Nossa relação anda meio tensa. Toda hora acabo dizendo algo errado e isso deixa os outros nervosos.
— Ai, que horror. Sinto muito.

Forço um sorriso, apesar de ela não estar me vendo.

— Fazer o quê, né?
— Mas, falando sério, Zach, me surpreende ter demorado tanto. Quando você é forçado a passar tanto tempo assim com as mesmas pessoas, é claro que desentendimentos vão acontecer.
— Pois é.
— Imagino que boa parte da tensão esteja vindo do Ruben, né?

Congelo.

— Por que você acha isso?

— Ah! Hum... Quer dizer, vi umas coisas na internet e liguei os pontos. É verdade?

— É. Ele não está nem olhando na minha cara.

— Isso não me parece algo que ele faria.

— Eu sei. Acho que acabei chateando ele.

— Isso não me parece algo que *você* faria.

— É, mas as coisas andam meio... diferentes ultimamente. Acho que disse algo errado sem querer, ou alguma coisa assim. Sei lá.

— Já tentou pedir desculpas?

— Já. Ele disse que não fiz nada de errado, mas continua me tratando como se não fôssemos amigos. Não sei mais o que ele espera de mim. Tipo, eu até sei, mas não é... Não sei se posso dar o que ele quer.

— Ah, nossa. Ele deu em cima de você?

Pelo tom de voz dela, já sei que ela acha que sim. Se não disfarçar agora, ela vai descobrir o que nós dois fizemos. Minha mãe sempre foi muito astuta; sabia que eu e Hannah estávamos a fim um do outro mesmo quando a apresentei como "apenas uma amiga". A conversa ficou perigosa demais e preciso dar o fora.

— Deu.

— Nossa. Olha, se ele deu em cima, você disse que não, e ele começou a te dar gelo, isso é problema dele, não seu.

— Mas...

— Sem mas nem meio mas. Você não deve nada a ele, não esquece disso.

— Eu sei.

Quero encontrar um jeito, qualquer jeito, de consertar essa conversa. Porque agora estou acusando Ruben mesmo sabendo que ele não fez nada de errado, e isso me deixa enjoado. Minha mãe não vai esquecer, e isso vai afetar para sempre a opinião dela sobre Ruben.

— Me escuta — diz ela. — Te conheço e sei que você nunca diria algo para ferir os sentimentos de alguém. Tenho certeza que você recusou a oferta dele com educação. Então, se Ruben está te tratando com frieza, isso diz mais sobre ele do que sobre você.

— Certo.

— Além do mais, o estresse da turnê pode estar afetando ele. Pessoas são complexas, e geralmente ficamos chateados com mais de uma coisa ao mesmo tempo.

— É, faz sentido.

— Então pega leve consigo mesmo, tá? Parece que você não fez nada de errado. E o Ruben vai entender. Só deixa claro que ele pode contar contigo, como amigo.

— Pode deixar. Enfim, desculpa pelo desabafo.

— Não precisa pedir desculpa. Sinto muito que isso tudo esteja acontecendo. Espero que melhore logo.

— Eu também. Valeu, mãe. Me ajudou muito, então obrigado mesmo.

— Imagina! Estou sempre aqui pra te ouvir. E, se quiser conversar mais, fica à vontade, tá? Sobre qualquer coisa.

— Pode deixar, eu sei.

— Tá bom, beleza. Se cuida, tá?

— Vou me cuidar. Vou te deixar dormir agora. Boa noite.

— Boa noite. Ou, sei lá, bom dia. Te amo.

— Também te amo.

Desligo. A energia se esvai do meu corpo e mal consigo me mexer. Mordo os lábios e tento segurar as lágrimas, mas não consigo.

São tantas mentiras que nem sei por que estou inventando.

Olho em volta. O quarto está escuro e silencioso.

E estou completamente sozinho.

NOVE
RUBEN

Estou no meio do treino na academia do hotel na Antuérpia quando minha mãe me liga.

Curiosamente, eu meio que já estava esperando a ligação. Treinar, ensaiar ou trabalhar em qualquer melhoria para mim mesmo sempre foi quase um feitiço de invocação para ela. Ela se materializava das sombras, independente do que eu estivesse fazendo, com suas famosas críticas construtivas. Infinitas e *implacáveis* críticas construtivas.

Você não está enunciando, não consigo entender nada, só parece um "muh muh meh meh muh".

Não sei como você acha que vai acertar esse movimento quando não consegue nem bater palma no ritmo. Para que essa pressa toda se ainda não aprendeu nem o básico?

Cadê a emoção? Parece que você está esperando a tinta da parede secar. Não importa se não tem ninguém assistindo agora. Você precisa ensaiar do mesmo jeito que pretende se apresentar.

Ela diz que não sei receber críticas, mas sei *sim*. Aceito de coração tudo que a nossa equipe diz, e estou sempre ouvindo elogios sussurrados nos bastidores sobre como sou bom em aplicar o que foi dito. Como ninguém *nunca* precisa me dizer a mesma coisa duas vezes. Mas é claro que não precisam! Aprendi desde cedo que receber a mesma orientação duas vezes tem consequências, e essa é uma lição que nunca vou esquecer. O problema da minha mãe, no entanto, é que ela não julga o resultado final, ela julga o processo. Parece que não acredita em "aprendizado".

Por exemplo, o processo de ampliar o alcance vocal — como eu estava fazendo esta manhã antes de descer até aqui para suar um pouco — tem que ser gradual, expandindo a voz para fora da zona de conforto. Só estou seguindo as orientações da minha instrutora vocal e *ela mesma* sempre me garantiu que fazer bem é uma questão de errar e acertar, com notas arranhadas, tons desafinados e um monte de outros sons constrangedores, até a gente aprender a fazer certo sempre e sem esforço. Mas, durante a infância, fui muito humilhado por esse processo. Minha mãe ficava perguntando como minha voz podia ser tão ruim se ela pagava *tão caro* pelo *melhor ensino*. Por que é que eu não ouvia os professores? Como é que eu não conseguia fazer *direito*?

Então, aprendi a só praticar minha expansão vocal quando meus pais não estavam por perto e ninguém poderia ouvir meus erros. Isso ajudou. No começo, pelo menos. Assim, eu era o único que sabia como minha voz poderia ser horrível. Mas também significava que a única voz me criticando, se contorcendo a cada falha e me dizendo que eu nunca conseguiria de primeira era a voz que morava dentro da minha cabeça.

A única voz da qual nunca consigo fugir.

Claro que sei que minha mãe não está me ligando do outro lado do oceano só para dizer que eu estava cantando feito uma cabra esfomeada hoje de manhã, mas mesmo assim minhas bochechas começam a arder. Depois que a gente se acostuma a ser humilhado, as marcas permanecem na pele como uma tatuagem. Até dá para cobri-las, mas é impossível se livrar da sensação de que não vale nada.

O álbum do musical *In This House*, que eu estava ouvindo enquanto treinava, é interrompido abruptamente quando atendo.

— Alô — digo. — Não está muito tarde pra você?

Já passa da meia-noite nos Estados Unidos.

Quando ela fala, sou atingido pela mistura familiar de carinho e medo. O amor genuíno que sinto pela minha mãe, misturado à trepidação de não saber o que ela quer. Não estou no clima para mais conflitos agora e teria ignorado a ligação, mas a única coisa que irrita minha mãe mais do que ser confrontada é ser ignorada.

— Oi, meu bem. Que bom ouvir sua voz. Saí para jantar com minhas amigas depois do trabalho e voltei tarde, então decidi te ligar antes de ir pra cama.

Ainda não consigo relaxar.

— Que bom que você ligou agora. Vamos sair para uma entrevista daqui a meia hora.

— Ah, vai ser uma manhã tranquila, então? — ela pergunta, animada.

Acontece que sou fluente no sarcasmo dela. Traduzindo: que bom que te peguei no flagra relaxando, assim posso te dar um sermão sobre comprometimento e oportunidades perdidas.

— Não, estou na academia. Passei a manhã toda ensaiando — digo, me jogando em mais uma armadilha.

— Ah, que bom! Está praticando seu mi em "Unrequitedly"?

Me assusto. Nunca tive problema algum com "Unrequitedly".

— Hum, não. — Dou uma risada, mas sai meio tensa. — Eu deveria?

Ainda bem que a academia está vazia, a não ser por Keegan, que me acompanhou até aqui e está na porta, levantando um haltere sem muita vontade enquanto se olha no espelho de vez em quando. Tenho a sensação de que essa vai ser uma daquelas conversas que *odeio* ter em público.

— A nota anda meio inconsistente, sim. Ontem mesmo mostrei um vídeo para Joan no escritório e foi um pouco constrangedor. Pensei que você já tinha dado um jeito no seu mi a esta altura do campeonato.

Espera, de que vídeo ela está falando? Quando foi que errei a *porra* do mi? Minhas partes são fáceis demais para errar, não são?

Não são?

— Eu, hum... já dei. Ninguém nunca apontou isso antes.

— Bom, *eu* estou apontando agora. — A risada dela tem uma pontada de raiva. Um carinho seguido de um tapa. — Minha opinião não conta, por acaso?

Minha mente está a mil tentando pensar em possíveis respostas e possíveis argumentos dela para as minhas possíveis respostas, tentando mapear a melhor forma de acalmar a situação. Porém, devo ter demorado muito a responder, porque a animação de mentira vai embora quando ela me pressiona.

— Você sempre fica tão na *defensiva* quando alguém tenta te ajudar, Ruben. É assim que você fala com seus treinadores quando eles te passam críticas? Está se achando o bonzão ou qualquer coisa assim? "Ai, o Ruben nunca erra porque está numa *turnê internacional*." Porque, vai por mim, isso é só o *começo* do que você tem que fazer para se provar, não vai achando que não podem te chutar num piscar de...

— Sim, você tem razão — digo abruptamente. *Por favor*, imploro em silêncio, *pega leve comigo só hoje*. — Claro que você tem razão. É por isso que estou praticando. Sei que posso melhorar. Os outros saíram para ver um filme hoje de manhã, na verdade, mas escolhi ficar, porque sei que preciso praticar mais antes de...

— Então você está sendo antissocial — interrompe ela com alegria. — Ruben, ser parte de um time significa *fazer parte do time*. Não dá para ficar escondido no quarto sempre que tem um minutinho sobrando. Você precisa formar essas conexões para passar uma boa impressão.

Contra ela, não tem como vencer. Sei que não adianta. Nem sei por que continuo tentando.

— Eu sou parte do time. Estou sempre junto com todo mundo.

— Muito bem, mas não precisa ser *sempre* também. Você precisa arrumar tempo para praticar.

Estamos dando voltas no mesmo lugar. E ela nem sequer percebe.

— Eu estou praticando — digo, a voz fraca.

— Fiquei sabendo de umas brigas.

Aí está! O verdadeiro motivo desta ligação. Acredito que ela tenha visto alguma coisa quando saiu para beber. Ou alguém comentou e ela ficou envergonhada por não saber nada a respeito. E agora estou pensando no Zach de novo, e tudo que quero fazer é desligar o celular e malhar as pernas até que toda a tristeza seja substituída por exaustão muscular.

— Não tem briga nenhuma — minto. — É tudo fofoca.

— Que bom. — Ela diz isso não porque não estou brigado com meu melhor amigo, é claro. E sim porque: — Você não pode se dar ao luxo de ganhar uma má reputação de ser uma pessoa difícil. Mesmo se tiver alguma coisa acontecendo nos bastidores, mantenha o profissionalismo.

Estou *tentando*. Talvez ela devesse ligar para o Zach e dar esse sermão.

— *Super.*

— Agora vai me responder com uma palavra só, é?

— Desculpa. Foi sem querer. — Reviro o cérebro atrás de um assunto mais inofensivo. — Onde você foi beber com suas amigas?

— Quem disse que eu estava bebendo?

Reviro os olhos para a janela.

— Ninguém. Mas é uma hora da manhã, daí achei que tinha saído.

— Que foi? Agora não posso ter uma noite tranquila com as minhas amigas sem ser uma alcoólatra?

Acho que ainda consigo salvar a situação.

— Claro que pode. Você *deveria* mesmo beber um coquetel ou dois. Você merece uma noite de folga pra se divertir. Não há nada de errado nisso. Bem que eu queria.

A risada dela é genuína agora.

— Bom, eu tomei uma coisinha ou outra. Estou parecendo bêbada?

— Não, só parece feliz. — É uma mentira pensada para deixá-la mais relaxada. Ela me faz *críticas construtivas* o tempo todo, mas até mesmo uma crítica imaginária é o suficiente para deixá-la irritada. Elogios, afeto e bajulação são as únicas ferramentas que tenho para fazer com que ela recolha as garras. Às vezes, dar o braço a torcer é necessário para se autopreservar.

— Eu *estou* felizinha. Foi uma noite ótima — diz ela, e finalmente relaxo.

Consegui acalmar a tempestade com sucesso!

Alguém entra na academia e eu levanto a cabeça. É Jon. Ele vem para o aparelho ao meu lado em silêncio. Aperto o braço dele e mexo a boca, sibilando um "me ajuda".

Ele cerra os olhos e dá alguns passos para trás.

— Ruben! — chama, longe o bastante para não parecer que está gritando do meu lado. — Tá na *hora*!

— Espera, espera, mãe — digo rapidamente. — Só um minutinho — aviso.

— O ônibus já vai *sair* — grita Jon.

— Meu Deus — sussurro para minha mãe, como se ela fosse minha confidente.

— Ai, não — ela diz, preocupada. — Hora de trabalhar!

— Pois é — respondo. — Posso te ligar do ônibus? Só não vou ter muita privacidade.

— Não, vai lá, preciso dormir agora de qualquer forma.

Essa foi uma das nossas conversas mais tranquilas. Geralmente ela percebe quando estou inventando desculpas para desligar e começa a discutir. Obrigado por *tudo*, Jon.

Largo o celular assim que desligamos e solto um urro gutural para o teto. Uma conversa de dez minutos e parece que acabei de sair de um programa de TV com aqueles entrevistadores enxeridos.

Ao menos entrei nessa indústria com experiência de sobra em

conversas que parecem campos minados, sabendo enxergar armadilhas de longe. Eu deveria mandar flores para a minha mãe como agradecimento por essa habilidade.

Que se dane a sua mãe, diz a lembrança de Zach que nunca saiu da minha mente. Estávamos no pula-pula, na festa de Angel, e ele estava de joelhos na minha frente, com os olhos intensos, e eu sabia que tudo ficaria bem. Ele faria tudo ficar bem.

Então volto para o presente num estalo. Zach não está aqui.

— Seus pais? — pergunta Jon, voltando para o aparelho.

— Minha mãe.

— *Pior ainda* — diz ele.

Todos na banda têm opiniões formadas sobre a minha mãe que variam, educadamente, entre *aff* e *puta que pariu*.

— Ela leu sobre A Grande Tensão — digo.

É assim que estamos chamando. Embora nem eu nem Zach tenhamos entrado muito em detalhes, tanto Jon quanto Angel já têm noção de que eu e Zach estamos nos estranhando, e isso é um problema inexplicavelmente maior do que um comentário atravessado feito numa live. Angel até parou de fazer piadas sobre eu não achar Zach sexy, o que significa que a coisa ficou *séria*.

— Acho que ela ia descobrir mais cedo ou mais tarde. Ela te deu algum conselho?

Fuzilo-o com o olhar.

— Saquei. Tem certeza que *eu* não posso te dar nenhum conselho?

— Você nem sabe o que aconteceu, como vai poder me aconselhar?

— Justamente.

— *Jon*...

— Não precisa me contar detalhes. Só um resumo. A essência.

— Não posso.

— Só um *temperinho* — implora ele. — Não precisa nem ser o prato todo. Só o sal e a pimenta.

— Que poético.

— Obrigado — diz ele, estufando o peito com um sorriso orgulhoso. — Acabei de inventar.

Não existe uma possibilidade sequer de resumir para Jon o que aconteceu sem correr o risco de que ele ligue os pontos. Até mesmo explicações inocentes e vagas tipo "fiz algo que não deveria" ou "rolou um momento meio constrangedor" podem dar pistas para que Angel e Jon descubram tudo. Eu não teria vergonha, mas Zach com certeza teria. Então, não importa quão magoado eu esteja, nem quão ressentido estou por Zach não querer nem mesmo *tentar* se resolver comigo. Tudo tem limite e ponto-final. Então só dou de ombros, meio fraco e desanimado.

— Então tá bom, Ruben — diz ele, com um tom áspero.

Fico arrepiado.

— Você está perguntando porque se importa ou porque Erin e Geoff te pediram? — questiono.

— *Como é que é?* Óbvio que é porque eu *me importo*.

— Sério? Porque você anda botando muita pressão para alguém que só quer que a gente fique bem, levando em conta que eu já disse que não quero falar a respeito.

— Só quero que você saiba que estou aqui pra te ajudar.

— Não — digo, ajustando minha posição no aparelho de perna enquanto conversamos. — Você quer nos forçar a consertar as coisas.

— É claro que quero que vocês consertem as coisas! Vocês são meus amigos.

— E isso não pega bem pra imagem da banda — completo, erguendo a sobrancelha.

Jon me analisa e depois dá de ombros.

— O que você quer que eu diga? Que não é verdade? Você *sabe* que é.

— Sabia!

A acidez da minha mãe tomou conta de mim. Isso sempre acontece depois de falar com ela. É como se ela me infectasse.

— Pelo amor de Deus, Ruben, nem tudo é uma conspiração contra você. Nem todo mundo tem segundas intenções.

— Você eu já sei que tem — rebato. — Segundas intenções de nascença. — Nossa, isso soou muito mais cruel do que eu queria. Tento retirar. — Não foi isso que eu quis dizer. Só que, tipo, seu pai bota pressão em você. A gente sabe que sim, e não tem nada que você possa fazer. Mas eu só... preciso que você pare de tentar ser meu *empresário* agora. Só preciso que seja meu amigo.

Ele solta um suspiro longo e demorado. Quase consigo vê-lo contando até cinco mentalmente.

— Estou *tentando* — diz ele, devagar.

— Me diz que não tem problema se eu e o Zach nunca mais formos amigos. Me diz que você não vai me culpar por isso.

Ele fica confuso, e até que eu entendo. Estou um caco, e não sei como cheguei nesse ponto, mas, de repente, é muito importante para mim saber que nossa amizade não depende de como vou lidar com toda essa situação. Preciso saber que está tudo bem, porque acho que não tenho mais controle dessa situação. Fugiu completamente das minhas mãos.

— Vou continuar sendo seu amigo, se é disso que você está falando — responde ele com cuidado. — Mas não posso dizer que *não importa*.

— Preciso que não importe.

— Mas vai importar. Não há nada que eu possa fazer. É péssimo ficar no meio de vocês dois o tempo todo. Não quero ter que escolher.

— Ninguém está te pedindo para escolher.

— Talvez, mas às vezes é isso que parece.

— Não sei como consertar isso — rosno, colocando toda a minha energia no exercício de perna.

— Pode começar sendo mais legal com ele.

— *Quê?* — Paro na hora. — É ele que fica fazendo comentários *sobre mim.*

— Olha, eu diria que é meio a meio.

Balanço a cabeça sem dizer nada e Jon dá de ombros.

— Só estou tentando ajudar. Você não precisa aceitar.

Você sempre fica tão na defensiva *quando alguém tenta te ajudar, Ruben.*

Dane-se. Jogo as mãos para o alto, assustando Jon.

— Beleza. Então tá. Parece que o cuzão da banda sou eu mesmo. Zach não fez nada errado e a culpa é toda minha.

— Ruben...

— Quer que eu seja mais *legal* com ele? Vou ser legal pra caralho então. Vou ser a pessoa mais legal que você já viu, e se ele não voltar a ser meu amigo num passe de mágica, talvez você finalmente se toque de que não sou *eu* o problema. Só estou *reagindo* a esta *porra toda* da melhor maneira que consigo.

— Vou nessa.

Zombo enquanto ele recolhe seus equipamentos de academia.

— Sim, beleza. Vai lá. Desculpa se não fui superlegal com você também.

— Tá bom, Ruben.

— Diz pro seu pai não se preocupar. A crítica já foi *anotada*. Vou ser *muito agradável daqui pra frente*, vocês não vão nem *me reconhecer*.

Grito o final da frase para a porta fechada.

Keegan ergue a sobrancelha para mim.

— Olha, rapaz, acho que você poderia ter lidado com isso de um jeito muito melhor — diz ele, baixando o haltere ao seu lado.

Minhas bochechas ardem, faço uma careta e volto a treinar.

É muito, muito difícil manter uma cara agradável durante a entrevista. Mas eu consigo. Porque, ao contrário de certas pessoas, entendo a importância de deixar as emoções de lado quando se está trabalhando.

Tenho sido o mais *legal* possível com Zach desde que saímos do hotel. No micro-ônibus, perguntei como ele estava (bem, obrigado). Perguntei se dormiu bem (sim, tranquilo). Perguntei se ele conhecia os morangos cobertos de chocolate da Bélgica e se achava que íamos conseguir experimentar (sei lá, talvez).

A cada pergunta, ele se encolhia para mais longe de mim e me encarava com os olhos castanhos e secos. Como se eu estivesse o ameaçando com uma arma, e não puxando assuntos agradáveis. Vez ou outra eu olhava para Jon, para ver se ele estava prestando atenção. Ele passou a viagem toda encarando a janela e mordendo o lábio inferior freneticamente. Angel não largou o celular.

Para falar a verdade, a entrevista foi a primeira vez que alguém de fato percebeu minha existência desde que Jon me deixou sozinho na academia.

Eu e Jon estamos sentados num sofá cor de creme entre as poltronas de Angel e Zach. Na parede oposta, Erin está sentada olhando para o iPad, enquanto Keegan treme as pernas cruzadas e analisa o ambiente, e Penny nos observa atentamente. As entrevistadoras são duas mulheres de vinte e poucos anos, ambas vestindo alta-costura da cabeça aos pés. Elas são gentis e, por sorte, não parecem estar tentando induzir nossas respostas como a maioria faz.

Hoje não fazemos tanta brincadeira como de costume. A Grande Tensão é feito um cobertor sobre nós, sugando nosso oxigênio e abafando nosso fogo.

Jon é ótimo em ignorar, mas agora está tagarelando sobre nossa história. É ele quem responde a maioria das perguntas sobre a banda. Afinal de contas, passou a vida toda treinando para isso.

— Na verdade, não me entrosei com o Angel de primeira. Ruben era meu melhor amigo e meio que me forçou a entrar no grupo durante a apresentação de fim de ano. — Ele gesticula como se estivesse empurrando alguma coisa por um buraco pequeno e as entrevistadoras riem.

— Eles não queriam se apresentar com o filho de um produtor famoso? — pergunta uma delas, com os olhos cintilando.

Aff. Não existe assunto mais sensível que esse. Mas Jon nem se abala.

— Eles não sabiam! Eu guardei segredo, nome falso e a coisa toda. Foi assim que soube que eles gostavam de mim de verdade.

Ele dá uma piscadinha.

— Exceto o Angel, certo? — pergunta a outra.

Angel levanta a mão.

— Posso só deixar registrado que o Jon é O cara?

— O cara? — repete ela, confusa.

— Hoje em dia nos damos muito bem. Jon é muito gente boa. — Ele exagera com essa "declaração", e Jon faz um coraçãozinho com as mãos sobre o peito.

A entrevistadora sorri e se inclina para a frente.

— Agora, quando vocês quatro se conheceram, você era o Reece. Esse era seu nome na época, né?

— Aham. Ainda é, se você perguntar ao governo. Mas eles não sabem de nada.

Jon sorri sozinho.

— Por que você decidiu mudar?

— É uma história bem engraçada, na verdade. Certa vez, uma garota me viu na rua e desmaiou, sabe? Daí, *bum!* Mulher desmaiada no meio da calçada. Ela chega pra mim e diz "ai, meu Deus, você é tão lindo, pensei que era um anjo". E o nome pegou.

Ele conta tudo como se estivesse falando sério. É uma piada recorrente entre os fãs essa coisa de inventar uma história diferente toda vez que perguntam sobre a origem do apelido, e tenho certeza de que as duas apresentadoras sabem disso, porque não parecem surpresas.

— Então, *vocês dois* são amigos próximos? — pergunta uma delas, e noto a mudança de tom na hora.

Faço careta.

— Aham.

—Todos são amigos? Ouvimos uns rumores de que, talvez, alguns de vocês não se gostem tanto assim.

Nossa, a sutileza mandou lembranças. Duvido que essa pergunta tenha passado sem querer. Se a Chorus não quisesse que a gente comentasse os rumores, teria excluído a pergunta. Está na cara que eles querem que a gente aproveite esse momento para dar um fim ao boato.

Jon responde essa, é claro. Ele não parece nem um pouco surpreso ao ouvir uma pergunta tão perigosa. Isso me faz suspeitar que, antes de chegarmos, o pai pediu que ele esclarecesse a história. Como se tudo já estivesse planejado.

— Não há um pingo de verdade nisso aí. Somos uma família. Mais próximos do que família. A gente se escolheu, sabe? Sempre fomos compatíveis, mas estar em turnê nos aproxima de uma forma que nem imaginávamos. Uma proximidade forçada, por assim dizer — ele brinca.

Será que pareço tão preocupado por fora quanto estou por dentro? Porque, se eu estivesse bebendo água agora, teria cuspido tudo.

Dou uma espiada em Zach e ele está branco, como se fosse desmaiar.

Eu e Zach ficamos sentados em total silêncio, então Angel pega a vez.

— Nem sei de qual rumor você está *falando* — diz ele, acabando com o climão. — Zach, você tem alguma ideia do que essas jovens adoráveis podem ter escutado? Estou meio perdido.

Zach dá um salto e engasga na primeira palavra:

— Não faço ideia. — Pigarreia, e Erin entrega uma garrafa de água a ele, que aceita, mas não bebe. — Não, mas falando sério agora, é uma fofoca meio boba. Acredito que nenhum de nós ficou chateado *só porque* uns entraram numa lista e outros não.

É só mais uma das alfinetadas dele que só machucam para quem sabe o contexto. E nem posso rebater, porque sou o único que sabe. *Nenhum de nós ficou chateado com isso. Eu não gosto dele porque a gente se pegou e foi mais importante pra ele do que pra mim, e agora ele está todo esquisito.*

Minha visão periférica começa a embaçar.

Ao longe, vejo Angel apontar para Zach com as duas mãos.

— Isso! Exatamente! Não vou ficar chateado com meus amigos só porque algumas pessoas têm mau gosto.

As entrevistadoras caem na risada, e tudo parece ficar em câmera lenta. Angel está rindo e meneando a cabeça. *Tô zoando. Tô zoando. Ou talvez não.*

Trinco o maxilar e tudo volta ao normal.

— Exatamente — digo, um pouco mais alto do que o necessário. Todos se viram para mim. — Tenho certeza que falo por todo mundo quando digo que não vale a pena destruir amizades importantes por causa de coisas banais. Mas, sendo bem sincero, mesmo se a gente não se desse bem, isso não ficaria óbvio. Tipo, eu fiz teatro musical por anos. Qualquer um que conhece esse meio sabe a quantidade de drama desnecessário que rola. — As duas assentem, e alguém ri, mas não consigo ver quem. — Mas o show deve continuar, né? Não dá para armar um barraco no palco só porque não quer contracenar com alguém de quem você não gosta. E, falando por mim, *eu* não sou criança. Sempre vou tratar meus colegas com respeito.

Pronto. Também sei deixar minha dica.

Estou tão tomado por satisfação e orgulho que levo um momento para perceber que as entrevistadoras estão com uma cara esquisita. Sorrindo, claro, mas é um sorriso diferente. Um sorriso faminto.

Repasso as palavras na cabeça e noto a tensão na minha voz. A veracidade passivo-agressiva.

Pareço minha mãe.

Ficamos em silêncio por um segundo horripilante, e Angel solta uma gargalhada.

— *Colegas* — diz ele. — Olha, o Ruben é o melhor, cheio das palavras bonitas. Quando você o conhece mais, sabe que com "colegas" ele quer dizer "melhores amigos que vai ter na vida inteira". Sério, tipo, uma vez ele foi para um encontro, e eu só fui saber do que se tratava muito depois, porque ele disse pra gente que era um *compromisso*.

Essa história nunca aconteceu, mas estou inebriado de alívio pela habilidade do Angel de inventar qualquer baboseira tão rápido.

— Ah! — Uma das mulheres morde a isca, com os olhos brilhando. — Você tem namorada, Ruben?

Quase consigo sentir os olhos da Erin sobre mim. *Nem ouse.*

E *não ouso*, é claro. Jogo nas regras deles, como sempre faço, por mais que isso me machuque.

— Não, no momento não. Ainda estou procurando a pessoa certa.

A entrevista continua, mas sei que arruinei tudo. A Grande Tensão está mais pesada que nunca, e se arrastou para o fundo do meu estômago, se acomodando lá feito uma bigorna.

Não falo quase nada durante o resto da entrevista. Só consigo repassar minhas próprias palavras. Sei muito bem qual será a resposta a este trecho. E o pior de tudo é que será verdade. Eu surtei, estraguei tudo e agora todo mundo vai saber. E não tem nem como jogar a culpa em outra pessoa.

Meio a meio, como o Jon disse.

Será que ele estava certo? Será que eu estava descontando nos outros esse tempo todo? Dando respostas atravessadas para as pessoas ao meu redor sem nem perceber?

É assim que minha mãe se sente? Será que ela faz sem perceber também?

Acho que estou doente.

Mas consigo olhar para os meninos quando a entrevista acaba. E não fico surpreso quando Erin me puxa num canto enquanto entramos no ônibus.

— Geoff quer conversar com você e com o Zach quando voltarmos pro hotel de tarde — diz ela com a voz acanhada e delicada. É um alerta.

Vai dar merda.

DEZ
ZACH

Nunca estive tão encrencado com a Chorus antes.

Ou com qualquer pessoa, na verdade.

Dá para ver que a coisa é séria pelo jeito frio e distante com que todo mundo tem tratado nós dois. Como se também fossem arrumar problemas só de ficar perto da gente. Começou assim que entramos no ônibus de volta para o hotel, e o climão durou a viagem inteira. Erin está sendo extremamente cuidadosa com as palavras, enquanto Jon e Angel não falam nada. Mas o pior é Ruben, que voltou a me ignorar. Nem sei direito o que odeio mais: como ele falou comigo no ônibus hoje de manhã, num tom ácido disfarçado de amigável, ou isso. O silêncio infinito e gelado. No passado, talvez, arrumar encrenca juntos teria nos aproximado, mas agora ele voltou a fingir que sou invisível.

Estou no banheiro lavando o rosto. A reunião começa em um minuto.

Ele me chamou de criança. E tudo o que fez foi confirmar para as entrevistadoras que a tensão entre nós é real. Se estou com problemas agora, é tudo culpa dele.

Jogo água no rosto. Ficar chateado não vai ajudar em nada, e não posso mandar mal na reunião.

Ruben está esperando por mim no fim do corredor quando saio do quarto. Adiantado, é claro. Porém, o que sinto não é raiva, é uma dor entorpecente. Como se algo estivesse faltando. Como se tudo pudesse ser melhor se estivéssemos enfrentando essa situação como amigos.

Quando voltamos para o hotel, Erin deu meia hora para nos arrumarmos para a ligação, e seu tom deixou bem claro que deveríamos parecer *no mínimo* inocentes. Então, agora estamos mais com cara de jovens empresários do que de estrelas pop, mas até que combina, já que vamos conversar com o Geoff. Para ele, o pop *é* apenas um negócio.

E, na verdade, é isso mesmo. Não acho que ele entenda o que a música é para mim. A importância na minha vida. Como é o recurso mais rápido que tenho para sentir qualquer emoção possível, e como é poderosa e *necessária*. É muito mais do que uma fonte de dinheiro.

Alcanço Ruben e ele me cumprimenta balançando a cabeça. Beleza. O voto de silêncio ainda está valendo. Bom saber, e a parte boa é que dá para fazer esse joguinho a dois. Entramos no elevador e subimos os andares em silêncio. Cruzo os braços e recosto na parede.

Só que o ar está crepitando. Ele olha para a frente com o maxilar rígido e a expressão vazia. O garoto perfeito. Se está nervoso, ou qualquer coisa assim, não demonstra. Será que ele não se importa com o que pode acontecer? Ou só está fingindo? Abro a boca e ele me encara, seu olhar me diz que não, então fico calado.

Nunca o vi agindo daquele jeito, como fez na entrevista. Porra, todo mundo que estava lá sacou na hora. Mesmo sem ter dito nada, as entrevistadoras claramente perceberam que havia algo de errado entre nós dois. Não é do Ruben fazer coisas que podem prejudicar a banda, ou a qualquer pessoa, mas acho que ele estava tentando me magoar.

Quando a entrevista for ao ar amanhã, só vai colocar mais lenha na fogueira da imprensa. Já vi isso acontecer antes, e é assustador de tão rápido. Uma reportagem pode transformar rumores em fatos num piscar de olhos. Não só isso, como também pode se tornar um fato *marcante*. Isso pode se tornar a referência quando falarem em Saturday.

Podemos ficar conhecidos como a banda cujos membros se odeiam e só continuam juntos por causa do contrato.

Estico o pescoço e sinto que Ruben está me observando.

O elevador apita.

— Você primeiro — diz ele, sorrindo graciosamente.

Ignoro o fogo no meu peito e saio.

No final do corredor, Erin nos espera na frente do seu quarto. Abre a porta, e nós entramos. O ar parece pesado e sombrio. O MacBook aberto na mesa parece mais uma guilhotina.

— Sentem — diz Erin com o rosto severo.

Eu e Ruben atravessamos o quarto e nos sentamos na frente do computador.

Na tela, está Geoff.

— Acredito que já saibam por que estão aqui, certo? — pergunta ele com a voz grave e séria.

Nenhum de nós diz nada por um momento longo demais. O silêncio fala por si só.

— Desculpa — diz Ruben.

Geoff franze as sobrancelhas. Apesar de ele estar em outro país agora, começo a suar. Se ele decidir parar de trabalhar com a gente, podemos acabar nos tornando uma banda esquecida pelo público.

— *Desculpa* não é o bastante neste caso. Vocês precisam melhorar. Vou deixar bem claro: vocês dois estão na merda agora. Têm noção disso, né?

— Tenho — diz Ruben.

— Com certeza — respondo.

— Não, acho que não têm, não — diz Geoff, aumentando o tom de voz. — Vocês dois foderam tudo. *Precisam* me prometer que vão colocar seja lá o que esteja acontecendo sob controle. Precisam.

— Nós vamos — diz Ruben.

— Sério mesmo, vamos.

— Sei que vão. Vocês trabalharam demais para colocar tudo a perder agora. — Ele olha para a câmera e, por um momento, parece que está fazendo contato visual diretamente comigo. — Pensem no Jon e no Angel. Como foram capazes de fazer isso com eles? Vocês são uma banda, o que significa que precisam trabalhar juntos.

Abaixo a cabeça porque ele está certo.

— E pense em todo mundo que trabalha pra vocês, tentando tornar o sonho de *vocês* realidade. Vocês por acaso se importam com a equipe? Já pararam para pensar que eles podem perder o emprego por causa disso? Se a banda acabar, eles se ferram junto.

— Claro que a gente se importa — diz Ruben.

— Então comecem a demonstrar. Porque, é sério, se não derem jeito nisso, vai ter gente no olho da rua. A Galactic está me ligando sem parar, me mandando resolver essa lambança que vocês fizeram.

Mal consigo respirar.

Tenho noção de que meu cérebro se autossabota o tempo todo, então nunca sei se meus pensamentos negativos são sensatos ou não. Questioná-los foi uma das melhores coisas que a psicóloga que tive na infância me ensinou.

Mas agora...

Geoff acabou de confirmar um dos meus maiores medos.

A banda está em risco por minha causa. Muita gente pode perder o emprego só porque beijei Ruben e não soube lidar bem com isso. Posso ter causado o fim da Saturday.

Meus olhos começam a arder, mas consigo me segurar. Geoff não suporta choro.

— Agora — comanda Geoff — me digam o motivo dessa briga, sem mentiras.

— Não teve briga — diz Ruben. — Só estamos meio estressados, eu acho. Passamos muito tempo juntos.

— Zach? Vai deixar só o Ruben falar?

— Desculpa, hum...

Minha voz está trêmula.

— Para de murmurar, você sabe que odeio isso.

Respiro fundo para me controlar.

— Desculpa. Ruben está certo, foram só uns desentendimentos pequenos que explodiram e ganharam outra proporção. Sei que erramos e estamos trabalhando nisso, prometo.

— Muito bem. Se não derem um jeito imediatamente, as consequências serão graves. Fui claro?

Ruben assente.

— Foi.

— Com certeza. — Minha voz está tremendo de novo.

— Certo. Preciso ir para outra reunião. Nos falamos em breve.

Com um clique, Geoff encerra a chamada.

Bom... foi tão ruim quanto eu esperava.

— Então... — diz Ruben. — Acho que te devo um pedido de desculpas.

Algo me atinge de repente, uma coisa que não me agrada. Eu nem sequer *estaria* nessa situação se não fosse pelo Ruben. Não quero que ele seja o todo-poderoso pedindo desculpas, quero que seja diferente; queria que nada daquilo tivesse acontecido desse jeito. Sei que tenho culpa por ter evitado falar com ele depois do beijo, mas pedi um tempo e ele não me deu. E agora ele fica me provocando durante entrevistas e, de alguma forma, sinto que estou mais encrencado do que ele. Odeio, mas estou irritado demais agora.

Não. É só o medo falando. Vai passar.

Só preciso manter a boca fechada por enquanto, porque surtar com Ruben só vai piorar as coisas. Então, acalmo meus nervos e sorrio.

— Tudo bem — digo. — Não precisa pedir desculpa, a culpa não foi sua.

— Em parte foi.

— Sim, mas de que adianta ficar chateado agora?

Ele me encara por um longo instante.

— Quer saber? Às vezes me pergunto se você se importa com qualquer coisa que seja.

Ele levanta da cadeira e vai embora.

Será possível achar que não me importo com nada?

Se ao menos soubesse como são as coisas dentro da minha cabeça.

É minha última noite em Amsterdã e ainda não visitei os canais.

Meus pais ficaram noivos lá, e embora não tenha acabado nada bem, ainda é minha história de amor favorita. Foi uma coisa tão no calor do momento. Meu pai não tinha aliança nem nada. Eles estavam de férias juntos e encontraram um cantinho que os dois chamaram de "o lugar mais bonito do mundo" e, bem ali, meu pai se ajoelhou. Ele já havia decidido que ia fazer o pedido quando voltassem de viagem, mas se deu conta de que nenhum outro lugar poderia superar aquele, então foi com tudo.

Minha mãe disse sim. Ela sempre diz que os canais tiveram uma grande influência na decisão e que estava totalmente encantada pela beleza do lugar. Nunca teve planos de casar, como muitas pessoas têm, mas simplesmente aconteceu.

Eu sempre quis conhecer o lugar, e hoje é minha única chance nessa viagem. Mas não tempos permissão para sair do hotel sem supervisão. E isso é o tipo de coisa que eu não queria fazer com um guarda-costas na cola. Queria ir como Zach, e não como Zach Knight: o bad boy da Saturday.

Alguém bate na minha porta.

Franzo a testa e olho o celular para ver se não acabei perdendo alguma mensagem. Nada. Então não faço ideia de quem pode ser, principalmente tão tarde assim. Abro apenas uma fresta.

É o Ruben.

Ele está vestido para sair, com um dos seus sobretudos. O de hoje é bege.

— Oi — diz ele.

— Hum... oi?

— Desculpa pelo que eu disse na entrevista.

Dou de ombros, chego para o lado e deixo ele entrar. É óbvio que eu não estava esperando visitas, então o quarto está uma zona, com roupas jogadas por toda parte, e os lençóis embolados na cama. Pego uma camiseta do chão e jogo dentro da mala.

— Olha — diz ele. — Sei que as coisas andam esquisitas, mas estamos no único lugar da turnê inteira que você queria conhecer. Se não for agora, vai acabar perdendo a oportunidade.

— Mas...

— Ou você pode passar a noite inteira sozinho no quarto, sei lá. Não vou te arrastar comigo. — Sua voz tem uma certa tensão no começo, mas depois fica mais suave. — Mas acho que você deveria ir. Talvez a gente possa tentar... sei lá, resolver as coisas?

Cruzo os braços e ele continua falando com pressa:

— Sei que é o que o Geoff quer. Mas eu quero também. Juro. Mesmo se as coisas não voltarem a ser como antes, podemos ao menos tentar encontrar uma nova realidade? Algo que seja menos estranho?

Pego mais uma camiseta jogada, e torço o tecido na mão.

— Beleza.

— Beleza você quer sair ou beleza você quer resolver as coisas?

Pego minha jaqueta como resposta.

Quero resolver as coisas. Também quero ver o tipo de lugar capaz de fazer minha mãe, uma mulher completamente pragmática, aceitar o que ela sabia ser um pedido de casamento feito no calor do momento. Acho que passei a vida toda criando expectativas sobre esse lugar, e agora que estou aqui, preciso ver como é.

— Esse não é o melhor momento — digo, vestindo a jaqueta.

— Por quê?

— Se formos pegos fugindo, a coisa pode ficar bem feia.

— Não seremos pegos. Tenho um plano. Acabaram suas desculpas agora ou tem mais?

Dou uma bufada enquanto calço as botas.

Fica evidente que Ruben não sabe o que fazer enquanto espera. Ele fica zanzando perto da porta, coçando a nuca. E, além do mais, ainda estou um pouco irritado por causa da entrevista, e o medo de Geoff continua se revirando no meu estômago.

Mas são os canais. É importante.

E sinto falta de Ruben, quero fazer algo só com ele. Mesmo depois disso tudo.

Coloco um cachecol azul-royal e uma boina. E então estou pronto. Pronto para escapar.

— E aí, qual é o plano? — pergunto, colocando as mãos debaixo do braço para me aquecer. — Keegan ou Pauline vão estar no saguão, né? Duvido que vão nos deixar sair tão tarde assim.

— Tem uma escada de incêndio no terraço — explica ele. — É só descer por lá e estaremos livres.

Como a maioria dos prédios aqui, o hotel não é tão alto. Vai ser bem fácil chegar na rua.

O maior problema continua sendo Keegan e Pauline. Eles conferem os corredores em horários aleatórios durante a noite, e se dermos de cara com eles vai ser bem ruim. Terão que contar à Chorus — está no contrato deles, e eu jamais poderia pedir que arrisquem o emprego por nós.

— Vai dar certo — diz ele. — É só me seguir.

O corredor está vazio, então vamos até o elevador. Ruben aperta o botão do último andar. Subimos em silêncio até a porta se abrir, revelando o terraço. Ao nosso redor estão as luzes de Amsterdã. O céu estrelado é incrível. Está meio frio aqui fora, mas é tudo tão lindo que nem me importo.

— Agora está feliz por termos saído? — pergunta ele.

— Um pouquinho.

Ruben atravessa o terraço chutando cascalhos no caminho. Há uma escada de metal acoplada à lateral do prédio. Sem medo, Ruben sobe e se balança para o lado de fora. Meu coração para, mas ele está sorrindo.

Sério: esse garoto não tem medo de nada?

Desço logo atrás dele. O metal está tão gelado que queima meus dedos. Quando chegamos ao fim, ouço-o saltando e aterrissando com firmeza.

Merda, não é uma distância pequena para pular. Seguro o metal com força.

— É fácil — diz ele.

Pulo. Tropeço na calçada, mas Ruben me pega, me segurando por um momento, com a mão no meu peito. Será que ele consegue sentir as batidas aceleradas do meu coração?

— Tudo bem? — pergunta ele.

Dou um passo para trás.

— Aham.

Ele coloca o capuz, e eu faço o mesmo. A friagem nos ajuda a ser um pouco mais discretos.

Juntos, descemos a rua.

A cidade é mesmo muito linda, como um cenário de conto de fadas. As ruas são largas, espaçosas e iluminadas por postes de ferro. Tudo é preto, dourado e delicado. É tudo silencioso, a não ser por alguns restaurantes lotados de pessoas conversando e rindo. Viramos a esquina e, ao longe, consigo ver o canal. Atravessa a cidade inteira e é cortado por pontes de pedra a cada dois quarteirões. Vamos até lá.

— No que está pensando? — pergunta Ruben, virando para mim.

Dou de ombros, o que é minha resposta padrão para essa pergunta. Mas estamos tentando estabelecer uma nova realidade. E isso significa que também preciso mudar.

— Na minha mãe. Se deveria tirar uma foto e mandar pra ela, mas acho melhor não.

— Por quê?

Dou de ombros de novo. Que vício maldito.

— Acho que ela não ia gostar de saber que estou aqui.

— Como não?

— Este lugar provavelmente não traz as melhores lembranças para ela, depois do que aconteceu.

— Ah. Então... por que você quer tanto ver?

— Sei lá. Eu sempre quis.

Ele me lança um olhar curioso, mas não retruca.

Mais à frente, há uma barraca vendendo algo chamado *stroopwafels*.

— Mas que coisa é essa de *stroopwafel*? — pergunto, apontando para a venda.

— Quer descobrir?

Faço que sim. Vou até lá e compro um pacote pra gente de uma vendedora excessivamente empolgada vestindo um uniforme xadrez azul. Por sorte, ela aceita cartão de crédito. Parecem waffles pequenos e achatados, mas crocantes e vendidos em pacotes de plástico transparente.

— Amei essa palavra — digo. — *Stroopwafel*.

— Por favor, não inventa de escrever uma música chamada "*Stroopwafel*".

Sorrio, e sinto meu caderno no bolso da jaqueta.

— Não me dá ideia.

Mais à frente há um banco de ferro com vista para o canal. Está iluminado por um dos postes também de ferro.

É o lugar perfeito.

Sei que não temos muito tempo, mas sentar no banco com meus *stroopwafels* parece o certo a fazer, o tipo de momento que sempre quis viver aqui. Posso pensar nos meus pais e em tudo que aconteceu e, com sorte, tentar entender os dois um pouco melhor. Geralmente só penso no meu pai como um babaca, mas talvez ele não tenha sido sempre assim. Talvez ele fosse um cara diferente quando veio aqui. Afinal, conseguiu conquistar minha mãe, então não deve ter sido um egoísta otário a vida toda.

Luzes douradas percorrem as margens do canal e atravessam a ponte mais próxima. Dá para ouvir o som suave da água e, de vez em quando, um carro ou outro passando.

— *Stroopwafel?* — pergunto, oferecendo o pacote para Ruben e fazendo o plástico farfalhar.

Ele abre e pega um. Eu também.

Dou uma mordida e então solto um suspiro me recostando no banco. Ruben experimenta o dele e faz exatamente a mesma coisa. É doce, crocante e macio na medida perfeita.

— Nossa, é bom pra caralho — diz ele.

— Né?

Comemos em silêncio.

Ele disse que não precisamos conversar, mas se vamos fazer dar certo, tem que ser aqui. Acho que *agora* entendo o poder deste lugar.

— Aliás, me desculpa — diz ele, do nada.

— Ah, tudo bem. Entrevistas são sempre estressantes, eu entendo.

— Não estou falando da entrevista.

— Ah. Está falando do quê, então?

— Daquela noite.

Ah.

Ah.

Apesar de assustador, não posso fugir disso para sempre. Já fugi o bastante. Conheço Ruben há anos. Era meu melhor amigo. E eu deveria ser capaz de conversar com ele sobre qualquer coisa.

Só que é *ele*. Ruben me parece a pessoa mais fácil e mais difícil para contar.

— Não precisa pedir desculpas por nada.

Quero dizer: *Eu gostei, porque sou bi*.

— Sim, eu sei. A gente estava bêbado, não foi nada de mais. Eu que não deveria ter levado para o lado pessoal. Tipo, *sei* que você é hétero. Não é como se você tivesse mentido para mim. E quero que saiba que a gente não precisa mais tocar nesse assunto se você não quiser, mas eu precisava deixar isso claro de uma vez. — Ele parte um pedaço do miniwaffle e dá uma risada contida. — Podemos mudar de assunto agora.

Cruzo os braços. Se ele perceber que estou tremendo, espero que ache que é de frio, não de nervoso. O que eu quero dizer é: *não sou hétero*.

— Não estou chateado por ter acontecido, nem nada assim — é o que acabo dizendo.

— Não está?

— Não.

— É que você tem parecido bem irritado.

— Não estou irritado. Eu estava, hum, assustado talvez.

— Ah. *Ah*.

Mordo os lábios.

— Zach, você sabe que pode falar comigo sobre qualquer coisa, né? Mesmo se estivermos brigados. Se for importante, estou aqui, não importa o que aconteça.

— Sim. Acho que é por isso que me afastei, porque sei que podia conversar sobre, e isso me assusta.

— Por quê?

Me curvo para a frente e, de repente, fico muito distraído com minha pulseira de couro.

— Sei que não é normal, mas, tipo, falar dessas coisas me deixa morrendo de medo.

— Que coisas? Tipo, seus sentimentos?

— É.

— O que tem de assustador nisso?

— Sei lá, é um medo meu. De, tipo, dizer algo sobre mim para alguém com quem eu me importe e a pessoa só ficar me encarando. Ou apontar o dedo, começar a rir e não querer mais saber de mim.

— Você acha que eu apontaria o dedo e riria de você?

— Hum... não, mas é que ansiedade não é uma coisa muito racional, sabe? Em grande parte, deve ser porque eu acho que as pessoas gostam de mim como eu sou. E se eu mudar, elas podem parar de gostar.

— Entendi. — Ele se recosta no banco. — Mas isso nunca vai acontecer comigo.

— Não é verdade. Já aconteceu.

Ruben faz uma pausa, e há certo questionamento nos olhos dele.

— Olha — diz ele. — Posso não ter gostado do rumo que as coisas tomaram, mas nunca parei de gostar de você. Não posso prometer que vou continuar gostando se você virar um serial killer ou, tipo, um neonazista, sei lá. Mas, tirando isso, pode ficar tranquilo.

— Tá bom. — Me seguro, mas continuo. — Tem uma coisa que quero te contar, tipo, sobre mim, mas é muito difícil dizer.

— Sabe, eu passei *muito* tempo criando teorias sobre o que *poderia* estar se passando na sua cabeça nessa última semana. Posso contar algumas delas e se eu acertar você mexe a cabeça ou alguma coisa assim. Acha que vai ser mais fácil desse jeito?

Coloco as mãos no bolso da jaqueta e assinto.

— Então. — Ele pigarreia. — Você me beijou porque estava bêbado e teria beijado qualquer outra pessoa que estivesse no mesmo quarto que você.

Não me movo.

— Beijar um garoto estava na sua lista de coisas para fazer antes de morrer, daí você aproveitou a oportunidade, mas odiou e não sabia como me contar.

Continuo parado.

— Você estava tão bêbado que achou que eu fosse uma garota e quando acordou de manhã surtou por ter beijado um cara.

— Continua tentando — digo. — Isso está ajudando.

— Beleza. — Ele franze a testa. — Você estava se sentindo mal por não ter entrado naquela lista idiota, e eu fiz com que você se sentisse atraente, então, por conta da bebida, você acabou confundindo esse sentimento com atração de verdade.

— Tipo, talvez seja um pouquinho disso, mas tem mais coisa.

Ele faz uma pausa longa e, quando finalmente fala, é quase um sussurro:

— Você acha que talvez também goste de garotos, mas ficou com medo de fazer alguma coisa a respeito porque aí isso se tornaria verdade.

Não posso mentir.

Está na cara que ele entende. Será que Ruben passou por algo parecido quando era mais novo? Será que é assim com todas as pessoas queer?

Enfim, balanço a cabeça.

— Nossa — diz ele. — Então você acha que talvez seja queer?

— Aham. — Me encolho. — Acho que sou bi.

— Nossa. Puta merda.

— Está chocado?

— Não deveria, levando em conta a semana passada — diz ele com um sorriso irônico. — Mas... meio que sim? Achei que, se você fosse, eu já saberia. Óbvio que *pensei* nisso, mas sempre acabava concluindo que eu só quer... Concluindo que você provavelmente não era.

— Certo.

Mas, espera aí, ele queria o quê? Que eu fosse bi? Será que...

É quando percebo. Eu o beijei e as coisas ficaram estranhas porque eu fiquei frio e distante. E é devastador quando alguém de quem você gosta se comporta assim depois de te beijar. A reação dele faz muito mais sentido se eu considerar que ele gosta de mim. Ou, ao menos, que começou a gostar. Meu Deus, como sou idiota. Nunca em um milhão de anos pensei que Ruben me enxergaria desse jeito, mas agora... tudo faz sentido.

Ele dá um sorriso.

— Mas não estamos falando de mim. Porra, isso é uma grande coisa, Zach! Como você se sente a respeito?

Olho nos olhos dele. O contato visual é firme e constante. Parece até mágico, na verdade. É mágico que ele saiba e que as coisas, pelo visto, não tenham ficado estranhas. Pelo contrário, é como se as coisas tivessem se acertado um pouco. E, acima de tudo, talvez ele goste de mim.

— É, tipo, assustador. Mas de um jeito bom. Faz sentido?

— Faz, sim. Mas, hum — ele baixa o rosto —, você quer dizer gostar de garotos no geral? Ou...? — E então olha para mim, um sinal óbvio.

E eu quero muito.

E me aproximo. Ele assente e sorri. Eu levanto as mãos até tocar seu rosto. Meus nervos estão à flor da pele porque... e se isso não for real? E se eu beijá-lo e não gostar? Afasto as mãos um pouquinho, e Ruben abre os olhos, franzindo as sobrancelhas. Estou estragando tudo, ai, merda, estou estragando o momento do mesmo jeito que estraguei nos últimos dias e...

Que se foda.

Me aproximo e o beijo com todas as minhas forças. Passo a mão pelos cabelos tão perfeitos dele, e sinto o cheiro do perfume e o sabor doce dos seus lábios.

Fogos de artifício estouram no meu peito. Não há dúvidas de que isso é real.

Ele coloca a mão na altura do meu coração.

— Espera — diz, me empurrando delicadamente. — A gente não deveria fazer isso em público. Vai que alguém vê.

— Tem razão.

Corremos de volta para o hotel, andando mais perto do que provavelmente deveríamos, com nossas mãos se tocando vez ou outra. Por fim, chegamos e subimos a escada de incêndio, muito mais rápido do que descemos. No terraço, aperto o botão do elevador. Então Ruben me agarra pela jaqueta, me gira e me empurra contra a parede gelada de tijolos.

— Ei! — digo, rindo com o gesto repentino.

— Ei.

Ele me beija e fico tonto. A sensação é tão incrível quanto eu lembrava. Talvez até melhor.

— Desculpa — diz ele, pressionando a testa na minha e entrelaçando os dedos nos meus. — Não consegui esperar.

— Não estou reclamando.

O elevador chega e entramos.

Assim que as portas fecham, nos atracamos. Nossas mãos tremem, e o beijo é frenético, mas do melhor jeito possível. Ele me puxa, encaixando o peito no meu.

O elevador apita e nós nos afastamos. Não há ninguém no corredor, então começamos tudo de novo. De repente, ele está contra a parede enquanto beijo seu pescoço. Então ele inverte a posição, me pressionando com força, roçando o quadril no meu, e acho que precisamos entrar no quarto antes que eu perca completamente os sentidos.

— Ei — diz ele, apoiando o nariz no meu. — Tudo bem?

— Bem até demais.

Chegamos na porta dele e, ao abrirmos, corremos para dentro. Tiramos os casacos imediatamente. Está escuro; a única iluminação vem da sacada de vidro. Confiro duas vezes se a porta está trancada. Se alguém da Chorus souber... puta merda. Não quero nem imaginar. Não agora.

— Roupas demais — digo, e ele ri, tirando o suéter.

Vamos até a cama. Começo a desabotoar a camisa dele, de cima para baixo, deixando-a aberta. Ele tira e pula na cama, só de calça jeans.

Dá um sorriso malicioso para mim.

Arranco a camisa e vou junto.

ONZE
RUBEN

— O que é melhor? — pergunta Zach, lendo o próprio caderno. — "Seu sorriso conta o segredo que não dá para esconder de mim" ou "seu sorriso me diz que o destino quis assim"?

Estamos deitados lado a lado na minha cama arrumada, apoiados numa montanha de travesseiros de pena de ganso do hotel. Temos cerca de vinte minutos antes do ensaio de coreografia, mas por mais que a gente tenha implorado para Erin nos deixar explorar um pouquinho a cidade de Colônia, a resposta, como sempre, foi não. Diz ela que é porque não dá para organizarmos a segurança necessária para um passeio público em tão pouco tempo. (Quando saímos em público, a Chorus insiste em colocar pelo menos um segurança para cada um, enquanto em entrevistas e ensaios fotográficos em ambientes privados, permitem uma formação mais tranquila. Em parte, eu entendo; mas também me irrito por ser tratado como se eu fosse de porcelana. Na turnê norte-americana não nos controlavam tanto assim, e olha que Angel e Zach ainda tinham dezessete anos durante a maior parte do tempo.)

Então, em vez disso, avisei aos outros que ia ajudar Zach com suas composições no meu quarto, enquanto esperávamos. No fundo, torci para que Zach entendesse que a desculpa era um código pra gente "se pegar até ficar tonto", mas no fim das contas ele realmente *quis* minha opinião sobre algumas das suas letras novas. Por sorte, até ficar deitado ao lado dele na cama é melhor do que qualquer coisa que poderíamos fazer lá fora, então estou numa boa. Mais que isso, na verdade. Estou todo bobo de alegria por poder ficar tão perto e saber que ele quer ficar perto de mim também. Que ele quer ficar sozinho *comigo*.

Leio as frases anotadas com a caligrafia pequena e limpa de Zach. Acima delas, vejo outras que parecem rascunhos descartados, já que quase todas foram rabiscadas. Consigo enxergar as palavras *explosão nuclear*, *cortina de fumaça* e *queijo puxadinho* embaixo dos rabiscos de tinta.

— Essas me parecem uma boa dupla — digo, me inclinando e passando o dedo pela página para indicar as duas frases legíveis que restaram. — É só editar um pouco pra elas casarem. Além do mais, não sei por que você rabiscou aquela frase ali sobre queijo puxadinho, acho que pode render alguma coisa boa.

Ele dá um tapinha na minha mão e faz cara feia. O contato mais simples possível, mas o tempo para por um segundo.

Como ele conseguiu o poder de me congelar por inteiro com apenas um toque? Já me apaixonei antes. Já namorei. Mas sempre me senti no controle. Completamente separado deles. Eu, um indivíduo, feliz de estar com o cara, com outro indivíduo. Contente, mas nunca entregue.

Quando Zach me toca, no entanto, é como se minha pele parasse de ser a barreira que me separa do resto do mundo. Parece um limite que ele consegue atravessar quando quer, se fundindo a mim e me enchendo com seu *fogo*, das profundezas do meu peito até a superfície da minha pele. Como se eu, um indivíduo, ficasse maior, rompesse minhas amarras e transbordasse de algo que é, ao mesmo tempo, indefinido e indispensável.

Tudo isso para dizer que: acho que ele me transformou num romântico incorrigível da porra. E eu até ficaria indignado, se não estivesse amando cada segundo.

— É, acho que você tem razão — diz ele, franzindo a testa.

Ele está sério, com a cara que faz quando escapa para outro lugar, uma terra mágica onde letras de música flutuam na atmosfera e ele as captura do céu e transcreve no papel. Ou, ao menos, é assim que parece quando ele descreve seu processo criativo. Para mim, parece coisa de ficção científica.

Enquanto o observo trabalhar, uma pontada de tristeza e medo toma conta do meu peito. Já amo nossas músicas — a Galactic Records contrata apenas os melhores compositores para a gente, e eles sempre acertam em cheio com letras marcantes, universais e um tanto reflexivas — mas eu amaria *ainda mais* se isso aqui desse certo. Já vi os rascunhos do Zach e sei que ele tem talento suficiente para produzir um hit, é só a Chorus e a Galactic permitirem.

Só me preocupo por ele estar colocando muita expectativa na promessa de Geoff de que a equipe quer que ele escreva uma música. O que a Chorus diz não se escreve.

Deixo que ele volte para o que quer que esteja pensando e confiro o celular. Minha mãe enviou o link de um artigo que, de acordo com o título, apresenta argumentos de que sou o pior dançarino da Saturday.

Tem umas dicas boas para melhorar aqui, escreveu ela.
Valeu, respondo.

Eu costumava implorar para minha mãe parar de me mandar essas coisas, mas isso só gerava discursos sobre como preciso ser mais casca-grossa se quiser fazer parte da indústria do entretenimento. Zach já me disse mais de uma vez que eu não deveria aceitar esse tipo de coisa, mas chega uma hora que a gente cansa de gastar energia reimpondo limites que são desrespeitados o tempo todo.

Às vezes, fico imaginando como seria chutar o balde e cortar contato de vez. Quem sabe. Se eu for corajoso o bastante. Se decidir que a perda vale a pena — porque, querendo ou não, perderei muitas coisas. Ela, os bons momentos, embora sejam poucos. Meu pai, de quem não quero abrir mão, mas que acabaria indo junto com ela no pacote. Até mesmo o resto da minha família, se eles tomarem partido da minha mãe, o que com certeza vai acontecer depois que ela distorcer tudo.

Se paro para pensar por muito tempo, parece algo drástico demais, mas não significa que nunca farei.

Só não hoje. Não estou pronto ainda.

— Você anda escrevendo muito esses dias — digo para o Zach, só para me distrair.

Ele não reclama por ter sido desconcentrado. Só apoia o ombro no meu e olha para cima.

— Eu sei. Estou me sentindo inspirado.

Minha testa franze involuntariamente, e ele solta uma gargalhada e fica roxo feito uma beterraba.

— *Desculpa*.

— Não acredito que você disse isso.

— Eca, eu só estava tentando responder de um jeito que não fosse tão brega...

— Não rolou.

— Não *mesmo*, foi brega demais.

— Isso não é um bom começo para um relacionamento.

Perco um pouco a voz no final da última palavra, percebendo tarde demais o que estava dizendo. Ele congela e arregala os olhos. Eu engasgo. Merda. Meu Deus do céu. Eu *não* queria ter dito isso. É como se minha boca tivesse saído na frente e assinado um contrato sem dar tempo para que meu cérebro lesse as cláusulas.

Já se passaram muitos dias desde o canal, e embora a gente vá para o quarto um do outro para nos pegarmos escondidos pelo menos uma vez por dia — depois do café, depois das entrevistas, depois dos shows — nenhum dos dois tomou a iniciativa de definir o que exatamente estamos fazendo.

Zach não pareceria tão assustado nem se eu dissesse que iria jogá-lo pela janela nos braços do grupo de fãs acampado lá fora.

— Quer dizer, não é exatamente *assim* — gaguejo antes que ele possa responder. — Só quis dizer, sei lá, relacionamento, do tipo a relação entre duas coisas que existem... relacionadas... uma com a outra.

— Tudo bem, eu entendi o que você quis dizer.

Ele relaxa um pouco, mas não muito.

— Duas coisas que são relacionadas. E tem uma... uma relação.

— Você está se preocupando demais. Tá tudo bem, sério — diz ele, com um sorriso debochado.

O último sinal de tensão deixa seu corpo, e eu retribuo o sorriso, me sentindo um pouquinho envergonhado.

Foi um deslize mesmo — um deslize especialmente inesperado, levando em conta que nunca imaginei Zach como alguém com quem estou "ficando". Quer dizer, nunca *tinha* imaginado. Mas pela reação assustada dele, fica óbvio que ainda é cedo para falarmos disso. Mais uma na pilha de "coisas para revermos depois".

Ainda assim. Agora que isso está flutuando pelos cantinhos da minha mente... eu estaria mentindo se dissesse que a ideia de ter um *relacionamento* com o Zach um dia não me faz radiar calor do centro do peito até a ponta dos dedos.

Jon parece prestes a entrar em combustão espontânea.

Nossa coreógrafa, Valeria, o separou do grupo por um instante para fazer uns ajustes pequenos nos movimentos dele em "Guilty". Não sabemos ao certo de onde veio a mudança repentina, mas nenhum de nós fica feliz com a ideia de mudar *qualquer passo* numa coreografia que já sabemos de trás para a frente. Não é assim que as coisas funcionam. Mas, no fim das contas, cá estamos nós.

— Só preciso de mais força nos quadris — diz Valeria para Jon, passando as mãos pelo próprio corpo, arranhando a própria pele e roupa com as unhas e parando bem na altura da cintura.

Jon a imita, mas com um bilhão por cento menos de paixão e apelo sexual. E Jon sabe dançar melhor que qualquer um de nós. Disso não há dúvidas.

— De onde veio essa mudança? — ele pergunta, enquanto Valeria conduz as mãos dele para demonstrar o que quer.

— Só umas críticas gerais mesmo — diz ela, distraída.

Zach olha para mim e faz uma careta. Geoff. A mudança veio do Geoff.

— Faz *assim*, Jon — diz Angel, passando as mãos do pescoço até a virilha, e depois se ajoelhando no palco, puxando a camisa para baixo pela gola para mostrar o peito, ofegando como se estivesse num filme pornô.

Valeria fecha a cara para a gente.

— Vocês três podem fazer uma pausa enquanto trabalho com o Jon.

Nós, que estávamos parados sem nada para fazer por uns dez minutos enquanto Jon resistia aos novos passos, saímos correndo com todo o prazer para pegar água.

— Vocês acham que o Geoff está punindo ele por alguma coisa? — pergunta Zach, abrindo a garrafa com os dentes.

— Que nada — respondo. — Geoff não pediria nada que, na opinião dele, sujaria a imagem da banda. Ele só... parece estar querendo sexo, ultimamente.

Zach me lança um olhar estranho ao ouvir a palavra *sexo* e volta toda a sua atenção para o rótulo da garrafa.

— Ei, se ele quer sexo, eu tenho de sobra — anuncia Angel, enfiando o celular no bolso. — Falando nisso, vou dar um pulo no banheiro. Já volto.

— Falando nisso? — repito. — O que você... *Angel*, o que você vai fazer no banheiro?

No palco, Valeria mostra a Jon como arrancar a jaqueta sem querer querendo. Até este momento, nunca tinha visto aquela expressão no rosto dele, embora já tenha visto no meu em várias fotos de família. Uma expressão bem específica que poderia ser descrita como "implorando em silêncio por uma morte instantânea".

— Será que a gente consegue salvar ele? — pergunta Zach, depois de um tempo.

— No que você está pensando? Numa intervenção com o Geoff?

— Estava pensando em algo mais imediato. Tipo uma distração?

— No estilo O *Fantasma da Ópera*? — pergunto, animado. — Não tem muitos lustres pra quebrar aqui, mas talvez...

— *Não*, não te dou permissão para quebrar o cenário — diz Zach rapidamente. — Talvez um grito, ou alguma coisa do tipo?

— Quer que eu fique parado aqui gritando? Sério, acho que isso só vai irritar os dois.

— Não, vai mais pro fundo do corredor. Você pode fingir que está sendo sequestrado.

Espera. Falando em sequestro.

— Segura essa ideia. Não que seja da minha conta, mas Angel já está há um *bom tempo* no banheiro.

Zach tira os olhos de Jon, que no momento está rolando no chão.

— Você não acha que ele estava falando sério?

Começo a atravessar os bastidores e Zach me segue.

— Olha, *prefiro acreditar* que não. Meu medo é ele ter sido raptado por um grupo de fãs, ou algo assim.

— Você fala como se ele fosse um item de colecionador.

Ergo a sobrancelha.

— Não me diz que você nunca se sentiu como um item de colecionador.

— A primeira vez que vi aquele Zach boneco bizarro pra caramba conta?

— Eu escolheria aquela vez que você perdeu um Band-Aid no meio da multidão e acabaram vendendo o curativo na internet.

Ele solta uma risada.

— Ai, cara, tinha esquecido disso. Essa foi boa.

Coloco a cabeça para dentro do banheiro masculino.

— Vazio — anuncio.

Zach apoia a cabeça no meu ombro.

— Quer conferir por conta própria? — brinco, dando um passo à frente para que ele possa entrar.

Mas Zach não tem interesse algum em conferir as cabines vazias. Em vez disso, ele entra na minha frente e me empurra até eu bater na porta fechada.

— Na verdade, não — diz ele. — Só queria te beijar mesmo.

Ah.

Talvez seja a melhor coisa que alguém já disse pra mim.

Ele me beija com rapidez e atitude. Suas mãos voam até meu pescoço e seus dedos afundam em meu cabelo. Então ele se afasta e beija meu maxilar e passa os lábios pelo meu pescoço. Sinto seu calor enquanto me beija, seguido pelo choque gelado quando o ar bate no rastro que ele deixou. Então, quando meus joelhos começam a fraquejar, ele ajusta a postura e se afasta.

— Desculpa pela emboscada — sussurra. — Estava há *horas* querendo.

Fico sem palavras durante os trinta segundos seguintes. Desta vez, sou eu quem está o seguindo para fora do banheiro, tentando ao máximo ajeitar a calça jeans e torcendo para não dar de cara com ninguém antes de conseguir controlar minha pressão sanguínea.

Ele confere o banheiro feminino — também vazio — e depois procuramos no palco de novo, só para o caso de Angel ter voltado enquanto nós estávamos, hum, *preocupados*. Nada. Mando uma mensagem, e até tento ligar, mas ele não atende.

— E se a gente perguntar pros guardas se ele foi para algum lugar? — sugiro, meio incerto enquanto atravessamos o corredor vazio.

— Talvez... — Zach dá de ombros. — Mas vamos dar mais um tempinho para ele. Angel saiu não faz nem dez minutos. Não quero arrumar encrenca para ele a troco de nada, caso ele só tenha ido dar uma olhada lá fora.

— Você acha que ele está lá fora? — pergunto, desacreditado. — Não tem como ele ter passado pelo Keegan.

Então a ficha cai. É claro. Eu e Zach não somos os únicos que sabem como uma saída de incêndio funciona.

Descobrimos em menos de um minuto: é só seguir um corredor branco com chão de cimento, abrir a segunda porta e deixar o sol da tarde entrar.

— Peraí-peraí-peraí, segura! — grita uma voz familiar. Puxo a porta um pouco mais e encontro Angel do outro lado. — Essa coisa só abre por dentro, não consegui voltar!

Ele está de óculos escuro e o moletom fechado até em cima, mas ainda assim é um milagre que não tenha sido reconhecido. É que não há ninguém por perto. Só um desconhecido de moletom e camiseta que se afasta rápido da gente.

— O que você estava fazendo aqui? — repreende Zach. — Erin teria te matado.

— Nada importante — responde Angel, o que me faz pensar que provavelmente *era* algo importante. — Anda logo. Vamos voltar antes que Jon comece a rezar uma ave-maria de penitência por ter encostado nas próprias coxas em público.

Ele guarda os óculos escuros no bolso.

Não consigo deixar de reparar em como protege *muito bem* os óculos enquanto voltamos para o palco.

★★★

Estamos no meio da performance da noite quando tenho a certeza de que Angel estava lá fora se encontrando com um traficante. Ele está, obviamente, drogado pra caramba.

Para nossa sorte, acho que o público não consegue notar. Devem achar que ele só está curtindo muito, *muito* as músicas. Mas, de perto, percebo o olhar maníaco nos olhos arregalados, o jeito como ele morde o lábio inferior e a tremedeira sem fim das pernas.

Assim que chegamos no intervalo entre uma música e outra, vou até Zach e abaixo a cabeça.

— Fica de olho no Angel. Acho que ele usou alguma coisa.

Zach fecha a cara quando me afasto e, no fundo, já consigo ler as manchetes: *Qual insulto Ruben sussurrou para Zach no palco na noite passada? Uma fonte próxima nos deu detalhes quentes sobre o drama dos dois.*

Chegou a hora de apresentar "Guilty" com a nova coreografia do Jon. Por mais surpreendente que pareça, apesar de Jon ter aprendido os novos passos horas atrás, ele acerta em cheio e coloca tanta paixão e carisma nos movimentos que aposto que Valeria está radiante ao lado do palco. Nesse quesito, Jon é igual a todos nós. Ele resiste o quanto pode, mas, no fim das contas, baixa a cabeça e obedece. Acho que consegue conciliar isso com seus ideais pensando que está sendo obrigado, que só está fazendo pelo bem de todo mundo.

Sei bem como é.

Estou tão focado nos novos passos, e admirando o show de Jon, que levo um tempo para reparar que Angel mudou completamente seu jeito de dançar. Ele deveria estar em sincronia comigo e com Zach — uma unidade simétrica atrás do solo de dança do Jon —, mas hoje à noite ele está acrescentando algumas... *coisinhas*. Mais do que ele geralmente faz para testar seus limites. Consigo ver uma pausa e uma piscadinha para o público, depois ele mostra um pedaço do peito pela gola da camisa quando nossas mãos deveriam estar abaixadas, uma mordida no lábio e um chute quando deveríamos estar parados com a cabeça virada para o lado.

Será que é assim que ele decidiu provar para a Valeria que "é o mais sexy do grupo"? Ou será que está tão fora da casinha que não tem sequer nenhuma motivação por trás?

Que bom que não sou eu quem está tentando passos novos hoje, porque fico tão distraído que confio totalmente na minha memória muscular para terminar a dança. Coloco um sorriso no rosto e começo a rezar — para o Deus do Jon, de preferência, porque Ele deve saber tudo sobre nós em qualquer contexto — para que Angel consiga terminar sua performance sem fazer nada irreversível.

No final do show, estou aliviado em dizer que poderia ter sido bem pior. Ele não pula no público, nem se machuca, nem grita qualquer coisa inapropriada que poderia nos colocar nas manchetes. Mas, ainda assim, estou tão tenso que mal consigo respirar até o momento que nos despedimos de Colônia e corremos para fora do palco, sumindo da iluminação a laser e caindo na escuridão.

Erin está lá para nos receber, como sempre, mas desta vez Valeria está junto.

— Bom trabalho — diz ela para Jon, apertando os ombros dele. — Não tenho nenhuma crítica a fazer. Sabia que você ia conseguir. Nem foi tão ruim, né?

Ele responde com um sorriso amarelo. Pessoalmente, estou feliz por aquele olhar não ser direcionado a mim. Depois do meu escândalo, Jon só voltou ao normal comigo no começo desta semana, apesar de ter dito que estava tudo bem quando puxei ele num canto e pedi desculpas na manhã seguinte.

Faço contato visual com o Jon e murmuro um "tá tudo bem?". Ele responde ficando vesgo de propósito. É, isso resume bem.

Valeria vira para Angel e recebe um sorriso enorme e desajeitado. Ele parece estar muito orgulhoso de si mesmo.

— Da próxima vez — diz ela com frieza — vê se segue a coreografia. O que você fez hoje pegou mal pra todo mundo. Parecia nem saber o que estava acontecendo.

— Eu sabia o que estava acontecendo — diz ele. — Eu estava dançando a parte do Jon com ele.

— Dance a *sua* parte.

— Gosto mais da parte do Jon.

Valeria olha para a Erin pedindo ajuda, e Erin a dispensa.

— Angel — diz Erin conforme caminhamos. — Sei que todo mundo está cansado, mas você só está passando vergonha. Faz o combinado, tá bem? Você é legalmente adulto agora, e espero que comece a agir como tal.

Me preparo para ouvi-la falando a respeito das drogas. Caramba, até agora continua óbvio. As pupilas de Angel estão tão dilatadas que a íris praticamente sumiu, e o maxilar não para de ranger. Mas Erin não fala nada. Será que ela não... *percebeu?* Ou só não liga?

Conforme seguimos a rotina, nos despindo e entregando as roupas para a equipe da organização, Jon se aproxima de Angel e diz, num sussurro:

— O que você tomou?

— Não ouviu o que a Erin disse? — pergunta Angel, animado, mas meio tenso. — Só estou *cansado*.

Pelo olhar que Jon lança a ele, dá para ver que a conversa não acabou. Mas enquanto estivermos cercados por toda a equipe, não há mais nada que se possa dizer.

Se eles ignoram, temos que fazer o mesmo.

Uma negação sincronizada e coreografada.

DOZE

ZACH

Hoje, 10h36 (12 horas atrás)
Geoff geoffbraxton@agenciachorus.com
Para: Mim

Querido Zach,
Tenho ótimas notícias! Conversei com a gravadora e eles decidiram que adorariam saber sua opinião sobre uma das nossas próximas músicas, "End of Everything". Achamos que pode ficar ótima como segundo single do álbum *The Town Red*, e ter você como compositor daria o toque extra que a narrativa precisa para ir além e se tornar um hit. Pense um pouco nas letras e mande suas ideias para mim, que encaminho para eles — estamos torcendo para que dê certo e que você ganhe créditos de compositor no disco!
Atenciosamente,
Geoff

Nos últimos dias as coisas estão… maravilhosas. Completa e absolutamente maravilhosas.

O e-mail foi ótimo, claro, e já comecei a pensar na letra. Mas estar com Ruben deixa tudo ainda melhor. Nem lembro da última vez que sorri tanto assim.

Acabamos de encerrar mais um show em Colônia, e sinto que foi minha melhor performance dos últimos tempos. Eu estava *em chamas*. Acertei todas as notas com perfeição e me diverti pra caramba no palco. O público respondeu muito bem, gritando como não lembro de ver em meses, até os aplausos no final pareceram infinitos.

Agora, eu e Ruben estamos sentados no banco dos fundos de mais um micro-ônibus escuro e discreto, dividindo um dos cobertores que Erin nos entregou. Em parte, estamos assim porque faz frio lá fora — mas em *outras partes* é para nos tocarmos sem ninguém perceber.

Por outro lado, venho tentando ser cuidadoso para não dar muito na cara, bem mais do que Ruben. Ele está com a mão dentro da minha coxa e não para de subi-la.

O único problema é que eu *quero* tocar nele também. Nele inteiro. Então, apesar de o meu coração palpitar, principalmente por estarmos tão perto assim dos outros, não estou impedindo nem tirando a mão dele. Acho que não vai dar problema. Estamos olhando para janelas opostas, fingindo estarmos cativados pela cidade, e não é como se a gente nunca tivesse dividido um cobertor no banco de trás. Somos uma banda. A gente divide basicamente tudo. Se alguém olhar, não verá nada fora do comum.

Ruben tira a mão da minha perna e já fico com saudade, mas depois ele toca meu braço e começa a desenhar círculos com a ponta do dedo no meu pulso. Viro a mão, nossos dedos se entrelaçam e consigo sentir o calor da palma dele contra a minha.

— Ei, meninos — diz Erin do banco da frente.

Da forma mais casual possível, afasto a mão. Olho para Ruben tentando pedir desculpa em silêncio. Mas, no fim das contas, seus olhos arregalados mostram que ele ficou tão assustado quanto eu.

— Larguem os celulares e olhem para fora por um segundo — diz ela. — Vamos passar pela Catedral de Colônia.

O micro-ônibus vira uma esquina e, pela janela da frente, avisto o que talvez seja a construção mais foda que já vi na vida. É alta, gótica, do tipo que combinaria direitinho com um filme de terror, sem exagero. As torres de pedra estão iluminadas por centenas de luzes amarelas. Não sei se é ofensivo pensar uma coisa dessas, mas parece um castelo onde um monstro viveria. Tipo o Drácula ou qualquer coisa assim. É dramático demais, de um jeito descolado e meio assustador.

Estou obcecado.

O motorista estaciona e eu começo a sorrir. De novo. Meu Deus. Apesar de não ser fácil manter os olhos abertos, sinto meu peito se encher de esperança. Se por fora já é legal assim, imagina por dentro! Deve ser demais!

— Nada mau, né? — diz Erin. — Eu sabia que você ia gostar, Zach.
— Eu amei.
— Eu também — diz Jon, embasbacado.

Deve ser um lugar importante para a religião dele, muito mais do que apenas uma construção bonita, sei lá.

— Não acredito que eu não sabia da existência dessa catedral.

O resto de nós apenas murmura, concordando. Angel tira uma foto e eu o vejo enviando a imagem para alguém pelo Snapchat. Uma modelo, provavelmente.

Ruben também estava admirando antes, mas agora está de olho no celular; a luz da tela ilumina seu rosto. Pela expressão emburrada, já sei o que pode ser. Mais uma mensagem da mãe. Ele vem recebendo várias mensagens por dia agora, e nunca são simplesmente para saber se ele está bem. É sempre um link de algum artigo com críticas.

— Ei — eu chamo. — Ignora ela.

Ele contrai os lábios e guarda o celular de volta no bolso. Mas conheço Ruben, e sei que ele vai ler qualquer reportagem enviada pela mãe assim que estiver sozinho. Nunca consegue resistir.

Erin assente para o motorista e nos afastamos da calçada.

Espera, não.

Me inclino para a frente para perguntar se podemos entrar na catedral.

— Ô, Erin!

— Fala.

Todos me encaram, e a resposta vai ser não de qualquer forma. Como sempre.

— Deixa pra lá — digo e me jogo no banco de novo.

Eu já deveria ter aprendido a não criar expectativas. Acabei sonhando alto demais.

— Um dia nós voltamos — diz Ruben com a voz quase num sussurro. — E vemos como é lá dentro.

Por baixo do cobertor, ele se aproxima. Seguro a mão dele, que aperta.

Será que por "nós" ele quis dizer a banda, ou tipo, *nós dois*? Ele usou a palavra "relacionamento" para descrever o que temos, mas foi sem querer — ao menos, jura que foi. Tenho quase certeza de que havia uma pontinha de verdade.

A parte mais estranha é que imaginar isso não chega a me assustar. O que temos é algo que eu buscava desde o término com a Hannah. Uma pessoa que combinasse comigo. Me sinto ótimo imaginando nós dois como um casal, não só namorando, mas viajando de férias juntos pela Europa. Teríamos que fazer a maioria das coisas em segredo, pelo menos por enquanto, mas sei que valeria muito a pena. Além do mais, gosto de fazer *coisas* com Ruben em segredo. Tipo, muito.

Só que, para virmos para cá como um casal, precisaríamos sair do armário em algum momento. Nem o Ruben fez isso ainda. Sei que muita gente pode não gostar mas, no momento, a ideia de nós dois juntos parece ótima. Apoiando um ao outro, nos divertindo, nos beijando sempre que pudermos… parece ótimo.

Ficamos de mãos dadas em segredo durante todo o caminho até o hotel e nos separamos só quando precisamos sair. Assim como em todos os lugares onde já nos hospedamos durante a turnê, o Excelsior Ernst é um dos, senão *o* melhor da cidade, sem dúvidas. Só que, desta vez, já estou meio enjoado. Embora seja legal conhecer lugares novos, depois de um tempo os hotéis começam a parecer todos iguais. Isso aqui não é Colônia, não de verdade; é só mais um hotel chique. Poderia ser qualquer outro lugar. Talvez eu esteja sendo um pouquinho dramático, mas a coisa toda está começando a parecer meio anônima. Como se ainda estivéssemos fazendo turnê no nosso país.

Ruben me cutuca.

— Ainda está chateado por causa da catedral?

Congelo. Meio que esqueci que ainda posso *conversar* com Ruben em público.

— Parecia tão legal — digo. — Adoro esse estilo gótico.

— Você é tão esquisito.

— Disse o músico que só escuta um álbum.

Noto que Angel e Jon estão nos observando. Jon parece orgulhoso e Angel sorri. Como será que reagiriam se descobrissem? Tenho certeza de que, no mínimo, nos apoiariam, mas não dá para saber até que aconteça.

A exaustão intensa me transformou num ogro ranzinza e, quando chegamos no corredor, só quero me jogar na cama, colocar os fones e escutar música. Meu tipo de música. É provável que eu seja o cara mais tranquilo da banda, tirando talvez o Jon, mas ninguém é de ferro, e tenho momentos em que me sinto acabado e com ódio de tudo. A questão é que disfarço para que ninguém perceba. Angel e Jon vão para seus quartos e vejo que o corredor está vazio.

Ruben está enrolando na frente da porta. Inclina a cabeça em direção ao quarto dele.

Beleza.

Muito melhor do que o plano original.

Assim que passo pela porta do quarto, me aproximo dele. Só que dá para me aproximar *ainda mais*. Porque, agora, podemos. Ruben sempre abre um sorrisinho ligeiro quando estou prestes a beijá-lo. Acho que ele nem se dá conta, mas só o sorriso já é o bastante para me deixar duro. Já. Caramba. Tenho total noção de que ele consegue ver, e o jeans apertado não foi a melhor das escolhas.

No momento que Ruben tranca a porta, me jogo em cima dele e aperto sua cintura com firmeza.

— Epa — diz ele, levantando a cabeça com os olhos arregalados.

Beijo-o com tanta força que o imprenso na porta. Meu cansaço passou. Quero isso. Preciso. Qualquer frustração por não poder ver de perto os lugares por onde passamos vai embora; esse é o único lugar onde quero estar agora. Perco o controle por um momento. Ruben passa a mão pelo meu braço e depois desce. Tira minha camisa e a joga longe.

Toca meu peito. Tento tirar a camisa dele também, mas ele me impede.

— Você é lindo — diz.

Ele passa o dedo pela minha barriga. Beija meu pescoço e eu fecho os olhos, aproveitando a sensação. O beijo fica mais intenso, beirando o limite da dor, mas ao mesmo tempo é tão, tão bom.

— Você também é.

Para distraí-lo, dou mais um beijo e pressiono meu corpo no dele. Ruben passa os braços por baixo dos meus e toca minhas costas. Então, enrosca as pernas em mim, enquanto eu o prendo contra a parede.

— Eu não sabia que era capaz de fazer isso — digo.

Ele ri e apoia a cabeça no meu ombro.

— Você tem o dom.

Engasgo sozinho. Ninguém mais sabe disso. É uma das únicas coisas que guardo só para mim desde que a Saturday começou.

Quando ele inclina a cabeça, eu o provoco, lambendo a pele dele e ofegando. Ele solta um gemido suave que me leva à loucura. Quero ir com mais força, porém não quero deixá-lo com marcas de chupão. Ou melhor, até quero, mas é melhor evitar as perguntas caso alguém perceba depois. Passo a mão pelo peito dele, subindo até a cabeça. Agarro os cabelos e puxo, virando o rosto dele para o outro lado e beijando o pescoço.

Ele começa a rir.

Me afasto. Mesmo com o peso dele quase todo sobre mim, me sinto confortável.

— Que foi?

— Nada.

— Sem essa, o que foi?

— Sempre achei que você fosse *muito* hétero.

— Eu também — digo, rindo junto.

Coloco-o de volta no chão e seguro a barra da sua camiseta, pedindo permissão. Ele levanta os braços e eu tiro, roçando os dedos de leve na sua pele.

Gentilmente, empurro-o em direção à cama.

Ele cai de costas, sorrindo. Me jogo também por cima dele, acariciando seu rosto e sentindo que ele com certeza está curtindo tanto quanto eu.

Preciso de um segundo, então me viro, deitando ao lado dele. Nós dois estamos ofegantes.

Ele é tão lindo.

Seu peito liso sobe e desce no ritmo. Para mim, ainda é novidade me permitir reparar, sem afastar o olhar com vergonha, ou entrar em negação. Seu peito é definido, e a pele, perfeita, macia e bronzeada.

Ruben começa a esfregar meu braço com as costas da mão. É meio assustador, mas já estou quase chegando lá só com o toque e os beijos, e acho melhor pegar leve, mas não quero. Me viro para beijá-lo e prendo seu braço entre nós dois.

— Você já fez isso antes? — pergunta ele.

Seus olhos estão semicerrados.

— O quê, exatamente?

—Tipo, você já... — Ele faz uma pausa enquanto pensa nas palavras. — ... Fez... alguma coisa com outro cara?

Minhas bochechas começam a queimar.

— Ah. Não. Tem problema?

— Não mesmo. Só estava perguntando mesmo.

Deito e apoio a cabeça na mão.

— Beleza.

— Então... se a gente fizer qualquer outra coisa, seria novidade.

Perco o ar. Acho que sei aonde ele está querendo chegar, e sei o que está acontecendo.

— Aham. — Minha voz sai aguda e fraca, e eu engulo em seco.

— E como você se sente a respeito disso?

Estou tão sem ar que quase não consigo botar as palavras para fora.

— Muito, muito bem.

— Bom saber — sussurra ele.

Abro o botão da minha calça jeans com os dedos trêmulos, tentando não encarar Ruben enquanto ele tira a própria calça também, mas é impossível. Quando ficamos só de cueca, paramos por um instante. De certa forma, esse parece um momento crucial. Nunca ficamos completamente pelados antes.

— Que foi? — pergunta ele.

Ruben parece hesitante também, o que é estranho já que ele é, tipo, perfeito.

— Nada, é que você é lindo demais.

— Bom. — Ele sorri. — Valeu. Você também. — Uma pausa.

— Sério, tem certeza que está tranquilo com isso? Sei que é novidade pra você, então não quero te apressar...

— Você não está me apressando. Já fiz antes, mas nunca com outro cara.

— E como está sendo até agora?

— Meio que a mesma coisa.

Ele fecha a cara.

Dou um beijo no ombro dele.

— Não desse jeito. Só parece natural. E como está sendo pra você?

— Ah, então, acho que não estou nada mal, sabe? Zach Knight está na minha cama. Sabe quantas pessoas matariam pra estar no meu lugar?

— Agora me convenceu. — Tento beijar o pescoço dele. — Mas cuidado, vai que eu decido colocar o meu time em campo? O que é aquele tal de Grindr mesmo que todo mundo sempre comenta?

— Cala a boca — diz ele, me beijando enquanto desce com a mão pelo meu peito. — Além do mais, posso te dar um bom motivo para não precisar usar o Grindr.

E o resto do mundo desaparece.

Me levanto e vou até o banheiro. Ao entrar, olho o espelho. O cabelo bagunçado e as bochechas rosadas.

Acabei de transar com um cara.

Sei que foi só com as mãos, mas já conta. Ruben aparece e me abraça por trás. Então me vira e me dá um beijo.

— É melhor eu ir — digo. — Pra ninguém desconfiar.

— Não, fica.

— Eu quero... mas...

— Entendo — diz, baixando a cabeça. — Pode ir.

Dou um beijo nos lábios dele e saio do banheiro para me vestir. Confiro se estou com a chave do quarto e minha carteira.

Então, saio explodindo de alegria.

Ah, não.

Do lado de fora, no fim do corredor, Keegan está fazendo uma ronda. Sério, *de novo*? Por algum motivo consegui dar de cara com ele ou Pauline depois de *todas* as minhas escapadas para o quarto do Ruben. Estou começando a achar que o universo está pregando uma pegadinha de mau gosto em mim.

Keegan está me encarando.

Caminho até meu quarto da forma mais despretensiosa possível.

— Ruben estava me mostrando um... negócio — digo, quando chego na porta.

— De novo? — pergunta Keegan com a voz casual demais para ser casual de verdade. — Não sei como vocês dois conseguem ficar inteiros durante o dia.

— Como assim? — pergunto com a voz esganiçada. Minha voz sempre me entrega. Eu deveria ter ficado quieto. Só ter assentido, saído e...

— Essa foi, qual mesmo? A terceira vez que Ruben *te mostra um negócio* no quarto dele a uma da manhã nos últimos dias. Vocês não dormem nunca?

É melhor ignorar, é melhor ignorar.

— Eu... Do que você está falando?

— Ah, nada, nada. Só não sei de onde vocês, jovens, tiram tanta energia. Os dois não têm dormido quase nada recentemente. Quando você não passa a noite no quarto dele, ele passa no seu.

Encaro-o e ele dá de ombros.

— Mas pelo menos você está feliz porque a gente se resolveu depois daquela briga, né?

Não dá para confiar em mim para nada mesmo.

Só vou piorar as coisas se continuar aqui, então entro no quarto e fecho a porta.

Merda. Ele sabe. Acabei de nos entregar. E agora ele vai contar pro Geoff e vai dar tudo errado.

Apago a luz e me jogo na cama. Tudo desaba ao meu redor.

O que foi que acabei de fazer?

Minha mente está muito ligada no momento e, com isso, vem o medo. Sei que acabei de transar com meu melhor amigo, que também é, efetivamente, um colega de trabalho. Até agora tudo estava bem, mas se as coisas mudarem, pode ser catastrófico. E ainda fui *flagrado*.

Alguém além de nós dois sabe.

Mando mensagem para o Ruben.

> Oi. O Keegan sabe. Pareceu bem desconfiado quando dei de cara com ele agorinha.

Espera, o quê??

> Pois é. Ele comentou que a gente anda passando todas as noites juntos.

Merda.

Tá bom.

Merda.

O que a gente faz?????

> Sei lá. Acha que ele vai dedurar
> a gente?

Mordo os lábios enquanto espero uma resposta.
Meu celular acende.

Se ele já sacou, não vai demorar muito para que outras pessoas percebam também. Acho que foi muito otimismo da nossa parte pensar que dava pra esconder pra sempre.

Tô com um mau pressentimento de que vão descobrir uma hora ou outra. A questão é: queremos ter controle da narrativa ou não?

Sei bem aonde ele quer chegar. Minhas mãos tremem enquanto digito: Prefiro que eles saibam da nossa boca. Se descobrirem de outra forma, a gente vai se ferrar bastante. Vamos contar amanhã?

Mas não envio. Se fizer isso, as pessoas vão saber de mim da mesma forma que sabem do Ruben. Mas, ao mesmo tempo, não sinto um pingo de vergonha de estar fazendo tudo isso com ele, e me ver como bissexual é mais confortável a cada dia que passa.

Além do mais, a Chorus sempre deixou bem claro o que acha de segredos. Precisam saber de tudo o que acontece na nossa vida para que possam se planejar, e nossa narrativa jamais pode sair do controle. Se eu quiser continuar com o Ruben, não dá para ser escondido. Senão alguém vai nos dedurar e tudo vai explodir da pior forma possível. Precisamos estar um passo à frente.

Isso sem falar que Angel e Jon são dois dos meus amigos mais próximos. Quero que saibam sobre mim. Só achei que teria mais tempo para me assumir.

Mas... acho que não tenho.
Aperto em "enviar".

Tem certeza??

                          Tenho. Queria que tivéssemos mais tempo, mas você tá certo. Não quero que saibam por qualquer um que não seja a gente.

Beleza. Se até amanhã de manhã você não mudar de ideia, contamos pra eles no café.

                          Combinado. Boa noite.

Boa noite. Dorme bem. 😌
AI NÃO, ERA PRA MANDAR ESTE AQUI: 😊

                          Aham, sei. 😌

😂

Surpreendendo zero pessoa, não dormi bem.
    Estou no chuveiro agora. Era para ter descido há cinco minutos, mas ainda não saí. Fico dizendo a mim mesmo "só mais uns minutinhos".
    Nem sei ao certo por que estou enrolando. Ser eu mesmo com Ruben tem sido incrível, e agora que uma pessoa já sabe, sair do armário parece mais fácil. Não muito, claro, mas um pouco mais do que antes.
    Ruben me mostrou como pode ser ótimo que pessoas saibam sobre essa parte de mim.

Ele me perguntou um monte de vezes se tenho certeza, e, sendo bem sincero, tenho. Pode não ser exatamente como eu gostaria, mas sei que é a melhor opção. Acho que ele está surpreso com a rapidez das coisas, e superentendo. Acredito que depois de tanto tempo escondendo meus sentimentos, aprendi que não falar nada pode ser ainda mais terrível do que contar a verdade.

Então, é isso. Até onde sei, não tenho motivos para não me assumir para a equipe, e talvez acabe sendo muito positivo.

Mas, ao mesmo tempo, não consigo sair do banho. Acho que é porque assim que eu disser, não vai ter como voltar atrás, então só estou querendo me certificar antes.

Ontem à noite passei horas lendo todos os relatos que encontrei no Reddit sobre sair do armário. Descobri um sub Reddit chamado Irmandade Gay, com muitos conselhos interessantes. Ver um monte de caras como eu na internet, comentando sobre as próprias experiências nesse assunto, me confortou de verdade. As únicas pessoas cujas famílias não aceitaram bem foram as mais religiosas, o que me assustou um pouco, levando em conta como os Braxton são católicos. Mas até agora Jon sempre foi um grande aliado. Nunca tratou Ruben diferente do resto, e sei que eles dois já tiveram várias conversas profundas sobre religião e sexualidade. Jon sempre defendeu que seu Deus ama a todos. Ruben tem algumas questões com o tratamento que a Igreja historicamente oferece às pessoas homossexuais, mas sabe que Jon e muitos outros cristãos estão do lado dele. Ruben só queria que eles desafiassem um pouco mais os dogmas tradicionais, e, na maioria das vezes, Jon concorda.

Geoff, por outro lado...

Não acho que ele vá ficar irritado comigo por eu ser bi. Mas quando a informação for de conhecimento público com certeza vai mudar a narrativa da banda. Até onde sei, nunca houve namoro entre dois membros da mesma boyband antes. Muito menos no auge do sucesso da banda. Se isso vazar, vai ser assunto em *toda* a imprensa. E pode se tornar facilmente o ponto-chave da Saturday.

Além disso, não sou burro. Sei que nosso público é basicamente formado por garotas adolescentes. Nossos fãs são muito liberais, e geralmente apoiam pessoas LGBTQIA+. Mas grande parte do nosso apelo sempre foi nos vender como os namorados dos sonhos das fãs. Há um motivo para cada um de nós seguir um arquétipo: para que a maior variedade possível de garotas encontre seu tipo e se apaixone. É ciência pura: Geoff nos criou para conquistar as massas. Se metade da banda for queer, as coisas podem perder o equilíbrio. Temos alguns fãs homens (heterossexuais e queer), mas sem garotas hétero e bissexuais, perdemos boa parte do público.

Beleza.

Preciso parar de enrolar.

Desligo o chuveiro.

Eu consigo. A questão aqui não precisa ser minha imagem pública e nem a Saturday. Serei apenas eu contando para dois dos meus melhores amigos algo que acabei de descobrir sobre mim mesmo. Contarei para a minha mãe na nossa próxima conversa, que deve ser daqui a alguns dias. Pelo menos não vou precisar fazer isso agora, porque já tem muita coisa para resolver.

Enquanto escolho o que vestir, presto muito mais atenção nas peças do que de costume. Esse é o tipo de roupa que um cara bi usaria? Acabo escolhendo uma camiseta preta, jeans rasgados e um cinto de rebite, porque assim me sinto o Zach mais autêntico possível. Então, sim, é o tipo de roupa que um cara bi usaria.

Pego o celular. Ruben mandou mensagem.

> Ei, você vem? Já estamos aqui tomando café.
>
> E, sério, tem certeza de que quer contar?

> Sim, tô indo. Desculpa. Perdi a noção do tempo. E certeza absoluta, pode confiar.

Só quero que você saiba que a decisão é sua, Zach.

A Chorus não pode te obrigar a nada.

Eles meio que já obrigaram. Mas deixa pra lá.
Respondo com: Não tô fazendo por causa deles, eu quero.

Desço até o restaurante no térreo do hotel. Os garotos estão sentados em uma mesa nos fundos, cada um com seu prato de café da manhã cuidadosamente balanceado e proteico. Faço o meu também, com rocambole, manteiga de amendoim natural, ovos mexidos e salsicha, e depois me junto a eles.

— Guten Morgen — diz Angel, dando uma mordida numa salsicha.

Ninguém parece notar algo fora do comum. Angel está mexendo no celular enquanto come, e Jon trouxe o calhamaço *A roda do tempo*, que lê sempre que consegue qualquer segundo livre. Dou uma mordida no rocambole.

Agora é o momento ideal, acho. Estamos longe de todo mundo e posso falar só com eles dois.

— Hum — começo. — Tenho um anúncio a fazer.

Jon ergue a cabeça. Angel não.

— Que foi? — pergunta Jon.

Lá vou eu...

— Hum, então, pois é, tem uma coisa que acho que vocês dois deveriam saber.

Isso finalmente chama a atenção de Angel.

— O que você fez? Pegou uma prostituta? Não, já sei! Roubou alguma coisa de uma loja, não foi?

— Quê? Não, nada disso.

— Droga — diz ele, me encarando de repente. — Puta merda, você gosta de garotos?

Bom, por essa eu não esperava.

— Hum, na verdade, sim. Eu sou bi.

— Sabia — diz ele, dando mais uma mordida na salsicha.

Jon não se move.

— Desculpa não ter contado pra vocês antes, mas é que eu estava tentando me entender melhor e aí... Bom. Jon, você está muito quieto.

— Estou? Desculpa, só estava escutando. — Devo ter feito uma cara estranha, porque ele arregala os olhos. — Você sabe que eu te amo independente de qualquer coisa, né?

— Sei. Também te amo.

Ele sorri e me dá um soquinho de leve no ombro.

— Isso é ótimo. Estou feliz por você, Zach.

Angel olha para mim e depois para o Ruben, que propositalmente evita qualquer contato visual com ele.

— *Cala a boca.*

— Que foi? — pergunta Jon.

— Eles estão se pegando.

Jon gira o pescoço tão rápido que fico com medo de ele se machucar.

— *O quê?*

Ruben me pergunta com o olhar: *Posso contar?*

Faço que sim. Lá vamos nós.

— Angel não está errado — diz ele.

— Puta merda — responde Angel. — Não *acredito*.

— Fala baixo — sussurra Jon. — Vocês já contaram pra Erin?

— Ainda não, mas a gente meio que vai ter que contar — digo. — Keegan pegou a gente no flagra ontem à noite.

— Que babado! — exclama Angel. — Aff, estou adorando. Vocês dois sendo pegos pelo segurança no meio do sexo! Que cena!

Começo a corar.

Jon franze o cenho.

— Isso significa que eles basicamente estão te forçando a se assumir, Zach.

— Não, quer dizer...

— É o que parece pra mim.

— Concordo — anuncia Angel. — Que palhaçada.

— Por mim tudo bem contar para as pessoas — digo. — Sério. Claro que não é desse jeito que eu escolheria fazer as coisas, mas tudo bem. Não tenho vergonha de ser bi.

— E nem deveria — diz Ruben.

— Você sabe que meu pai vai surtar por causa disso, né? — comenta Jon, olhando para mim e para Ruben. — Mas estou feliz por vocês. Juro. Vocês formam um casal fofo.

Ruben fica vermelho.

— Não somos um casal.

— Amizade colorida, então, que seja — responde Angel. — Fofos do mesmo jeito. — Ele levanta. — Sabem o que essa conversa está pedindo? Abraço em grupooooo.

— Precisamos mesmo disso? — resmunga Ruben, mas Angel nos cutuca para levantarmos e abre um pequeno sorriso.

É engraçado. Abraços em grupo era uma prática frequente entre nós. Não me dei conta de como sentia falta disso.

Eu sabia que Angel e Jon nos apoiariam, mas é bom confirmar essa teoria. Meus instintos estavam certos.

Do outro lado do restaurante, avisto Erin chegando. Em breve terei que contar para ela também. Mas isso pode esperar mais um pouco.

Quero esse momento só para mim.

TREZE

RUBEN

— Nossa, que coisa maravilhosa!

Dentre todas as coisas que eu esperava ouvir de Geoff nesta ligação, essa estava bem no fim da lista, espremida entre "estamos passando todo o controle criativo da banda para vocês, rapazes" e "decidi me tornar o quinto integrante da Saturday".

Na cadeira ao meu lado, o rosto de Zach se ilumina. Suspeito que ele não tenha uma gota de desconfiança no corpo inteiro.

— Sério? — pergunta ele.

— É claro!

Na tela, Geoff se recosta na cadeira, e seu rosto largo se expande ainda mais em um sorriso. Um sorriso perigoso. O sorriso de quem está vendo o oponente fazer uma jogada fatal no xadrez. De alguém observando o inimigo assinar o próprio atestado de óbito.

Ou — *ou* — só estou sendo paranoico por ter crescido numa casa cheia de sorrisos perigosos, e agora é impossível confiar que uma figura de autoridade esteja genuinamente feliz por mim quando, pessoalmente, sinto que estou fazendo algo contra a vontade dela. Ou uma, ou outra.

Erin está empoleirada na beirada da cama, deixando os dois assentos da mesa pra gente. Ela levanta os polegares, e o sorriso *dela* com certeza não parece perigoso. Talvez eu deva relaxar.

— O amor jovial é uma coisa linda, rapazes — continua Geoff, dando uma de poeta romântico agora. — Entretanto, sei que não preciso lembrar da importância de vocês manterem uma relação de trabalho profissional, haja o que houver.

Queria que a gente não tivesse usado a palavra "apaixonados". A situação toda está intensa demais. Mas assinto com firmeza, jogando a vergonha para lá.

— Com certeza. A banda vem em primeiro lugar, para nós dois.

— Fico muito feliz de ouvir isso. — Lá está o sorriso de novo. Cruzo os braços sem nem me dar conta, como uma autodefesa do meu corpo.

Zach ajusta a postura e coloca as mãos nos joelhos.

— Hum, só gostaria de dizer que ainda não estou pronto para... tem muita gente que não sabe. Tipo, meus pais. Podemos contar só pra quem precisa saber por enquanto?

Pela primeira vez, Geoff parece sincero.

— Zach, mas é *claro*. Eu jamais cruzaria um limite desses. Sua vida pessoal pertence só a você.

Zach parece derreter por dentro e me dá um sorriso aliviado. Tento retribuir, mas meus lábios estão travados demais.

Então, Geoff continua:

— Na verdade, acho que você deve respeitar seu tempo. Não é o tipo de coisa que gostaríamos de divulgar neste exato momento mesmo.

— Não? — pergunto, tentando manter a voz leve.

A questão é que tudo isso parece meio que um déjà-vu. Desde os jornalistas que com certeza *sabem* que sou gay mas nunca perguntam porque foram instruídos a não perguntar, passando pelas "fontes internas" que estão sempre "vazando" histórias sobre as minhas últimas namoradas, até as dezenas de artigos caricatos que fazem com a gente, nos encorajando a falar sobre a *mulher* ideal para cada um de nós. Não precisa ser um gênio para ler as entrelinhas. Em público, somos héteros. Em particular, cada um cuida da própria vida.

Zach deve ter noção disso. Ele já me viu enfrentando esse tipo de coisa. Mas talvez eu tenha desviado muito bem dos golpes, porque ele não parece notar nenhum sinal de alerta. Muito pelo contrário, fica empolgado.

Mas até aí, é um direito dele. Eu, particularmente, nunca quis manter minha sexualidade em segredo; para o Zach, porém, é tudo novo e confuso, e talvez discrição seja exatamente o que ele quer. Então, será que vai ser o fim do mundo se Geoff quiser abafar tudo por enquanto? Se Zach precisa disso, quem sou eu para criar caso?

Ainda assim, só para deixar tudo claro...

— Concordo — digo com uma falsa animação. — Sem pressa. Mas quando você diz "neste exato momento"...?

— Só estou pensando na Rússia — responde Geoff. — Levando em conta a situação política lá, nossa prioridade é manter vocês em segurança. Temos o dever de cuidar da banda. E não sei dizer o que poderia acontecer se isso vazasse antes dessa parada na turnê...

— Entendi — diz Zach. — Eles podem querer cancelar o show.

— É possível — anuncia Geoff. — Eles têm leis antipropaganda, especialmente em relação a menores de idade, ou seja, a maior parte do público de vocês. Mas mesmo que conseguíssemos contornar isso, viajar para lá durante uma chuva de notícias sobre um relacionamento na banda... Bom, algumas pessoas podem ser contra a nossa presença lá, e isso nos colocaria numa situação perigosa.

"Nossa" presença, ele diz. Como se fosse estar lá com a gente. Essa foi boa.

Zach arregala os olhos.

— Que merda.

— Exatamente. Porém, no grande esquema das coisas, a próxima parada está a segundos de distância. Assim que acabar, podemos conversar melhor sobre os próximos passos. Combinado?

Zach assente com entusiasmo. Eu hesito, depois balanço a cabeça uma única vez.

Meu pai costumava me contar uma história de ninar sobre um biscoito de gengibre que precisava atravessar um rio. Uma raposa se oferece para levá-lo nadando.

Mas devora o biscoito vivo. E ele, ainda consciente, fica gritando pelos seus membros perdidos.

"Um quarto de mim já foi. Metade de mim já foi. Três quartos de mim já foram. Eu me fui todinho."

Quando Erin nos libera do seu quarto, encontramos Jon e Angel perambulando do lado de fora. Com o dedo nos lábios, pedindo silêncio, Jon leva todo mundo para seu quarto. Nos jogamos na cama, e Zach deita de costas com as pernas para o lado e tem um sorriso tranquilo no rosto.

— Deu tudo certo! — diz ele. — Geoff levou numa boa.

Angel arqueia as sobrancelhas, e Jon olha para mim em busca de respostas. Dou de ombros e abro um sorriso amarelo. Há uma certeza severa no olhar dele. Se tem alguém aqui que conhece Geoff de verdade, esse alguém é o Jon.

Quem é criado por uma raposa sabe que não é uma boa ideia pegar carona com outra.

Eu deveria saber também. Jon não é o único que cresceu numa toca de raposas.

— Isso é… ótimo — diz Jon.

— Sim! — Zach joga a cabeça para trás para olhar para mim e estende a mão.

Eu a aperto. Talvez forte demais.

Angel pula da cama e vai até a janela olhar a multidão.

— Bom — comenta ele. — Dane-se. Se o Geoff decidiu agir feito um ser humano pela primeira vez, vou aceitar, acho.

— Exatamente — responde Zach.

— Então, quando vocês vão contar para todo mundo? — pergunta Jon.

— Ainda não foi decidido — respondo, curto e grosso. — Provavelmente depois da turnê.

Jon ergue o queixo devagar enquanto saca tudo e abre um sorriso amargo. Dou de ombros. *Eu sei*. Vamos anunciar quando Geoff decidir que podemos anunciar. Não quando estivermos prontos.

— Então, encontros secretos? — pergunta Angel, virando de costas para a janela e se apoiando contra a vidraça. — Que babado!

— Por enquanto, sim — comenta Zach. — Vamos um passo de cada vez. Quem sabe o que pode acontecer?

— Certo — diz Jon com delicadeza. — Só... tomem cuidado, tá bom? Se vocês terminarem e as coisas ficarem esquisitas, pode dar muito errado.

— Você afirma isso com base no quê, Jon? — zomba Angel, perambulando pelo quarto. — Não é como se nós tivéssemos *qualquer* exemplo do Zach e do Ruben virando inimigos mortais um segundo depois de as coisas ficarem esquisitas entre os dois.

— Não tem como a gente terminar — argumento. — Porque não estamos num relacionamento. Somos apenas duas pessoas que existem e se relacionam.

Zach baixa a cabeça para esconder a risada.

Angel arregala os olhos inocentes.

— Ah, foi mal, vocês estavam num relacionamento na *vez anterior*, quando a "briguinha" se tornou uma hashtag?

— Já entendemos — intervém Zach, sentando na cama. — Prometo. Não vamos ficar esquisitos de novo. Podem cobrar.

— Vamos mesmo — diz Jon, sem nem uma pontada de brincadeira no tom de voz.

— Só não fiquem fofinhos *demais*, tá? — pede Angel, virando lentamente no meio do quarto como se estivesse apresentando um solo de dança pra gente. — Não gosto quando não sou o centro do universo, então não magoem meus sentimentos.

— Fica tranquilo — comenta Zach. — Você sempre vai ser o centro do universo do Jon.

Jon revira os olhos e Angel não parece surpreso.

— Eba! Tá, mas falando sério agora. Nada de encontros sem mim, tá? Quero acesso liberado a todos os encontros.

— Cuidado com o que você deseja — alerto. — Algumas coisas funcionam melhor a dois.

Zach foca toda a sua atenção no teto e se afasta de mim na cama, com o rosto vermelho como ketchup.

Angel pisca, olha para Zach e para mim, depois finge estar engasgando.

— Chega. Isso já é demais. Jon, não é com eles que você precisa se preocupar. As coisas estão ficando esquisitas é *pro meu lado*.

Dou de ombros.

— Bom, quem puxou assunto sobre os nossos encontros foi você, agora vai ter que ouvir!

— Mantenha a classificação livre, pelo menos — resmunga Angel. — *Meu Deus*.

— De que tipo de encontro você *achou* que poderia participar, então? — Jon ri. — Não é como se eles pudessem ir para o brunch numa cafeteria local, no momento.

Tento manter a expressão neutra, mas parece que não consegui, porque Angel saca imediatamente.

— O que vocês estão escondendo? — pergunta ele, segurando a cabeceira da cama.

Olho para Zach, perdido. Acho que esse é o tipo de coisa que eu não deveria contar por ele. Só eu sabia sobre os canais, afinal.

Por sorte, ele não fica desconfortável. Na verdade, até abre um sorriso maquiavélico.

— *Talvez* a gente tenha escapado durante uma noite em Amsterdã.

— O quê? — grita Angel. — *Como?*

— É sério? — pergunta Jon ao mesmo tempo. — Vocês poderiam ter sido *flagrados*.

Olho nos olhos de Zach e trocamos um sorriso. O dele é suave e cheio de afeto.

— Ruben teve a ideia de usarmos a escada de incêndio — diz ele. — Ninguém viu a gente, fica tranquilo.

Jon está perplexo, mas Angel cai na gargalhada.

— Puta merda. Parece que estou vendo um lado completamente diferente de vocês dois.

— Acho que você ficou mais chocado com a gente fugindo do hotel do que se pegando em segredo — comento.

Angel cruza os braços.

— Bom, vocês também *nunca* me convidaram para escapar.

— Creio eu — diz Jon — que eles também nunca tenham te pedido para participar da pegação, né?

— Infelizmente você nunca vai saber a resposta para essa pergunta — diz Angel, todo sério. — Não sou do tipo que sai contando vantagem.

Zach olha para mim e ergue a sobrancelha, questionando. Faço que não com a cabeça, segurando a risada.

— E, só para deixar claro, Zach não *pediu* pra ficar comigo, por assim dizer — começo, mas Angel tapa os ouvidos e começa a cantar seu verso de "Guilty" alto o bastante para me abafar.

Devo admitir que colocar a escapada do hotel na cabeça do Angel não foi a melhor das ideias.

Não acredito que ele nunca tenha pensado nisso antes, considerando que o encontramos literalmente usando a escada de incêndio na semana passada. Mas acho que sair por cinco minutos para encontrar um traficante é diferente de escapar de noite para dar uma volta. Ainda assim, já se passaram *dias* desde que contamos sobre a nossa escapadinha, e até onde sei, ele ainda não tentou nada parecido. Ou, se tentou, não foi flagrado.

Na verdade, Angel tem ficado bem pianinho desde que arrumou problemas com a coreografia em Colônia. Não tenho ideia se Geoff ficou sabendo, ou se a bronca da Erin foi o bastante para colocar Angel na linha, mas ele não tem soltado um pio que seja.

É por isso que fico realmente surpreso quando ele envia uma mensagem no grupo avisando de "alguns amigos" que estão no quarto dele esta noite.

O celular do Zach vibra ao mesmo tempo que o meu, e ele puxa o cobertor até o queixo e se afunda numa montanha de travesseiros.

— Não quero ir, só quero ficar aqui vendo filme. — De repente, ele ergue a cabeça. — A não ser que você queira. A gente súper pode ir se você quiser. Sou facinho facinho.

— Não, também prefiro ficar — digo, colocando o celular na mesa de cabeceira e me aninhando ao lado dele para me esquentar.

A noite de Berlim está especialmente fria, e embora os quartos tenham controle de temperatura, o barulho constante da chuva na janela é o bastante para me deixar sonolento e dengoso. Me sinto mal pelo grupo de fãs reunidos na frente do hotel na esperança de nos ver. Espero que eles tenham cobertores. E guarda-chuvas.

— Não estou ouvindo barulho de música — comenta Zach. — Talvez sejam só alguns amigos mesmo.

— Ah, sim, deve ser — digo, passando os dedos pelo ombro dele, em direção à clavícula. Ele se arrepia e cerra os olhos enquanto me observa. — Aposto que só chamou um ou dois colegas e tá todo mundo jogando Banco Imobiliário.

Ele engole em seco, toca meus dedos e joga a cabeça para trás. Vê-lo desse jeito, sem camisa e esguio, acende algo dentro de mim. Não vou mentir, ele é a coisa mais linda que já vi na vida. Estou prestes a me esticar para beijar seus lábios, ou pescoço, ou todo e qualquer lugar que ele permitir, quando ele aperta minha mão com força e me afasta para levantar. De repente, parece preocupado.

— Será que o Angel está bem?

Solto uma risada breve.

— Ah, sim, aposto que ele está se divertindo.

Mas, em vez de rir comigo, Zach franze as sobrancelhas e franze a boca. Levanto um pouco.

— Espera, o que você está pensando?

— Sei lá. Ele... se drogou algumas vezes recentemente, e se está recebendo amigos... Não, não, eu devo estar exagerando, só isso.

A questão é que, de nós três, Zach sempre foi o menos preocupado com o bem-estar do Angel. Então, se até ele acha que há algo de errado rolando, acho melhor eu também prestar atenção.

— Acha melhor irmos dar uma olhada? — pergunto.

Ele me olha de soslaio.

— Tudo bem por você?

Saio da cama revirando os olhos. Pego a camiseta dele no chão e jogo em sua direção.

— Um dia você vai fazer alguma coisa sem pedir permissão para todo mundo e eu vou desmaiar de surpresa.

— Sou tão chato assim? — pergunta ele, vestindo a camiseta.

Vou até seu lado da cama e estendo a mão para ajudá-lo a levantar.

— O mais chato do mundo. Mas fica tranquilo, você continua sendo o melhor mesmo assim.

Jon já está no quarto de Angel quando chegamos lá. Como Zach imaginou, há apenas uns cinco visitantes desta vez. Nada como em Paris. Mas, ao contrário daquela noite, não reconheço ninguém, e todos parecem estar ligados no 220. As conversas parecem ter sido aceleradas para o dobro da velocidade e um atropela o outro para falar. Independente de quem esteja de pé na janela ou de joelhos na cama, braços e pernas tremem, as posturas são esquisitas e os olhos estão quase pulando de tão arregalados.

Angel, que estava conversando com Jon na porta do banheiro, vem até nós quando entramos. Gotas de suor cintilam em sua testa, e o cabelo balança com mechas encharcadas.

— Vocês *vieram* — grita ele, jogando os braços ao nosso redor e fazendo nossas cabeças baterem. — Pensei que iam furar só para ficarem *sozinhos* hoje à noite.

Esfrego a cabeça enquanto Zach segura Angel para mantê-lo firme.

— Angel, você não contou para ninguém daqui sobre… aquilo, né? — sussurra ele.

Angel cerra os olhos e faz beicinho.

— Aquilo é segredo — diz ele. — Não sou idiota. Nem um lixo humano.

A voz dele fica um pouco mais ríspida na última frase, e me pergunto por um segundo se ele ficou ofendido com a suspeita do Zach. Mas nem dá tempo de perguntar, porque ele já sai para conversar com uma garota pequena, de cabelos longos, escuros e cacheados.

Jon se aproxima da gente na porta.

— Acho que vou pra cama daqui a pouco — diz ele, com a voz pesada.

Sei exatamente como ele se sente.

Dois garotos com roupas de grife da cabeça aos pés vêm em nossa direção. Estão cobertos de marcas e siglas, só para o caso de alguém não ter notado que são, de fato, *muito ricos* — ironicamente, é esse tipo de roupa que deixa claro que eles ficaram ricos há no máximo cinco minutos. O mais alto estende a mão para nos cumprimentar e se apresenta como Elias, como se estivéssemos em uma maldita reunião de negócios.

— Que bom ver vocês três — diz ele, num tom amigável, como se fôssemos amigos de infância, mas tenho certeza de que nunca nos vimos antes.

Aposto que ele vai passar um ano inteiro contando para quem quiser ouvir sobre a vez que conheceu os caras da Saturday e mudou nossa vida para sempre usando apenas o poder do carisma e da sabedoria ou qualquer merda dessas. Só Deus sabe como ele conheceu o Angel. Como *qualquer uma* dessas pessoas conheceu o Angel.

Elias estende um saquinho transparente com o que só pode ser cocaína, tão casual como se estivesse oferecendo um cigarro.

— Querem? — pergunta ele, animado.

Nós três nos entreolhamos.

— Ah, não, mas *valeu* pela gentileza.

— Temos um dia cheio amanhã.

— Isso é extremamente ilegal.

Todos se viram para Jon, e os caras hesitam com expressões impossíveis de decifrar. Balanço a mão para eles na esperança de desfazer a tensão.

— Mas vocês dois, fiquem à vontade — digo com um sorriso forçado, e eles desaparecem banheiro adentro, fechando a porta com força.

Acho que, inicialmente, eles pretendiam usar a mesa de madeira atrás da gente. Mas se em algum momento eu tivesse vontade de cheirar uma carreira de cocaína, jamais faria sob os olhos julgadores do Jon, então não culpo os dois convidados.

Angel saltita de volta de mãos dadas com a garota bonita de cabelos longos.

— A gente vai para o terraço — diz ele.

— Para o *terraço*? — pergunta Zach. — Está congelando lá fora.

— Sem problema. Só vamos dar oi para os fãs.

— Do terraço? — repito.

— Aham. Lina quer cumprimentá-los. — Ele imita o aceno da rainha da Inglaterra, cerrando os lábios, e a garota, Lina, presumo eu, solta uma gargalhada alta demais. — E nossa janela não tem vista para a multidão, Ruben, meu amorzinho.

— Nós também vamos — afirma Zach, me olhando com seriedade. — Também queremos dar oi para os fãs.

— Sem ofensa, Zaquinho, mas não preciso de ninguém segurando vela. — Angel belisca a bochecha do Jon e depois a minha. — Nem duas velas. Nem três. A gente volta rapidinho, peguem uma bebida e se *divirtam*, pelo amor de Deus. Não é como se a gente pudesse fazer isso todo dia, porra!

Antes que possamos protestar, Angel sai com Lina.

Nós três permanecemos juntos, incertos, vendo Angel ir embora. Dou uma olhada em Zach. Ele está mordendo o lábio com muita força.

— Eles não vão para o terraço, vão? — pergunto.

Zach balança a cabeça lentamente. Jon parece confuso, até a ficha cair.

— Ah, *não*.

Quando saímos do quarto, Angel e Lina não estão mais no corredor.

— Vamos chamar Keegan e Pauline — diz Jon.

Zach olha para ele, assustado.

— Mas aí vai dar muita merda pra ele!

— Hum, melhor do que eles se acidentarem porque estão doidões.

Eles viram para mim ao mesmo tempo. Aff. A decisão é minha.

— Vamos lá — digo, sem perder tempo. — Se conseguirmos alcançar os dois agora, ninguém precisa saber. A gente aciona a equipe se for necessário.

Em pânico, levamos mais tempo do que o esperado para encontrarmos a escada de incêndio. Na minha opinião, deveriam reavaliar a sinalização de uma *porta de emergência*, mas deixa pra lá. Poderíamos tentar o elevador, mas perderíamos ainda mais tempo tendo que procurar o fim da escada lá embaixo. Sem falar que, se usarmos o elevador, teríamos que passar pelo grupo de fãs na entrada principal, e também pelos guardas de Berlim no saguão.

— Não é melhor procurarmos no terraço antes? — pergunta Jon.

Nós paramos. Até que faz sentido olhar lá antes de sairmos noite afora. Mas se nós três subirmos, e Angel estiver *de fato* saindo do hotel, já era.

— Não dá tempo — digo. — Zach, fica ligando para o Angel. Vê se algum de vocês consegue falar com ele. Se ele estiver *mesmo* no terraço, não vai te ignorar por muito tempo.

Descemos correndo de escada, o que não é uma tarefa fácil, já que estamos no quadragésimo primeiro andar. Ainda bem que nosso treino de academia é bem pesado.

Zach espia pela porta do térreo antes de sairmos. Por sorte, dá num estacionamento. Cercado o bastante para não sermos vistos pela multidão acampada na frente do hotel, mas aberto o bastante para avistarmos uma saída para a rua.

O ar gelado nos atinge na cara, o vento soprando com força o bastante para nos calar, acertando gotas de chuva pesadas em cada pedacinho de pele que não está coberto. Estou com um suéter de caxemira de gola alta — bom para uma festa no hotel, péssimo para as circunstâncias atuais. Queria ter tido tempo de pegar um casaco. Corremos pela calçada, próximos à fileira de prédios de luxo e meu coração para toda vez que um carro passa. E se formos reconhecidos? O que pode acontecer?

— Angel! — Zach chama, olhando desesperado pelas ruas.

As únicas pessoas próximas são um casal mais velho debaixo de um guarda-chuva, e eles nem sequer olham na nossa direção.

— Não grita o nome dele — sussurro.

Com a quantidade de fãs acampada no hotel, ser ouvido é mais uma questão de *quando* do que *se*. E Angel não é um nome muito comum.

Zach assente e diminui a velocidade até parar e dar meia-volta.

— Reece! — grita ele para o céu. — REECE!
— Ainda assim chama muita atenção — murmura Jon.
Zach olha para baixo, carrancudo.
— Como vou chamar a atenção do Angel sem chamar atenção?
Voltamos a andar e Jon balança a cabeça.
— Vou ligar para o Keegan — diz ele.
— Espera — implora Zach. — *Por favor*, Jon. A gente pode...
— Eles podem se *machucar*, Zach!
— Deixa eu tentar ligar para ele só mais uma vez?

Viramos a esquina e chegamos numa avenida movimentada. A segurança relativa do beco anterior se perde quando um mar de luzes alaranjadas da rua e faróis nos atinge. Procuro pelos arredores, analisando as fileiras uniformes de árvores, portas de restaurantes lotados e prédios antigos decorados com colunas gigantes bege. Então seguro Zach pelo ombro com empolgação. Separando duas ruas de mão dupla, há uma faixa de pedestre larga com bancos e arbustos alinhados, e caminhando no meio da faixa estão Angel e Lina.

Voltamos a correr. Eles estão de costas para nós, então não percebem que estamos nos aproximando até chegarmos. Quando enfim nos nota, Angel não parece particularmente feliz em ter companhia.

— Não posso ter nem cinco minutos de paz? — grita, soltando a mão da Lina. Ela parece magoada conforme ele vai aumentando ainda mais o tom de voz. — Nem cinco minutos?

Diminuímos o ritmo até pararmos e ele dá alguns passos para trás. Seus olhos estão inquietos e sem foco, a respiração, pesada. Jon tinha razão. Não deveríamos sair sozinhos por uma série de motivos, mas Angel, em particular, não deveria *mesmo* estar aqui agora.

Uma movimentação nos arredores me diz que já atraímos olhares curiosos. Ignoro por enquanto. O tempo se arrasta, sendo medido apenas pelos itens na minha lista de coisas a fazer. Tarefa número um: tentar acalmar Angel.

— Você convidou um monte de gente para o seu quarto — lembro, com a voz controlada. — Tá todo mundo sentindo sua falta.

Ele olha para mim, depois para Zach e para Jon, e firma os pés no chão.

— Passo todos os dias, o dia inteiro com vocês três — diz ele, afobado. — *Ninguém mais além de vocês*. Não tenho permissão para me divertir com alguns amigos de vez em quando? Não posso mais?

— É claro que pode — responde Zach. — É isso que estamos dizendo. Seus amigos estão lá no quarto, te esperando.

— Eles não são meus amigos. A Lina é. Eu e ela queremos conhecer Berlim. Sabe, levando em conta que viajei por dez mil quilômetros e não vi *porra nenhuma da Europa*.

— Nós sabemos — digo, dando um passo à frente. Angel dá mais um passo para trás. Seus joelhos estão levemente flexionados, como se ele estivesse se preparando para correr. — É uma merda. Uma merda *completa*. Talvez a gente possa pedir uma reunião com a Erin para ver se...

— *Vocês dois* — grita Angel, me interrompendo. — Já *saíram*. Estão *curtindo* juntos. E eu não posso fazer o mesmo? Por que vocês são especiais?

— Angel, tem gente olhando — intervém Jon.

E ele está certo. Várias pessoas na rua já pararam para olhar, além dos que estão bebendo nas mesas dos cafés. Alguns celulares já estão apontados para nós.

Angel abre os braços.

— *Deixa olhar, Jon!* Você sempre preocupadinho com a porra da opinião dos outros. Relaxa, *por favor*, não é o seu que está na reta!

— Ele está preocupado com *a gente*, não consigo mesmo — interrompo com a voz firme. — Você está fazendo todo mundo passar vergonha agora.

— Ah, agora eu sou uma *vergonha*, Lina — berra Angel. — Sou o único da banda que não age feito um maldito robô, e sou uma vergonha! Ai, o Geoff disse que tenho que fazer as pessoas quererem trepar comigo, então eu arranco a roupa. Geoff disse que não posso escrever minhas músicas, então vou escrever as músicas *dele*. Geoff disse que não posso contar nosso segredo para ninguém...

— *Angel* — grita Zach.

— PUTA QUE PARIU, ZACH! — Angel ruge. — ACABEI DE TE DIZER QUE NÃO VOU CONTAR PRA NINGUÉM. Por que vocês pensam que sou um idiota?

Umas vinte pessoas nos cercam agora. E, ao fim da rua, algumas se aproximam correndo. Ao que parece, muitas são garotas adolescentes.

Merda.

Chegarão aqui em menos de um minuto. Fofoca se espalha rápido.

— Jon — digo, num sussurro. — Acho melhor ligar para o Keegan agora.

— Você *acha*? — chia ele.

Zach avista a multidão se aproximando.

— Angel, temos que ir — diz ele.

Estão chamando nossos nomes. Gritando, na verdade. Cada vez mais perto e mais alto. Os curiosos viram para as garotas e ligam os pontos. Mais celulares aparecem, um depois do outro. As luzes brilham tanto que preciso fechar os olhos.

Zach dá um passo à frente com os braços esticados, e isso é a gota d'água para Angel. Com um som sufocante que nem parece humano, Angel agarra Lina pelo braço e começa a correr para a rua.

O tempo se arrasta ainda mais. Faróis piscam à distância. Longe o bastante para que Angel e Lina consigam atravessar as duas vias. Mas por pouco. Então Zach resolve correr para buscar o Angel.

Os faróis estão perto demais para que ele consiga.

Não decido me mover. Mas me movo mesmo assim.

Agarro Zach num abraço e o puxo para a faixa de pedestres. Os faróis piscam, buzinas tocam, e nossos nomes são gritados. Gritam por Angel. Acho que estou gritando também.

Eu e Zach tropeçamos juntos, mas consigo recuperar o equilíbrio. Finalmente, o tempo volta ao normal.

— *Meu Deus*, Zach! — estou gritando, ainda agarrado com ele. — Olha o que você está fazendo!

Angel conseguiu chegar ao outro lado da rua. Ele hesita ao perceber que os fãs estão cercando os dois lados da avenida. Lina olha para as câmeras ao redor como um coelho procurando uma rota de fuga que não existe.

Lembro da época que ver muitos fotógrafos também me assustava. Agora só me preocupo se estiveram gravando a, hum... briga acalorada entre o grupo, no meio da noite, com um de nós claramente drogado e cada vez mais próximo de difamar nossa assessoria. *Isso* seria uma quebra de contrato que nos levaria à falência num piscar de olhos.

Um dos faróis estaciona do outro lado da rua, perto de Angel. Meu coração acelera e solto Zach. Será que é um fã? Ou alguém que conhece Angel e sabe quanto dinheiro pode descolar se enfiá-lo dentro do carro? Não seria muito difícil, no estado em que ele se encontra.

Mas o motorista sai e quase desmaio de alívio. É Keegan.

— Nossa, que rápido — digo para o Jon.

Jon balança a cabeça.

— Não consegui falar com ele. Agora está explicado o motivo.

Por sorte, Angel não arruma confusão com Keegan. Seja porque sabe que Keegan é mais forte, ou por ter se dado conta de que quer ir embora desta rua lotada, não dá para saber. Zach toca meu braço e eu vejo que Pauline estacionou outro carro, com o pisca-alerta ligado sobre a faixa.

Não precisamos ser chamados — embarcamos no banco de trás o mais rápido possível e batemos a porta contra o som crescente de pessoas nos chamando. Meu coração está entalado na garganta e busco pela mão do Zach no momento em que ficamos em segurança. Ele me segura como se sua vida dependesse disso, tremendo tanto quanto eu.

— Não foi muito difícil encontrar vocês — Pauline está dizendo para Jon quando minha mente começa a processar palavras novamente. — As fotos estão todas no Twitter. Uma *tosse* de vocês vai parar na internet, por que acharam que conseguiriam sair sem a gente? Se quisessem pegar um ar, era só *pedir*, a gente podia ter dado uma volta pela região. Nem precisaríamos contar para Erin! Agora, olha só no que deu!

É claro que nos acharam. Passamos mais de quinze minutos desaparecidos e começaram a nos rastrear.

Fugimos por quinze minutos e, por pouco, não fomos atacados. Ou coisa pior.

Nunca ficou tão claro para mim quão monitorado eu sou. Mas, ao mesmo tempo, nunca me senti tão grato por ser vigiado de perto. É claro, o lado negativo é que estamos sendo levados de volta para o hotel, onde a equipe inteira vai descobrir o que fizemos.

Sobe aqui. Eu te levo para o outro lado do rio.

CATORZE
ZACH

A Saturday ainda está viralizando na internet.

Continuo esperando que o assunto morra, que seja substituído por outra coisa. Deus, por favor, mande uma Kardashian fazer alguma coisa, *qualquer coisa*, que tire os holofotes da gente.

Mas não. Parece que o mundo inteiro decidiu fazer uma pausa para opinar sobre o que agora ficou conhecido como o Surto do Angel.

E, nossa, como as pessoas amam dar opinião.

Hoje deveria ser um dia de descanso antes do nosso segundo show em Berlim, mas ninguém para quieto. Durante boa parte do dia, nós quatro ficamos reunidos no quarto do Jon, porque é o mais limpo, na verdade. Estou na escrivaninha, tentando dar um jeito na letra de "End of Everything". Ruben, Jon e Angel estão na cama, tentando ver TV ou mexendo no notebook.

A Chorus mudou a senha das nossas redes sociais, uma pausa temporária, conforme prometeram, para não postarmos nada que possa nos colocar numa encrenca ainda maior. Mas continuo de olho em tudo, e o perfil da Saturday postou uma selfie que tiramos há uns dias. Na foto, estamos todos sorrindo, como se tudo estivesse bem.

Angel pega o controle remoto e troca de canal, interrompendo um documentário sobre a natureza.

— Ei! — protesta Jon. — Eu estava assistindo.

— Vai arrumar alguma coisa melhor pra fazer.

Angel zapeia pelos canais até achar um noticiário de quinta categoria.

Estão falando da gente. Em alemão. É bem estranho.

— Por quê? — murmura Jon, apoiando a mão na cabeceira enquanto Angel ativa as legendas.

— Só conferindo — diz Angel. — Se estão falando de mim, é melhor ouvir, né?

Jon finge tossir e manda um:

— Narcisista.

— Olha quem fala. Eu só não tenho vergonha de assumir.

O programa tem uma bancada reluzente, o tipo de coisa que passaria no E!. Atrás dos apresentadores, há uma tela dizendo ANGEL: DURCHGEDREHT? em letras brancas e garrafais ao lado de uma foto de Angel no meio da confusão.

Lemos as legendas: "Já vimos isso antes, é. Típico de Hollywood. Eles ficam famosos ainda jovens, o poder sobe à cabeça, e aí isso acontece. É inevitável? O que acham?

"Olha, não, não diria que é inevitável. Há centenas de jovens que cresceram sob os holofotes e nunca fizeram uma coisa dessas. Queria que a gente falasse mais desses jovens."

O público aplaude.

"Angel claramente tem duas opções. Ou ele toma jeito e coloca a vida de volta nos trilhos. Ou… Bom, nem quero pensar nisso, mas já vimos essa história antes."

"Mas o que é que conseguiria pará-lo agora?"

"Só ele consegue parar a si mesmo. Enquanto não se der conta de que está destruindo a própria vida, não tem como ajudar."

— Não fode! — diz Angel, desligando a TV. — Aposto que todos eles também usam no momento que pisam nos bastidores. Bando de hipócritas.

Volto para o computador e dou uma olhada no Twitter. As coisas por lá estão ainda piores. Nem sei o que eu esperava.

Twitter de merda. Se fosse esquecido como aconteceu com o Vine eu não ficaria triste.

Cenas da explosão do Angel tomam conta do site. Angel Phan está nos assuntos do momento, ao lado da hashtag principal da Saturday. Uma imagem de Angel gritando virou meme, e as pessoas estão reagindo com um GIF meu e do Ruben horrorizados.

Como esperado, a Chorus está furiosa. Estão nos mantendo aqui até segunda ordem "para nossa própria segurança", o que na verdade significa "até eles decidirem o que fazer". Como sempre, só somos avisados depois que tomam uma decisão, porque a Chorus sabe o que faz.

Clico na hashtag da Saturday, que continua em primeiro lugar no mundo todo, e nem sei muito bem por que fico olhando isso toda hora. É como se eu achasse que o assunto fosse morrer ou desaparecer se eu continuar olhando. Mas ainda não.

O tuíte mais popular é do maldito TMZ ANJO CAÍDO — o ex-bom moço Angel Phan, da Saturday, CHUTOU o pau da barraca em Berlim! Assista ao surto do pinguço agora mesmo!

Começo a ler as respostas.

Que nojo.

Todos dizem o que eu temia. Que o desabafo do Angel é a confirmação de que secretamente odiamos fazer parte da Saturday. Que odiamos a banda e queremos escapar. Até as pessoas que usam fotos nossas como avatar parecem estar se divertindo. Um tuíte com mais de três mil likes diz apenas: EU SABIA QUE ELE ODIAVA A SATURDAY KKKKKKKKK.

Continuo lendo.

Plmdds quem se importa???

Olha, queria que a banda acabasse e eles seguissem carreira solo, todo mundo sabe que é isso que vão fazer. Só assim pro meu menino Ruben sair bem dessa bagunça

Eles só pioraram depois do primeiro álbum, stream REDZONE

Só queria lembrar a vcs que em Berlim os meninos podem beber legalmente! Tipo, quem nunca chutou o balde uma vez ou outra?

Cadê o Jon?? O passivo dele está em apuros #anjon

Ele deve estar puto pq "Signature" flopou hahahahaha.

Meus olhos começam a arder. É tudo ruim. Só críticas, uma atrás da outra.

Somos uma boyband, então receber hate faz parte do contrato, e depois de dois anos de ofensas constantes na internet, já me acostumei na medida do possível. Aprendi a evitar as redes sociais ao máximo e a nunca ler os comentários. Por um lado, acho que nossa música é boa, mesmo que não seja muito a minha praia, e isso ajuda.

Além do mais, todo famoso que conheço já teve que lidar com isso. Alguns mais do que outros, claro, mas ninguém é amado por todo mundo. É impossível. Antes da fama, alguém pode até achar que vai ser *o* artista que vai agradar a todos, mas nunca é assim. Nunca. Cada um tem pelo menos uma característica que vai incomodar muita gente. Cara, até a Beyoncé recebe hate por ser perfeita *demais*.

A questão é: os haters não importam, ao contrário do que parece. O que importa são as vendas, e nós continuamos quebrando recordes. Enquanto seguirmos assim, podem falar a merda que for que continuaremos seguros. Disso eu sei.

Respiro fundo.

Contanto que Geoff não se irrite além da conta, vamos sobreviver. A opinião dele é a que conta.

Passo a mão pelo cabelo e tiro as mechas da testa. A franja fica caindo nos meus olhos o tempo todo agora. Se eu pudesse, com certeza cortaria. Leio mais comentários tentando encontrar pelo menos um positivo. Nem que seja só um pouco, para abafar os outros. Mais para baixo, chego a encontrar muitos fãs defendendo o Angel, mas, por algum motivo, são muito mais discretos do que os haters. Não deveria ser assim. Eles são tão importantes quanto os demais.

Ruben levanta da cama e vem até mim. Minimizo a janela do navegador.

Ele começa a massagear meus ombros. Não me dei conta de como estou tenso.

— O que você está vendo?

— Pornô.

— Engraçadinho, me mostra, vai.

Reviro os olhos e abro a página.

— Ai, meu Deus, você estava lendo os comentários?

— Não consigo me segurar.

— Zach.

— Eu sei.

Angel salta da cama e vem correndo.

— O que estão dizendo?

— Tem certeza que é uma boa ideia? — pergunta Jon, e então ele para por um momento quando a ficha cai. — Sou sempre tão estraga-prazeres assim?

— Só na maioria das vezes — diz Angel. — Mas a gente ainda te ama.

Nós quatro nos amontoamos em volta do meu computador, descendo pela página antes que Angel me faça clicar na hashtag #angelphanexposed que, para a surpresa de ninguém, é supertóxica.

— Que loucura — diz Angel. — Estou cancelado?

Fico curioso de verdade para saber como ele está se sentindo com tudo isso, mas ele não demonstra. Na maior parte do tempo, fica sorrindo com os olhos atentos. Não sei se caio nessa. Às vezes sinto que Angel está interpretando um personagem mesmo fora do palco. Só que é um personagem diferente do Angel da Saturday.

Alguém bate na porta.

Nos separamos às pressas. Jon pula na cama e muda de canal. Eu foco na página intacta e frustrante com as letras de "End of Everything" e Angel finge estar olhando pela janela. Ruben vai até a porta e a abre casualmente.

É Erin, e ela analisa o quarto. Mas tudo parece normal. Nada para ver aqui, galera!

— Ufa! — diz ela. — Que bom que os quatro estão aqui.

— Estamos acorrentados — diz Angel. — Onde mais você acha que poderíamos estar?

Escrevo a palavra *acorrentados* no caderno. É uma palavra legal. *Meu coração está acorrentado ao seu*, será?

— Conhecendo vocês, em qualquer lugar — diz ela, abrindo um sorriso carinhoso enquanto se senta na beirada da cama.

— E aí? O que rolou? — pergunta Jon, cruzando as pernas. — Meu pai está furioso?

— Sim, mas sobretudo preocupado. Todos estamos. Qualquer coisa poderia ter acontecido com vocês lá fora.

Todos ficam em silêncio.

— A culpa foi minha — anuncia Angel. — Posso assumir sem problemas, sei que perdi a cabeça por um minuto. Ninguém mais deveria estar encrencado, eles só foram me buscar.

— Que bom, mas isso não será o bastante.

Ruben cerra os olhos. Com certeza ele é muito mais desconfiado do que eu, e sempre gostei disso. Significa que é bem mais difícil mexer com ele do que comigo, porque eu costumo aceitar tudo de cara. Mas agora entendo o ponto de vista dele. Estou começando a achar que o Geoff está muito mais que furioso, e Erin está abafando. Por que ela faria isso?

— Então, estou muito encrencado? — pergunta Angel. — Pode mandar na lata.

— Não vou mentir: a coisa está feia.

— Mas, olha, uma confusãozinha só não faz mal, né? — comenta Angel.

— Confusões planejadas, tudo bem. Isso foi um pesadelo para a Chorus. Tá todo mundo achando que você odeia fazer parte da banda.

— Mas não odeio coisa nenhuma!

— Não importa. A opinião do público é o que conta. E eles estão vendo seu vídeo e levando como verdade.

— O que a gente pode fazer? — pergunta Jon.

— Só nos deem um tempo para entendermos como reverter a situação. E tivemos que fazer umas mudanças na segurança. Ficou claro que as coisas com Keegan e Pauline estavam frouxas demais.

— Como assim? — pergunta Jon.

— Eles foram dispensados — responde Erin.

Não. Mentira. Keegan e Pauline foram nossos seguranças por dois anos. Eu sou amigo deles de verdade. Sei tudo sobre a família de cada um. Me importo com eles.

— Ficou claro que os dois se apegaram muito a vocês para fazerem o trabalho como deveriam — explica ela, como se não fosse nada de mais. — Encerramos o contrato com a Tungsten. Eles já estão voltando para casa.

— A gente não pode nem se despedir? — pergunta Angel.

— Decidimos que isso seria um estresse desnecessário para vocês.

— Vocês não podem fazer isso — diz Ruben.

— Já está feito. Contratamos a Chase Serviços de Proteção, foram altamente recomendados. Vão manter vocês em segurança.

— Nos manter em cativeiro, você quer dizer — diz Angel num sussurro.

Erin o ignora.

— Mais uma coisa. Vocês não podem mais receber visitas. Não dá para confiar.

— Tá falando sério? — exclama Angel.

— Ei, não vem com esse tom pra cima de mim, não. Fizemos isso porque *você* escapou. Confiamos, e você mostrou que foi um erro.

O olhar de Angel fica pesado.

— Sinto muito — diz ela. — Foi um dia longo. Só tentem se comportar daqui para a frente, tá bem? Vou deixar vocês descansarem. Amanhã será um dia cheio.

Ela levanta da cama e vai embora. Assim que fecha a porta, Angel levanta e começa a andar de um lado para outro.

— Que *palhaçada*.

— Ela meio que tem razão — comenta Ruben.

Angel dá meia-volta para encará-lo.

— Como é que é?

— Você estava chapado numa cidade desconhecida sem nenhum segurança — diz ele. — Qualquer coisa poderia ter acontecido.

— Não vem com essa pra cima de mim.

— O que você está insinuando? — rebate Ruben.

— Só estou dizendo que você tem seu jeito de se aliviar — Angel olha para mim. — E eu tenho o meu.

— Opa! — interfere Jon. — Retira o que disse.

Cruzo os braços. É isso que sou para Ruben? Um jeito de se aliviar para dar conta dessa turnê? Não, Angel só está sendo cruel.

— Não vamos brigar — diz Jon. — Vamos apenas...

— Ser bons garotos — diz Angel, virando para Jon. — Assim seu pai pode ficar sentadinho no escritório ganhando mais dinheiro do que nós quatro juntos.

— Isso não é...

— Não é estranho que *você* seja a pessoa querendo que a gente se comporte? Você só está pensando na herança.

— Vai tomar no cu, Angel.

— Olhaaa, agora ele sabe falar palavrão, que menino levado. Eu...

Uma ideia passa pela minha cabeça e, antes de pensar direito, levanto e abro o frigobar. Pego todas as minigarrafas e jogo na cama, silenciando a todos.

— Chega — digo, pegando uma garrafinha de uísque Fireball. — Estou pedindo uma trégua. A gente precisa de uma noite de folga.

Todos os outros estão olhando para mim agora.

— Duvido que você consiga beber isso sem engasgar — diz Angel.

Fecho os olhos por um segundo e deixo passar. Se eu revidar, a discussão não vai parar mais.

— A gente não pode sair do hotel — digo, abrindo a garrafa. — Mas ainda pode se divertir aqui. Além do mais, a Chorus está pagando.

— Eu topo — diz Angel. — Como é de se esperar.

— Tem certeza? — pergunta Jon.

Em resposta, bebo uma dose direto da garrafa.

Ai, meu Deus. Que erro.

Está *queimando*.

Engasgo, cuspo, e os outros riem de mim enquanto bato no peito para fazer a queimação parar.

— Aqui — diz Ruben, pegando uma lata de coca zero do frigobar e servindo em dois copos. Então, pega a garrafa de Fireball da minha mão, despeja o que sobrou no copo e me devolve.

Dou outro gole. Ainda tem gosto de uísque, mas nem de perto tão forte quanto antes. Fica até gostoso assim.

— Melhorou? — pergunta ele enquanto prepara seu próprio drinque.

— Muito.

— Parabéns por ter tomado o controle da situação — diz ele. — Eu estava com medo até você tomar a dose.

— Estava nada.

— Não, não muito, mas você fica *muito fofo* quando tenta ser mandão.

Sorrio, já um pouquinho tonto.

— Eu também topo — declara Jon. — Não vou conseguir aguentar isso tudo sóbrio.

— Amém — diz Angel.

— Quem diria? — comenta Ruben, fazendo cafuné em mim. — Era só a gente começar a se pegar para fazer esses dois se darem bem.

— Talvez a gente devesse ter começado mais cedo.

— Você — diz Angel, apontando para mim antes de beber uma dose de vodca. Ele bebe como se fosse água. — Para de ser todo fofinho e coloca uma música.

— É pra já.

Abro meu Spotify. Eu estava ouvindo uma compilação de faixas descartadas e raras de uma das minhas bandas favoritas, o que não é exatamente uma opção muito animada. Agora quero um som para beber e esquecer de tudo. Acabo escolhendo uma música superpop que sei que Angel ama.

— Boa — diz Angel, começando a dançar sozinho. — Parece que você tem *um pouco* de bom gosto, afinal.

— Ha-ha.

Ruben senta ao meu lado.

— Você falhou, aliás — diz ele, com a voz baixinha.

— No quê?

— Continua sendo fofinho.

Finjo que vou vomitar, porque parece minha obrigação legal toda vez que alguém diz algo brega, mesmo que me deixe com o coração quentinho.

Ainda assim, é muito bom.

Estamos podres.

No fim das contas, Fireball é forte *mesmo*.

Eu e Ruben estamos sentados no chão, ao pé da cama, com as pernas cruzadas e as mãos entrelaçadas. Angel está vomitando no banheiro. Estou tão bêbado que mal consigo ouvir qualquer coisa além da música e do zumbido nos meus ouvidos. Jon está ao lado de Ruben, de olhos fechados e com cabeça apoiada na cama.

O quarto não para de girar, e minha visão está embaralhada.

— Você está... bem? — pergunta Ruben, e ri. — Eu tô tão... bêbado.

Sorrio. Sempre que Ruben fica bêbado, ele precisa avisar para os outros.

— Estou bem. Só bêbado.

— Nossa, eu também. Tipo, muito. — Ele levanta minha mão e dá um beijinho nela.

Outra música começa, mais lenta, menos agitada. As luzes do quarto estão apagadas e tudo está azul e preto, rodopiando. Ah! Eu conheço essa! É muito sexy. Músicas podem ser sexy também. As da Saturday são fofas, mas eu gosto de músicas excitantes às vezes. Músicas sobre sexo e tal. Talvez eu possa escrever algo nesse estilo. Mas pode ser meio constrangedor mostrar para Geoff. Tipo, toma aqui, o que eu acho de dar uns amassos em outro cara, espero que goste!

Falando nisso, Ruben está do meu lado.

— É melhor a gente voltar pro meu quarto — digo, cutucando o nariz dele. — Quero dormir.

A gente nunca chegou a dormir na mesma cama e, puta merda, não acredito que estou bêbado a ponto de convidá-lo para dormir comigo.

— Não quero dormir, mas ir pro seu quarto parece uma boa.

No banheiro, Angel vomita mais uma vez. Que nojo.

Eu e Ruben levantamos aos tropeços e Jon abre os olhos.

— Já vão? — pergunta ele.

— Já, está tarde — diz Ruben.

Jon levanta e nos juntamos feito um tripé, usando uns aos outros como apoio.

— Beleza — diz Jon, fazendo beicinho, e depois apoiando a testa na minha, acariciando minha nuca.

— É tão bom ver vocês juntos. Tipo, sério, não vão fazer burrada porque vocês são especiais. Agora, podem ir, deixa que eu cuido do nosso bagunceiro.

— Eu ouvi!

Eu e Ruben saímos.

E puta merda.

Dois guardas desconhecidos estão no fim do corredor. De terno cinza e gravata branca. Suas expressões carrancudas não mudam quando nos veem.

Sinto que estou em apuros, apesar de não ter feito nada de errado. Beber aos dezoito anos é legalizado aqui. E com certeza esses guardas foram avisados sobre Ruben e eu, e assinaram um contrato de confidencialidade.

Vamos até meu quarto. Ruben tem vindo muito para cá nos últimos dias, então tenho mantido o quarto muito mais arrumado do que de costume.

Caímos na cama com as mãos entrelaçadas.

— Você é muito gostoso — digo —, sabia?

— Por que está falando isso do nada?

— Sei lá. Só me sinto sortudo, eu acho. E concordo com o que o Jon disse. Isso é... Você sabe.

Ele beija minha testa, e eu fecho os olhos.

— Fiquei pensando numa coisa hoje — diz Ruben. — Que está me incomodando.

— O que foi?

— Envolve algo que nunca te contei. E eu meio que quero contar, mas não quero que você pense que sou um cuzão.

Apesar de estar completamente acabado, isso é revelador o bastante para me fazer manter o foco.

— Me conta.

— Tem certeza?

— Tenho.

— Absoluta?

— *Sim*.

— Beleza, hora da história. No primeiro dia do Acampamento Hollow Rock, eu e minha mãe chegamos supercedo e não tinha mais ninguém lá. Daí chegou um carrão muito chique e minha mãe disse "esse é o Jonathan Braxton. Filho do Geoff Braxton. Faça amizade com ele".

Fico sem reação. Jon se inscrevia no acampamento com um sobrenome falso todo ano para evitar esse tipo de situação. Se os campistas soubessem que ele era Jon Braxton, não teria um segundo de paz, e nunca poderia confiar na amizade sincera de ninguém. Só fui descobrir que ele era filho de Geoff Braxton quando Geoff ligou e chamou todo mundo para uma reunião na noite do último show.

— Então você sabia quem o Jon era quando se conheceram?

— Sabia.

— Ele sabe disso?

— Sim, ele sabe. Me pediu para não contar pra ninguém quem ele era, e foi assim que a gente virou amigo. E o amei depois que nos conhecemos de verdade. Mas você acha que eu seria capaz de... tipo... qual é a palavra mesmo, Zach? Como dizer? — Ele encara o vazio. — *Tendencioso!* Dá para não ser tendencioso quando você sabe uma coisa dessas sobre alguém? Tipo, quando você e o Angel me chamaram para fazer o último show, eu *acho* que também ficaria todo "Não, o Jon tem que vir junto!" mesmo se não soubesse quem é o pai dele. Zachary, eu queria *muito* ter certeza de que seria assim. Eu *gostaria* que fosse. Mas talvez não tivesse sido. Eu teria ficado "Ah, o Jon pode encontrar outra pessoa com quem se apresentar. Ele e o Angel não se dão bem *mesmo*, melhor evitar o climão e blá-blá-blá". Quem sabe?

Meu cérebro bêbado tenta acompanhar tudo isso.

— Mas ele aprendeu a gostar do Angel. Os dois estão bem agora.

Ele suspira.

— A questão não é essa.

— Qual é, então?

— E se eu tiver usado o Jon? — sussurra Ruben. — E se eu só me aproximei para ter a oportunidade de cantar na frente do pai dele?

— Você não fez isso. Estava na cara que gostava dele.

— Sim, mas eu *sabia*. E não dava pra, tipo, *des-saber*. Então isso aqui, tudo isso, não aconteceu porque somos pessoas boas, ou porque trabalhamos mais do que qualquer outra banda, ou porque tivemos uma sorte de conto de fadas. Só aconteceu porque minha mãe não tem escrúpulos, e talvez eu também não tenha.

Analiso a expressão dele.

— Você não é assim. É uma pessoa boa.

— Espera aí. Ainda não concluí. Minha *conclusão* é: quando você me beijou, eu pensei que você estava me usando. Acho que eu te disse isso, não disse? Enfim. Achei que você estava me usando do jeito que *todo mundo* me usa. Todos os caras com quem já saí, sabe? Eles são sempre hétero e curiosos, ou até são gays mas estão mais interessados em ser famosos. Daí eu pensei que *você* tinha feito isso também e fiquei, tipo, *que merda*. Só pode ser castigo do universo. Fui um cuzão com o Jon, e agora vou ter que pagar o preço para sempre. Ninguém nunca vai gostar de mim por quem eu sou. Sempre vão me usar. E foi *por isso* — conclui ele, jogando a cabeça para o lado. — que eu fiquei tão chateado. No geral.

Deslizo a mão por baixo da camiseta dele.

— Sem querer ofender — digo —, mas que papo furado. O universo não vai te castigar, porque você não é um cara ruim. Tudo o que fez foi virar amigo de alguém depois de um empurrãozinho da sua mãe; acontece. E se você for *mesmo* amaldiçoado, sei lá, já deve ter passado, porque não estou te usando de jeito nenhum. — Ele passa os dedos pela minha coxa e eu jogo a cabeça para trás. — Acontece que não me importo de te usar para *certas* coisas...

— Você está bêbado.

— Você é gostoso.

Ele abre um sorriso triste.

— E se eu estiver me transformando na minha mãe, Zach?

Eu o puxo.

— Escuta aqui. Sua mãe é a pior pessoa do mundo. E você é a melhor. Não tem nada a ver.

— Obrigado. — Ele solta um gemido. — Uau, nossa. Estou na cama com um cara gostoso e só consigo falar da minha mãe.

— O que você prefere fazer, então?

— Não sei. Mas acho que seria melhor se você estivesse sem camisa.

Dou uma risada antes de tirar a camisa e jogá-la longe. Deito de novo e volto com a mão para o mesmo lugar de antes, debaixo da camiseta dele.

— Melhorou? — pergunto.

Ele me beija e apoia a mão no meu peito. Ruben deita e fico em cima dele. Suas pernas estão contra meu quadril. Ele ainda está vestido, e eu, de calça jeans, mas mesmo assim...

Acho que gosto de ficar desse jeito.

Ruben para por um instante.

— Obrigado por ser tão tranquilo. Nunca pensei que contaria isso para outra pessoa.

— Fico feliz que você tenha confiado em mim — respondo.

Ele toca meu cordão de prata que está balançando entre nós dois.

— E, tipo, eu entendo, sabe? — digo. — Sei como é horrível se sentir usado. E quero que você saiba que nunca te vi assim, e sinto muito que aquele tal de Adonis tenha te tratado tão mal.

— Aham. Um exemplo bem ruim no meio de, tipo, *um milhão de caras*.

— Mas ele era gato, vai.

— Ah, você *reparou*, foi?

— Claro — respondo. — Na época eu não sabia, mas estava morrendo de ciúme.

— Você faz mais o meu tipo. Além disso, e mais importante ainda, você não é um babaca. — Ele fecha os olhos por um momento. — Ei, lembra da primeira vez que a gente se viu?

— É meio impossível esquecer.

Eu estava atrasado para o acampamento e corri até a cabana para deixar minhas coisas antes de voar para a reunião de abertura. Entrei com tudo e encontrei o Ruben sem querer, porque ele tinha voltado até a cabana para buscar o inalador. Ele estremeceu e depois jogou um travesseiro em mim, pedindo que eu *nunca mais* fizesse aquilo. Depois me contou que levou um susto porque tinha visto *Sexta-feira 13* antes de ir para o acampamento.

— Qual foi a sua primeira impressão de mim? — pergunta ele.

Tento lembrar. Ainda consigo visualizar como se fosse ontem. Eu, correndo para a cabana e depois meu sangue gelado ao perceber que tinha acabado de assustar um garoto que nunca tinha visto antes. Mesmo à primeira vista, eu soube que Ruben era alguém que eu queria que gostasse de mim.

— Lembro de te achar especial — respondo. — Logo de cara eu soube que você seria um destaque no acampamento, dava para sentir.

— Que legal — diz ele, delicadamente.

— Você lembra da primeira vez que me viu?

— Lembro.

— E aí?

— Lembro de pensar: como vou conseguir ficar numa boa dividindo a cabana com um garoto gato assim?

Mal consigo segurar o sorriso.

— E agora? — pergunto, beijando o cantinho da orelha dele.

— Acho que me virei bem.

— Eu também.

Estou muito bêbado mas, mesmo assim, não consigo parar de pensar. Será que Ruben gosta de mim há mais tempo do que eu imaginava? E há quanto tempo *eu* gosto dele? Minha confissão de bêbado era verdade; fiquei morrendo de ciúmes daquele cara que estava flertando com ele na festa do Angel. Meus sentimentos pelo Ruben sempre foram intensos, mas o jeito simples como tudo isso se tornou algo maior me faz pensar que, talvez, sempre tenha existido uma dose de romance.

Talvez eu só não estivesse pronto para aceitar. Até agora.

— Ei — diz ele. — Você já imaginou a gente como...

Completo a frase dele.

— Namorado?

— Isso.

— Com certeza.

Ele arqueia as sobrancelhas.

— E...?

— Olha, não tenho nenhuma intenção de parar de ficar *assim* com você, então me parece meio inevitável.

— Também acho.

— Então, tipo… — Solto uma risada. — Pois é.
Ele morde os lábios.
— Ser seu namorado seria legal. Só comentando mesmo.
— Seria — respondo, mantendo a voz baixa e comedida.
— Não precisamos nem nada do tipo — continua ele. — Mas, só pra deixar avisado, se você me pedisse eu diria sim.
— Se você me pedisse eu também diria sim. Só pra deixar avisado.
As palavras flutuam entre nós dois.
— Resolvido, então! — diz ele, sorrindo. — Nós dois queremos, então é só um pedir para o outro.
— É. Você quer pedir ou quer que eu peça?
Os olhos dele cintilam.
— E se a gente pedir ao mesmo tempo? Ou será que isso é muito brega? É, não é? Meu Deus, estou muito bêbado, ignora.
Ele cobre o rosto com a mão.
— Ô, Ruben — digo.
Ele abre os dedos para me espiar.
— Oi?
— Você não ia me perguntar uma coisa?
O sorriso que ele abre me enche de vida.
E o que ele pergunta em seguida também.

QUINZE

RUBEN

Estou no quarto da Penny no hotel de Praga, aparando e arrumando o cabelo para o show de hoje à noite, quando chega uma mensagem da minha mãe.

> Artigo interessante sobre como os metais pesados presentes na água da torneira podem matar as bactérias intestinais boas e causar espinhas. Vale a pena dar uma olhada por causa dos seus problemas de pele, né?

— Problemas de pele? — Penny lê por cima do meu ombro, incrédula. — Quais problemas de pele?

Zach, que já arrumou o cabelo no estilo propositalmente bagunçado e está sentado no chão, recostado na parede com seu caderno, bate a mão no carpete.

— Sério mesmo? — Pelo visto nem precisa do contexto.

Angel e Jon, os dois jogados na cama arrumada da Penny enquanto esperam suas vezes, grunhem ao mesmo tempo, enquanto Angel faz uma mímica bem convincente de estrangulamento. Eles também não precisam.

Mas a Penny está por fora. Então baixa a tesoura e pergunta:

— Perdi alguma coisa?

Fecho a mensagem ofensiva e guardo o celular no bolso.

— É só a minha mãe. Saiu uma matéria sobre como estamos estressados na turnê e foi por isso que a coisa toda de Berlim aconteceu. O texto também dizia que minhas espinhas estão mais evidentes.

Ela me mandou o link há alguns dias e eu, é claro, tive que dar uma olhada. O artigo era supercruel, dando zoom numa foto minha até algumas espinhas da testa e queixo ficarem pixeladas pra caramba e ocuparem boa parte da tela. É nisso que dá trocar minhas sessões rigorosas de limpeza de maquiagem pós-show por pegação com o Zach.

— O quê? Essas duas coisinhas aqui? — questiona Penny, dando a volta para ver meu rosto com um olhar crítico. — Isso não é estresse nem água de torneira. É porque você é adolescente.

— Bom, em defesa da Veronica, a gente anda bem estressado — comenta Angel, deitado de costas e pedalando com as pernas para cima. — A gente não tem mais descanso agora, caso você não esteja sabendo.

— Em defesa da Veronica — repete Zach, batendo com o caderno nas pernas para dar ênfase. — Tá aí uma frase que nunca achei que iria escutar.

— Ei, ela é sua sogra agora! — brinca Jon. — Tem que respeitar.

— Ah, vou respeitar, sim — resmunga Zach. — Estou até escrevendo uma música pra ela.

Angel se empolga ao ouvir isso e vira de lado para Zach.

— É aquela que você estava escrevendo ontem? Não sei o quê, não sei o que lá, "quero te jogar para os lobos mas você é nojenta demais para eles comerem"?

— É "a podridão da sua alma se espalhou pela sua carne", mas, sim, essa mesmo.

— Aff, minha mãe vai ganhar uma música sua antes de mim? — Sopro uma mecha de cabelo caída sobre o meu rosto. — Cadê o romance?

Zach hesita, todo inocente.

— Você... quer uma música?

Meu coração derrete. Como alguém consegue ser tão doce e empenhado em me agradar desse jeito? Nunca vou entender.

— Escreve! — Jon ri. — Vocês dois são tão fofinhos que talvez meu pai até deixe a música entrar no próximo álbum. — Então, ele começa a cantar a parte do Zach na música "Unsaid". — *Você me destrói como uma explosão, sinto muito, mas meu coração é todo seu...* — Olha para Angel e acena para que ele se junte.

— *Ruben* — os dois cantam juntos numa harmonia perfeita, substituindo a palavra "baby".

Zach parece querer sumir num buraco no chão.

— Pessoalmente, eu gosto da música dos lobos — digo. — A gente deveria fazer uma petição para ela entrar.

— Se essa música entrar no álbum, vão ter que usar a minha também — comenta Angel, dando impulso para sentar de pernas cruzadas.

— Você escreveu uma música? — pergunta Zach com um tom meio interessado, meio irônico.

— Sim, hoje de manhã — Angel pigarreia. — Uma dama da Carolina do Sul enfiou um dente de alho na vagina. Ela disse que era natural...

— *Acabei* com você — diz Penny abruptamente, dando um tapinha no meu ombro para que eu saia da cadeira. — Angel, sua vez.

Angel lança um olhar mal-humorado para ela enquanto rola para fora da cama.

— Que falta de respeito.

— Continue trabalhando na música — diz Zach num tom seco, voltando para o caderno quando sento ao lado dele no chão. — Acho que tem muito potencial.

— Certas pessoas — responde Angel com a voz magoada enquanto se abaixa para ocupar a cadeira — não sabem apreciar a arte que está à frente do seu tempo.

★★★

Acho que estou um pouquinho exausto.

Acho que todos estamos.

Não é como se a energia do show estivesse horrível, por assim dizer. Mas o clima nos bastidores estava fraco. Não é nenhuma surpresa, considerando há quanto tempo não tiramos folga, mas devo admitir que estou grato porque na semana que vem vamos dar uma variada. Nenhum show ao vivo por quase uma semana inteira enquanto gravamos o clipe de "Overdrive". É trabalho do mesmo jeito, mas é uma folga da rotina de entrevistas robóticas e monótonas, show, quarto de hotel e depois tudo de novo.

Só precisamos passar por mais alguns shows, incluindo o de hoje à noite.

Então, me esforço enquanto canto as mesmas letras, com notas fáceis de alcançar. Danço os mesmos passos. Olho para a mesma multidão sem rosto. Leio os mesmos cartazes (TE AMO, RUBEN. ZACH KNIGHT, CASA COMIGO? ANJON!). Semicerro os olhos contra o mesmo jogo de luz e respiro a mesma fumaça de gelo-seco no mesmo momento em que faço toda noite. Compasso por compasso; cada milissegundo planejado.

Então, começamos "Unsaid" e retorno para meu corpo. Jon ergue as sobrancelhas para mim no começo da música e não consigo segurar o sorriso. Claro que a música não tem nada a ver comigo e com Zach, mas agora meio que parece ser a *nossa* música.

De repente, as luzes cintilantes e coloridas perdem o brilho. Quero, do fundo do meu coração, da minha *alma*, a liberdade que merecemos. Poder falar com o público sobre coisas que não foram pré-aprovadas. Compartilhar essa história com eles, um momento carinhoso entre o grupo, e o significado recém-descoberto para essa música que acabamos de cantar para eles. Contar tudo sobre mim e Zach. Ouvir os gritos e aplausos, permitir que conheçam nossa vida de verdade, para que possam *nos* amar, e comemorar *com* a gente, e não com a imagem enlatada que somos forçados a mostrar.

Estou cansado de estar metido até o pescoço nessa coisa toda que nem dá para chamar de propaganda enganosa, porque o público está comprando *exatamente* o que está vendo.

Metade já foi.

"Unsaid" tem uma coreografia particularmente pesada, então não consigo pensar nisso por muito tempo antes de ter que me jogar na música, girando, saltando, abaixando e virando no tempo certo. Mas os passos me levam para mais perto de Zach quando a parte dele chega, e não consigo deixar de encará-lo enquanto ele canta.

— Você me destrói como uma explosão — começa ele, com a voz forte e cheia de energia, olhando diretamente para o público sem reparar em mim. — Sinto muito, mas meu coração é todo seu...

Então — *ah-rá!* — ele me olha bem rápido de ladinho.

— Baby — completa ele, com os olhos brilhando enquanto abre um sorrisão.

Devolvo o sorriso e solto uma risada rouca e gostosa. Ele aperta os lábios numa tentativa de disfarçar, mas não adianta — é como se estivesse radiando luz solar. Estamos tão ocupados nos olhando que quase, *quase*, perdemos a deixa para voltarmos a dançar. Mas não perdemos. A música continua do mesmo jeito de sempre, mas hoje é diferente, porque acima das luzes, da multidão, da dança, da fumaça, das músicas e dos passos, está o sorriso do Zach, e o jeito como ele me olha e me enxerga, mesmo com todo esse barulho.

Fico com um sorriso bobo no rosto, e uma risadinha ameaçando escapar durante as próximas músicas. É tão *bom*.

Então, sou pego de surpresa quando saímos do palco ao final do show e encontramos Erin e Valeria nos esperando, com expressões preocupadas. É quase como se eu pudesse sentir a banda encolhendo enquanto tenta entender o que fez de errado para irritá-las.

Erin faz contato visual comigo primeiro, e isso já responde a pergunta. Que sorte!

— Andando e falando — ordena Erin, e obedecemos.

Vou na frente acompanhando o ritmo dela. Zach aparece ao meu lado imediatamente e, apesar de não me tocar na frente de ninguém, seu cotovelo esbarra no meu, e aposto que não foi um acidente.

— Qual é a graça? — pergunta Erin, sem olhar para mim.

Por um segundo, ela é a minha mãe e eu sou uma criança presa no carro, me preparando para levar uma bronca daquelas por algo que fiz. Só que ela não é a minha mãe e não preciso ficar em pânico porque isso é trabalho, somos todos profissionais, e será apenas uma crítica profissional.

Mas, se é assim, por que meu estômago está revirando e meus dedos estão gelados? Por que meus olhos voam de um lado para outro em busca de uma rota de fuga, só por precaução?

— Nada — digo. Minha voz sai meio insegura.

— Sabe de uma coisa? — começa ela. — Entendo que tudo pareça empolgante agora. Eu *lembro* como é estar num relacionamento pela primeira vez. Mas vocês dois precisam melhorar o profissionalismo.

Sinto uma pontada de algo muito parecido com medo atravessando meu coração.

— Ah. Achei que estávamos indo bem.

— Você acha que ficar de risadinha feito uma criança durante três músicas e meia, no palco, em um show que pessoas pagaram para assistir, é ser profissional? — questiona Erin, finalmente olhando para mim. Ela não está sorrindo. — Eu te conheço, Ruben. Você não é assim.

Sinto vontade de morrer. De encontrar um buraco silencioso e pequeno, entrar nele e ficar em posição fetal por um dia, talvez até uma semana. Ela tem razão. Minha mãe me mataria se descobrisse o que fiz. Deveria ter me concentrado mais. Não estamos aqui de brincadeira. Viemos apresentar um show.

Como pude esquecer uma coisa dessas?

O braço de Zach esbarra em mim de novo, mais forte desta vez.

— Mas a gente estava cantando bem — diz ele. — Não é como se tivéssemos errado.

Olho para ele e balanço a cabeça. A última coisa que quero agora é piorar a situação. Só quero que Erin deixe pra lá, que a gente esqueça e que eu melhore na próxima, para provar que sou, *sim,* profissional. Que não cometo erros bobos e idiotas, feito uma criança brincando na aula de teatro.

Erin vira para ele bruscamente.

— Ninguém se torna o melhor fazendo o mínimo — diz ela. — Você não ganha o que ganha para "cantar bem". Aquelas pessoas lá fora te idolatram. Para muitas delas, essa é a única oportunidade na vida de te ver. Algumas passaram anos esperando. Não desrespeite o público subindo naquele palco e deixando a onda te levar, ou relaxando porque arrumou uma distração nova. Se acontecer mais uma vez, vamos precisar colocar um de cada lado do palco até o fim da turnê.

Espera, ela está ameaçando separar a gente tipo dois alunos do jardim de infância que não conseguem parar de conversar para prestar atenção na aula? A gente pode até ter errado hoje, mas não acho necessário um sermão desse nível. Minha vergonha se mistura com indignação, mas a ansiedade intervém antes que eu possa formular uma resposta. *Sorria. Obedeça. Peça desculpas. Não dê motivos para ela te punir.*

Então, mordo a língua e assinto rapidamente.

— Desculpa. Não vai se repetir. Não se preocupe.

Erin se anima de um jeito quase teatral.

— Muito bem. É isso que gosto de ouvir.

Atrás da gente, Valeria fala:

— Zach, posso falar com você rapidinho?

Ele fica para trás, com as sobrancelhas franzidas de preocupação. Ela diminui o passo para que eles tomem certa distância da gente, então não dá para ouvir nada. Mas, pela cara dele, já sei que não está gostando.

Quando ele finalmente se afasta de Valeria e se junta ao grupo, começamos a tirar a roupa no camarim. Ergo a sobrancelha, curioso, mas Zach abre um sorriso forçado e balança a cabeça, tirando a jaqueta e entregando para Viktor.

Depois.

O "depois" só chega quando voltamos para o hotel.

Zach passa o resto da noite retraído, quieto e distante. Até mesmo no ônibus, ele fica sentado ao meu lado em silêncio. Claro que não é como da última vez que ficou quieto comigo, porque quando acaricio seu braço com o polegar, ele recosta o corpo contra o meu com tanta força que me esmaga contra a janela. É claro que ele está precisando de mim, só não quer dizer na frente de todo mundo.

Então, assim que saímos do elevador e os seguranças da Chase Serviços de Proteção ocupam seus postos ao lado das portas, abro um sorriso forçando empolgação.

— Quer ir pro meu quarto ver um filme, ou fazer alguma coisa? — pergunto.

Ele assente vigorosamente, com cara de alívio.

— Ah. Nós não fomos convidados? — pergunta Angel com voz de deboche.

Jon suspira.

— Angel.

— Só estou comentando, você e eu temos que ficar presos e sozinhos no quarto porque não podemos mais ter visitas, mas ninguém pede para o Zach e o Ruben pararem de se *visitar*. E você gosta de ficar sozinho. Então, no fim das contas, sou o único que precisa mudar de comportamento.

A expressão de Zach fica mais triste a cada segundo, e eu oficialmente perco a paciência.

— Ninguém te proibiu de ficar com o Jon se estiver se sentindo solitário — respondo. — E ninguém te proibiu de nos convidar para relaxar *sem* uma festa rolando ao fundo. Mas, se você não pode mais receber visitas, não desconta na gente. Nós tentamos ajudar.

— Eles não saberiam se vocês três não tivessem me perseguido pra fazer drama — rebate Angel com frieza.

— Será mesmo? — diz Jon, olhando para nós com as sobrancelhas erguidas. — Poderia ter dado errado de um jeito ou de outro. Agora já passou.

Zach abraça o próprio corpo.

— Querem ficar um pouco com a gente? — pergunta ele, ligeiramente desesperado.

Aposto que ele nem quer ficar com Angel ou Jon, senão teria falado com todo mundo no ônibus. Mas tentar fazer Zach colocar suas vontades acima da dos outros é como implorar para que uma abelha não se sacrifique pela colônia.

Fuzilo Angel com o olhar. Ele olha para mim e para Zach, e depois levanta as mãos.

— Não. Estou cansado.

Quando ele e Jon se encaminham para seus respectivos quartos, Zach franze a testa e pergunta:

— Amanhã?

— Claro. Talvez. — Angel não poderia soar menos empolgado nem se tentasse.

Quando entramos no meu quarto, Zach fica parado perto da porta, se esticando na ponta dos pés e depois se abaixando como se estivesse se preparando para voar. Me jogo com tudo na cama e ouço as molas do colchão rangerem.

— O que rolou?

Ele atravessa o quarto em passos lentos e olha as luzes cintilantes de Praga pela janela.

— Nada. Valeria só fez algumas críticas sobre a minha dança.

Lá no fundo, meu sexto sentido desperta. Quando se passa a vida inteira sobrevivendo a ameaças passivo-agressivas, seu estômago as percebe antes mesmo que a mente entenda o motivo. Já sei que esse é um destes momentos.

— Que tipo de críticas?

Ele dá de ombros, como se não fosse nada de mais. Mas é, sim; caso contrário ele não estaria tão quieto.

— Ela disse que você estava me distraindo hoje e isso me fez perder o ritmo. Parece que tenho ficado fora do tempo com frequência, e vou precisar ensaiar com ela durante as folgas da filmagem na semana que vem.

Valeria tem uma sorte do caralho por não estar aqui no quarto agora, ou eu teria uma palavrinha ou duas para dizer.

— Você não está fora do ritmo — digo, tentando me manter calmo.

— Como você sabe? Não é como se conseguisse me ver quando estamos dançando.

Vou até ele.

— Hum, mas eu trabalho com você há três anos? E já te vi dançando um milhão de vezes?

Ele passa os dedos pela cortina.

— Pois é, mas é o trabalho da Val nos dizer quando estamos fazendo algo errado. E eu *sou* o pior dançarino da banda. Só estou muito decepcionado comigo mesmo. Estou *tentando*. Mas não sou o do corpo perfeito, nem o mais carismático ou qualquer coisa assim. Só quero compor e cantar, e eles sabem disso desde o começo, mas querem que eu seja um cara do pop. Só que eu não sou... tão bom quanto... — Ele para de falar e tensiona o músculo do maxilar.

Seguro a mão dele.

— Olha, você é sim. Você é ótimo, na verdade. E aquela conversa não teve nada a ver com a sua dança.

Ele aperta minha mão, mas continua olhando pela janela.

— O que você acha que foi, então?

Sinceramente? Acho que nossa breve interação no palco deixou a equipe irritada, e eles morrem de medo de mais rumores, mas não querem dizer isso com todas as letras. Acho que estão procurando justificativas para nos separar ao máximo, e se culparem a falta de profissionalismo e as distrações não poderemos acusá-los de nada. Não me dei conta disso quando Erin estava brigando comigo, porque em parte achei que mereci.

Mas vê-los atacando Zach? Não. Isso eu não aceito como crítica válida.

Eu deveria dizer tudo isso para ele, mas hesito. Zach *acabou* de se assumir. Ainda está processando as informações. Nem sequer contou para a própria *mãe*. Então, sim, tenho um instinto de protegê-lo. Não quero que ele descubra tão cedo como ser queer muda tudo de várias formas sutis. Como nos deixa sem saber se as coisas são mesmo justas ou se há um pouquinho de ódio por trás. Como, na maioria das vezes, basta sequer uma reclamação para sermos atacados e taxados de sensíveis demais, afinal não pode ser tão grave assim se ninguém mais se sentiu ofendido.

Se eu puder protegê-lo do lado sombrio da realidade, só por mais um tempinho… é isso que vou fazer.

Então, apesar das ressalvas, baixo a mão e dou um passo para trás.

— Todo mundo está cansado. E eles prestaram mais atenção na gente porque estávamos rindo, então ficou evidente. Se não fosse por isso, aposto que nem teriam notado.

Zach finalmente vira para mim.

— Você pode me ajudar? Agora?

Pisco.

— Zach…

— Deixa eu te mostrar. Me diz se estou mesmo fora do ritmo, e não vale mentir.

Nos encaramos por um momento, então desisto e pego o celular para procurar nossa discografia.

— Beleza. Qual música?

— "Unsaid".

Um sorrisinho se forma na minha boca enquanto procuro. Algo me dizia que ele ia escolher essa.

Quando a música toca, tiro os sapatos e me acomodo na cama. Zach vai até o meio do quarto e começa a coreografia com tranquilidade, voando pelos movimentos que nós dois sabemos de cor. Ele não tropeça e nem perde o jeito. Mas eu não esperava menos, já que passamos por um ensaio intensivo antes da turnê. Parece que faz uma eternidade. Em casa. Antes de... tudo.

Para ser justo, não é de hoje que reparo no Zach dançando. Faz semanas, meses e até anos... Ele tinha razão. Ficamos sempre lado a lado, em sincronia.

Lá no começo, ele precisava de mais ajuda do que eu. Passei a vida no teatro musical e nas aulas de jazz, graças à minha mãe. Zach entendia de... futebol. Então, minhas lembranças dele dançando são de alguém competente no que faz mas talvez sem tanta fluidez.

Mas agora? Parece tão fácil quanto respirar. Ele não fica travado, nem parece concentrado. Habilidade pura. Depois de uma virada particularmente suave, ele me encara e abre um sorriso envergonhado, mas não para.

Que bom. Porque não quero que ele pare.

Sua beleza é hipnotizante.

Quando a música acaba, ele fica parado, esperando meus comentários. Não está ofegante nem nada. Acho que nosso nível de condicionamento já superou esse tipo de desafio. Antigamente, mal conseguíamos chegar ao fim de uma música sem cairmos mortos no chão, implorando por água. Agora, fazemos tudo emendando uma música na outra, noite após noite.

— E aí? — pergunta ele, impaciente.

Levanto devagar e atravesso o quarto até ele.

— E aí — digo, olhando-o de cima a baixo, desde as meias até os olhos, que sob esta luz ficam num tom mais escuro de dourado. Caramelo derretido até virar mel. Com um sorriso delicado, apoio as mãos na cintura dele e ficamos frente a frente enquanto abaixo a voz num sussurro — que você está no ritmo.

Ele me encara, procurando por sinais de que estou mentindo ou pegando leve, acho. Então, respirando fundo, ele me beija com força e intensidade, em seguida me abraça. O peito no meu. Sinto o calor da pele dele através do algodão fino da camisa, e a batida rápida do coração. De repente, não consigo mais me segurar.

Ele me beija como se pudesse apagar toda a frustração e a mágoa de hoje, mais intenso e frenético a cada segundo, até eu não conseguir mais acompanhar. Vou de costas, puxando-o, até minha perna bater na cama e nós dois cairmos juntos e sem fôlego sobre as camadas macias de cobertores. Ele nem pisca, só segura meu rosto e me beija.

Vamos de zero a cem, mas meu corpo não hesita. Minha respiração está forte e rápida, e eu puxo seu quadril com força para cima de mim. O peso do seu corpo sobre o meu faz minha mente apagar. Tudo o que conheço é ele, o cheiro dele, e a maciez das suas costas enquanto passo a mão por dentro da camisa e a arranco.

Então, viramos e, ainda deitados, enrosco as pernas nele e tiro minha própria camisa. Ele desliza as mãos pelas minhas coxas e aperta. Minha respiração fica mais pesada e mais forte até soar vergonhosamente alta; não consigo mais ficar em silêncio. Quero parecer tranquilo, mas não dá. É impossível ficar tranquilo e calmo quando estou com ele. Mudo de posição levemente, e agora sou eu que lhe faço carinho nas pernas. Depois, bem devagar, vou rastejando para fora da cama e olho para ele. É uma dinâmica de poder com a qual já estou acostumado. Já fiz sexo oral antes, em ex-namorados.

Ele parece entender de cara o que estou querendo, porque engole em seco e diz:

— Nunca fiz isso antes.

— Você não quer?

— Não, eu quero. Só estava... te contando.

Começo a desabotoar sua calça jeans, e ele tamborila os dedos.

— Posso te perguntar uma coisa?

Beleza. Algo me diz que esse não é o momento certo para arrancar a roupa dele. Levanto e sento na cama.

— Pode.

Minha voz sai meio insegura. Nunca é bom quando alguém para no meio da pegação para ter uma Conversa com C maiúsculo.

— Não é nada ruim. É só que... Eu sei que você já namorou antes. E não quero saber dos mínimos detalhes, nem nada assim. Mas tudo que estou fazendo com você é meio que uma primeira vez para mim. E eu fiquei pensando se você já... já...

— Se sou virgem? Não.

— Então você já teve todas as primeiras vezes? — pergunta ele.

— Desculpa.

— Não, não é isso. Só quero saber se vou ser sempre o novato entre nós dois. Só isso. Não é um *problema*.

Hesito e desvio o olhar.

— Bom, tecnicamente, ainda tenho uma primeira vez sobrando.

Ele inclina a cabeça, em dúvida.

Não deveria ser tão difícil dizer, mas, de repente, sinto uma onda de vergonha. Com o estômago revirando e as bochechas queimando, coloco as palavras para fora, ainda sem conseguir olhar Zach nos olhos.

— Nunca fizeram sexo oral em mim.

E não é por acaso.

Nathaniel, um cara com quem saí por um tempo, meio que sempre esperava que eu fizesse nele, e embora eu nunca tenha dito isso em voz alta, parecia que era a *coisa certa* a fazer. Eu era o namorado bonzinho que pensava mais no outro do que em mim, como *deve ser*. Acho que isso virou um hábito, porque toda vez que cheguei nesse nível de intimidade com algum cara, me certificava de que era eu quem estava fazendo sexo oral neles. Dentre todas as coisas, essa segue sendo a mais vulnerável para mim. Ficar deitado lá sem dar nada em troca. Acreditar, de alguma forma, que ainda terei valor para o outro mesmo sem fazer por merecer.

Embora eu saiba que é besteira, não sei se meu coração sabe. Estou tão acostumado a condições. Minha vida é cheia delas.

Para minha surpresa, Zach sorri.

— Posso dar um jeito nisso.

— Hum. Acho que sim.

Ele percebe uma leve pontada de pânico na minha voz.

— Ou não — diz ele. — Tá tudo bem.

Relaxo novamente, e ele me dá um beijo delicado nos lábios. O gosto dele, junto com a calma, faz com que eu me sinta firme e seguro. Deitamos nos travesseiros e o beijo vai ficando mais forte e ofegante. Então, ele se ajoelha por cima da minha coxa, e um som baixinho escapa da minha garganta antes que eu possa impedir.

Me dou conta, num estalo de lucidez, que me sinto cem por cento seguro. Não tenho medo do que pode acontecer.

Sinto algo no fundo da barriga. Desejo. Empolgação. A necessidade de ser tocado assim.

— Tudo bem, então — sussurro com o coração a mil, como se estivesse batendo à solta dentro de mim. — Mas só se você, hum... só se você quiser, tá?

O cabelo de Zach faz cócegas na minha testa.

— Tá — murmura ele, ofegante. — Eu quero. Eu quero.

Seguro o cobertor com força e jogo a cabeça para trás. A sensação é grandiosa. Minha última primeira vez. Mesmo assim, o nervosismo evapora em segundos e dá lugar à expectativa.

O que vem em seguida é algo completamente diferente. E talvez seja o calor do momento, ou o pico de adrenalina, mas algo rodopia na minha mente e um pensamento emerge. Penso em Zach e em como ele se tornou uma *necessidade* para mim em tão pouco tempo. Como se fosse ele quem me mantém com os pés no chão. Como se, caso o perdesse, eu fosse perder a coisa mais importante e urgente que já aconteceu comigo.

Mas é só um pensamento evasivo.

Quando terminamos, Zach apoia a bochecha quente e avermelhada no meu peito suado. Seu cabelo castanho-claro está encharcado de tanto suor, e as sardas nos ombros já se tornaram familiares, como se fossem minhas. Um sorriso se abre em seus lábios cheios, vermelhos de tanto beijar.

Dou um beijo na cabeça dele.

— Não vou deixar eles encrencarem com você. Tá?

Ele não pergunta quem são *eles*. Não precisa.

— Tá bem.

— Estou falando sério. Podem me atacar o quanto quiserem, mas no momento que forem atrás de você, é guerra.

— Me parece sério.

— E é.

O sorriso dele desaparece.

— Bom — sussurra —, espero que não chegue a este ponto.

Também torço para que não chegue.

Mas duvido.

DEZESSEIS

ZACH

Ainda bem que temos ensaio de dança.

    Isso não é uma coisa que o Zach de quinze anos pensaria nem em um milhão de anos, mas, no momento, estou muito grato pelos ensaios. Estou com Valeria num estúdio de dança, uma hora antes do resto da banda, estudando meus passos para o show antes que os outros cheguem para aprenderem a coreografia do clipe de "Overdrive". Então, agora, somos só nós dois neste espaço imenso e espelhado.

    E como eu precisava disso! Porque, mais cedo, recebi um e-mail.

Hoje, 13h17 (1 hora atrás)
Geoff <geoffbraxton@chorusmanagement.com>
Para: Mim

Oi, Zach,
A Galactic leu suas sugestões para "End of Everything" e não acharam tão boas quanto o rascunho original. Como agradecimento pela ajuda, você ainda vai receber os créditos de composição da música. Não fique mal por causa disso, eles até gostaram das sugestões, e esperam poder te envolver em mais composições em breve!
Atenciosamente,
Geoff

— Beleza, Zach, vai!

O refrão de "Yours, Mine, Ours" começa e eu me esforço ao máximo.

Não pense nisso. Mas, por mais que eu tente evitar, os pensamentos sempre voltam. Vou receber os créditos, mas a música não tem nada meu. É uma música da Galactic, mas vão colocar meu nome, e agora todo mundo vai achar que eu escrevi "End of Everything" — uma baladinha melosa que não parece em nada com o tipo de música que gosto de ouvir ou escrever.

Composição é o que eu *realmente* gosto de fazer. E parece que isso está sendo tomado de mim, assim como fizeram com o meu canto e meu estilo. A coisa toda está indo rápido demais para parar. Vamos gravar amanhã.

Para. De. Pensar. Nisso.

Acerto todos os movimentos no ritmo com muito mais precisão e rapidez do que em geral. No fim das contas, frustração é uma grande motivação. Termino rolando o corpo no chão, o último movimento da coreografia. Estou acabado, colocando os bofes para fora.

— Perfeito! — diz Val, batendo na minha mão. — Cara, foi perfeito! Total!

Apoio as mãos na cintura e tento recuperar o fôlego.

— Sério?

— Se você fizer isso no palco, vai arrasar!

Sorrio.

Pego minha garrafa de água. Talvez esteja exagerando com isso da música. É só uma faixa. E quem sabe não é o início de algo maior? Geoff disse que querem me envolver mais nas composições. Já é alguma coisa.

— Volto logo! — Val sai da sala, me deixando totalmente sozinho.

O estúdio fica em silêncio. Seco um pouco do suor no rosto na minha regata e pego o celular. Ai, merda, passamos dez minutos do planejado. Os outros devem estar esperando.

Recebi uma mensagem de Ruben.

Oi oi, como tá aí?

Muito bom! Já finalizamos e
Val disse que foi perfeito!

Ainda não contei para ele sobre o e-mail. Não achei o momento certo. Ouço a porta se abrir enquanto estou no meio da resposta.

Ruben e Angel entram. Ruben com uma camisa de futebol que deixa os braços à mostra, calças de academia pretas e um Nike impecável de limpo. O mundo para.

Ele deveria se vestir assim para sempre.

— Oi — diz ele com um aceno fofo, inclinando a cabeça para o lado.

Quero correr até ele, levantá-lo e beijá-lo. Não sei se há câmeras no estúdio, então me seguro. Mas é difícil demais porque Ruben com roupa de exercício... nossa. *Nossa*. Não sei como, mas ele consegue ficar cada vez mais sexy para mim. Sério, quando foi que os braços dele começaram a ficar desse jeito? Quando foi que ele se tornou capaz de me deixar assim?

Fazemos contato visual e os olhos dele brilham. Quero empurrá-lo no espelho e sentir suas mãos deslizando pelas minhas costas. Quero que ele sussurre meu nome. Não me importo se alguém vir, porque sei, no fundo do coração, que valeria a pena. Que se foda o mundo. Que se foda qualquer um que não seja Ruben.

Ou, talvez, que o Ruben *me* foda. Se ele quiser.

— Tá pensando no quê? — pergunta ele.

Ruben morde o lábio, como se soubesse que estou pensando em foder.

Coço a nuca. Fica frio, cara.

— Nada.
— Nada, é?

Sinto um aperto no peito e fica difícil respirar. Será que esse cara tem noção de como me sinto quando ele me olha assim? Será que sabe como estou caidinho por ele?

Angel revira os olhos.

— Vocês dois precisam aprender o significado de "namorar escondido".

— Olha quem fala — diz Ruben. — Você não saberia o que é sutileza nem se eu desenhasse.

— Que eu saiba, não sou eu quem está escondendo um puta segredo do... *fromage*. É isso! Essa era a palavra que eu estava tentando lembrar.

Ele muda de assunto assim que a porta abre. Mas é só a Val. Agora, seu cabelo rosa-chiclete está solto. Ela analisa o ambiente.

— O que eu perdi?
— Nada — diz Angel.

Ela faz uma careta.

— Até parece que vou cair nessa. Cadê o Jon?

Boa pergunta.

— Ele estava falando com o Geoff — responde Angel, alongando as canelas. — Pediu um pouco de privacidade. E dei de muito bom grado, é claro, porque sou um cara legal.

— Aff. É melhor ele chegar logo. Os dançarinos de apoio chegam em meia hora e temos muita coisa para passar antes disso.

A porta abre de novo e Jon entra correndo.

— Desculpa! — diz ele, jogando a mochila no chão e tirando a jaqueta.

Com uma camiseta preta lisa, ele é quem está mostrando menos pele dentre nós quatro. Será que é de propósito?

Fico ao lado de Ruben, na formação de sempre.

— Aliás — diz Val —, que tal a gente mudar umas coisinhas para o clipe? Só pra dar uma inovada. Ruben, pode ficar ao lado do Jon?
— Claro.

Ele dá a volta até a outra ponta da fila. É esquisito. Nunca nos apresentamos assim.

Tem alguma coisa rolando.

— Perfeito — diz ela. — Vamos começar!

É oficial.

Estão separando nós dois.

Percebi de cara na primeira noite de gravação. No tema do clipe, somos pilotos de carros futurísticos que, por algum motivo, dançam, e construíram uns sets enormes no estúdio.

Durante o primeiro ensaio de dança, eu e Ruben fomos posicionados em lados opostos. Pensei que poderia ser apenas Val querendo testar novas posições.

Mas agora? Tenho certeza de que há algo malicioso acontecendo.

Passamos os últimos dois dias gravando nossas cenas-solo, cada um na frente de um set parcialmente montado, com um painel verde ao fundo. Posei com um Aventador futurístico azul-celeste, e meu figurino era uma jaqueta de piloto em couro preto e azul, tão justa que parecia uma segunda pele. Arrepiaram meu cabelo e algumas das mechas da frente foram pintadas de azul pela Penny. Cada um tem uma cor-tema no vídeo: Ruben é vermelho, Jon é dourado e Angel é branco.

Para cada refrão, temos uma cena de dança em grupo. Na primeira, eu e Ruben ficamos um de cada lado. Estamos na metade da filmagem da segunda cena em grupo, e está acontecendo de novo. Durante o clipe inteiro, nos colocam o mais afastados possível, sendo que estávamos acostumados a ficar lado a lado.

Repassamos a cena pelo que deve ser a bilionésima vez. Erin está no set, nos observando atentamente de braços cruzados.

— Corta! — grita a diretora. — Acho que é isso.

— Hora de ir pra casa, meninos — diz Angel.

A energia do ambiente muda rapidamente, e agora parece que todo mundo só quer dar o fora daqui. A equipe de iluminação desliga as dezenas de luzes apontadas para a gente, e a diretora desaba na cadeira.

— Ei, Zach! — diz Ruben. — Pode falar rapidinho?

Assinto, e o sigo pelo set até um cantinho mais silencioso.

— Percebeu alguma coisa esquisita nesse vídeo? — pergunta ele.

— Tipo que estão separando a gente?

— Isso mesmo. Me diz que não sou o único achando que foi planejado.

— Não sei. Talvez? Pode ser só coincidência.

— Passo por isso há muito mais tempo que você e, vai por mim, quando se trata da Chorus, nada é coincidência.

— Tá bom.

— Mas, sei lá, talvez a gente esteja exagerando.

Não me parece o caso. Confio no julgamento de Ruben. Se nós dois reparamos, as chances são altas. Podem mesmo estar nos afastando para manter nosso relacionamento em segredo.

— Tive uma ideia — digo. — Quer descobrir se estão mesmo tramando alguma coisa?

Ele hesita por um momento.

— Quero.

Meu plano é meio simples, mas acho que vai funcionar.

No final do clipe, tem uma cena dos bastidores, que mostra o momento em que terminamos a coreografia e a historinha acaba. O personagem do Angel vence a corrida, e comemoramos com ele.

O plano é interagir com Ruben durante essa filmagem e ver como eles reagem.

Mais um set de fundo verde. Desta vez, a pós-produção vai nos colocar na linha de chegada.

— Ação!

Angel, que segura um troféu neon, está radiante enquanto Jon aplaude. Vou até o Ruben e passo o braço por trás dele.

Dá para sentir a tensão atrás das câmeras. Erin claramente está mordendo a língua.

— Muito bem — diz a diretora. — Vamos mais uma vez.

Penny corre até mim e começa a pressionar a esponja de maquiagem no meu rosto.

— O que vocês estão armando? — pergunta ela, sussurrando entre dentes. — Achei que a Erin fosse partir o iPad ao meio.

— Isso seria quase como assassinar o próprio filho, né?

Penny ri.

— Só se cuida. Eles estão de olho.

Ela sai para retocar a maquiagem do Angel.

Assim que a segunda tomada começa, vou até Ruben, mas não encosto nele. Só fico ao lado aplaudindo Angel.

A mudança no clima é perceptível.

Mas estamos lado a lado. Não é como se estivéssemos nos beijando, de mãos dadas ou confessando nosso amor mútuo pela Lady Gaga. Por que teriam problema com isso? De certa forma, até entendo ter que ficar no armário por causa dos shows na Rússia, mas isso já me parece exagero.

A diretora esfrega a testa.

— Vamos mais uma vez, depois a gente faz uma pausa.

Agora é a hora de testar a teoria para valer.

— Ação!

Eu e Ruben não interagimos.

— Corta! Ótimo trabalho, rapazes. Acho que agora foi!
Sinto um nó no estômago.

A gravação do clipe extrapolou quase meia hora, por isso estamos correndo para chegar ao *meet & greet*.

Esse tipo de encontro com fãs não é mais supercomum para nós. Antes vendíamos ingresso VIP para todos os shows, e o público tinha a oportunidade de nos conhecer pessoalmente. Sempre senti uma mistura esquisita de empolgação e nervosismo quanto a isso. Apesar de ser bom ver os fãs, era tudo tão apressado que me deixava desconfortável. Além do mais, as pessoas volta e meia me contavam experiências pessoais profundamente traumáticas antes de tirar a foto e ir embora, e eu, que nunca sabia ao certo o que dizer, acabava me sentindo culpado por não oferecer uma palavra de conforto à altura.

Então, não fiquei exatamente desapontado quando nossa fama cresceu e os encontros começaram a oferecer mais riscos à nossa segurança. Acabamos deixando o *meet & greet* apenas para ocasiões especiais.

A ocasião especial da vez é um concurso organizado pela Prosper, o megaconglomerado dono de parte da Galactic Records e de algumas dezenas de outras empresas. Uma revista que pertence a um subsidiário diferente da Prosper realizou um concurso cujo prêmio era nos conhecer e, para deixá-los felizes, Geoff nos mandou para cá.

Nosso ônibus estaciona nos fundos do teatro. Dois seguranças da Chase saem primeiro para checar a área e, quando concluem que está tudo seguro, somos levados por um corredor em direção ao palco.

Erin se vira e bloqueia nosso caminho.

— Atenção, meninos. Devido a nossa situação, vamos fazer um pouquinho diferente nas fotos em grupo. Ruben do lado de Jon e Zach do lado de Angel.

Ah.

Nossa nova formação.

Pelo visto não foi só para o clipe.

— Certo — diz Ruben. — Isso é ridículo. Todo mundo já reparou o que vocês estão fazendo.

— É só até a Rússia — avisa ela. — Pela segurança de vocês, não queremos que nada vaze até lá.

É um saco, mas faz sentido.

Ruben cruza os braços, mas não diz nada. Erin vira e nos guia até o palco. Na área dos assentos, há uma fila com mais ou menos cinquenta vencedores do concurso, a maioria garotas adolescentes com os pais. Uma dúzia de seguranças as separam da gente, como se elas fossem perigosas.

Os gritos começam.

É quase ensurdecedor. Algumas choram. Várias trouxeram cartazes feitos à mão, com bolsas cheias de presentes que sei que não poderemos guardar. Elas devem saber também, mas trazem mesmo assim. Talvez seja porque, para elas, o que importa é o gesto. Ou talvez pensem que seus presentes vão se destacar do resto, o que, sinceramente, nunca acontece. Mais uma coisa para me deixar culpado.

O fotógrafo já está posicionado, então nós quatro nos enfileiramos na ordem nova e recém-aprovada, com Ruben e eu o mais afastados possível.

A primeira garota sobe no palco. Roupa toda preta, cabelo pintado de preto, delineado grosso e braceletes de couro.

Eu daria a minha vida por ela.

— Oi — diz, acenando para os outros e vindo direto até mim. — Zach, fiz uma coisa pra você.

— Ah, que legal! Muito obrigado!

Ela me entrega uma sacola de papel contendo um bordado feito à mão, com a letra do refrão de "Fight Back", minha música favorita. Me identifico com cada linha que Randy Kehoe escreveu. Respondi numa entrevista de anos atrás que essa era a minha letra favorita, e a menina claramente lembrou.

— Ai, meu Deus — digo. — Eu amei!

— Sério? Ainda estou aprendendo a bordar, então os cantinhos ficaram meio esquisitos, desculpa.

Levo o presente até o peito.

— Nada disso, eu amei, muito obrigado.

— Falling for Alice é a minha banda favorita — diz ela, arregalando os olhos. — Junto com vocês!

Dou uma risada.

— É a minha banda favorita também.

Erin pigarreia.

— Desculpa — diz a garota. Nós posamos para a foto, e ela deixa o palco. — Amei te conhecer!

—Também amei te conhecer!

Sei que vou levar bronca da Erin pelo que acabou de acontecer. Ao dar tanto tempo para essa garota, abri precedente para que todo mundo do *meet & greet* espere o mesmo nível de atenção. E não podemos oferecer isso porque temos um show hoje à noite, o que significa que devemos estar no estádio daqui a uma hora. Então as pessoas vão ficar chateadas, e chatear os fãs chateia a Chorus.

Entendo tudo isso. E deixar a Erin irritada é assustador.

Minha única dúvida é se fiz mesmo algo errado.

DEZESSETE

RUBEN

— Nossa próxima pergunta para vocês é sobre romance dentro da banda!

Assim que as palavras saem dos lábios da entrevistadora, Elisa, o tempo para bruscamente. Ao lado dela, seu colega muito loiro, Mortiz, entrelaça os dedos, parecendo ansioso para saber onde isso vai dar.

A entrevista é para a revista *Array*, em Viena, e estamos sentados numa fileira de cadeiras de metal individuais, eu em uma ponta, Zach em outra, como Erin mandou. As câmeras focam nosso rosto para fins de gravação, mas nenhuma dessas imagens estará disponível ao público, então até o momento estávamos com uma postura relaxada. Entretanto, agora, estico a coluna, planto os pés no chão e apoio as mãos nos joelhos. Ao meu lado, vejo que os outros se aprumaram do mesmo jeito.

— Vocês já devem saber que toda banda sempre acaba recebendo seus próprios ships e rumores...

Isso não pode estar acontecendo.

— ... e nossos leitores querem saber a verdade!

Vamos negar, é claro. Mas como ficaram sabendo, para começo de conversa? Quem vazou a informação? Ou será que nos descuidamos? Dou uma espiada em Erin, que está digitando freneticamente no iPad, pálida.

— Vocês já estão familiarizados com o termo "Anjon"? — conclui Elisa.

Estou muito feliz que essas imagens não ficarão disponíveis para o público, porque aposto que minha expressão foi de "pavor aterrorizante" para "confusão absoluta" de um jeito bem óbvio agora.

Jon, sentado à minha direita, ri.

— Hum, já vi algumas pessoas comentarem isso.

Angel, que passou a entrevista toda acabado, com olheiras profundas, se anima pela primeira vez.

— Nosso ship tem nome? Por que ninguém me contou?

Jon ergue o dedo para os entrevistadores.

— Espera, isso aqui deve ficar em off. — Então, ele vira a cabeça para Angel. — A gente tem acesso às mesmas postagens. Falam disso em todas as fotos da banda. Por que você não presta atenção em nada?

— Pensei que existisse um cara chamado Anjon e algumas pessoas fossem obcecadas por ele! Achei que eles só queriam que esse cara se juntasse à banda ou alguma coisa do tipo, sei lá!

— Ah, então, resumindo, por achar que não fosse a seu respeito, você acabou não prestando atenção?

— Sim, isso mesmo, muito obrigado.

Jon dá piscadinhas para ele, com um sorriso longo e firme, e depois vira para a frente de novo.

— Beleza, estamos prontos para responder. Nós...

— Não, vocês não vão responder — interfere Erin, balançando o iPad no ar enquanto corre até Elisa e Mortiz. — Aqui. Sua revista concordou, por escrito, com nossa lista de assuntos proibidos. Essa pergunta é contra as regras.

Elisa nem se abala.

— Fomos avisados de que qualquer pergunta sobre Zach, Ruben e romance é proibida. Não nos avisaram nada a respeito de Jon e Angel.

Olho para os outros. Zach está encolhido na cadeira, mexendo no zíper da jaqueta. Só quero pular Jon e Angel para segurar a mão dele — ou, pelo menos apertar seu braço —, mas os dois metros de distância entre nós mais parecem um oceano, já que não podemos interagir fora dos quartos de hotel.

— É óbvio que qualquer pergunta sobre romance dentro da banda vai encorajar especulação na internet, então...

— O que você está querendo dizer? — pergunta Elisa, dando de ombros, inocente. — Não estou entendendo.

— Mas, na moral, Anjon? — sussurra Angel, esfregando os olhos para se manter atento. Ele parece estar se recuperando de um baita resfriado. — Nós dois somos os mais gostosos, claro, mas ainda assim. Por que estão shippando a gente? Jon é católico!

Jon suspira.

— Dá pra ser católico e gay, Angel.

Angel arregala os olhos de um jeito exagerado.

— Tem alguma coisa que você queira me contar, amigão?

— Não!

Moritz entra na discussão:

— Se querem saber minha opinião, acho que focar em Anjon pode ser uma boa ideia — diz ele. — Isso tiraria o foco dos outros garotos, né?

— Ninguém te perguntou nada — rebate Erin.

— Por que estão perguntando sobre ships da banda? — pergunta Zach num sussurro urgente. — Nunca nos fizeram esse tipo de pergunta antes.

— Sim, mas se romance entre os integrantes se tornou uma pergunta bloqueada, fica bem óbvio o motivo — murmuro.

Zach empalidece.

— Mas e aí? Todo mundo vai ficar sabendo então? Que porra é essa? Eu nem contei para a minha mãe, eu nem...

Me estico ao máximo na direção dele, invadindo o espaço pessoal do Jon.

— Ei, respira. Tá tudo bem. Eles não *sabem* de verdade. E não vão contar pra ninguém porque sabem que iriam levar um baita processo. Minha sexualidade é assunto proibido desde o começo e o público ainda acha que sou hétero.

Zach assente, mas está ofegante, de olhos arregalados. Jon faz o que eu gostaria de fazer e não posso: se estica por trás de Angel e dá um toque no ombro de Zach. Mesmo frustrado, fico eternamente grato por Jon oferecer a ele um breve conforto.

Erin se afasta de Elisa, meneando a cabeça de cara fechada. Elisa e Mortiz também não parecem nada felizes, mas abrem um sorriso forçado quando voltam para as perguntas da lista.

— Beleza, então — diz Elisa. — Hum... O que vocês estão mais empolgados para fazer na Europa?

Jon está a postos.

— Ver nossos fãs incríveis. Estou superanimado para o show de hoje. Fiquei sabendo que Viena tem o público mais animado do mundo.

Elisa ri, depois vira para Zach, à espera de uma resposta. Ele está encarando o vazio com um olhar de puro pânico e não percebe que ela está esperando. Angel intervém, mas com a voz séria.

— Não temos muito tempo para fazer coisas — diz ele. Erin fecha a cara. Resposta errada. Angel percebe, e algo em sua postura muda. — Estamos muito focados em oferecer as melhores apresentações possíveis. Mas vi muita coisa incrível até agora e quero muito voltar para a Europa com mais tempo.

Melhor assim. Bem mais ensaiado. Deus me livre parecer que ele tem uma opinião negativa.

Minha vez agora.

— O Teatro Burgtheater! — respondo, tentando a voz animada.

— Me disseram que é espetacular, e eu sempre fui apaixonado pela história do teatro.

Não conto a eles que Erin me chamou alguns dias atrás para avisar gentilmente que, no fim das contas, não teremos tempo de ir lá.

Mas não é como se eu estivesse esperando outra coisa.

Talvez estivesse, só um pouquinho, acho.

— Cara, eu vou dar uma surra no David! — desabafa Erin do seu assento no micro-ônibus assim que saímos do estacionamento. — Tem que ter coragem...

Zach está sentado do outro lado do corredor, estamos os dois sozinhos. Semana passada, Erin nos pediu para manter a distância sempre que outras pessoas pudessem nos ver, e o micro-ônibus com certeza conta como lugar público, principalmente agora que estamos andando muito devagar por causa da multidão de fãs nos portões esperançosos de conseguirem pelo menos um vislumbre nosso pelas janelas de vidro fumê. Os gritos lá fora são abafados. Só consigo imaginar como seria estar na frente daquela multidão sem nada entre nós.

Atravessamos os portões automáticos e — *de alguma forma* — o barulho aumenta. Aceno para as pessoas que fazem contato visual comigo, e elas estremecem de empolgação. Sou atingido pela sensação já familiar, ainda que conflituosa, de gratidão pelo amor e por todo o apoio, misturada com a noção de que, se eu saísse desse veículo, elas arrancariam meus membros só para se sentirem mais perto de mim.

Como indivíduos, são pessoas maravilhosas, mas há algo assustador em percebê-las como grupo. Juntas, têm muito mais poder do que nós quatro e nossa equipe. E acho que foi assim que conseguiram nos levar ao topo. O lado negativo, porém, é que essa multidão também tem o poder de nos destruir, se quiser.

Assim que chegamos na rua e pegamos o trânsito de Viena, Erin caminha cautelosamente pelo corredor, balançando com os movimentos do ônibus, e para entre mim e Zach.

— Vocês dois estão bem? — pergunta ela. — Zach, sei que aquilo te pegou desprevenido.

Zach abre seu sorriso alegre demais, aquele que sempre usa para fingir estar bem. E, como previsto:

— Tudo bem — diz ele. — Eu entendo.

— Na verdade, não está nada bem — diz Erin.

Ela parece uma figura materna no momento, toda preocupada e defensiva em relação a ele. Mas há algo de estranho nisso, algo que está me incomodando. A questão é a seguinte: Erin não é uma pessoa ruim. O problema é que valoriza o trabalho mais do que qualquer coisa. Por um lado, isso a torna a pessoa ideal para cuidar da nossa carreira. Mas também significa que, se precisar decidir entre atender as nossas expectativas ou as da Chorus, ela escolhe a Chorus.

Não sei quais são seus limites morais. O que ela não faria com a gente se a Chorus mandasse.

Me assusta imaginar que, talvez, ela não tenha nenhum.

— Daqui para a frente vamos deixar tudo perfeitamente explicado — continua ela. — Nenhuma pergunta sobre romance, nem sobre ships, nem sobre quem é mais próximo de quem. E ponto-final. Nunca mais.

Inclino a cabeça.

— Bom, *nunca* não, né? — digo. — Certo? Só até sairmos da Rússia e estarmos prontos para fazer o anúncio. Certo?

Ela hesita. Dá para *ver* isso. E, depois, sorri.

— Sim. É claro, Ruben, retiraremos as censuras assim que vocês estiverem prontos para o anúncio. Mas, Zach, *sem pressa*, tá bom? Queremos que você espere até ter certeza absoluta de que quer tornar isso público. Não importa quanto tempo seja necessário; até lá, vamos *garantir* sua privacidade.

Dou uma olhada e vejo que Zach está desconfiado. Será que ele também sacou as entrelinhas? Que, do nada, a narrativa que criaram é que estão mantendo tudo em segredo em nome da privacidade do Zach, sendo que até semana passada estavam mantendo o segredo em nome da privacidade e segurança *da banda*.

Que gentil da parte deles se preocuparem tanto com todos os aspectos do nosso bem-estar. Tão carinhosos, tão responsáveis.

Pena que não caio nessa.

— Ei, saca só — anuncia Angel, alheio a qualquer tensão rolando do meu lado do ônibus. — Estou pesquisando sobre os ships. Que loucura.

— A pergunta mais importante é como você nunca reparou nisso? — pergunta Jon, sentado de lado no banco, recostado na janela e com os pés estendidos para o corredor.

Angel fica de joelhos no banco para ver todo mundo enquanto Erin volta para a frente do ônibus.

— Eu já sabia, *Jonathan*. Já tinha visto umas coisas sobre mim e o Zach antes. Mas as pessoas são, tipo, *muito obcecadas* por nós dois.

— Pois é. — Jon não está nem um pouco surpreso.

— Sempre foi assim?

Jon suspira e apoia a cabeça na janela.

— Acho que sim. Mas ficou bem mais intenso depois daquele vídeo no castelo pula-pula da sua festa, acho.

— Ai, meu Deus. — Angel fica realmente empolgado. — Estou lisonjeado.

— É bizarro — responde Jon, sem emoção.

— É... Ai, puta merda, olha essa montagem aqui. Foi mal Jon, mas já te vi de cueca e eles erraram *tudo*. Parabéns pela criatividade, viu. Espera. Cara, essa outra aqui está mais realista. Até onde sei, na verdade, já que nunca te vi mostrando isso *tudo*. — Angel ergue a sobrancelha para o celular, depois entrega o aparelho para Jon. — Você *tem mesmo* essa pinta?

Jon grita e fecha os olhos.

— E a gente? — pergunta Zach.

Justamente o que quero saber. Já pesquisei sobre nós dois no Google várias vezes, mas atrás de possíveis vazamentos — não que eu ache que Dayid ou o resto da equipe de publicidade deixariam uma coisa dessas passar, mas mesmo assim. Sempre dou uma olhada nas páginas de notícias nos resultados da busca. Evito qualquer conteúdo de fãs em que não estou marcado e, mesmo assim, precisaria de várias horas por dia para ler tudo o que dizem sobre a gente.

Angel olha para o celular, mantendo seu sorriso todo orgulhoso.

— Vejamos... Anjon... Zachathan... Zangel... Jonben... Rundel... Zuben. Tem gente shippando vocês — anuncia ele depois de uma pausa. — Mas é um nicho pequeno. Vocês dois não são nada perto do romance avassalador que é Anjon.

— ¡Salud! — exclamo. — Ao casal de pombinhos.

— É engraçado, não acham? — pergunta Angel. — Que Zuben seja um dos ships menos populares?

— Não acredito que seja por acaso — comento.

Da frente do ônibus, Erin olha para mim, e eu sustento seu olhar com uma expressão impassível.

Ela deveria estar orgulhosa. A Chorus inteira, na verdade. O controle de crise — ou melhor, prevenção de crise — está funcionando feito mágica.

Estamos no camarim algumas noites depois quando Zach me chama num canto para conversar. Já estamos arrumados e prontos para subir no palco daqui a vinte minutos, e, depois de um dia lotado de entrevistas e sessões de fotos, é o primeiro momento livre que temos para conversar.

Encontramos um espacinho na sala livre da algazarra da equipe e sentamos no carpete apoiados na parede.

— Então — murmura Zach, pressionando o braço no meu. — Acho que vou contar pra minha mãe que sou bi.

— Nossa! É um grande passo!

— Estou pensando em falar com ela, tipo, amanhã. Ou depois, não sei. No fim de semana, talvez. Sei lá. Quando estiver com coragem suficiente, acho. — Ele abre um sorriso tímido, e eu resisto à vontade de lhe dar um abraço de urso.

Levo alguns segundos para encontrar as palavras certas.

— Isso é... Olha, é ótimo, mas... você vai fazer porque quer? Ou porque está preocupado? Por causa da...

— Não. Eu quero. — A princípio ele parece na dúvida, mas então assente com firmeza. — Já estou pensando nisso há um tempo e não quero que ela fique sabendo por outras pessoas.

Hesito.

— Eu entendo, mas... sei lá, para mim parece que você está sendo forçado.

Ele dá de ombros.

— Não é bem assim. Nem se compara ao momento que decidi contar para a banda.

Faço uma pausa.

— Como assim?

— É que a gente ficou encurralado. Eu não queria me assumir, mas estava prestes a ser arrancado do armário, então achei melhor sair por conta própria. Acho que, em parte, parece a mesma coisa, né? Mas me sinto diferente agora. Desta vez, sinto que a escolha é minha.

Eu o encaro, sentindo o sangue esfriar.

— Você não queria ter se assumido?

Ele estremece com o tom horrorizado da minha voz.

— Tudo bem. Não é nada de mais. Só estou comentando mesmo.

— Zach, tem problema, sim. Eu não fazia ideia. Você poderia ter me contado, a gente resolveria junto, falaria com o Keegan ou esconderia melhor, o que quer que fosse preciso.

— Por favor, não esquenta a cabeça com isso. Eu tomei a decisão por conta própria. Ninguém me obrigou a nada.

Fico perplexo. Porque agora estou sentindo que eu meio que o obriguei, sim. Repasso tudo que consigo lembrar daquela noite. O que posso ter dito para que ele se sentisse encurralado? Será que dei espaço o suficiente para que ele expressasse as próprias opiniões? Será que confirmei com ele antes? Ou apenas deduzi que ele estava de acordo com tudo e segui em frente? Já não sei mais, e a ideia de que talvez eu tenha arrastado meu namorado para fora do armário, mesmo sem querer, faz meu estômago ferver.

Será que o magoei?

Ele toca minha mão.

— Ruben — diz com uma risada nervosa. — Respira. Tá tudo bem.

Jogo os pensamentos assustadores para longe e tento voltar ao presente. Ele quer se assumir para a mãe. Ótimo. O que precisa que eu faça? Será que quer que eu o convença a não fazer? Que diga que ele pode esperar mais um ano inteiro para contar, se for preciso? Ou ele precisa que eu comemore e o incentive?

Na maioria das vezes, é difícil saber se Zach está fazendo alguma coisa porque quer fazer ou porque não quer causar conflitos. Agora, com essa nova informação, me sinto menos confiante do que nunca de que estou lendo a situação do jeito certo. Ele precisa que eu entenda o que ele quer, mas não consigo, simplesmente *não consigo*. E como poderia ajudá-lo se não consigo entendê-lo?

No fim das contas, apenas pergunto:

— Você quer que eu esteja junto quando for falar com ela? Pra te dar apoio?

Ele meneia a cabeça lentamente.

— Acho que preciso fazer isso sozinho. Mas obrigado por se oferecer. Sério. Significa muito pra mim.

Ficamos em silêncio, então Zach respira fundo.

— Ruben?

— Oi?

— Vai ficar tudo bem, não vai?

Que se dane espaço pessoal. Não é como se todo mundo nessa sala já não soubesse o que está rolando mesmo. Me ajoelho de frente para ele e coloco as mãos em seus ombros.

— Ei. Vai, sim. Prometo que vai ficar tudo bem. Aconteça o que acontecer, você tem a mim. Isso não vai mudar. Não enquanto você ainda me quiser.

Os olhos dele estão marejados, trazendo à tona o verde que permeia as íris, mas ele cerra o maxilar para se manter firme.

— Eu sempre vou te querer.

O resto da sala desaparece até que Zach seja a única pessoa aqui. Fico parado, deixando que ele nos conduza, sem saber quão confortável ele fica com a troca pública de afeto nessa situação. Mas então ele se inclina para a frente de cabeça baixa — para me abraçar? Só pra ficar pertinho? —, e eu faço o mesmo, encostando a testa na dele.

— Tudo bem — sussurra ele.

Seu hálito toca minha pele delicadamente.

Tudo bem.

Nos juntamos ao Jon assim que Zach se recompõe, ocupando as poltronas duras ao redor da mesa de centro com fatias de frutas, garrafas de água mineral cara e uma seleção com todos os sabores existentes de Doritos exceto o picante (a pedido de Angel).

— Angel foi ao banheiro — diz Jon.

— Hum, obrigado por avisar — responde Zach, pegando uma garrafinha.

Todos os rastros de vulnerabilidade sumiram, e o sorriso mentiroso está de volta.

— Não — diz Jon. — Ele foi *ao banheiro*. Pela segunda vez em quinze minutos.

Ah. Parece que ele está planejando ficar drogado durante o show mais uma vez. Que maravilha!

— Além disso — continua Jon —, recebi um monte de comentários na selfie que postamos mais cedo.

Ele está se referindo a uma fotografia de nós quatro nos bastidores que tiramos logo depois de sermos liberados pelo estilista. *Prontos para o segundo round, Viena!!!*

— Todo mundo ficou perguntando sobre as mesmas garotas, então dei um Google na gente, e isso aqui foi publicado hoje.

Ele me entrega o celular e eu e Zach lemos o artigo.

Romance no ar! Uma espiadinha nos ex — e atuais — romances dos garotos da Saturday!

Há uma foto de Jon quando criança, ao lado de uma garota que não reconheço. Meu Deus, ele parecer ter uns catorze anos aqui. Em outra foto ele está com Imani Peters, uma amiga de infância, andando numa rua. Pelo corte de cabelo, acho que a foto foi tirada pouco antes da nossa turnê dos Estados Unidos.

Pouco se sabe sobre Jon e Imani Peters, entretanto, nossa fonte confirma que eles tiveram um affair há alguns meses. Será que a coisa é séria? Não sabemos — mas temos certeza de que milhares de garotas no mundo estão torcendo para que não seja!

Bom, sem dúvidas seria uma merda para Imani ter que ler uma coisa dessas se estivesse *mesmo* ficando com Jon — o que tenho certeza de que não está rolando, já que Jon não falou sobre ela absolutamente nenhuma vez nos últimos meses.

Em seguida, há várias fotos de Angel com alguma menina. Entre elas, Rosie, que ele namorou por um mês ou dois aos dezesseis anos — eles roubaram uma foto megafofa do Instagram dela, o que, não é nem um pouco bizarro, imagina —, outra que não conheço e a última é uma imagem desfocada de Angel e Lina na rua durante a discussão em Berlim.

> Fontes afirmam que Angel e Lina Weber não se desgrudaram no mês passado e que ele voltará para a Europa para a segunda metade da turnê da Saturday! Será que esse casal vinga? Só o tempo vai dizer. Mas nunca vimos o Angel com os olhos tão apaixonados assim antes! Sinto muito, meninas. Ele já tem dona!

Não são olhos apaixonados, são olhos dilatados de uma pessoa drogada, em pânico e paranoica. Mas é fácil confundir.

Ao lado, uma foto de Zach almoçando com...

— É a minha *prima*! — grita ele, horrorizado. — Que porra é essa?

— Prima, "garota misteriosa", tudo a mesma coisa — digo, abrindo um sorriso.

— Que "fontes" foram essas? Falam como se tivessem nos visto passeando numa carruagem a cavalo? — pergunta Zach. — A gente marcou um almoço para ela me mostrar as *fotos do ultrassom*. Porque está *grávida*. Do *namorado* dela.

Estou ocupado demais descendo até a minha parte para responder, sentindo um frio na barriga. E, sim, como imaginei, lá estão eu e todas as minhas "namoradas". Há uma foto da Amaya, a garota que fez Mimi enquanto eu interpretava Roger, de *Rent,* um ano antes da formação da Saturday. Eu e Molly, uma amiga do Acampamento Hollow Rock, com quem meio que perdi o contato. Meu cabelo sendo "puxado carinhosamente para trás" por ninguém menos que Penny, *Penny*, porque quem quer que tenha escrito esse artigo não se deu ao trabalho de pesquisar quem trabalha na nossa equipe de *cabelo e maquiagem*, ou simplesmente não se importa.

Angel retorna, vibrando com a energia renovada. Ele saltita entre um passo e outro e passa a língua pelos dentes. Seu delineado já está borrado.

— O que estão fazendo? — pergunta, sentando no recosto da minha poltrona e pegando o celular do Jon.

— Lendo um artigo sobre todas as garotas que já compartilharam o mesmo espaço que a gente e consequentemente viraram nossas namoradas.

Angel passa os olhos pelo artigo.

— Cara. *Cara*. Eu... Bom, quer saber? Pelo menos estão reconhecendo que eu *transo* nessa merda — diz em voz alta. Depois, joga os braços para a frente, falando com o resto da sala. — Extra! Extra! Chorus descobre que é possível alguém achar o Angel atraente! Liguem para a imprensa, essa notícia vai mudar tudo!

Alguns dos membros da equipe, incluindo Erin, olham para nós, mas ninguém responde ou se aproxima.

— Então, vocês também acham que a fonte é o David? Ou é coisa da minha cabeça? — murmura Zach.

Angel ri no volume máximo, e por mais tempo do que o necessário. Parece uma gargalhada de vilão.

— Não, Zaquinho, você não está sozinho nessa. Se isso não for coisa do David, eu pulo da porra do palco e surfo na plateia hoje à noite. Tá tão na cara. Sério. "Ei, pessoal, Zach e Ruben com certeza não são gays. São super-héteros, viu?"

— E eu provavelmente estou solteiro, a informação perfeita para me deixar mais atraente — diz Jon, num tom seco.

— Então, não tem motivos para sequer *pensarem* em shippar qualquer um de nós com outro membro da banda — finalizo, e Angel bate no meu ombro em aprovação.

— David mandou uma foto minha com a minha *prima grávida* — diz Zach, indignado, e Angel uiva numa risada até cair da poltrona.

Jon e eu vamos ajudar.

— Ei, você está bem? — pergunto.

Angel bate palmas.

— Absolutamente fantástico! Estou muito, *muito* pronto. Vamos logo, porra! Vamos pro *palco*. Estou com *tudo!*

Ele está saltando no lugar agora.

Nenhum membro da equipe parece se importar. Devem ter notado; é impossível não terem notado. Mas se não estão nem aí, o que é que podemos fazer? Angel não nos escuta mesmo.

Entrego uma garrafa de água para ele e forço um sorriso.

— Certo. Beleza. Contanto que você esteja bem, eu acho.

Ele fecha a cara e arranca a tampa da garrafa com os dentes.

— Eu tô *bem*, Ruben. Não estraga tudo.

Olho para Zach e Jon. Ambos estão preocupados. Mas, pelo olhar, me dizem que estou certo. Não há nada a fazer que ainda não tenhamos tentado. E, sinceramente, com nossa agenda lotada, e todos os problemas sobre meu relacionamento secreto com Zach, as preocupações dele a respeito da mãe e a minha mãe me mandando críticas a cada segundo do dia, não sou capaz de lidar com isso. É demais para mim.

Então, quando Erin avisa que é hora de subirmos no palco, faço a única coisa que posso fazer: digo a mim mesmo que Angel está bem, que não vai ser o fim do mundo se ele se empolgar um pouquinho no palco, e deixo essa ideia de lado. O show tem que continuar.

Até porque não tenho escolha.

DEZOITO

ZACH

Chegou a hora.

Preciso contar para minha mãe sobre Ruben.

Já estou com tudo pronto para nossa chamada de vídeo agendada. Arrumei o cabelo para baixo em vez de para trás, e estou com uma camisa de manga comprida da Falling for Alice que recentemente só tenho usado como pijama. Acho que só fiz isso tudo para mostrar à minha mãe que, embora ela esteja prestes a descobrir algo superpessoal a meu respeito, continuo sendo o mesmo de sempre. Ainda sou o filho esquisito que ama bandas de pop punk do fundo do coração. Nada em mim mudou, e é isso que quero deixar claro. Olho para o bordado que ganhei daquela fã, com a letra de "Fight Back", a única coisa que guardei de tantos *meet & greets*.

Meu celular toca.

Merda.

Puta merda.

Estou paralisado. Assim que atender a ligação, vou ter *a* conversa. E, agora, meu estômago parece estar virado ao avesso. Mas, para ser sincero, sei que é exagero. Contar que sou bi para minha mãe vai ser tranquilo; ela é extremamente, tipo, *extremamente* liberal. E depois de ter me assumido algumas vezes, aprendi que pode ser bom.

O problema é que a parte boa, em geral, só chega toda de uma vez quando a conversa termina. No momento, a sensação é a de que vai dar tudo errado. A banda está fora de controle e não há nada que eu possa fazer. Ter minha mãe ao meu lado sempre foi uma constante, e essa conversa pode mudar isso. Não deveria, mas as pessoas são assim — às vezes fazem coisas inesperadas. Além do mais, é possível que ela aceite numa boa pessoas queer, contanto que não seja eu.

Mas, com tudo que está rolando, quero que ela ouça de mim, mesmo sem ter ideia de como ela vai reagir. Sou bi e tenho um namorado. Ela precisa saber. E não é como se eu tivesse vergonha de gostar de garotos ou de estar namorando Ruben.

Só não quero decepcioná-la.

O telefone para de tocar.

Perdi a ligação.

Solto o ar e balanço os ombros. Já me apresentei na frente de milhares de pessoas e nunca fiquei tão nervoso assim. Trocaria essa conversa por outro show tranquilamente. Mesmo se tivesse que me apresentar só de cueca e sem saber nenhuma letra.

Ergo as mãos trêmulas e retorno a chamada de vídeo. Nunca nos falávamos por vídeo antes da turnê, mas conversar cara a cara é melhor agora que estamos tão distantes.

No primeiro toque ela atende.

Ainda está com o uniforme do trabalho, mas de cabelo solto, cobrindo os ombros com ondas bagunçadas castanho-claras. Ela deve ter me ligado assim que chegou em casa.

— Como vão as coisas? — pergunta.

— Tudo bem, e você?

Ela franze a testa.

— Tudo certo. O que aconteceu?

— Como assim?

— Você está esquisito e só usa essa camisa quando está de mau humor.

— Não estou esquisito nada!

A carreira da minha mãe na área da saúde deu a ela tolerância zero para conversa fiada. Pacientes que guardam segredos por vergonha, ou qualquer coisa assim, sempre a deixam irritada porque isso só dificulta o trabalho.

— Beleza, você tá certa. Tenho que te contar uma coisa.
— Nossa, estou chocada!
— A gente pode falar sério por cinco segundos?
— Desculpa, vou entrar no modo mamãe séria. O que aconteceu, meu docinho de abóbora?
— Você é péssima.
— Anda logo, me conta! Deixa eu adivinhar, você está namorando?

Hesito.

— Hum...
— Ah, está! Que notícia boa, quem é ela? Olha só você, todo vermelho, que coisa mais fofa. Eu sabia que isso ia acontecer quando você estivesse do outro lado do oceano, seu danadinho.
— Mãe, para. Hum...

Meus olhos se enchem de lágrimas.

Botar para fora é muito difícil. Bem mais do que eu esperava. Quero contar porque sei que, se não fizer agora, terei que inventar uma desculpa, e sair do armário é o principal motivo dessa ligação. Preciso falar de uma vez e dar um fim nisso.

— Mãe, é o seguinte, eu meio que gosto de garotos também. Sou bissexual.
— Ah.

Sei que vou lembrar do que ela disser em seguida pelo resto da minha vida neste mundo.

— Há quanto tempo você tem tido esses sentimentos?
— Já faz um tempinho.
— Certo, nossa. Eu não fazia ideia.
— Sério?

— Tá, talvez eu suspeitasse um pouquinho. Algumas amigas me disseram que era uma possibilidade, mas você nunca me passou essa impressão. Não dava pra desconfiar.

— Mas você já chegou a pensar nisso?

— Já, como qualquer outra mãe pensa.

— Então por que disse que não fazia ideia?

— Pensei que fosse isso que você quisesse ouvir.

— Por que eu iria querer ouvir isso?

— Sei lá, Zach. Não estava esperando uma revelação dessas agora. Só estou cansada.

— Ah. Desculpa. Achei que agora seria uma boa hora porque...

Não consigo terminar a frase, já que nem sei por que achei que agora seria uma boa hora. Claramente, achei errado.

— Não precisa pedir desculpas, tá tudo bem. — Os olhos dela ficam marejados. — Sinto que te decepcionei. Não me importo se você é bi, gay ou qualquer outra coisa, só queria que você tivesse me contado antes. Eu poderia ter te ajudado a passar por isso. Meu Deus, Zach, a gente não está nem no mesmo país!

— Eu sei. Acho que isso era uma coisa que eu precisava descobrir sozinho. Estar tão longe ajudou um pouco, eu acho.

— Ah. Mas você sabe que poderia ter conversado comigo a qualquer momento, né? — A voz dela tem uma pontada de tensão.

— Com certeza.

— Quantas pessoas sabem?

— Hum, a banda, e tive que contar pra Chorus, porque é meu trabalho, sabe como é...

— Entendi. — Ela funga. — Desculpa, isso me faz lembrar do seu pai. Você está ficando tão parecido com ele que às vezes me assusta.

— Parecido com meu pai como?

— Sempre acreditei ter deixado claro para vocês dois que poderiam conversar comigo sobre *qualquer coisa*, mas vocês ficam escondendo segredos de mim e eu não entendo o porquê.

Nossa.

Parece que ela acabou de comparar minha bissexualidade com a traição do meu pai.

— Olha, Zach, estou muito cansada e com medo de estar piorando as coisas. Então acho melhor eu desligar e a gente conversa sobre isso depois. Pode ser?

— Claro, sem problemas.

— Te amo muito, não esquece, tá?

— Tá.

— Então tá bom. Até mais.

— Beleza, tchau.

Ela desliga.

As coisas não saíram como eu esperava. Nem um pouco. Fico parado, completamente entorpecido.

Não acredito que ela me comparou ao meu pai.

Nem consegui falar sobre Ruben. Nosso namoro é uma das coisas mais incríveis que já aconteceu comigo. Mas, talvez, tenha sido melhor assim, levando em conta a reação dela. A maioria das matérias que li na internet fala que é uma má ideia se assumir para os pais apresentando o parceiro. É melhor contar sobre a sexualidade primeiro e só mencionar relacionamentos depois que a poeira baixar.

De repente, sinto tudo de uma vez, e meus olhos se enchem de lágrimas. Nunca pensei que ela diria que sou como o meu pai, mas agora acho que ela acredita mesmo nisso. Que sou idêntico a ele. Só mais um cara escondendo segredos dela.

Ruben me pediu que eu avisasse assim que a conversa terminasse, então mando uma mensagem para ele.

Oi, acabou.

Como foi?

Olha, podia ter sido melhor.

Nossa. Quer conversar?

Se você estiver à toa, quero.

Momentos depois, ouço uma batida na porta. Abro e deixo Ruben entrar.

— E aí? Foi difícil? — pergunta ele.
— Foi.
— Ei, você estava chorando?
— Só um pouquinho.
— Ai, Zach.

Ele se aproxima e me abraça. Aperto-o, agarrando o tecido macio da camisa dele. Não quero soltá-lo.

— Sinto muito que as coisas não tenham saído como você esperava — diz ele. — Prometo que vai melhorar.
— Tudo bem.

Ele coloca a mão no meu ombro, e eu o encaro. Vejo certeza ali. Algo inabalável.

— Você sabe que está tudo bem não estar bem, né?

Fungo, esfrego os olhos e dou de ombros.

— Ei, olha pra mim — diz ele, tocando minha bochecha. — Estou aqui nos momentos difíceis também. Não vim só pra te dar uns beijos, não. Se você quiser.
— Tem certeza que não estou te enchendo o saco? Se eu estiver, pode falar.
— Tenho certeza. Vou ficar o quanto você quiser.
— Beleza. A gente pode ficar agarradinho só um pouco?

— Claro que pode!

Vamos até a cama e deitamos juntos. Ele me abraça numa conchinha bem apertada, nossos corpos ficam colados.

— Você nunca enche o meu saco, tá? — diz, dando um beijo na minha nuca. — Não precisa fingir que está feliz quando não está. Você é perfeito do jeitinho que é.

Fecho os olhos.

Sou tão sortudo por ter Ruben. Se não fosse por ele, agora... eu não saberia o que fazer.

E sei que vou fazer o que for preciso para proteger o que temos.

Finalmente recebemos permissão para sair do quarto do hotel. Só para dar entrevista para uma revista e depois almoçar, mas já é alguma coisa. A esta altura, não vou ficar reclamando.

Agora, nós quatro estamos passeando por Langelinie, em Copenhague. Em teoria, estaríamos aqui por diversão, dando uma olhada no lugar, mas é tudo mentira. Erin está nos fazendo tirar muitas selfies "casuais e espontâneas", que serão postadas se a Chorus achar boas o bastante. Ela até brigou com Jon por não estar falando muito.

Estou caminhando ao lado do Ruben, mas não é a mesma coisa. Estamos cercados por um esquadrão completo de seguranças da Chase. Mas pelo menos saímos do hotel. Finalmente.

Ruben percebe que estou olhando para ele e sorri. Queria tanto poder andar de mãos dadas.

Meu celular começa a vibrar no bolso. Vejo que é a minha mãe e deixo tocar até a ligação cair.

Sei que estou sendo um pouco imaturo e que deveria falar com ela. Ou, no mínimo, ligar de volta. Em vez disso, envio uma mensagem e tento não me sentir tão mal pelas respostas curtas e diretas que tenho dado a ela desde a conversa.

Desculpa. Indo para uma entrevista.

Te ligo depois.

Tá bom, boa sorte. Vc vai arrasar. Te amo.

— Ruben, Zach? — chama Erin atrás de mim. — Uma palavrinha?
— Claro.
Diminuímos o passo para ficarmos ao lado dela, longe dos outros. Atrás da gente estão os guardas, tão próximos que chega a dar medo.
— Vocês estão dando muito na cara agora — sussurra ela.
Só estávamos andando.
Não estávamos fazendo nada.
Mas que seja. Isto aqui não diz respeito só a mim. Têm também o Angel e o Jon. E, sinceramente, não estou a fim de brigar agora. Não tenho energia para isso.
Eu e Ruben nos afastamos.
Jon viu o que aconteceu, e diminui o ritmo para andar do meu lado. Ruben coloca as mãos nos bolsos, mas não diz nada, apenas finge estar admirando a paisagem.
— Você está bem? — pergunta Jon.
Contraio os lábios. Não quero mentir.
— Zach, espera — Erin chama.
O que foi agora?, penso.
— Sua vez — diz ela, me entregando um celular. — Você e Jon estão ótimos juntos. Queremos uma selfie sua fazendo um V com os dedos, e Jon ao fundo. Acha que consegue?
— Claro.
Pego o celular. Erin segura uma *ring light* portátil, me dando a iluminação perfeita. Tiro algumas fotos e devolvo o aparelho.
Alguns minutos depois, chegamos ao café. Há guardas posicionados

na frente. Entramos e um repórter levanta. É um cara grande, com camisa de botão e gravata-borboleta. Um gato.

Algumas mesas estão ocupadas. Sinto que estamos sendo observados e, quando viro, encontro uma garota de cabelo castanho e comprido, com maquiagem impecável, sentada com um garoto musculoso de cabelo preto e bagunçado, usando uma jaqueta grande. Os dois poderiam ser modelos, sem brincadeira. Já estou acostumado com fãs olhando, mas os dois me passam uma energia muito mais fria e diferente.

Cumprimentamos o entrevistador e sentamos. Uma garçonete aparece.

— Um bloody mary, por gentileza — pede Angel.

O repórter anota alguma coisa.

— Não, esquece — diz Erin. — Ele vai querer uma Pepsi.

A garçonete fica sem saber a quem deve escutar, olhando de Angel para Erin.

— A não ser que seu passaporte esteja com você, é claro — diz Erin para o Angel. — A lei aqui exige que você apresente documento de identificação se parecer menor de idade, creio eu.

— Hum, sim...

Erin assente, como se estivesse tudo resolvido.

— Então, vamos de Pepsi. Eu vou querer um latte, por favor.

Angel cruza os braços e só abre a boca para dizer que não está com fome quando perguntam se ele quer pedir algo para comer.

O entrevistador está claramente empolgado com a situação. Coitadinho. Está na cara que ainda não sabe que não poderá escrever sobre nada disso. A Chorus nunca aceitaria uma entrevista se não tivessem esse tipo de poder sobre o que será publicado. Ele acha que vai preparar um artigo super-revelador sobre como somos tratados feito crianças, mas não vai rolar.

— Então, rapazes — diz ele, quase incapaz de esconder o sorriso. — Estão gostando de Copenhague?

— Muito — responde Ruben. — A cidade é maravilhosa, e estamos muito felizes com a oportunidade de vê-la com nossos próprios olhos.

Do lado de fora, pelas portas de vidro, vejo que uma pequena multidão de fãs se formou. Puta merda, mas já? Foi rápido desta vez. Sei que estão todos conectados no Twitter, mas caramba! Algumas pessoas grudam o rosto no vidro, e acho que nunca me senti tanto um animal de zoológico quanto agora.

O jornalista começa com as perguntas já de praxe, sobre nossas roupas, agenda e o que esperamos que os fãs sintam ao nos ver ao vivo. Ele não parece ter noção de que as perguntas que trouxe são as mesmas de sempre. Ou talvez nossa equipe tenha tantos assuntos restritos que não reste muito mais a perguntar.

Enquanto Jon recita a resposta para "O que podemos esperar do futuro da Saturday?", vejo o garoto de cabelo escuro levantar, atravessar o café e entrar no banheiro. A garota na mesa está tamborilando as unhas perfeitas em uma bolsa de couro branca. Ela me flagra com uma expressão pesada, como se fosse melhor eu parar de olhar.

Volto a prestar atenção na entrevista.

— Zach, ficamos sabendo que você foi creditado como compositor no álbum novo. Isso é incrível! Pode me contar um pouquinho sobre o processo?

Cuspo a frase pronta que Geoff me mandou dizer quando essa pergunta surgisse.

— Hum, bom, eu escrevi as letras, mostrei para a nossa equipe e eles curtiram. O resto é história. O nome é "End of Everything" e estou superorgulhoso.

Começamos a gravar a música na semana passada, sem nenhum dos ajustes que sugeri. Estou tentando não pensar muito a respeito.

— Que demais! Sei que os fãs estão enlouquecendo em casa para ouvir!

— Olha, pessoal, não cheguem a tanto. Mas estou animado para que eles escutem logo. Eu adorei, e acho que é algo um pouquinho diferente do que a Saturday geralmente faz. Além do mais, é muito legal ter uma música que seja um pouco mais pessoal, sabe? Quero que o público possa conhecer esse meu lado.

— Com licença — diz Angel, levantando para ir ao banheiro e deixando a Pepsi intocada.

Um guarda vai atrás, mas ele entra sozinho. Segundos depois, o modelo sai de lá.

Pode ser coincidência.

Mas meus instintos me dizem que Angel está aprontando alguma coisa.

DEZENOVE
RUBEN

Na noite em que nosso mundo desaba, passo a maior parte do show perdido em pensamentos.

Começa com Zach. Desde que o vi dançando aquela noite no quarto do hotel, venho tentando dar mais umas espiadinhas nele no palco. Tenho que fazer tudo com muita sutileza, claro, para o caso de ficar óbvio demais e alguém da Chorus decidir nos dar uma represália.

Então, da maneira mais sorrateira possível, olho vez ou outra, maravilhado com o jeito como ele morde os lábios sem perceber quando o ritmo acelera e a coreografia fica mais rápida; com os sorrisinhos que ele dá para o público e as mechas suadas que ele puxa para trás com os dedos.

Enquanto estou olhando, um buraco de amargura se abre dentro de mim. Porque Zach atrai minha atenção como um ímã e eu não deveria ter que treinar meus olhos a procurar outro foco.

Tento imaginar como a Chorus vai anunciar nosso relacionamento.

Tento nos imaginar de mãos dadas nesse palco.

Mas não posso.

Então, olho para Jon. Ele morde os lábios de propósito, seduzindo o público como foi ensinado a fazer. O sorriso malandro e cheio de desejo, direcionado a qualquer garota sortuda que ele encontre na área mais próxima do palco. Ele abre os dedos ao passar a mão pelas coxas, enviando uma onda de eletricidade para a multidão.

A amargura cresce ainda mais. Porque ele é uma marionete sem vontade própria.

Então, olho para Angel. Seus lábios estão abertos enquanto ele solta o fôlego, exausto — não está drogado hoje, mas pelo visto teve uma noite daquelas *ontem*. Seu sorriso é fraco, como se ele não conseguisse se empenhar o bastante. Ele fecha o punho quando a dança acaba, com uma tensão acumulada, que ele não consegue extravasar.

A amargura chega no auge. Porque acho que ele não está bem. E não consigo pensar em um jeito de parar esse trem descarrilhado.

Meu sentimento deve ter ficado estampado na minha cara, porque todo mundo me evita depois do show, nos bastidores. Enquanto nos trocamos, Zach pergunta algumas vezes como estou, e continua perguntando no caminho para o hotel, mas só abro um sorriso tenso e digo que estou *bem*.

Recebo uma mensagem da minha mãe, e envio uma resposta rápida. Depois de mais algumas mensagens trocadas, preciso de um descanso. Não estou com cabeça agora. Daqui a uns vinte minutos eu respondo, antes que ela fique nervosa demais, e digo que meu celular ficou sem bateria ou qualquer coisa assim.

No hotel, bem no centro agitado de Budapeste, Angel e Jon somem em seus quartos, e eu e Zach escapamos para o meu. Assim que ficamos sozinhos, sinto a amargura dar uma pequena trégua. As coisas sempre parecem mais sob controle quando estamos só nós dois.

Zach tira os sapatos e senta na cama.

— Quer conversar?

Dou de ombros, sento ao seu lado e deixo que me abrace. O toque derrete um pouco a tensão nas minhas costas. Ficamos quietos por um bom tempo. Zach olha o celular, ainda agarrado a mim, e eu fico sentindo o cheiro do seu peito até o ritmo do meu coração diminuir e sincronizar com o dele. A esta altura, geralmente já estaríamos arrancando as roupas um do outro. Mas hoje — por enquanto — só quero ficar quietinho e acolhido.

    Depois de um tempo, Zach larga o celular e passa os dedos pelo meu cabelo. Eu poderia adormecer assim, com a cabeça no peito dele. Mas acho que precisamos conversar.

    — Estou preocupado com essa coisa toda de nos assumirmos — digo, por fim. — E se não deixarem a gente contar para as pessoas depois da Rússia?

    Zach aquieta os dedos.

    — Eles falaram que deixariam.

    — Eu sei. Mas e se *não deixarem*?

Ele se afasta de mim, mas ainda posso sentir seu toque na minha pele. Queria não ter dito nada, só para que ele continuasse me abraçando por horas.

    — Bem. Não sei. Nesse caso, o que a gente *pode* fazer?

Começo a roer a unha do dedão.

    — Essa não é uma resposta muito reconfortante.

O sorriso de Zach é delicado e carinhoso.

    — Me escuta, tá bem? E daí se nunca deixarem a gente se assumir?

Há-há. Não acredito que ele está falando uma coisa dessas para mim.

    — Como assim "e daí"? — pergunto, meio sem forças.

    — Quer dizer, digamos que eles não deixem. Isso não significa que a gente vá perder um ao outro. Estou com você haja o que houver. Não importa se o resto do mundo sabe ou deixa de saber.

Tento processar as palavras. De onde veio uma besteira dessas?

    — Mas a questão não é essa. É como ficam controlando a gente.

    — Já guardamos segredos antes.

    — Mas agora é em relação a quem nós somos — rebato. — É uma questão de princípios.

    — Não acho que sejam os princípios que estejam te chateando, Ruben. Sério, qual é sua preocupação de verdade? Tipo, *de verdade*?

Bom. Acho que não preciso exatamente de um motivo para ficar chateado por ser forçado a esconder minha orientação sexual do mundo por tempo indeterminado. Mas vou dar corda para ele.

— Qual seria nosso limite? A questão não é o que a gente fala nas entrevistas. Mas e se as pessoas começarem a se perguntar por que nunca tivemos namorada, e a Chorus nos forçar a fingir que temos só para abafar os rumores? E se um de nós ficar doente e o outro não puder nem visitar no hospital sem o resto da banda porque as pessoas vão estranhar? Isso afeta *muita coisa*, Zach.

— Ah. — Ele fica quieto, encarando a cama com as sobrancelhas franzidas.

Não consigo ler sua expressão.

Ai, meu Deus, será que Zach mais uma vez está se sentindo pressionado a sair do armário? Será que só está concordando com tudo?

— Você... não quer se assumir publicamente?

— Não é isso. Eu quero. Só fico pensando que não seria grande coisa se não rolasse.

— Se você não quer se assumir, aí é outra história. Você entende isso, né?

— Sim, total. Eu só... Deixa pra lá. Ainda não pensei nessas coisas todas que você disse. São bons argumentos.

Eu o analiso.

— Tem certeza?

— Tenho. — Ele aperta a minha mão. — E espero que a gente possa contar para todo mundo.

Algo não me soa certo. Zach está estranhamente desapegado dessa questão, e não sei dizer se ele concorda comigo porque sim, ou porque sabe que é isso que eu *espero* dele. Numa situação importante como essa, me preocupa achar que ele não se sente à vontade para expressar suas opiniões. Ele sabe que não se pode

concordar com esse tipo de coisa só para não criar atrito e ponto-
-final, não sabe?

Franzindo o cenho, pego o celular e vejo um monte de mensagens da minha mãe e do Jon.

As da minha mãe, eu já esperava.

Por que não está respondendo?

Alô? Estou te vendo on-line.

Ah, ficou off agora.

Acho que você não gostou do meu vestido novo então, haha!

Sabe, às vezes é bom conversar sobre qualquer coisa
que não seja você, Ruben.

Da próxima vez que você quiser conversar
eu que vou estar ocupada demais.

Sinto a pontada já familiar de medo ao ver as mensagens. Meu primeiro ímpeto é responder logo antes que ela fique *muito* irritada, mas acabo abrindo as mensagens do Jon antes.

Você tá vendo?

Angel tá fazendo uma live sozinho. Ele parece meio estranho.

Acho que tá drogado...

Vou dar uma olhadinha nele.

Você vem?

Ruben?

Zach tá aí? Será que vocês dois podem vir pra cá quando ler essa mensagem?

AGORA?

Zach está olhando o celular também, e acredito que tenha recebido um monte de mensagens parecidas.
— Vamos — digo, ficando de pé.
— O que você acha que ele disse na live? — pergunta Zach, me acompanhando.
— Não faço ideia, mas coisa boa não foi.
Recebo outra mensagem. Não é Jon. É minha mãe.

Apareceu aqui que você visualizou.

Pela primeira vez, há algo me assustando mais do que uma ameaça de enfurecer minha mãe.

>Desculpa, não tô te ignorando.
>Só resolvendo uma coisa.
>Te explico depois, com mais
>tempo. Nada de mais.

Assentimos para os seguranças desconhecidos da Chase enquanto passamos por eles, trocando sorriso amarelos. Jon abre a porta quando batemos no quarto do Angel. Sua expressão é preocupante.
— Por que demoraram tanto?

Angel caminha de um lado para outro, visivelmente trêmulo e sacudindo as mãos enquanto mastiga alguma coisa. Levo um segundo para perceber que ele não está comendo nada. Só está trincando o maxilar sem parar.

— Precisamos sair daqui — ele fica dizendo, mais para si mesmo. — Esta noite. Agora. É nossa última chance.

— Do que você está falando? — pergunta Zach para ele.

Jon suspira.

— Ele está paranoico com a Chorus.

— Você deveria estar também! — grita Angel para Jon. — Eles fizeram lavagem cerebral em você. Mas só porque conseguiram te amarrar na teia deles não significa que vão me pegar. Não vou deixar. Eles não vão me pegar.

— Angel — tento —, vamos sentar um pouquinho. Talvez você possa dizer pra gente o que está te chateando.

— Tudo. Estou chateado com... você, não tá *vendo*? — grita ele, ainda elétrico. — Eles querem tirar tudo da gente. Não querem que a gente exista. Estão nos assassinando. Vão nos matar até sobrar só o nosso corpo. É isso que querem da gente. Não querem... Eles não vão nos deixar sobreviver. A gente precisa ir embora. Hoje. Somos nós ou eles. E eu escolho a mim. Eles não vão me prender.

— E para onde a gente vai? — pergunta Zach.

É aí que Angel dá meia-volta, abre a porta da sacada e corre para fora.

— Angel! — grita Zach, correndo atrás dele. — O que você está fazendo?

— Não vou deixar eles me pegarem. Eles não vão me prender — repete Angel com a voz trêmula.

Então, sobe no parapeito da sacada, e sinto como se meu coração pulasse do peito.

— Angel, não! — grita Zach, e Jon começa a sussurrar *não, não, não* num mantra frenético.

Ninguém faz movimentos bruscos. Não ousamos. Não se corre em direção a um suicida que está prestes a pular. Espero ouvir gritos de terror nas ruas, mas lembro que nossos quartos são virados para os fundos do hotel, e não para a entrada principal.

Ninguém vai ver.

— Estou bem — diz Angel, olhando para baixo.

Não para o chão lá embaixo, mas para a sacada mesmo.

É aí que percebo que ele não vai pular.

Ele vai fugir.

Angel se abaixa, com as mãos agarradas nas barras. O vento joga seu cabelo no rosto, deixando-o com uma cara ainda mais insana. Ele apoia os pés nos vãos entre as barras da sacada. E então, sorri para nós.

Jon reage primeiro.

— Volta pra dentro — diz, estendendo a mão. — A gente pode... Ei, que tal a gente pedir umas bebidas? Podemos dar uma festa. Só nossa.

Angel dobra os joelhos. Jon salta para a frente.

— *Para* — Angel urra.

Jon para.

— Você consegue me deixar bêbado? — tenta ele. — E se a gente tentar descobrir quantas doses eu preciso para... para... Angel, por favor, *por favor*.

Um pé deixa a sacada, depois o outro. Ele se pendura ali por um segundo, se segurando nas barras com metade do corpo para baixo. É então que uma das mãos escorrega. Ele perde o equilíbrio. O braço baixa, frouxo. Apenas a outra mão o mantém seguro ali.

Jon corre até ele. Eu e Zach vamos atrás. Jon se joga contra as barras e estica a mão, mas Angel não segura. Ele está com as pernas balançando. Então, grunhindo, dá impulso para cima e segura a barra.

E depois se solta.

Nós três soltamos um grito desesperador quando Angel cai.

Mas ele pousa em segurança na sacada de baixo.

— *Merda* — chia Zach.

A ficha cai. A última vez que deixamos Angel sair sozinho quase não o encontramos. E ele não estava nem perto de como está hoje. Naquela noite, ele estava drogado. Hoje é diferente, não é apenas onda de droga. É uma instabilidade paranoica. Não podemos deixá-lo à solta nas ruas desse jeito.

E se tirarmos o olho dele, vamos perdê-lo de vista.

— Chamem os seguranças — digo para Zach e Jon, antes de me pendurar no parapeito.

— Ruben, não! — grita Zach, mas já dei a volta.

Meu celular começa a vibrar insistentemente. Deve ser minha mãe ligando.

— Vou ficar bem — digo. — *Vão.*

— Puta que pariu, vem pra dentro agora — implora Zach. — Você vai cair.

Não vou cair. Se Angel conseguiu nesse estado, eu também consigo.

É só não olhar para baixo. É só não pensar em quantos andares subimos de elevador para chegar até aqui meia hora atrás. Ou o que pode acontecer com um corpo se ele cair de um lugar tão alto. E como pode ser fácil dar um passo em falso.

Talvez seja melhor eu voltar para dentro mesmo.

Mas aí, dou uma olhadinha para baixo. Angel está parado ofegante contra a parede da sacada. Se preparando para correr.

Do meu ângulo, vejo o que ele deve ter visto quando estava pendurado aqui. A sacada abaixo é projetada um pouquinho para a frente. Nem vou precisar pegar impulso para saltar ali. Basta me soltar.

Então, sem pensar duas vezes, respiro fundo e solto, acompanhado pelo grito de Zach.

Caio na sacada com força e tropeço, mas estou seguro.

O sorriso de Angel é torto e maníaco.

— Você vem comigo? — pergunta ele.

— Sim. Vou também.

— Eu sabia que você me entendia. Eles ainda não sugaram sua mente.

Os olhos dele estão vidrados em algo atrás de mim. Achei que ele estava olhando para o céu, mas Zach me chama com urgência. Ao virar, vejo um par de pernas balançando da sacada de cima.

— Pelo amor de Deus, Zach!

Corro e fico bem embaixo, entre as pernas dele e o parapeito da sacada para amortecer a queda. O rosto preocupado de Jon desponta do nosso andar, e sua mão está estendida para Zach por precaução.

— Beleza — digo. — Pode soltar. Eu te seguro.

Zach cai nos meus braços. Nós dois viramos para Angel, que decidiu tentar abrir a porta da sacada. Para meu alívio, ela abre. Um pulo assustador de uma sacada para outra já é mais que o bastante por hoje.

Ele entra aos tropeços, enquanto eu e Zach o seguimos pelo quarto escuro. A cama está bagunçada, mas o quarto está vazio. Obrigado, Deus, pela noite agitada de Budapeste. *Banda Saturday invade quarto de hotel* é a última notícia de que preciso agora.

— Quer saber? — diz Zach em voz alta. — Gostei da ideia do Jon. Vamos voltar pro quarto e embebedar ele!

Angel ou não escuta ou ignora, ainda murmurando sobre a Chorus. Sai do quarto, e eu e Zach vamos atrás. Já sei para onde: a escada de incêndio.

Zach pega o celular. Acho que vai mandar mensagem pro Jon mas, em vez disso, começa uma chamada de vídeo. É claro, assim Jon e os seguranças saberão exatamente onde estamos. Impressionante.

Jon atende quando começamos a descer pelas escadas de incêndio, mas na mesma hora Zach leva o dedo aos lábios, pedindo silêncio. Então, toca a tela para virar a câmera e nos filmar enquanto corremos.

A escada dá em uma garagem mal iluminada cheia de carros. Angel rodopia, procurando uma saída, e me pergunto se não seria melhor se eu e Zach simplesmente o imobilizássemos. Juntos, damos conta. O problema é que não sei quão violento Angel pode ficar neste estado. Não quero machucá-lo. E nunca vou conseguir me perdoar se ele machucar Zach por causa de uma ideia minha. Então, decido apenas atrasá-lo. Jon e os seguranças devem chegar em menos de um minuto. E os guardas saberão lidar com a situação.

— Então, aonde você quer ir? — pergunto a Angel com o máximo de calma possível.

Meu celular começa a vibrar de novo, e isso faz meu coração acelerar ainda mais. Foco. Preciso de *foco*. E não dá para focar com minha mãe ligando sem parar, porque quando ela está irritada comigo, coisas ruins acontecem. Tento ignorar a vibração. *Tento*.

Angel para, dá meia-volta e pisca para mim.

— Para longe. Precisamos ir para muito longe. Algum lugar onde não possam nos pegar. Vamos.

Ao fim da frase, ele começa a correr, atravessando as fileiras de carros estacionados. Merda.

— Espera — digo. — Onde é a saída? Pra onde estamos indo?

— É... deve estar em algum lugar. Me ajuda. Precisamos encontrar. Agora. Ruben, depressa. Vão nos encontrar e vão nos prender. Precisamos fugir.

— É só uma restrição temporária, Angel. Não é para sempre.

— É para sempre *sim*. Nunca vão nos libertar, Ruben.

— Sem essa. Você sabe que não é verdade.

Angel diminui a velocidade para recuperar o fôlego e vira para trás.

— Você não é burro. Sabe muito bem. Você... você sabe, mas não diz nada. Mas sei que você vê. Você consegue ver o que estão fazendo com a gente.

Zach puxa a manga do meu casaco ao me alcançar.

— Eles estão na escada de incêndio — diz num sussurro.

Assinto do jeito mais sutil que consigo.

— O que é que estão fazendo com a gente? — pergunto com gentileza.

Sei a resposta, mas fazer com que ele continue falando sem parar é a única forma de contê-lo.

Angel solta uma risada aguda e frenética. Como um uivo.

— Somos prisioneiros! E eles não vão parar, então temos que correr. Me ajuda a encontrar a saída. Rápido!

Zach abaixa o celular e dá um passo à frente.

— A gente só precisa terminar a turnê. Depois vai voltar tudo ao normal.

— Normal? — cospe Angel. — E isso *já foi* normal, por acaso?

— Antes era. Não era tão ruim assim.

— Antes. — Angel passa a mão pelo cabelo suado e olha ao redor, procurando espiões. Ele parece assustado. Apavorado, na verdade. — Três anos atrás o meu nome era Reece.

— Angel... — digo.

— *Meu nome era Reece* — grita ele, contorcendo o rosto. — Eles tiraram *meu nome de mim*! E vocês acham mesmo que vão poder sair do armário como estão querendo, porra? Vocês dois são uns *iludidos do caralho*!

Uma porta se abre com o som pesado de metal atrás da gente. Nós três viramos. Por trás das fileiras de carros, estão Erin, Jon e quatro seguranças.

— Não — diz Angel, voltando a correr.

Zach, que ainda estava recuperando o fôlego, solta um suspiro frustrado enquanto voltamos a segui-lo.

— Amanhã de manhã eu mato ele — Zach ofega para mim. — Por me fazer... pular da merda da varanda... e ficar dando volta na merda da garagem...

Viramos uma esquina e, de repente, avisto uma placa de saída. O grito de Erin ecoa pela garagem, implorando que Angel pare de correr. Ele atravessa a porta com tudo, e eu e Zach continuamos na sua cola. A voz de Erin é abafada abruptamente quando a porta fecha.

O ar da noite nos atinge de forma feroz. Não está frio o bastante para nevar, mas o vento arde minhas bochechas, e não consigo sentir a respiração entrando; o ar gelado arranha meus pulmões. Abotoo o casaco com os dedos formigando e me preparo para o frio. Zach cruza os braços e fica atrás de mim, se abrigando das lufadas de vento.

Angel não está de casaco. Duvido que esteja sequer sentindo frio. Seus olhos varrem o lugar rapidamente, e ele corre em direção à rua. Em direção à luz.

Não gosto do rumo que isso está tomando.

— Angel — grito com urgência. — Por aí não. Aí é a avenida.

Ele me ignora.

— Tem gente acampada aí.

— Podemos nos esconder na multidão. Boa. Nós... Eles não vão conseguir nos achar na multidão.

— Não, a gente vai ser *atacado* pela multidão.

A voz de Angel está trêmula, desesperada.

— Cala a boca.

— Ele tem razão, Angel — diz Zach.

— CALA A BOCA!

Ele começa a correr de novo e vira à direita.

Os outros também chegaram aqui fora, e estão correndo. Vão nos alcançar antes que qualquer coisa ruim aconteça. Só não podemos perder Angel de vista.

Zach grunhe enquanto ganho mais velocidade. Como previ, um mar de fãs surge, correndo em direção a Angel. Quando veem

Zach e eu na esquina, os gritos de surpresa e empolgação se tornam rugidos. Angel corre ao encontro deles, que correm ao encontro de Angel, e a colisão acontece. Ele é engolido. Quase devorado.

Eu e Zach nos entreolhamos, preocupados. Quero segurar a mão dele para não perdê-lo. Ele precisa estar preso a mim por segurança, caso algo aconteça.

Mas não faço isso. Porque há câmeras e testemunhas, e porque Geoff e a Chorus não deixam. Mesmo nesse momento de puro pânico, com essa montanha de medo e a multidão prestes a nos alcançar, não desobedeço a Chorus.

Talvez nunca seja corajoso o bastante para isso. Talvez eu só goste de pensar que sou.

Então, quando a multidão nos alcança, me vejo sozinho, cercado por dezenas de desconhecidos.

Ruben.

Ruben.

Ruben.

Ruben.

Não há malícia nesses olhares. Só há amor nesses toques. Admiração em suas vozes. Mas todas essas pessoas me imprensam até respirarem o meu ar. Suas mãos, dezenas de mãos e centenas de dedos, agarram meu corpo onde quer que consigam tocar. Meu pescoço, cabelo, lábios, braços, pernas, peito. Uma mão passa por dentro do meu casaco. Lábios úmidos tocam meu pulso.

Meu nome fica mais alto, e mais *alto*, e mais ALTO.

Algumas tentam arrancar outras para longe de mim.

Deem espaço para ele.

Pra trás, gente.

Ele não está conseguindo respirar.

Mas essas vozes são engolidas. Assim como eu.

— Por favor, me deixem passar — imploro. — Por favor. Preciso ir.

Preciso me mexer. Por favor. Só... só quero *me mexer*, me *soltem*, eu preciso PASSAR!

Alguém me ouve. Mãos seguram as minhas. Alguns fãs me puxam, mas o grupo vai crescendo conforme meu pedido se espalha. *Preciso que essas pessoas me ajudem. Preciso que me salvem delas mesmas.*

O mar de gente começa a se mover, e é como tentar andar na areia movediça, mas, pouco a pouco, a pressão em cima de mim diminui, e sou coletivamente posto para fora antes que seja sugado de novo para as profundezas.

O ar congelante volta a atingir meu rosto. E luzes. Postes tremeluzentes, faróis, luzes neon e fachadas de lojas. Estou murmurando *obrigado, obrigado*, para todo mundo e para ninguém ao mesmo tempo enquanto procuro Zach, Angel, Jon.

— *Ruben!* — Zach me encontra primeiro, saindo da multidão.

Ele se joga em cima de mim e seguro seu antebraço, porque isso é permitido, eu acho. É seguro. E preciso tocá-lo. Não consigo não tocá-lo. A multidão continua aqui, cada vez maior, porém dividida em dois grupos. Metade tenta nos tocar, e a outra se contém. Os grupos se enfrentam e é assustador, esmagador.

— Angel!

É Jon a uns cinco metros da gente. Sigo os olhos dele e encontro Angel, à beira da multidão. A pele de Angel brilha em branco e laranja enquanto ele encara as luzes ao redor, com olhos absortos. O trânsito está engarrafado e furioso. Embora já seja tarde, a cidade está acordada e cheia de vida. Os gritos, a multidão e os faróis altos, passando sem parar... Angel deve estar desorientado.

— Não vou voltar pra lá! — grita ele, mas não está olhando para Jon. Não está olhando para ninguém.

Erin e os seguranças saem do meio da multidão. Não foram consumidos. São imunes.

Erin para ao lado de Jon.

— Angel — diz ela, na voz mais casual do mundo. Para as câmeras. Para os espectadores. — É melhor voltarmos agora, não acha? Precisamos acordar cedo amanhã.

É um show. Só uma performance. Com a gente, a atuação nunca termina.

— Ela precisa parar de falar — diz Zach. — Vai deixar ele ainda mais assustado.

Ele tem razão. Angel olha para Erin e para a multidão, como se estivesse considerando mergulhar entre as pessoas. Passa as mãos no rosto, descendo pelo pescoço, coçando e arranhando a pele. Seu peito sobe e desce como se estivesse se afogando, ofegante por um ar que não consegue respirar.

— Ele te conhece há mais tempo — digo, apertando o braço de Zach. — Se tem alguém capaz de acalmá-lo, é você.

Zach assente, com um ar sombrio, e dá alguns passos para a frente.

— Cara — diz ele. — Está tudo bem. Sério. Mas está fazendo muito frio, por que a gente não sai amanhã, todo mundo junto? Também quero conhecer Budapeste!

É uma boa tentativa de convencê-lo sem deixar óbvio para as centenas de testemunhas qual é o verdadeiro problema. Mas acho que ele não vai cair nessa. É preciso mais firmeza. Ele precisa de algo substancial para se agarrar. Uma promessa de que as coisas serão diferentes se ele voltar.

Como suspeitei, ele começa a balançar a cabeça.

— Erin — chamo. — A gente pode sair amanhã para conhecer Budapeste, né? Talvez uma visita ao castelo?

Diz que sim. Entra no jogo só para podermos levá-lo de volta em segurança. Ele precisa sair daqui bem.

Mas ela não ajuda.

— Angel, se voltarmos agora não precisaremos envolver o Geoff. Ele nem vai ficar sabendo.

Uma ameaça velada. Angel enrijece. Lágrimas escorrem pelas suas bochechas avermelhadas.

— Não — diz ele.

Então, Erin dá um passo.

E ele se joga para trás, com um grito gutural.

— NÃO!

Mas, atrás dele, está a rua.

Vejo o que vai acontecer um instante antes e levo a mão à boca. Buzinas tocam e pneus cantam no asfalto. O carro o atinge com um baque e o corpo dele vai para cima. Gira no ar. Mais um baque, no teto. Outro baque, no porta-malas.

Então, ele cai rolando, mole e desacordado, na rua escura.

Os gritos aumentam e nos envolvem.

Angel está caído na avenida, e não está se mexendo.

Zach cai de joelhos.

Meu celular começa a vibrar de novo.

Angel está caído na rua, e não está se mexendo.

Luto contra a onda de gente que tenta me engolir de novo, porque preciso chegar a Zach, preciso.

O celular não para de vibrar.

Angel está caído na rua, e não está se mexendo.

Alcanço Zach e passo os braços ao redor dele. De perto, consigo diferenciar os gritos dele dos gritos dos outros. Ele não está gritando "Angel". Está gritando "Reece". Sem parar, para o chão, encolhido com os olhos fechados para não ter que ver.

De qualquer forma, não há nada para ver. Só uma muralha de corpos enquanto a multidão se fecha ao nosso redor para compartilhar nosso luto. Tudo flutua ao longe.

Acho que estão me sufocando.

Acho que estão nos afogando.

O peso da multidão sobre nós é esmagador. Não consigo

respirar. Não consigo focar, não sei a resposta, não consigo pensar, porque...

Angel está caído na rua, e não está se mexendo.

Não quero levantar. Só quero ficar ajoelhado aqui, abraçado com Zach, mantendo-o firme enquanto ele grita o nome de alguém que conheceu ainda criança. Não quero ar, e nem preciso. Não ligo se me esmagarem.

Então, mãos fortes me seguram e me libertam da multidão. É um dos seguranças da Chase. Outro se aproxima e cria uma barreira entre mim e as pessoas para que eu possa respirar. Antes que possa sentir medo, avisto outro segurança saindo da multidão com Zach. Ele está a salvo. Tudo bem.

Mas...

Angel está caído na rua, e não está se mexendo.

Não consigo chorar. Quero, mas não consigo. Não sinto nada. Não vejo nada, exceto o corpo imóvel de Angel, embora minha visão esteja bloqueada pela aglomeração. Não vejo Erin nem Jon. Chamo Zach, mas o segurança meneia a cabeça.

— Agora não — diz ele.

— O Angel está bem? Precisamos voltar.

— Agora não.

— Me leva até o Zach então. Preciso ficar com o Zach.

— Agora não.

Os gritos não diminuem quando os seguranças me escoltam em segurança para o refúgio do hotel.

Não importa o quanto eu me afaste.

Os gritos não diminuem.

VINTE
ZACH

Eles não nos deixam ver o Angel.

Erin está nos mandando atualizações por mensagem, ele está vivo e bem, então pelo menos disso sabemos. "Bem" para alguém com fratura exposta, algumas costelas quebradas, vários arranhões e um possível traumatismo craniano. Ainda não sabem a gravidade do ferimento.

Mas ele está acordado e, em geral, bem. Deu sorte, sem dúvidas.

Isso se estiverem nos dizendo a verdade. Não dá para ter certeza porque só temos a palavra deles; não temos permissão para ficar com Angel. Pelo que disseram, isso vai causar uma cena e chamar ainda mais atenção, coisa que a Chorus quer evitar a todo custo. Imagens do acidente se espalharam pela internet mais rápido do que qualquer outra coisa envolvendo a banda, mas a Chorus está se esforçando para que os holofotes não durem por muito tempo. E isso significa nada de visitas até a poeira baixar.

Normalmente, eu meio que entendo o porquê de nos manterem por fora de grandes acontecimentos, e confio que sabem lidar com qualquer situação da melhor forma possível. Mas isso já passou da normalidade faz tempo.

Ele é nosso amigo e está machucado. Deveríamos poder vê-lo. Ficar aqui me parece errado.

Ruben e Jon estão no quarto de Ruben esperando mais notícias, mas fui embora de lá uma hora atrás para tentar dormir. E estou até agora "tentando". Não consigo ficar confortável porque tudo parece nauseante e abafado.

Saio da cama e começo a andar pelo quarto. O relógio na mesa de cabeceira mostra que já passou das quatro da manhã, e a esta altura acho que será impossível dormir.

Repasso o acidente na minha mente. Muito vívido, nos mínimos detalhes. Ainda consigo ouvir o baque de Angel batendo no capô e rodopiando para trás, antes de, por fim, cair de cara na avenida.

E depois o silêncio.

Até os gritos começarem.

Ele estava tão parado, com o corpo contorcido de um jeito desengonçado e o braço esticado para fora. Naquele momento, todos acharam que ele havia morrido. Eu sei disso. Dava para sentir cheiro de sangue. Sangue dele. Eu vi o vermelho-escuro no rosto antes que os seguranças arrancassem nós três de lá. Jon tentou brigar com eles para ficar com Angel, mas não foi forte o bastante. Eu apenas obedeci. Não tinha energia para revidar. Talvez devesse ter revidado. Talvez não estivesse me sentindo assim agora, e Angel não estivesse sozinho.

Esfrego os olhos com a ponta dos dedos para segurar as lágrimas. Não tenho vergonha de chorar, só estou cansado disso. Mas é inevitável pensar que eu deveria ter ficado mais atento. Deveria ter previsto o que ia acontecer. Deveria ter ajudado Angel e impedido tudo.

Vou ao banheiro e me debruço na pia. Meu reflexo não se parece comigo. Não ultimamente, pelo menos. Meus olhos estão vermelhos e com olheiras inchadas. Jogo água no rosto e volto para o quarto vazio. Está escuro e bagunçado.

Sinto um aperto no peito. Preciso estar com os outros agora. Talvez não possa ver Angel, mas posso ver Ruben e Jon.

No corredor, há um esquadrão completo de seguranças da Chase, como nunca vi antes, bloqueando cada saída. Os guardas me lançam um olhar frio, totalmente desprovido de emoção. Aposto que eles têm ordens para nos impedir como for necessário caso a gente tente sair.

Bato na porta de Ruben e Jon me deixa entrar.

— Não conseguiu dormir? — pergunta Ruben.

— Não. — Sento na ponta da cama ao lado dele, que coloca a mão na minha perna. Seu toque me acalma. — Alguma novidade?

Ele faz que não.

— Não consigo falar com meu pai — comenta Jon. — Acho que ele está me ignorando.

Fecho a cara. Jon acabou de ver um de seus melhores amigos sofrer um acidente terrível, e Geoff o ignora.

Será que Geoff sequer se importa com Angel? Ou com qualquer um de nós, no que não diz respeito ao nosso valor para a empresa dele?

Queria poder dizer para mim mesmo que sim.

Mas acho que não consigo mais.

Geoff leva mais cinco horas para nos ligar e dar atualizações sobre Angel. Oito horas desde o acidente.

Oito. Malditas. Horas.

Sinceramente, durante esse tempo comecei a sentir que nós quatro somos os membros menos importantes da Saturday. Somos apenas fantoches bonitinhos que os figurões da Chorus puxam de um lado para outro, como bem entendem, para satisfazer os desejos do público. Somos vendidos como os garotos dos sonhos. Qualquer traço de humanidade só nos torna mais desagradáveis. Qualquer coisa real é feia e destrói a ilusão.

Chegamos no quarto de Erin.

O notebook está na mesa, mostrando Geoff em seu escritório, na sede da Chorus. Um time de empresários o acompanha, publicitários em sua maioria, e outras pessoas que, no geral, não conheço.

— Bom — diz Geoff. Claramente, chegamos no meio de uma conversa. — Ainda não sabemos quando ele poderá voltar aos palcos, mas temos algumas opções. Podemos adaptar a coreografia às limitações dele.

— Espera aí — diz Jon, antes mesmo de sentar. Ele estufa o peito. — Você não está considerando seguir com o Angel na turnê, está?

Isso, finalmente, chama toda a atenção de Geoff.

— Com todo o respeito, Jon, não é você quem decide isso. Mantenha o foco em ajudar os outros durante esse tempo difícil e deixe a logística com a gente. Agora, sente-se.

Jon bufa com os olhos em chamas. Vai até uma cadeira vazia e para, ainda de pé.

— Quer saber? Não. Angel precisa de ajuda. Você sabe que ele passa quase todos os dias drogado, não sabe? Ele não está sabendo lidar. Pai, ele quase morreu!

— Estamos cientes da gravidade do acidente, mas já nos garantiram que ele poderá se apresentar com segurança assim que tiver alta...

— O que precisa acontecer pra você começar a se importar? Essa turnê não pode continuar. Angel só precisa de uma coisa agora: que você invista todos os recursos disponíveis no tratamento dele. Caso contrário, a Saturday que você ama usar não vai existir por muito mais tempo.

O escritório fica em silêncio. Uma gerente de relações públicas puxa a gola da camisa.

— Tudo bem — diz Geoff. — Queríamos incluir vocês nas discussões sobre o futuro no curto prazo, mas parece que as emoções estão muito afloradas no momento. Podemos falar sobre isso mais tarde.

Geoff vai encerrar a chamada.

— Mas e a turnê? — pergunta Ruben. — Temos um show daqui a dois dias.

— Vamos discutir e apresentamos o plano para vocês em breve.

A tela apaga.

E acho que é só isso.

Olho para Erin, buscando algum tipo de conforto ou, pelo menos, algumas respostas.

— Então, o que vai acontecer? — pergunto. — Vão mandar a gente se apresentar sem o Angel?

— Sinto muito mesmo, Zach — diz ela, franzindo a testa. — Mas não posso falar sobre isso.

Nossa. Beleza. Então é assim que vai ser.

Eu e Ruben voltamos para o quarto dele.

— Puta que pariu — diz ele.

Assinto. Porque pois é. Os garotos da Saturday podem não ter permissão para usar essa palavra em público, mas é a única expressão apropriada para a situação atual.

— Quer ficar sozinho? — pergunto. — Posso ir embora, se você quiser.

Ele balança a cabeça.

— Fica.

Vamos até a cama. Me recosto na cabeceira, e Ruben senta no meu colo, encolhido. Olho nos olhos dele e afasto uma mecha de cabelo do seu rosto. Ele sorri delicadamente com o toque, e sinto um friozinho na barriga. Será que ele tem noção de como fica fofo com o cabelo bagunçado? Ou do quanto eu o acho lindo?

— Você está bem? — pergunto.

— Para falar a verdade, não. E você?

— Também não.

— Não paro de pensar no que aconteceu. Eu *vejo* tudo, num ciclo sem fim. E não consigo parar de pensar no que ele disse.

— Em que parte?

Coloco as mãos na cintura dele e o puxo. Talvez eu não seja bom em me expressar às vezes, mas espero que consiga compensar assim, ouvindo. Talvez seja o bastante para que ele saiba. Começo a acariciá-lo com o polegar, sentindo o calor dele através do tecido macio da camiseta.

— Tudo, na verdade — diz ele.

— Sinto muito por eles terem sido tão merdas com a gente.

Mudo de posição, deitando de costas, a cabeça apoiada nas mãos. Ruben toca meu colar, como se fosse a coisa que ele mais quisesse fazer no momento, mas, pelas sobrancelhas franzidas, sei que está se segurando para me perguntar alguma coisa, esperando o momento perfeito.

— Zach, o que você realmente acha de contar sobre nós dois depois do show na Rússia?

— Por que está perguntando isso?

— Você sabe que *eu* quero me assumir, e sabe que eles disseram que, depois da Rússia, podemos. Mas e você? Só porque temos permissão, não significa que é isso que você quer.

Sento e respondo, com a testa franzida:

— Eu quero.

— Quer mesmo? Ou só está indo na onda porque acha que é isso que eu quero? Você sabe que não precisa, né?

— Não tem nada a ver. Não tenho medo de me assumir.

— Não ter medo e querer fazer são duas coisas bem diferentes.

— Eu sei, mas, tipo... sair do armário para mim não é um problema. De várias formas, isso tem sido um alívio. Tá tudo bem.

Ele olha para baixo e suspira.

— Que foi? — pergunto. — Eu disse algo errado?

— Você nunca fala nada.

— Espera, o quê?

— Desculpa, não quis ser grosso. Só estou cansado e ranzinza.

— Quer tirar um cochilo?

Sorrio, mas ele não retribui.

— Sim.

— Tá bom, eu entendo.

Mal-humorado, ele vira. Deito de conchinha com ele e lhe dou um beijo na nuca.

— É que nunca sei o que você quer — sussurra ele.

Um alarme soa na minha cabeça.

— Como assim?

— Nada. Não precisa se preocupar com isso.

Ao que tudo indica, preciso me preocupar, sim, mas também estou cansado, e sem clima para uma avaliação intensa dos meus sentimentos e motivações. *Agora* não.

— Acha melhor eu ir embora e te deixar dormindo um pouco?

Há uma pausa pesada. Quando Ruben responde, sua voz está fraca:

— Não.

Puxo Ruben para mais perto e tento ignorar que, claramente, fiz algo errado e não sei o que foi.

— Então tá.

— Oi, gente — diz Angel, sério.

Nós três estamos sentados na cama de Ruben, que está com um tablet no colo. Para ser sincero, eu estava esperando que Angel soltasse uma piada, ou pelo menos um sorriso, mas ele parece alguém completamente diferente agora.

De braço e perna engessados, com um curativo na têmpora, ele está acordado, e vê-lo assim ajuda a aliviar pelo menos um pouco a tensão dos últimos dias.

— Então — diz Angel —, quem contou para eles que tenho problema com drogas?

Olho para os outros, que também evitam o olhar de Angel.
Por fim, Jon se pronuncia:
— Eu disse que você precisa de ajuda.
Angel revira os olhos e se inclina para trás.
— Eu sabia. Eu *sabia*...
— E você precisa mesmo — Jon o interrompe. — Você quase *morreu*, Angel.
— Isso podia ter acontecido com qualquer um.
— Aconteceu porque você estava *chapado*. Você pulou da *varanda*, Angel. Porque estava *chapado*.
— Zach e Ruben também pularam.
— E se eles tivessem se machucado a culpa seria *sua*.
Angel se assusta com a afirmação e encara a câmera com choque e mágoa.
— Você deve estar adorando isso, né?
— Como assim?
— Sem essa! Você vive dando sermão, dizendo o que é certo, que devemos ser *maduros*, me julgando por querer me divertir um pouco enquanto ainda posso. Aí na primeira oportunidade você me dedura para a Chorus. Não tenho problema nenhum, foi só uma noite ruim.
— Você anda tendo muitas noites ruins.
Angel ri, tenso e amargo.
— Quer saber? Vai tomar no cu, Jon. Você é um otário metido a certinho. Sabia que as pessoas só te aturam por causa do seu pai?
— Não vou entrar nessa.
— Sabe por que você é tão contra tudo o que eu faço? Não é por ser todo *moralista* e um *menino de Deus*. É porque você sabe que se caísse pra dentro e se divertisse como todo mundo, eles não iriam te querer, e você não quer dar a eles a oportunidade de te dispensarem. Você não passa de um riquinho insuportável que vai chorando pro colo do papai toda vez que discute com alguém, e todo mundo *te odeia*.

Jon está completamente impassível.

— Você não está falando sério.

— Estou, sim. Eu te odeio.

— Só está irritado comigo porque *sabe que eu estou certo* e não quer aceitar...

— Acho que te odeio desde que te conheci.

— ... e eu não vou pedir desculpas por isso. Não vou me desculpar por pedir ajuda em vez de ficar sentado vendo você se matar.

— Sabe que quando isso passar, já deu para mim, tá? Não quero mais olhar para você. Já *deu*.

— Melhor assim do que você *morto* — Jon grita para a tela com a voz rouca e embargada.

Angel encerra a chamada. A respiração de Jon está pesada, e ele cobre a boca com a mão trêmula.

Só agora percebo que estou apertando a mão de Ruben com tanta força que os dedos dele estão roxos. Relaxo a pegada.

— Ele não falou sério — sussurro. — Eu conheço o Angel, tá? Ele só está chateado.

Jon não responde. Só encara a tela.

Ruben me solta e abraça Jon por trás. Jon agarra os braços de Ruben até os nós dos dedos ficarem brancos.

Alguém bate na porta e eu abro. É Erin.

Ela analisa Ruben e Jon na cama. Minha expressão de pavor. O tablet de pé.

— Angel ligou, é? — pergunta ela.

Nós três assentimos. Ninguém diz nada.

— Bom, acho que vocês já desconfiam, mas a Chorus e a Galactic se decidiram em relação à turnê.

— E? — Jon se força a dizer.

— Decidiram que você está certo, Jon. Angel precisa de tempo para se recuperar. A turnê foi adiada.

Queria que isso parecesse uma vitória.
Mas não parece.
Nem de longe.

VINTE E UM

RUBEN

O voo de volta para casa é silencioso.

Tento dormir um pouco porque não tenho conseguido descansar ultimamente de jeito nenhum, mas, como sempre, mesmo de olhos fechados, minha mente se recusa a sossegar. Os pensamentos borbulham e reviram, pulando de um tópico para outro com a energia de um beija-flor.

Angel, sua recuperação, as informações vazias que nos dão sobre ele.

A imprensa, e as discussões agora empáticas sobre Angel e seu acidente de trânsito aparentemente causado pelo cansaço.

Jon, que se fechou desde que finalmente enfrentou o pai. A identificação que tive com o medo dele pelas consequências de teimar com a própria família.

Zach, e seu sorriso murchando um pouco depois que se assumiu para a mãe e desaparecendo completamente depois do acidente. Ele está prestes a encarar a mãe pela primeira vez desde que saiu do armário, e eu estarei em outro estado, incapaz de segurar a mão dele e correr para ajudar caso algo dê errado.

Minha mãe, que parece mais preocupada com a turnê interrompida do que com o que aconteceu com Angel. Além do mais, *ignorei as mensagens dela*. Aparentemente, o trauma que passei naquela noite não me deu uma licença para me comportar mal.

Preciso tentar voltar ao normal na casa dos meus pais. Perto dela. Sem a banda. Sem Zach.

Um tópico, um zumbido, outro tópico se repetem em sequência na minha mente. Como se meu cérebro estivesse tentando, em vão, sintonizar na estação de rádio correta. Tento abafar tudo com fones de ouvido e a trilha sonora de *In This House*, mas não funciona muito bem.

Parece que estamos voando há uma eternidade — já até comecei a considerar que talvez Geoff esteja mesmo planejando nunca nos libertar, e secretamente desviou a rota do avião para uma coletiva de imprensa marcada de última hora ou qualquer coisa do tipo. Ou talvez não seja nada tão complexo. Quem sabe só estamos flutuando sem nos mover, suspensos no lugar, e nunca mais vamos voltar para casa. Talvez a espera e a melancolia sejam tudo o que existe agora.

Mas então o piloto anuncia que estamos prestes a pousar em Los Angeles, e eu finalmente abro os olhos. Zach, que passou o voo inteiro com o ombro pressionado com força contra o meu, me encara, mas não diz nada. Muito menos sorri.

Geralmente, Angel e Zach continuam no avião enquanto o resto de nós desembarca aqui. Mas hoje ele vai continuar a viagem sozinho. A equipe passa por Zach e se despede com uma animação forçada. Jon dá um abraço apertado nele, e sinto um nó na garganta vendo. Os segundos passam.

Agora, todos se foram. É hora da minha despedida.

E não estou pronto.

Só fiquei longe dele por no máximo algumas horas desde que começamos a turnê internacional. Agora, sinto como se estivessem me arrastando daqui. Como posso sair deste avião sozinho, ir para casa sem ele, dormir sem o cheiro de Zach no meu travesseiro e acordar com apenas o eco da sinfonia que criamos juntos?

Parece que a vida está prestes a perder o ritmo, me levando junto.

Rangendo os dentes, abraço-o com força, sentindo seu cheiro e segurando seu cabelo, só para gravar na memória como é tê-lo por perto, para conseguir sobreviver até que eu possa vê-lo de novo.

— A gente se vê em breve? — pergunto, quando nos afastamos.

Ele engole em seco, e o canto da sua boca treme.

— Em breve. Me manda mensagem quando chegar em casa?

Assinto em vez de responder, porque meu medo é abrir a boca e as palavras não saírem.

Respirando fundo, vou até a porta com Jon e desço os degraus até a pista de pouso. Tento me reconfortar: temos telefone. Temos internet. Vai ficar tudo bem. É só um tempo.

Desta vez, não há nenhuma agitação enquanto a equipe é escoltada por dois seguranças da Chase até o aeroporto. Somos apressados até uma área privada pela entrada dos fundos, longe da multidão, das fotos, dos vídeos e dos gritos. Só um zumbido baixo e vazio, pontuado por anúncios de voos e cumprimentos ensaiados da equipe eficiente do aeroporto. Mal tenho tempo de esfregar os olhos e me espreguiçar antes de ter que me despedir de Jon na calçada. Então, ele é colocado em um carro, eu, em outro, e acabou. Estou sozinho. Voltando para a casa dos meus pais sem ter como fugir. Nada mais os separa de mim. Nenhum fuso horário.

Não faz menos de um mês que eu estava chateado por sair do fuso horário deles?

Controlo a respiração enquanto o carro sai do estacionamento. Trinta segundos depois, pego o celular e tiro o modo avião para mandar uma mensagem para Zach. Mas assim que meu telefone recupera o sinal, chega uma mensagem dele. Deve ter enviado enquanto o avião ainda estava em solo.

Oi. Tô com saudade.

E, apesar da dor afundando meu peito, abro um sorriso.

VINTE E DOIS
ZACH

Agora que estou em casa, encarando a porta da minha mãe, fica óbvio que não dá mais.

O climão com ela finalmente chegou a um ponto que não tem mais como ignorar. A casa dela, que antes era um porto seguro, se tornou um lugar em que, para ser sincero, não quero mais estar.

Estou de saco cheio.

Tenho me esforçado ao máximo para não ficar chateado com a barreira que ela ergueu, porque pensei que só iria piorar as coisas. Acreditei que seria uma boa dar um tempo para que ela compreendesse minha sexualidade.

Agora, porém, percebo que isso é papo furado. Pela reação dela, parece até que eu contei que sou um assassino, e não bissexual, e estou morrendo de medo de vê-la. Preciso dar um jeito nisso.

Destranco a porta e entro em casa.

— Oi — diz minha mãe, desligando a TV.

Ela está com uma camisa larga, calça de moletom e um rabo de cavalo bagunçado.

Nos abraçamos. É um abraço frio, nós dois mantendo uma distância segura.

— Como foi o voo? — pergunta ela.

— Tranquilo.

— Mesmo? Você parece cansado.

Estremeço.

— Pois é. Vou dar uma dormida.

— Não repara a bagunça — diz minha mãe, pegando um cardigã do sofá para dobrar. Assim como eu, ela consegue deixar tudo uma zona em tempo recorde. — Hoje foi frenético no trabalho.

— Nem está tão bagunçado assim.

— Viu só? Agora sei que você está mentindo.

Acho que ela só está brincando, mas soou grosseiro. Mordo os lábios.

Ela continua arrumando, como se eu nem estivesse aqui.

Eu até poderia ir para o meu quarto, mas não consigo deixar de lembrar da última vez que vim para casa depois da primeira parte da turnê. Agora ela está agindo como se eu fosse um fardo. Uma chateação. Sei que a vida dela não gira em torno de mim, mas, tipo, é inevitável não pensar que isso tudo é porque saí do armário. É a maior diferença em que consigo pensar entre o antes e o agora.

Não dá para continuar assim.

Preciso conversar direito com ela.

— Ei, quer um café?

— Ah, quero, por favor.

Ligo a cafeteira. Comprei para ela no primeiro Natal depois que a Saturday começou a ganhar dinheiro para valer, e nós dois gastávamos muita grana um com o outro. Naquela época, cada compra grande parecia escandalosa, e ainda é mais ou menos assim. Ser pobre é o tipo de coisa que nunca sai da gente. Ainda conto cada dólar, apesar de não precisar mais me preocupar com isso. Meu primeiro impulso é sempre pegar a opção mais barata *porque é tudo a mesma coisa*. Lembro de querer roupas novas, um videogame ou até mesmo ir a um café e não poder porque era tudo caro demais. E sempre que eu acabava gastando me sentia culpado depois. A vida toda, minha mãe quis, nas palavras dela, uma "cafeteira podre de chique", mas se segurava, porque tinha que gastar com coisas mais práticas, como aluguel e contas.

Aquele Natal foi, sem brincadeira, um dos pontos altos do meu primeiro ano de Saturday, e talvez até da minha vida. Essa cafeteira foi a cereja do bolo. Minha mãe deu cambalhotas quando viu, e quase nunca reagia assim. Basicamente, surtou.

Coloco os grãos de café no moedor e os pulverizo, deixando a casa com cheiro de café.

Quero falar desse clima esquisito, botar tudo para fora, mas as palavras estão entaladas.

Falar para minha mãe que estou muito triste pela reação dela ao que contei é quase invasivo; quase como mostrar a ela minhas buscas na internet em abas anônimas no meio da noite. O tipo de coisa que eu jamais faria.

Coloco duas canecas debaixo dos bocais. Depois, ligo a cafeteira. A máquina balança e se treme toda. Não lembro de vê-la fazendo isso antes. Talvez precise de um conserto. Que ódio. Comprei na era de ouro, quando as coisas com a Saturday eram mais divertidas do que estressantes, e agora está estragando. Levando em conta tudo que está acontecendo, até que faz sentido.

— Como está o Angel? — pergunta ela.
— Bem.
Ela bufa.
— Tá bom, Zach, o que é que está rolando?
— Ahn?
— Faz uma semana que você só me dá respostas curtas. O que houve? Está chateado comigo?

Anda, Zach. Fala logo. Diz que não está feliz com a resposta dela à conversa. É o que Ruben te aconselharia a fazer.

— Desde que me assumi, você vem me tratando de um jeito muito estranho, e isso não é nada legal.

— Você acha que estou te tratando de um jeito estranho?

— Acho.

— Zach, ultimamente você tem parecido ser outra pessoa. Você se afastou e eu senti isso.

— A culpa é sua, não minha.

Ai, meu Deus, parece que falei a coisa errada, porque ela arregala os olhos.

— Como pode o seu comportamento ser culpa minha?

— Eu te contei que sou bi, você ficou toda esquisita e brava, e depois nunca mais falou nada disso.

— Pensei que era o que você queria!

— Que você ficasse brava comigo?

— Pelo amor de Deus, não! Que a gente não agisse como se fosse grande coisa.

— Só disse aquilo porque percebi que você estava estranha.

Ela coloca as mãos na cintura e me analisa.

— Espera, é por isso que você estava me ignorando?

— Eu não estava te ignorando.

Ela pega o celular e me mostra as mensagens constantes que enviou, e minhas respostas no máximo esporádicas.

— Eu estava ocupado.

— Você vive ocupado desde o acampamento. A diferença é que antes você arranjava tempo.

— Bom, talvez isso tenha sido antes de você começar a me tratar como um traidor porque eu saí do armário.

— Não fiz nada disso.

— Por favor, dá pra parar de ficar adivinhando os meus sentimentos? Eu senti que você não me aceitou, e...

— Zach — diz ela, dando um passo à frente. — Você sentiu isso mesmo?

Assinto e as lágrimas começam a surgir.

— Você sabe que eu vou na Parada do Orgulho todo ano, né?
— Sei, mas...
— E sabe que alguns dos meus melhores amigos são queer, né?
— Sei.
— E eu não vivo dizendo que vou te apoiar independente de onde você esteja dentro do espectro de gênero e sexualidade?
— Hum... sim. Mas, se é assim, por que ficou toda esquisita quando eu me assumi?

A pergunta a pega de surpresa.

— Não foi de propósito. Só fiquei surpresa, só isso. E, por um segundo, um segundinho só, comecei a questionar nosso relacionamento. Sabe, sempre achei que você me contasse tudo.
— Era justamente o que eu estava *tentando fazer*.

Ela começa a sorrir.

— Que foi?
— Nada.
— Nada o quê?
— Ah, é só que você está sendo tão adolescente agora. É fofo. Mas, beleza, de volta ao papo sério. Tudo certo. Hummm, sim, drama adolescente queer, continua.

Balanço a cabeça e solto uma risada. Pela primeira vez em semanas, rir parece adequado.

— Você é péssima.
— Eu sei. Mas, só pra ficar claro, você gostar de garotos é algo maravilhoso e nada de mais ao mesmo tempo. Tá bom?
— Beleza. E, tipo, eu não sabia disso há muito tempo, então te contei logo no início. Só me dei conta de verdade durante a turnê.
— Você deve ter ligado alguns pontos, né? Ser bi não é o tipo de coisa que se descobre do nada.
— Sim, mas eu achava que era só uma fase. Que iria passar em algum momento.

— Acho que isso é meio problemático.

— Será que vou ser cancelado?

— Com certeza.

— Droga. — Coço a nuca. — Mas, sério, eu te conto basicamente tudo, os outros garotos até acham estranho. Só precisei de um tempo para me entender antes de te contar. Desculpa, botei na cabeça que você estava chateada e, falando sério, isso me deixou muito assustado.

— Ah, Zach — diz ela, me abraçando. — Você não faz ideia de como me arrependo por ter estragado o momento desse jeito.

— Vamos aceitar que nós dois pisamos na bola e seguir em frente. Combinado?

— Combinado.

Pegamos as canecas de café e vamos até a mesa de centro. Cleo aparece e pula no meio de nós dois. Faço carinho na cabeça dela, e ela se espreguiça.

— Então — diz minha mãe, bebericando o café. — Algum garoto te visitou nos bastidores?

Quase engasgo com a bebida.

— *Mãe!*

— Anda logo, conta tudo. O que te fez ter certeza absoluta? Ou, melhor dizendo, *quem*?

Tamborilo os dedos na perna.

— Hum, então, você sabe que o Ruben é gay, né?

Ela fica boquiaberta.

— *Mentira.*

Dou um sorriso.

— Aham.

— Cala a boca. Zach, ele é um *gato*.

É meio esquisito minha mãe chamar meu namorado de gato, e espero que nunca aconteça de novo. Mas, desta vez, deixo passar.

— Eu sei.

Ela se aninha no sofá para ficar mais confortável.
— Pode continuar, me conta tu-di-nho.
Eu não estava esperando fazer isso agora.
Mas quer saber?
Acho que vou contar.

VINTE E TRÊS

RUBEN

Pulo na frente do meu pai no momento exato que ele chega do trabalho.

— Finalmente contaram alguma coisa pra gente — anuncio enquanto ele tira o casaco na entrada da casa. — Parece que internaram o Angel no Armstrong Center. Disseram que ainda é cedo para saber se ele já vai estar firme e forte quando sair de lá, mas está fazendo fisioterapia todo dia, então já é alguma coisa, né?

Não é muita coisa, mas em comparação com as notícias vagas que temos recebido da Chorus nas duas últimas semanas desde que voltamos para casa, é praticamente uma mina de ouro. Muito mais útil do que "Angel está bem" e "podemos confirmar que vamos seguir com a reabilitação" e "vamos voltar com tudo assim que possível".

Quanto a Angel, fizemos algumas chamadas de vídeo, com ele ainda na cama do hospital. Da última vez que nos falamos, ele tinha tanta previsão quanto a gente sobre sua recuperação. Depois que teve alta, nunca mais recebemos notícias. Sei que foi porque ele estava em alguma clínica de reabilitação, mas, sem saber onde e por quanto tempo ficaria internado, a sensação foi de que a Chorus tinha dado "um sumiço" nele.

Meu pai franze a sobrancelha cheia para mim.

— Oi pra você também. Meu dia foi ótimo, obrigado por perguntar.

— Desculpa. Oi. — Vou com ele pelo corredor amplo e limpo até a sala de estar. — Fiquei empolgado. O que você acha?

Até agora, a maior vantagem de ser filho de um fisioterapeuta era receber dicas úteis de aquecimento para os ensaios de dança. Mas poder contar com as opiniões realistas dele sobre a recuperação de Angel me permite usufruir de seu banco de dados de um jeito inteiramente novo.

— O que eu acho? — repete ele. — Não tem muita informação para achar alguma coisa.

— Mas a gente sabe que ele saiu do hospital há uma semana e já começou a trabalhar para recuperar os movimentos.

Meu pai dá de ombros e se joga no sofá enquanto minha mãe entra na sala de estar para recebê-lo.

— Depende de muitos fatores — diz ele. — A extensão das lesões, o processo de cura, se ele seguiu as instruções do hospital ou não, se alguma lesão passou despercebida nos primeiros exames...

— Mas se ele estivesse muito, muito lesionado, não poderia ter começado a fisioterapia, né? — pergunto, sentando ao lado dele. — Então ele deve estar bem, não deve?

Meu pai aperta a minha mão.

— Sim. Talvez ele precise de uns dois meses ou mais, e imagino que ainda leve um bom tempo até que possa voltar a dançar com vocês, mas...

— Ele vai ficar bem — completo.

O alívio faz com que eu me sinta mais leve, mais animado. A Chorus nos garantiu que ele está melhorando, claro, mas já negaram a gravidade das coisas por tantos motivos que, a esta altura, o que falam não vale de nada.

— Então, daqui a três semanas ele será liberado — diz minha mãe.

— Como você sabe? — pergunto.

Ela abre um sorriso irônico para mim.

— Eu devo ser vidente.

Perguntas idiotas merecem respostas idiotas. Eu *sei* como ela sabe. Minha mãe passou metade da carreira coreografando filmes musicais e abriu seu estúdio de dança depois que nasci. Com um trabalho desses, impossível não ficar sabendo de alguns casos de reabilitação. Ou, melhor dizendo, de algumas dezenas de casos.

— Pelo que você contou, imagino que ele não precise de mais do que vinte e oito dias — anuncia minha mãe. — A maior preocupação é como vocês vão retomar a turnê com ele nessas condições. A empatia da imprensa não dura muito tempo, e não vai substituir toda a publicidade que vocês estão perdendo. Ou a venda de ingressos, por assim dizer.

— Sei lá — respondo.

— Acho que dá para deixar o Angel na geladeira enquanto ele ainda estiver engessado. Mas vai pegar mal quando ele tirar o gesso e continuar de fora — acrescenta ela.

— Acho que vai. Mas as pessoas vão ter que compreender.

— Você pode até *torcer* para que compreendam. Mas o público em geral tem memória curta. Talvez não perdoem um espetáculo incompleto por um ano inteiro. Se quer saber a minha opinião, é melhor vocês substituírem Angel no ano que vem enquanto ele recupera todos os movimentos.

Em outras palavras, ela quer que isso vire uma corrida de cavalos? Um cavalo quebra uma perna, então é sacrificado e substituído? As palavras borbulham em mim, uma tentação, mas não ouso dizê-las. Porém, estou ofendido o bastante para rebater até onde eu conseguir.

— Não faríamos isso com nosso amigo.

Minha mãe tenta trocar um olhar de impaciência com meu pai, que mantém uma expressão de *Sério mesmo? Logo agora que cheguei do trabalho?* Durante as últimas semanas, os dois comentaram diversas vezes sobre como estou mais rebelde desde que saí para a turnê.

Muito menos *complacente*. Quer dizer, minha mãe comentou e meu pai ficou fazendo *uhumm*, o que já conta.

— Para que tanto drama, Ruben? — diz ela. — São apenas negócios. A banda é mais importante do que os indivíduos.

— Ele não é substituível.

— Todo mundo é substituível. E se você tiver que decidir entre o Angel e sua carreira, espero que faça a escolha certa.

Todo mundo é substituível. Assim como Zach e eu, se decidirmos nos mostrar para o mundo. Assim com Jon, se ele for contra as vontades do próprio pai.

Que bom saber que não posso contar com o apoio dos meus pais se acabar perdendo tudo por ser um pouquinho gay demais. Nesta casa, criamos barreiras para esconder as atrocidades dos espectadores pagantes, e matamos o cavalo doente. É só dizer que foi exaustão. Que a corrida continue!

— Não é como se dependesse de mim — digo com um tom vazio.

— Isso me parece uma desculpa muito conveniente para não ter que pensar no seu futuro — rebate minha mãe.

— Você acha que estou aqui porque quero? — pergunto. — Não é como se eu amasse ser deixado de escanteio desse jeito. Mas, se a Chorus não quer que a gente saiba o plano a longo prazo ainda, ou é porque não existe plano, ou porque não querem nossa opinião a respeito. Das duas formas, não depende da gente.

Minha mãe revira os olhos.

— Aham. E se arrastar pela casa por duas semanas com certeza é o melhor que você pode fazer.

— Não estou de férias.

— Mas está agindo como se estivesse!

— Não estou, *não*. Continuo malhando, ensaiando...

— Você mal entra nas redes sociais.

— A Chorus não *quer* que a gente entre no momento.

— Ruben, para de falar comigo como se eu fosse sua inimiga. Estou só dando algumas ideias! O Zach não vem te visitar amanhã? Aposto que vocês podem fazer uma live juntos ou qualquer coisa assim para manter a banda no radar. Se você avisar ao David hoje à noite, até amanhã ele já aprovou. Isso é ser pró-ativo. Você já é adulto; é melhor ir se acostumando com esse conceito.

Ignoro a alfinetada.

— Essa é a última coisa que eles aprovariam. Estão morrendo de medo de o público descobrir sobre mim e Zach. Não deixam nem a gente ser fotografado lado a lado, que dirá fazer uma live junto na minha casa e sem o Jon.

É a primeira vez que menciono a censura para meus pais. Digo com toda a minha emoção, e é impossível que eles não percebam como estou me sentindo. Acho que, de certa forma, é um teste. Quero que se preocupem. Que se aproximem e digam *Como assim? Isso não é certo. Quer conversar? Como podemos ajudar?*

Em vez disso, meu pai pega o celular e murmura um "e-mail do trabalho", enquanto minha mãe fecha a cara.

— Bom... você acha que é uma boa ideia recebê-lo aqui, então? Talvez seja melhor esperar até a próxima reunião...

Eu a encaro, embasbacado.

— Sério mesmo? Mãe, ver o Zach escondido é tudo o que me resta. Ele é meu *namorado*.

— A pergunta é: *Você* está se levando a sério, Ruben? Você tem uma oportunidade única na sua frente. Não jogue tudo fora por causa de um namorinho adolescente.

Estou tão magoado e tão revoltado que mal consigo formular uma resposta. Até meu pai deve estar achando que ela foi longe demais, porque ele levanta e se espreguiça.

— Bom, vou tomar um banho antes do jantar.

Eu e minha mãe nos encaramos. Ela morde o lábio, tentando

mostrar como está *extremamente decepcionada* comigo. Já estou acostumado com essa expressão. Consigo interpretar perfeitamente.

— Nós já comemos — diz ela para o meu pai, por fim, o seguindo. — Tem *ensalada rusa* na geladeira, e posso esquentar algumas tortillas de ontem, se não se importar em comer duas vezes seguidas.

— Me parece uma boa — diz ele, com a voz esmaecendo enquanto saem da sala.

É assim que meu pai contribui quando eu e minha mãe batemos de frente. Mudando de assunto, causando uma distração ou fugindo. Sempre funciona muito bem na hora de amenizar o clima. Porém, seria muito legal se, ao menos uma vez, ele me defendesse em vez de dar fim à conversa. Mas meu pai prefere o caminho mais fácil e livre de confrontos, sempre que possível.

Puta merda, acabei de descrever Zach ou meu pai?

Faço uma careta e pego o celular para me distrair. Agradeço de coração, mas não estou no clima para reflexões freudianas esta noite.

Mensagens do Zach e do Jon me esperam, além de uma chamada de vídeo perdida do Zach. Obviamente, os dois leram o e-mail de atualizações da Chorus.

JON:
Meu pai disse que o Angel não tem permissão pra receber ligações enquanto estiver internado, mas dá pra gente mandar uma mensagem se concordarmos que ela seja lida pela equipe de lá antes. Vou escrever alguma coisa em nome da banda hoje à noite. Tem algo específico que você queira que eu diga em seu nome?

ZACH:
FINALMENTE!?!?

Sorrio, envio uma mensagem de melhoras para Jon encaminhar para Angel e depois vou até o quarto ligar para Zach.

— Oi — diz ele, ofegante. O chão ao fundo está coberto de roupas. — Então, estou fazendo as malas para amanhã. Preciso levar alguma coisa especial?

Ergo a sobrancelha e sorrio.

— Você só vai passar uma noite.

— Eu sei, mas achei melhor perguntar...

— Se esquecer qualquer coisa, eu te empresto aqui.

Ele hesita.

— Tem certeza?

— Claro que tenho.

— Não quero atrapalhar...

Agora estou confuso.

— Traz qualquer coisa que você acha que vai precisar. E se esquecer de algo a gente dá um jeito. Acho que você está se preocupando demais.

— Tem razão, estou me preocupando horrores. — Ele solta o ar com mais força do que uma conversa sobre meias e cuecas deveria pedir. — Então, sugestões de atividades: a gente pode fazer uns sanduíches de sorvete, daí a gente pega o Jon no aeroporto e corre até o Armstrong Center para ver como o Angel está. Que tal?

— Bem que eu queria.

— É sério, cara. Já tenho um plano de invasão e tudo.

Me aninho no travesseiro enquanto Zach resume seu plano de crime, que, por algum motivo, envolve serras elétricas, chiclete *e* uma performance a capela improvisada de "End of Everything". É brincadeira, e nós dois sabemos disso, mas não interrompo. É tão bom ouvir sua voz e fingir que ele está aqui do meu lado, sussurrando no escuro antes de pegarmos no sono. No fim das contas, uma batida na porta acaba interrompendo por mim.

Minha mãe coloca a cabeça dentro do quarto assim que desligamos.

— Achei que você já estava dormindo. Mas aí ouvi vozes.

— Eu não dormiria sem te dar boa-noite.

— Hummm, acho bom mesmo. — Um sorriso se forma no canto dos lábios dela. — Já passei muitas noites sem ter um filho aqui pra me dar boa-noite. É bom te ter de volta.

Esse é o problema da minha mãe. Por essas e outras que não sei lidar com ela. Ela pega pesado, mas não é porque me odeia. É meio que... seu jeito. Acontece que ela também tem um lado bonzinho. E, de muitas formas, o lado bonzinho deixa tudo mais difícil. Se ela fosse horrível cem por cento do tempo, seria muito mais fácil cortar o contato sem me sentir culpado. Mas para me livrar de toda a parte ruim eu teria que abrir mão também de alguns momentos bons no meio disso tudo, como este agora: ela na porta do meu quarto dando a entender que estava com saudades... Sei lá, apesar de não compensarem as ruins, as coisas boas deixam tudo mais complicado.

— Mãe — chamo.

— Sim?

Quero dizer: *Eu e o Zach queremos assumir nosso namoro. Tenho medo de que não deixem. Estou preocupado com o que podem fazer com a gente se algo der errado.*

Mas aí lembro da conversa que tivemos na sala e mudo de ideia.

— Amanhã você pode tirar uma foto minha antes de o Zach chegar para eu postar nos stories? Se a Chorus permitir.

Os olhos dela cintilam. Me sinto sujo. Como se, de alguma forma, estivesse assumindo a culpa da nossa discussão de hoje. Mas, às vezes, vale a pena só para manter a paz entre nós dois.

— Boa ideia. Quer que eu apague a luz ou deixe acesa?

— Pode apagar. Estou indo dormir já. Boa noite.

— Boa noite, meu bem.

Viu só? Ouvir a voz dela desse jeito, toda feliz e carinhosa, faz a sensação de falsidade valer a pena.

Mais ou menos.

Meu celular acende. Já chegou outra mensagem de Zach.

Então... você ainda tá tomando PrEP, né?

A mensagem me atinge em cheio quando finalmente entendo o contexto da nossa conversa de hoje. Há algumas semanas, mencionei para Zach que tomo PrEP, um medicamento de prevenção ao HIV. Não para provocar, e mais como um "ei, olha aqui algo que você talvez não saiba que exista já que acabou de se descobrir bi".

Mas essa mensagem é muito mais que uma provocação. É praticamente um grito na minha cara.

Zach vem dormir aqui amanhã. E ele queria saber se deveria *trazer alguma coisa*. Agora, sinto que "alguma coisa" deve ser tipo "camisinhas e lubrificante".

Meu peito começa a esquentar, e o calor vai se espalhando para baixo. Deslizo os dedos para dentro da calça do pijama enquanto repasso o jeito delicado como Zach comentou sobre a visita de amanhã. Então, imagino-o aqui do meu lado de novo, sem seguranças na porta. A gente na minha cama, sem despertador tocando de manhã, beijos debaixo das cobertas.

Mantenho a imagem na mente mesmo depois de terminar. Então, um sentimento estranho me invade. Uma sensação desesperadora, como se tudo estivesse escapando das minhas mãos, como areia numa ampulheta.

Nosso amanhã está garantido. Mas não sei o que nos espera depois.

E também não sei se estou pronto para descobrir.

Puxo Zach para perto de mim com força no momento em que o motorista sai do campo de visão. Me sinto ridículo, porque só faz duas semanas que não nos vemos, mas senti tanta saudade que chegou a doer e, para ser sincero, fiquei até assustado.

Por sorte, meus pais estão trabalhando, então não precisamos nos preocupar com boas maneiras forçadas.

— Tinha esquecido de como a sua casa é chique — diz ele enquanto subimos para deixar as coisas dele no quarto.

Ele está praticamente pulando de alegria. Tento parecer empolgado do mesmo jeito, mas ainda estou meio para baixo por causa do medo que senti noite passada. Para piorar, hoje o pavor está ainda mais intenso.

— Me dá vontade de fazer uma camiseta pra minha mãe escrita "Meu filho é um popstar internacional e só me deu esse apartamentinho" — continua Zach.

— Uma *cobertura*. Ela não tem do que reclamar. Aliás, como estão as coisas com ela?

O sorriso dele é instantâneo, o suficiente para afastar qualquer preocupação que eu tive durante nossas ligações nas últimas semanas.

— Tudo bem. Tudo muito bem agora.

Graças a Deus.

— Fico feliz — digo. — Pelo menos um de nós está curtindo o tempo em casa, então.

— Você está pensando em se mudar?

Recosto no batente da porta do quarto.

— Por que a pergunta? Tem alguma oferta melhor para mim?

— Não foi isso que quis dizer. Só curiosidade mesmo.

A resposta mais honesta é que não fiz planos, porque ainda não sei ao certo o que o futuro reserva. Quanto mais penso no que está por vir, mais certo me sinto de que não posso esperar apenas pelo melhor.

— Provavelmente. Meu plano era começar a procurar um lugar depois da turnê, mas acho melhor dar uma segurada enquanto não sabemos quais serão os próximos passos.

— Quer continuar em Los Angeles?

— Quero. Santa Monica, talvez.

Zach parece um pouquinho desapontado.

— Ah.

— Fica só a um voo rápido de distância, lembra? — digo, mas me dou conta de que estar a duas horas de avião do Zach já tem sido difícil demais. Não quero pensar numa vida em que ele não esteja ao meu lado. — Mas também não bati o martelo nem nada do tipo.

— Eu gosto de Santa Monica — diz ele ao mesmo tempo, supercasual.

Eu o analiso e meu peito queima de tanto afeto. Por um momento, me permito fingir que nosso futuro pode ser assim. Nós dois na banda, juntos, livres para viver sem segredos. Na praia, sob o sol. Felizes.

— Eu também.

Ficamos parados no quarto por um momento. De repente, a mensagem que ele enviou noite passada volta à minha mente, e meu coração acelera. O que essa pausa significa?

O silêncio parece pesado e cheio de significado. Então, naturalmente, entro em pânico e começo a falar.

— A gente pode ver um filme, sei lá — digo, tropeçando na soleira da porta ao entrar no quarto. — A não ser que você esteja com fome. Deve estar, né? Acho que sobrou tortilla na geladeira, mas não sei se dá para aquecer mais uma vez. Você já provou comida espanhola? Tortilla é uma delícia. É, tipo, batata, ovo e cebola, tudo misturado e frito. Ou a gente pode pedir alguma coisa.

— Não estou com fome.

— Beleza. Então, que tal um filme? Acho que já sugeri isso. Ou podemos sair pra caminhar. O dia está... sabe como é... hum, bonito.

Zach pisca.

— Podemos, é?

— Só se você quiser — respondo.

Zach dá um passo em minha direção. Sua expressão diz *não*. Diz *vem aqui*. Nossa, e também diz *me beija*.

— Você quer?

Engulo em seco.

— Na verdade, não.

Estar tão perto dele, com esse meio-sorriso divertido, me dá agonia. Porque tudo o que quero é que esse momento dure para sempre, e sinto que, de alguma forma, já acabou, apesar de nem ter começado. É um paradoxo porque *nós somos* um paradoxo. Somos os namorados de Schrödinger. Temos um futuro juntos, e tudo está prestes a explodir. E até a Chorus decidir de uma vez por todas se vai soltar nossas correntes, não dá para saber qual das suas realidades é a verdadeira.

Então, por enquanto, vou fingir que sei a resposta. Vou fingir que vai ficar tudo bem.

Puxo Zach e o beijo desesperadamente.

Deixamos a porta aberta. Ele me imprensa na parede conforme cada vez mais roupas vão caindo no chão. Há algo extasiante em ter tanto espaço só para nós. Em podermos ser quem somos, fora de um quarto apertado de hotel. E, embora tenhamos um milhão de assuntos para falar, desde a Chorus até a mãe dele, passando pelo Angel, é maravilhoso deixar tudo pra lá, só por um instante, e mergulhar na *felicidade*. Mesmo que rapidinho.

Ele trouxe camisinha, no fim das contas. Embora seja sua primeira vez, é ele que hesita antes de abrir a embalagem e me pergunta se está tudo bem. Eu é que deveria estar perguntando isso. É claro que está tudo bem. Muito mais que bem. Perfeito.

No começo, ele treme um pouco, mas começo a beijá-lo nos lábios, na clavícula e nos ombros. Zach afunda os dedos nas minhas costas até suas mãos ficarem firmes.

Quando sussurra meu nome, não há incerteza alguma em sua voz.

Quando seus olhos encontram os meus, tão escuros de *desejo* que quase parecem chocolate, ele não hesita.

E, quando acaba, deitamos entrelaçados um ao outro. Com a cabeça dele apoiada no meu peito, penso através de uma neblina de felicidade que não quero dormir com mais ninguém que não seja Zach. E, apesar de saber que um dia posso lembrar desse momento e achar que era ingenuidade minha, agora é a mais pura verdade.

Talvez um dia Zach não seja mais meu. Mas, agora, ele é a única coisa que existe. Então, afasto todos os medos por mais alguns minutos.

Finjo que só existe a gente, e que a eternidade será assim como esse momento, só por mais alguns minutos.

VINTE E QUATRO
ZACH

Faz seis semanas que vi o resto da Saturday pela última vez.

Visitei Ruben e digamos que a gente, hummm, se divertiu bastante fazendo muitas coisas novas. Tudo com segurança, já que ele toma PrEP, e também estamos usando camisinha, por via das dúvidas, para não precisarmos nos preocupar tanto com ISTs e essas coisas.

Então eu estaria mentindo se dissesse que não quero ver Ruben para *isso*.

Mas também sinto saudades da banda. Hoje vamos nos ver e mal posso esperar.

Angel recebeu alta da reabilitação alguns dias atrás. Como sempre, os instintos de Veronica foram assustadoramente precisos, e ele foi liberado depois da exata marca de um mês. Para comemorar, marcamos de nos encontrar na casa de Ruben, agora que Angel já teve tempo para rever a família. Também queremos assistir ao clipe de "Overdrive", que chegou do nada nas nossas caixas de entrada há uma semana, mas assistir sem Angel não parecia certo, então decidimos esperar. A equipe da Chorus pediu nossa opinião, mas sabemos que eles não estão nem aí para isso, e também não nos apressaram nem nada.

Bato na porta do Ruben e, um instante depois, ele abre.

Meu namorado.

Dou um sorrisão. Ele também. Depois de um selinho rápido, eu entro. Ruben mora em um condomínio particular com segurança, então sei que não corro o risco de encontrar paparazzi, pelo menos aqui dentro. Mesmo na rara possibilidade de alguém ter uma câmera de longa distância, se estamos num ambiente fechado eles não podem vender a foto, ou receberão um baita processo.

— Que saudade — diz ele.
— Eu também.
Ele acaricia meu braço.
— Quer refrigerante?
— Quero, por favor.

Pegamos uma coca zero e vamos até a varanda. Os outros, incluindo Angel, já chegaram, e o pai do Ruben está na churrasqueira. O cheiro defumado no ar é delicioso. Jon e Angel estão sentados nos bancos de fora, olhando para a piscina. Angel abre um sorriso radiante, antes de levantar todo sem jeito, tomando cuidado com o gesso preto e dourado com estampa da Versace que ele ainda usa no braço, onde sofreu a fratura exposta. Eu nem sabia que faziam gessos assim. Deve ser personalizado.

— Olha quem chegou! — diz ele. — Finalmente.
— Oi!

Ele me dá um abraço de lado enquanto Jon se aproxima, com as mãos nos bolsos. O hematoma na têmpora de Angel já está praticamente curado, o que é bom, mas percebo que ele ainda está mancando. Tirando isso, no entanto, ele já parece ter voltado ao normal. Também ganho um abraço de Jon e, depois, um aperto de mãos do pai do Ruben. Veronica apenas assente para mim.

E cá estamos nós.

A Saturday reunida pela primeira vez desde que a turnê foi cancelada.

— Como você está? — pergunto a Angel quando sentamos.

— Melhor do que nunca. E você?

Estou um pouquinho surpreso por vê-lo agindo normalmente, depois de como as coisas terminaram na última vez que nos falamos. Mas Angel é assim, eu acho. Me viro para ver se Jon concorda comigo, mas ele não está olhando para mim.

— Nada a reclamar.

— Imagino — diz ele, olhando para mim e para Ruben, erguendo as sobrancelhas.

— A comida está pronta — diz o pai do Ruben, claramente querendo mudar de assunto. — Podem se servir.

Ele fez um monte de hambúrgueres de cogumelo, com vários acompanhamentos sem carne e molhos, porque, no momento, é vegetariano. De acordo com Ruben, a cada mês ele muda de dieta.

Depois do almoço, vamos até a sala de TV para ver o clipe. Sem nem precisarmos pedir, os pais do Ruben nos deixam sozinhos. É nossa tradição desde o nosso primeiro clipe assistir só nós quatro. Jon mexe no celular, e o título aparece na tela, "Overdrive" em vermelho neon com um céu escuro ao fundo.

— Prontos?

— Espera — diz Angel. — Quero falar uma coisa antes.

Ficamos quietos.

— Calma, gente! — exclama Angel. — Só fui pra reabilitação, não é como se eu estivesse morrendo ou qualquer coisa assim.

Jon cruza os braços.

— "Só" reabilitação, é? Nada de mais?

— Vou chegar lá. Mas, primeiro, queria te pedir desculpas, Jon.

Jon se empertiga e arqueia as sobrancelhas, aguardando.

— Eu fui... um babaca com você. Minha terapeuta chama de deslocamento de raiva, o que, aparentemente, é uma coisa que existe de verdade. Quem diria?

Jon está parado perto da TV e está na cara que não sabe o que fazer ou onde colocar as mãos. Eu entendo. Não lembro muito bem de já ter visto Angel se desculpar antes.

— Você disse que me odiava — responde Jon.

— Eu não te odeio. — Angel morde os lábios. — Eu te amo. Amo todos vocês. É só que… estava foda. Eu estava com raiva, assustado pra caralho, e pensei que você só tivesse feito aquilo para me magoar. Eu não entendi. Levei semanas pra entender, na verdade. Acho que tive muito tempo pra pensar. — Ele abre um sorriso fraco. — Não é uma desculpa, e você não precisa me perdoar. Eu, provavelmente, não me perdoaria. Mas estou arrependido pra caralho do que te disse.

Jon olha para ele por um longo momento, da cabeça aos pés. Sua expressão é impossível de ler, e começo a pensar que Angel passou dos limites. Talvez seja imperdoável para Jon.

Então, ele franze a testa e faz beicinho.

— Fiquei com saudade. É tão bom te ver de novo, cara.

Angel salta do sofá — o mais rápido que consegue com a perna imobilizada — e os dois se abraçam forte.

Ainda agarrado a Jon, Angel olha para a gente.

— E vocês dois. Putz. Sei que não fui um cara legal na turnê, fiz muita merda e acabei afetando vocês. Desculpa por isso também. Porra, desculpa por tudo.

— Tá tudo bem — diz Ruben. — Mas obrigado por se desculpar.

— É, obrigado. Cabeção — completo, com um sorriso.

Angel solta Jon.

— O negócio é o seguinte: as drogas, eu nem usava por diversão. Começou como uma forma de parar de me sentir tão criticado e controlado o tempo todo, mas perdi a mão e não consegui parar. Depois que começa, é muito difícil voltar a lidar com as coisas sóbrio.

Não tenho vontade de usar drogas, mas entendo. Tomar um comprimido e parar de sentir essa pressão constante e sufocante, mesmo que apenas por um momento? Dá para ver que é tentador.

— Ei, pergunta séria agora — digo. — Quando você estava chapado, comentou sobre querer ser chamado de Reece. É assim que você quer que a gente te chame? Porque não tem problema.

Ele parece pego de surpresa.

— Eu disse isso?

— Disse.

Ele pensa por um instante e depois dá de ombros.

— Sei lá. Na verdade, eu gosto de ser chamado de Angel. Só não gosto de não ter sido consultado antes. Só me disseram meu novo nome e fim.

— Tem certeza? — pergunta Ruben. — A gente pode te chamar do que você preferir.

— Ah, sim, com certeza. Que tipo de popstar se chama *Reece*? Mas, enfim, vamos assistir ao clipe agora. Chega de confissões.

Jon ri e aperta o play.

A câmera dá zoom, atravessa a palavra "Overdrive" e mostra uma cidade reluzente, coberta de luzes neon noite adentro. E então, Jon, Ruben e eu aparecemos usando nossas roupas de pilotos futuristas, nos preparando para começar a corrida. Jon conversa com uma motorista ridiculamente atraente. Ruben está sentado no banco da frente lendo um livro chamado *Como vencer corridas*, enquanto eu mexo no motor do meu carro, com o macacão abaixado, mostrando minha regata preta e meus braços sujos de graxa.

— Como você está gostoso — Ruben sussurra.

— Você também.

Ele me dá um cutucão. O clipe corta para uma cena de Angel chegando na pista, parecendo atrasado. O uniforme dele é todo branco.

— Primeira vez? — pergunta um guarda, com os olhos cobertos por um visor brilhante.

— Hum, sim — Angel gagueja.

— Tem certeza de que está no lugar certo, rapaz?

— Hum... acho que tô.

— Bom, é melhor se apressar. A corrida já vai começar.

Angel atravessa uma fileira de carros até chegar numa Mercedes toda branca. A câmera foca no logotipo por um instante. Angel entra no carro e fecha a porta bem no momento que a garota com a bandeira aparece.

Angel faz contato visual com ela, há uma pausa e a corrida começa.

Assisto ao resto do clipe com certa admiração. Ficou *incrível*. A edição transformou todas as cenas individuais que gravamos em uma obra de arte única e brilhante. É um vídeo perfeito para a Saturday: divertido, empolgante e, sejamos sinceros, meio bobo. Os efeitos especiais também estão impecáveis, o que me faz pensar no quanto esse vídeo custou. Deve ter sido uma fortuna. Eles geralmente gastam mais nos clipes dos primeiros singles, mas esse deve ser o clipe mais caro que a gente já fez.

O vídeo termina com a cena "espontânea" que gravamos no fim da corrida. Usaram o corte em que eu e Ruben ignoramos completamente um ao outro. É o único momento do clipe inteiro de que não gosto. O que custava ter deixado a gente lado a lado?

Vejo o olhar intenso de Ruben. Sei bem o que ele está pensando. Sei como está irritado por mais uma vez cortarem completamente qualquer traço de intimidade entre nós. Até no nosso melhor clipe tem essa alfinetada no final.

E eu já estou ficando cansado disso.

VINTE E CINCO

RUBEN

Terça-feira, 16h46 (3 dias atrás)
David <davidcranage@chorusmanagement.com>
Para: Mim, Zach, Jon, Angel, Erin, Geoff

Oi para todo mundo!
Rapazes, trago atualizações. Ainda não confirmamos, mas as duas possibilidades para o restante da turnê *Months by Year* são:
1. Retornamos no fim do ano que vem com uma miniturnê especial. O público poderá escolher se quer manter os ingressos ou pedir reembolso total (seguimos acreditando que os ingressos vão esgotar, então não há motivo para preocupação), e tomaremos o cuidado de adicionar algumas apresentações e países extras para "compensarmos" o adiamento dos shows.
2. Oferecemos reembolso total e damos a todos que perderam o show um cupom especial de acesso à pré-venda da próxima turnê (provisoriamente marcada para 2023. Vamos confirmar mais à frente).

Nada está decidido ainda, então não mencionem nenhuma das duas opções com qualquer pessoa que não esteja em cópia.

Enquanto isso, ainda há muito trabalho pela frente. O foco dos próximos meses é promover globalmente "Overdrive" e o álbum *The Town Red*. O burburinho inicial é sempre promissor, e precisamos capitalizar em cima disso. O que nos leva à boa notícia: já podemos confirmar que a participação de vocês ao vivo no *Boa Tarde, Estados Unidos* continua de pé conforme previamente agendado para o lançamento de "Overdrive", mas com algumas alterações. Tendo em mente a recuperação do Angel, a performance terá coreografia, mas sei que vocês quatro têm presença de palco suficiente para dar um espetáculo mesmo assim. Esse será o lançamento público do novo single, e estamos extremamente empolgados para iniciar a divulgação com o pé direito! O roteiro e o material para as redes sociais serão enviados em breve. Como sempre, podem tirar qualquer dúvida comigo! (E aproveitem o descanso enquanto ainda há tempo: os próximos meses serão bem agitados.)

Atenciosamente,
David Cranage
Diretor de Publicidade
Agência Chorus

Terça-feira, 18h13 (3 dias atrás)
Ruben <rubenmanuelmontez@gmail.com>
Para: David, Zach, Geoff

Oi.
Eu e Zach temos algumas perguntas (não necessariamente sobre as informações acima, mas sobre o fato de que não entraremos

em turnê pela Europa por pelo menos mais um ano). Podemos marcar um horário para conversarmos? Não acredito que isso afete Jon e Angel (não agora, pelo menos).

Obrigado,
Ruben.

Quarta-feira, 10h21 (2 dias atrás)
David <davidcranage@chorusmanagement.com>
To: Mim, Zach, Geoff

Oi, Ruben.
Com certeza. Eu e Geoff podemos marcar uma chamada de vídeo para sexta. Que tal às 11h?

Atenciosamente,
David Cranage
Diretor de Publicidade
Agência Chorus

Nossos quatro rostos preenchem a tela em quadrados iguais.

A conversa fiada já passou, e chegou a hora de Zach e eu falarmos sobre o motivo dessa reunião. David e Geoff estão fingindo que não fazem ideia da questão aqui, mas já devem saber o que estamos prestes a dizer. Na verdade, aposto *boa parte* da minha fortuna que eles já estavam bolando um plano juntos antes de nos ligarem.

Ninguém está sorrindo.

Zach olha para baixo, e pego a deixa para começar:

— Então, Geoff, quando eu e Zach te contamos sobre o nosso relacionamento...

— Ah, é oficial agora? — Geoff interrompe com entusiasmo exagerado. — Meus parabéns!

— Eu... Sim, é oficial. Enfim, no começo, você disse que...

— Deve estar sendo difícil ficarem separados agora — Geoff interrompe de novo. — Mas acredito que vocês estejam sendo discretos com as visitas particulares, né?

Ele está tentando ganhar tempo. Ou isso, ou esperando que se mudar de assunto ou me deixar na defensiva vai me fazer perder a calma.

— Sim, estamos. Você disse que poderíamos nos assumir publicamente depois da Rússia.

Tanto Geoff quanto David mantêm a expressão neutra e calculada. Zach olha para eles e, depois, volta a olhar para baixo.

David responde primeiro:

— A esta altura, o show na Rússia será daqui a um ano.

Já estava preparado para isso.

— Não está confirmado. Não vamos manter o segredo por causa de viagens hipotéticas para outros países que podem levar anos para acontecer. Isso é ridículo.

Pareço confiante. Como um homem crescido, capaz de aguentar a barra nessa reunião; o oposto de como me sinto, para ser sincero.

Geoff recosta na cadeira.

— Ruben, sabe muito bem que não prometemos nada sobre anunciar o relacionamento de vocês imediatamente depois da Rússia. Pelo que me lembro, o combinado foi de começarmos a pensar num plano depois da Rússia. E eu concordo. É o momento ideal para termos essa conversa.

Zach ergue o rosto. Trinco o maxilar, esperando.

— É claro, isso é uma conversa que afeta a banda como um todo, então nada será decidido antes de conversarmos com Jon e Angel.

Zach assente.

— Entendemos.

— Hum, *não*, nós não "entendemos". Levaremos eles em consideração, mas não precisamos da *permissão* deles para contar que somos queer.

Zach pensa no que eu disse.

— Verdade. Bem colocado. Mas aposto que eles não veriam problema nenhum nisso.

— A questão não é essa.

— Isso me parece uma conversa que vocês dois precisam ter a sós — sugere Geoff.

Meu Deus do céu, ele faz de tudo para terminar essa reunião sem ter que se comprometer.

— É uma conversa de trabalho — digo, levemente. — Não há necessidade de privacidade.

Geoff, David e eu nos encaramos. Zach está encarando a tela, mas a ruga entre suas sobrancelhas me diz que ele não está participando do momento, só observa.

David dá de ombros.

— Certo. Da minha parte, a primeira coisa óbvia a se considerar é a divulgação do *The Town Red*. Por aqui ainda estamos abarrotados de trabalho, controlando a cobertura da imprensa sobre o Angel. Temos tudo sob controle, mas a última coisa de que precisamos agora é mais um escândalo.

— Olha, "escândalo" não é a palavra certa — Geoff complementa rapidamente.

— Sim, é claro. Desculpa, ainda não bebi minha segunda caneca de café. — David ri. Ninguém ri junto. — Só precisamos que a narrativa seja mais focada em como a Saturday está voltando ao que era antes. Sem mais uma mudança significativa. As pessoas precisam de tempo para se recuperar de um baque como foi o de Budapeste. O melhor momento para um anúncio como esse seria quando tudo estivesse estável e previsível, com a imagem da Saturday restabelecida.

— Mas isso pode ser bom para a imagem da banda, não pode?

— pergunta Zach, incerto. — Se dermos um jeito, podemos tirar a atenção do acidente do Angel e criarmos uma narrativa sobre, tipo... amor?

Tenho vontade de arrancar o sorriso condescendente de David para Zach com um murro.

— Como eu disse, não estamos num bom momento para uma instabilidade dessas. A imprensa pode distorcer uma revelação assim e, se quiserem, podem atrelar o anúncio com os acontecimentos de Berlim e Budapeste para criarem teorias de que a Saturday é uma má influência para seu público vulnerável...

— Porque queremos transformar todo mundo em gays viciados em drogas? — rebato.

— Você sabe tanto quanto eu como alguns grupos vão receber essa notícia, Ruben, não se faça de desentendido. Só porque a narrativa oficial do Angel é exaustão, não significa que os jornalistas não vão abusar das teorias de semanas atrás para fazer as notícias bombarem. Precisamos ser realistas aqui. E, talvez, um pouquinho menos egoístas, que tal?

— Ele não está sendo egoísta — interfere Zach, com uma firmeza incomum para ele. — Isso é importante pra gente.

— Nós entendemos. Que tal marcarmos uma reunião em grupo sobre isso para... janeiro?

Acho que meu coração para.

— Janeiro do ano que vem?

— Bom, janeiro de cinco meses atrás não dá pra ser. — David ri de novo.

— Mas não vai levar sete meses para que a história do Angel vire notícia velha.

— Não, mas estamos prestes a entrar na fase de divulgação do *The Town Red*. Temos chances reais de quebrar muitos recordes com esse álbum, rapazes. Não quero que criem expectativas, mas acredito que isso pode mudar a carreira de vocês. Acontece que, para dar certo, precisamos de *todo* o público que já temos e mais um pouco. Os fãs mais novos podem ser superprogressistas, mas quem manda no dinheiro é a mamãe e o papai. Quando assumirem o relacionamento, vocês *vão* perder boa parte de interesse de compra, sobretudo dos pais dos fãs. Vamos perder apoio nos estados conservadores, e a perda será *grande*. Revelem isso agora e sabe-se lá o que pode acontecer. A banda pode nunca se recuperar.

Zach está assentindo, e sinto um breve olhar de frustração nele.

— Faz sentido — diz ele. — Janeiro, então?

— Isso! Podemos voltar a esse assunto em janeiro — afirma David.

— Em janeiro vai existir outro motivo pra gente não se assumir — digo

— Não dá para prever o futuro.

— Não dá, é? Pois eu consigo. Ou a banda entra em colapso e vocês perdem o direito de opinar nas nossas atitudes, ou a banda continua fazendo sucesso. E se o sucesso continuar, *sempre* haverá alguma coisa. Outra turnê internacional. Outro álbum. Outra premiação popular com votos de homofóbicos.

Geoff revira os olhos.

— Você não acha que está fazendo drama demais, Ruben?

Drama. Ele parece a minha mãe.

Neste momento, eu o odeio. Mas também questiono a mim mesmo por uma fração de segundo, me baseando simplesmente no denominador comum. Se duas pessoas na minha vida acham que tenho certa tendência a exagerar... será que elas têm razão?

Ou será que esse é o jeito mais fácil de me calar, e os dois descobriram isso ao longo do tempo?

Pode ser, também. No meu momento breve de dúvida, enquanto me arrasto para trás na cadeira com a boca aberta, Geoff ataca.

—Tenho outra reunião agora mas, só para finalizarmos: o próximo passo por enquanto é nos falarmos de novo em janeiro para reavaliarmos a situação. Ruben, por mais que você duvide, vai acabar entendendo a necessidade de termos cuidado. A hora certa vai chegar, e vocês terão uma equipe unida dando apoio. E se vocês ainda estiverem juntos até lá, nos falamos em janeiro. Se não, ninguém sai perdendo.

— Não acredito em vocês.

— Bom — ele olha diretamente para a câmera, como se estivesse fixando os olhos nos meus —, mas vai ter que acreditar.

Enquanto David, Geoff e Zach murmuram despedidas uns para os outros, permaneço em silêncio, encarando a câmera. David desaparece. Depois, Geoff. Só resta Zach, com seu rosto ocupando a tela inteira.

É isso? Acabou?

Três quartos de mim já foram.

Eu me fui todinho.

Zach fecha a cara.

— Nossa. Nada mau, hein?

Estou sufocando de raiva. Um caldeirão de ácido borbulha no meu peito até eu sentir que estou prestes a explodir de tanta pressão. Mas a raiva por David e Geoff pode esperar um pouco. Preciso resolver uma coisa com o Zach, *agora*.

— Por que você concordou com esse papo de janeiro?

— Ah. — Ele fica atônito, pego de surpresa. — Sei lá. Primeiro eles nos deixam sem saída e depois dizem que é para o nosso bem. Mas aí você responde que não acredita nisso, e pode crer, você tem total razão. Eu não tinha pensado nisso até você comentar. Mas, enfim, concordo. Eles não vão deixar a gente se assumir.

— Certo. Bom, eu não estou nem aí para o que eles dizem. Já chega.

— Como assim?

— É que... Eu... Já *chega*. Não vou ficar sentado aqui ouvindo a mesma ladainha pelo resto da vida. Estou pedindo para me assumir publicamente desde os dezesseis anos.

Zach fica chocado. Para ser sincero, estou surpreso com a expressão dele. Quer dizer, nunca comentei com o resto da banda sobre as minhas frustrações em relação a Chorus me prendendo no armário por tempo indefinido, mas achei que eles soubessem que não era escolha minha. Afinal, já me assumi para quem eu pude.

Mas ainda assim.

— Você... está esse tempo todo pedindo para se assumir?

— Estou. Só que nunca é a hora certa. Eles me obrigam a mentir o tempo todo. Toda vez que subo no palco. Em qualquer entrevista. Em qualquer evento, me forçam a ser alguém que não sou. E é sempre temporário. Antes era "não há motivos para anunciar ao público enquanto você não estiver namorando". Daí namorei o Nathaniel e precisei manter em segredo porque fui indicado naquela coisa de solteiro do ano, e acabamos terminando de qualquer forma. Sabe aquela revista que conseguiu uma foto minha com o Nathaniel em Michigan? Beijei ele de propósito na frente de um paparazzo só pra dizer que foi acidente. Quando a Chorus censurou a matéria antes que a revista pudesse publicar, me fizeram *agradecer*. Depois, quando surgiram aqueles boatos de que eu estava namorando a Kalia, eles ficaram tipo "mesmo sendo mentira, deixa eles falarem, percebemos um aumento repentino nas vendas".

Zach está me encarando como se eu estivesse me transformando em outra pessoa bem na frente dele.

— Espera, então é... tipo, certeza. Eles nunca vão deixar a gente se assumir?

— Eu até queria dar a eles o benefício da dúvida porque desta vez é diferente, é muito mais difícil esconder *nós dois* do que me pedir pra ficar de boca fechada, mas para eles é tudo a mesma coisa. *Nunca* vão deixar a gente se assumir, Zach. *Nunca*.

Zach engole em seco.

— Ai, meu Deus.

Mas agora minha mente está acelerada.

— Vou te ligar. Caso eles estejam gravando isso aqui. Espera, deixa eu só...

Desligo para criar uma chamada de vídeo só nossa, e Zach atende imediatamente.

— Beleza — começo, com empolgação. — Escuta só. Vamos fazer e pronto. Eles que se fodam. Ao contrário do que eles pensam, não são nossos donos. É mais fácil pedir desculpas do que pedir permissão, né?

— Mas... e as vendas do álbum?

— Isso é só desculpa. Você acha *mesmo* que vamos perder muitos fãs se sairmos do armário? Pensa neles. Os fãs vão nos apoiar. Tenho *certeza*.

— Mas a questão dos pais faz sentido.

— Faz, mas isso vai acontecer independente de quando contarmos.

Algo na expressão dele me pega desprevenido.

— Que foi, Zach? Uma hora você concorda com o David sobre esperar, e agora tá me olhando todo esquisito. Preciso ter certeza de que estamos no mesmo barco antes de te arrastar para algo que você não quer fazer.

De novo.

— Não. Como eu disse, estou numa boa com isso.

Certo, porém, mais uma vez, estar numa boa com alguma coisa não é o mesmo que querer fazê-la. Por que é tão impossível entender o que Zach quer de verdade? Por que me sinto sozinho nessa escolha? Uma escolha que vai afetar *nós dois*?

— Zach, se você ainda não está pronto, não tem problema. Uma coisa é a Chorus estar nos obrigando a algo. Mas se você precisa de mais tempo, a situação é outra. Você quer esperar mais ou contar logo pro público?

— Sinceramente, estou tranquilo com as duas opções — responde Zach. — Só me preocupo com tudo aquilo que o David disse... Eu... Se a gente prejudicar o Jon e o Angel, eu nunca vou me perdoar.

Isto aqui não envolve só nós dois. Acho melhor a gente conversar com eles.

Balanço a cabeça, desacreditado.

— Caso você não tenha notado, os dois não estão pulando de alegria no momento também. Acho que se colocarmos a Chorus contra a parede, poderemos ajudar os outros a ver que não precisam obedecer a todas as ordens que recebemos. E, espera aí, que papo é esse de "estou tranquilo com as duas opções"?

— Só não quero te decepcionar. Mas também não quero decepcionar a banda.

— Me decepcionar? Mas não sou só eu nessa história. E você se assumir para o público *definitivamente* não é só coisa minha. O que *você* quer?

— Que todo mundo fique feliz.

Tento processar a resposta.

— Então... você não quer se assumir?

— Você quer que eu queira?

— Não, *não*. Você não pode fazer isso por mim. É uma decisão importante demais para ser feita por causa de outra pessoa.

— Mas a sua felicidade *me* faz feliz. Então, eu topo.

— Zach!

— Estou te dizendo o que eu quero!

— Não, você está dizendo o que *todo mundo* quer.

Tento manter a calma, mas a fúria causada pela reunião se derreteu em uma poça de medo me sugando feito areia movediça. Sinto que está tudo prestes a desmoronar, por dentro e por fora. Porque *sei* que Zach gosta de agradar a todo mundo. Às vezes, a gentileza e o cuidado que tem, o jeito como consegue ler os outros e encontrar a coisa *certa* a dizer, são minhas partes favoritas dele.

Mas essa característica esconde um lado sombrio. Nem sempre é fácil saber o que é importante para Zach além de manter a paz. E, no momento, a paz não basta. Ele não pode ficar sentado, dando de ombros e dizendo "tanto faz". Não agora. Não quando se trata de nós.

Nós. Um pensamento urgente me atinge como um trem em movimento. Será que Zach... quer mesmo ficar comigo?

Eu que insisti que a gente conversasse depois do beijo.

Eu que pedi ele em namoro.

Eu que sugeri contarmos para a banda.

Sempre fui eu.

Será possível que ele só esteja comigo porque acha que quero ficar com ele e foi se deixando levar?

É um pensamento ridículo, né? Pirei total, agora. Não pirei?

Mas não é *impossível*.

Não dá para continuar desse jeito. *Preciso* da opinião sincera dele, mesmo que seja contrária à minha, porque ao menos saberei em que pé cada um de nós está. É melhor do que eu tomar por nós dois algumas decisões que aos poucos vão magoá-lo. A ideia de que, de alguma forma, eu o induzi a fazer isso comigo, a *ficar* comigo e ele só foi levando esse tempo todo porque era mais fácil do que dizer não, é paralisante.

Mas dizer tudo isso em voz alta é assustador demais. Então digo:

— Não entendo por que você está sendo tão permissivo com essa situação. Seja direto comigo, Zach. Você quer se assumir? Quer esperar? Prefere nunca se assumir?

— Depende. Essa decisão não impacta apenas a mim. Quero que todo mundo fique feliz, eu acho.

— *Essa opção não existe.* — Não foi minha intenção soar tão grosseiro, mas estou começando a entrar em pânico. — Por que você nunca consegue pensar em si mesmo? Por que tem *sempre* que pensar nos outros?

— Bom, talvez você devesse *começar* a pensar nos outros também.

É a última coisa que eu esperava ouvir.

— Como é que é?

— Somos uma *banda*. Fazemos sacrifícios uns pelos outros. Olha só pro Jon e pro Angel. Como você disse, eles também não estão felizes. Mas estão aguentando tudo por *nós*.

— E isso é *errado*.

— É mesmo? — pergunta Zach. — Ou são apenas os sacrifícios que precisamos fazer?

— Sacrifícios são coisas, tipo, perder uma festa, ou passar muito tempo longe da família. Não *abrir mão* da sua própria essência.

— Olha, talvez esse ponto de vista seja muito otimista. Eu venho fazendo sacrifícios também. Isso aqui? *Não* é meu tipo de música. Eu cresci compondo *minhas* músicas, ouvindo meu estilo musical. Não pedi para estar em uma boyband. Nossa apresentação no acampamento era pra ser apenas uma brincadeira. Daí tudo começou a acontecer tão rápido, de repente a banda tinha um nome, e Geoff veio cheio de planos, e vocês três estavam todos empolgados e eu pensei: ei! Isso não é o que eu quero pra mim, mas sou parte de algo maior agora. Se eu focar apenas no que quero, todo mundo perde. Então eu *engoli o choro*. Pedi ao Geoff para escrever algumas músicas e até tentei compor algo que achei que ele fosse gostar, mas ainda assim não consegui a única coisa que queria. Só colocaram meu nome numa música que eu nem gosto, onde não encostei um dedo sequer, e isso é o meu prêmio de consolação.

Repasso as palavras dele na minha cabeça, só para me certificar de que ouvi direito.

— Espera, você… não quer estar na banda?

— A questão não é essa.

— Não, a questão é *exatamente* essa. Porque se você não quer estar na banda, não deveria estar.

Ele fica magoado.

— Você quer que eu saia?

— Não. Quero que você não abra mão da sua vida inteira pra fazer algo que te deixa infeliz só porque acha que os outros precisam disso.

— Eu não sou infeliz. Só queria ser compositor. E escrever o meu estilo de música.
— Beleza, mas "não ser infeliz" não é lá grandes coisas.
— Eu estou *bem*.
— Então você quer continuar na banda? Você está feliz?
Ele dá de ombros.
— O que isso quer dizer? — pergunto.
— Não sei o que você quer que eu diga.
Puta merda, como é agonizante conseguir uma resposta simples de Zach.
— Eu quero. Que você me diga. O que você quer.
— Eu não sei, tá bom? Não sei o que eu quero. Ainda não pensei nisso.
— Bom, eu preciso que você comece a pensar, então — digo. — Porque eu *morro de medo* de tomar uma decisão errada por você um dia. Além do mais, é importante para mim que você se importe, tipo, *profundamente*, com o nosso relacionamento e com o que vai acontecer daqui pra frente. Precisamos estar juntos nessa, mesmo se der errado. Se você me disser agora que nunca vai querer se assumir publicamente, está tudo *bem*, e nós vamos dar um jeito. *Juntos*.
— Eu *me importo* com você. E com o nosso relacionamento.
— Certo, mas, sinceramente, pra isso dar certo você precisa aprender a se importar *consigo mesmo* também. Porque não quero estar num relacionamento com um cara que vê o namoro como algo que só acontece *com* ele.
— Ruben...
— E só para deixar claro — completo. — Vou me assumir para todo mundo em breve. Não sei como, mas vou.

Só a ideia de fazer isso sozinho, sem Zach ao meu lado, me dá a sensação de cair no vão achando que estou pisando no elevador. Se eu não fizer isso agora, ficaremos ainda mais presos na teia deles. Me sinto mal só de pensar em me assumir, porque *sei* que a Chorus vai se virar contra nós e *sei* que, se Geoff tiver razão e o mundo nos der as costas, eu terei arruinado a banda para sempre. Nosso time. Jon e Angel. Zach. Mesmo que isso me torne a pessoa mais egoísta e desprezível que já existiu.

Mesmo assim.

— E não preciso da permissão do Geoff — acrescento, com o estômago revirado. — Nem do Jon. Nem do Angel. Então, não ache que, se não se assumir, estará me impedindo de alguma coisa. Independente do que você decidir, seja ficar na banda ou sair, se assumir pro público ou não, ou até mesmo se quer minha ajuda para lidar com isso tudo, estarei bem aqui, e vamos dar um jeito juntos. Mas se você não consegue me oferecer nada além de "só quero que todo mundo se dê bem", aí eu já acho que... eu não consigo mais...

— Tudo bem — ele sussurra.

— ... continuar desse jeito — completo.

Zach engole em seco, e permanecemos em silêncio até que ele consiga dizer alguma coisa.

— Isso significa que a gente terminou?

Fico enjoado só de ouvir essas palavras. Minha mente se esforça para acompanhar. Como foi que chegamos neste ponto?

— Espero que não — respondo. — Só... me avisa quando você descobrir o que quer *de verdade*, tá?

Ele assente, sem dizer nada.

Acho que acabei de destruir nós dois. E não sei como desfazer isso.

Pior ainda, não sei se desfazer seria a melhor decisão. Porque, embora essa discussão tenha sido carregada de frustração e pânico, não me arrependo de nenhuma palavra.

Encerramos a ligação e eu saio do escritório, mas não sei para onde estou indo. Meus ouvidos ecoam a conversa, e minha mente se recusa a processar o que acabou de acontecer.

Estamos só eu e minha mãe em casa; meu pai está trabalhando, e o estúdio da minha mãe só abre para aulas no meio da tarde. Um barulho abafado no fim do corredor me avisa onde ela está, e sigo o som da respiração ofegante dela na academia que temos em casa.

É um quarto ensolarado com janelas do teto ao chão, então podemos malhar aqui dentro enquanto nos imaginamos na natureza. Minha mãe está na esteira com fones de ouvido e encarando a si mesma no espelho comprido a sua frente. Ela nota minha presença pelo reflexo quando encosto na soleira da porta e diminui o ritmo até parar.

— Oi — diz ela. E, então, depois de analisar minha expressão: — Tá tudo bem?

Sei que se eu contar o que aconteceu ela vai ficar do lado de qualquer um menos do meu. Vai me dar um sermão sobre ser egoísta e imaturo, e vou ficar igualmente irritado e com medo de que ela esteja certa, e entrarei na defensiva. E vamos gritar um com o outro até a tristeza virar raiva.

Se eu não contar, posso fingir que sou um garotinho de novo, quando minhas pequenas preocupações mereceriam conforto em vez de desprezo. Quando eu ralava o joelho, ou brigava no parquinho, ou derrubava um copo de água e ela parava o que estava fazendo para me abraçar até que tudo ficasse bem de novo.

Então, quando ela estende os braços para mim, me deixo esquecer que na maioria das vezes é ela quem faz parecer que nada está bem. Não ligo se ela está toda suada por causa da malhação, só chego mais perto, e ela me abraça e sussurra:

— *Meu amor, o que houve? Conversa comigo.*

E, por um segundo, finjo que *posso*.

Mas não digo uma palavra.

VINTE E SEIS
ZACH

A ligação termina e não consigo me mexer.

As palavras dele me partem ao meio. Acabam comigo.

"Eu não consigo mais... continuar desse jeito."

Sei que ele disse outras coisas, mas essa foi a que ressoou mais alto. Está praticamente gritando dentro da minha cabeça, sem parar.

Pelo seu tom, parece que já desistiu do nosso relacionamento, chegou à conclusão de que não consigo oferecer isso a ele; o que significa que, daqui para a frente, é ladeira abaixo. Em breve, ele vai terminar comigo, tudo porque não sei o que quero.

Fico parado, encarando a tela vazia do computador com os olhos cheios de lágrimas.

Não acredito no que acabou de acontecer.

Depois de tudo que rolou com meu pai, eu deveria saber que, se alguém abre a porta para sair, é só uma questão de tempo até ir embora mesmo.

Então, talvez Ruben não tenha dito que vai terminar comigo, pelo menos não agora, mas a porta já está aberta.

Me tranco no banheiro e tiro a camisa. Cada movimento parece lento e trabalhoso, como se exigisse toda a minha energia. Preciso de um banho. Para pensar um pouco, deixar a água limpar tudo e recomeçar do zero.

Abro a torneira e entro. Abaixo a cabeça e deixo a água escorrer pelo meu rosto, desfazendo o penteado perfeito de Zach Knight. Já vai tarde. Eu nem queria meu cabelo grande desse jeito. Nunca quis.

Caramba, Ruben tem razão mesmo.

Pensei que estava fazendo a coisa certa, dando meu melhor, vestindo a camisa, mas talvez eu tenha passado dos limites. Talvez tenha me perdido, e agora tenho que pagar o preço.

As coisas com Ruben estavam maravilhosas, *muito* maravilhosas. Sem dúvidas o sonho mais perfeito que jamais ousei sonhar, principalmente depois de tudo que aconteceu entre meus pais. Ele é destemido e traz à tona o melhor de mim, mas também tem um lado supercarinhoso e é mais determinado do que qualquer pessoa que já conheci. Ele me inspirou tanto, e eu nunca disse isso a ele. Também nunca falei que me sinto o cara mais sortudo do mundo por ser seu namorado.

Pelo contrário, eu o decepcionei.

Jogo a cabeça para trás, deixando a água cair no meu rosto. É uma situação familiar demais. Hannah sugeriu que a gente terminasse porque faltava "conexão" e me encorajou a tentar conhecer a mim mesmo. Pensei que eu já tivesse feito isso, mas pelo visto não, porque olha eu aqui de novo.

As emoções afloram e, de repente, estou chorando.

É um choro feio e intenso; tento ser silencioso, mas não consigo. Afundo o rosto nas mãos, tentando me controlar, ou ao menos abafar o som para que minha mãe não escute. A última coisa que quero agora é ter que explicar o que aconteceu, seja para ela ou para qualquer pessoa. É pessoal demais, uma ferida muito profunda, especialmente por ser culpa minha. Se ao menos eu pudesse ser diferente, mais forte, mais assertivo, não estaria nesta situação.

Assim que as piores emoções passam, se aquietando e dando lugar a um estado depressivo que suga minha energia, desligo o chuveiro e saio do banho. O vapor embaçou todo o espelho. E por mim tudo bem, não estou com a mínima vontade de encarar a mim mesmo agora. Enrolo a toalha na cintura e volto para o quarto. Fecho o notebook com força, como se a culpa fosse dele, me visto com as roupas mais confortáveis que encontro e me jogo na cama. Não tenho energia nem para entrar debaixo das cobertas. É uma exaustão mental. Tudo que consigo fazer é afundar. Qualquer outra coisa exige demais de mim.

"Eu não consigo mais continuar desse jeito."

Ouvir isso e perceber a mágoa na voz dele faz meu coração doer demais.

Queria saber como manter as pessoas ao meu lado.

Fico no quarto por horas, sem ser incomodado, até, enfim, ouvir uma batida na porta.

— Oi?
— Posso entrar?

Sento na cama quando minha mãe entra, sem esperar permissão.

— Posso chutar que aconteceu alguma coisa entre você e o Ruben?

Dou de ombros.

Ela se aproxima e senta na beirada da cama.

— Do que você precisa? Chocolate? Sorvete? Vinho?
— Não vai ajudar. Nada vai.
— Foi tão ruim assim, é?
— Pior.
— O que houve?
— Ele já cansou de mim.

Confessar isso faz as lágrimas surgirem de novo.

— Ah, meu amor — diz ela, me abraçando e beijando minha testa. — É impossível se cansar de você.
— Ele conseguiu.
— Por quê?
— Ele basicamente disse que sou um banana e que ele não sabe quem eu sou.

Ela hesita. Achei que fosse retrucar qualquer coisa que ele dissesse sobre mim, mas ao ouvir isso ela hesita, e eu automaticamente penso que pelo menos parte do que ele disse talvez seja verdade.

Droga. Até minha mãe acha que não sei me impor o bastante.

— Você concorda com ele? — pergunto.

— Não, claro que não. Estou do seu lado haja o que houver. Mas a questão é que não acho que Ruben seja uma pessoa ruim.

— Eu também não.

— E você sabe que uma das coisas que mais amo em você é a consideração que você tem pelos outros.

Reviro os olhos.

— Sei.

— Desde criança, você sempre colocou os outros à frente. Ainda lembro que, mesmo sabendo que podia vencer, você sempre deixava os outros vencerem nos jogos, porque eles ficariam chateados de perder e você não ligaria.

— Pensei que isso fosse bom. Você dizia que a maioria das pessoas só se importa em vencer.

— Eu sei, e é verdade. Mas entendo o que o Ruben quis dizer. Você não pode passar a vida inteira tentando deixar todo mundo feliz. Precisa se impor pelo que *você* quer.

Seco os olhos.

— Eu sei. Mas é tão difícil. Sinto que nem sei mais o que quero. Sei que quero ficar com ele, mas ele não quer ficar comigo, então, beleza.

— Posso perguntar uma coisa?

— Claro.

— Ele terminou com você explicitamente? Porque, se for o caso, você tem que respeitar e se afastar.

Balanço a cabeça.

— Ele disse: se você não consegue me oferecer nada além de "só quero que todo mundo fique bem", aí já acho que não consigo mais continuar desse jeito.

— Bom, se eu ainda puder te ensinar alguma coisa, acho que você deveria ouvir, de fato, o que as pessoas dizem. Ruben foi bem claro quanto ao que quer. E não terminou com você.

A ficha cai.

— Ele quer saber o que você quer — continua ela. — Então, me diz: se você pudesse ter qualquer coisa no mundo, o que seria?

— Quero ficar com ele. E quero me esforçar por isso.

Acho que entendi.

Ou melhor, tenho certeza.

— Tive uma ideia — digo. — Mas acho que funciona melhor se for pessoalmente.

Sei que a viagem até o aeroporto é longa, então não é um pedido simples.

Ela sorri.

— Vou pegar a chave.

Já tenho tudo planejado.

Primeiro, minha mãe me levou até o apartamento da Penny. Expliquei a situação por mensagem para ela, que topou ajudar, então agora estou com um corte de cabelo novinho e não consigo parar de me olhar no espelho. Está curto, arrepiado e com a franja caída sobre a testa. Penny chamou de "emo moderno", e tem certeza de que vai virar tendência. Isso se a Chorus deixar o público me ver assim. Talvez me peçam para me manter escondido até crescer de novo.

Depois do corte, eu e minha mãe fomos até o aeroporto e pegamos o primeiro voo disponível para Los Angeles. Assim que pousamos, parei num posto de gasolina perto do aeroporto e comprei um buquê de flores, que agora está no banco de trás do carro que minha mãe alugou.

Ignorei a voz me dizendo que talvez ele não goste das flores e ache tudo meio esquisito. Mesmo que ele ache, quero fazer isso.

Então, estou fazendo.

Ruben sabe que estou a caminho para conversarmos, mas não sabe que estou chegando assim. Posso estar cometendo um erro, mas, pelo menos, é um erro *meu*. É arriscado, claro, e posso dar de cara na porta do garoto que tenho quase certeza de que amo e posso ter feito minha mãe viajar até aqui à toa.

Chegamos na casa de Ruben e minha mãe estaciona. Meus instintos me mandam confirmar com ela mais uma vez, só para garantir que está tudo bem, que é um bom plano. Mas tenho certeza de que é. Bem ou mal, a ideia foi minha, e agora vou até o fim.

— Me deseje sorte — digo, enquanto pego o buquê no banco de trás.

A noite já está escura, iluminada apenas pelos postes.

— Você não vai precisar. Só diga que o ouviu, é tudo que ele precisa agora.

Saio do carro, vou até a porta e toco a companhia. Minhas mãos estão suando muito, grudando na embalagem de plástico das flores. Veronica abre a porta. Ela me olha de cima a baixo e, talvez pela primeira vez, abre um sorrisinho pra mim.

— Oi, Zach! — diz ela. — O Ruben não avisou que você viria, pode entrar.

Ruben aparece no fim do corredor.

— Deixa comigo, mãe — diz ele, passando por ela.

Merda. Merda merda merda.

Quando Veronica sai, ele olha para as flores e depois para o meu rosto.

— Puta merda, seu cabelo.

— Gostou?

— Amei.

Entramos, e eu entrego as flores. Ele as cheira.

— Que lindas.

— São do posto de gasolina — respondo, com uma careta. — Queria te dar algo melhor, mas já estava tudo fechado.

Minhas mãos estão suando horrores agora.

— Certo — diz ele. — Então, você queria conversar, né?

— Queria. Vim aqui pra dizer que te escutei e vou melhorar em tudo o que você disse. Sei que sou permissivo demais. Mas não quero mais ser assim. Sei o que eu quero, e é você.

— Beleza, mas o que isso *significa*?

— Que quero ficar *com* você. Trabalhar justamente nesse tipo de coisa, só que ao seu lado. E se você quiser terminar, tudo bem, respeito sua decisão. Mas quero mais que tudo ficar com você. De corpo e alma. Para o mundo todo ver. Chega de segredos. E, sim, idealmente, quero continuar na banda também. Mas se não puder ter as duas coisas, escolho você.

Ele bate o pé no chão.

— Isso, sim, é um discurso e tanto!

— Eu tentei. E, olha, vou tentar dizer mais exatamente o que quero. Não vai acontecer de imediato. E vai exigir esforço da minha parte. Mas vou conseguir. Não pra ficar com você, mas porque preciso. É o que eu quero, e se você me quiser também, a decisão é sua.

— E se eu não quiser?

Hesito.

— Não quiser o quê?

— Ficar com você. O que você faria?

Mantenho a voz firme:

— Já pensei nisso e, mesmo se você não quiser ficar comigo, vou me assumir. Nunca serei um bom compositor se não puder escrever sobre o que realmente é importante pra mim; sempre estarei de mãos atadas. E tudo o que falei sobre a Saturday, não é sobre a Saturday em si. É sobre o Geoff. Não quero deixar a banda, eu amo vocês, mas quero deixar o Geoff. Talvez a gente não consiga, sei lá. Mas eu quero.

Ele solta as flores.

— Nossa. É a primeira vez que te sinto se posicionando de verdade.

— E estou falando sério. Eu deveria fazer isso mais vezes, é muito bom. Me sinto imbatível, sabe?

Ele ri e finalmente dá um sorriso.

— Parece uma frase que você anotaria no seu caderno.

— Nossa, verdade. Sabe alguma palavra que rima com imbatível?

— Agora não consigo pensar em nenhuma. — Ele respira fundo e relaxa os ombros. — Obrigado. Você não faz ideia do quanto eu precisava escutar tudo isso.

— Então, voltamos?

— Zach, a gente nunca terminou. Eu só precisava saber se você estava andando ao meu lado e não, tipo, sendo arrastado aos gritos. — Ele sorri, e dá um passo à frente. — Aliás, impressão minha ou isso parece aquela parte do filme em que a música começa a tocar e a gente se beija na chuva?

Olho em volta. Não há música, só o canto suave dos grilos lá fora. Sempre amei esse som.

— Ah, é? — pergunto. — Então, será que não é melhor a gente, sabe como é, seguir o roteiro?

Ele me puxa pela blusa e me beija.

Agora que eu e Ruben decidimos nos assumir publicamente, tomamos a decisão de contar nossos planos para o resto da banda.

Na manhã seguinte à minha grande declaração, estamos no quarto do Ruben com uma chamada de vídeo aberta. Jon já está esperando, mas Angel ainda não apareceu, embora tenha visto o link no nosso grupo.

— Tem certeza? — pergunta ele.
— Absoluta. E você?
Ele assente.
Angel aceita o convite e Ruben inicia a chamada.
— Opa, gostei do cabelo! — diz Angel.
— Valeu.
— O que rolou? Aposto que vocês não marcaram essa chamada só pra mostrar o corte novo.
Pigarreio.
— Er, não, hum... nós temos novidades. Decidimos nos assumir publicamente, mesmo sem a permissão da Chorus.
— Eita, porra.
— Pois é — diz Ruben. — Já ficou bem óbvio que não vão nos permitir fazer isso dentro dos termos deles, então decidimos criar os nossos.
— Certo — diz Jon.
— Mas queríamos falar com vocês antes — digo. — Porque vai impactar todo mundo.
— Eu tô dentro — diz Angel. — Eles que se fodam.
— Jon?
Ele franze as sobrancelhas.
— Acho que é uma ótima ideia. Vocês têm o direito de ser livres. Eles são uns lixos por pedirem que mantenham a sexualidade de vocês em segredo.
Uma onda de alívio toma conta de mim. Eu já sabia que Angel toparia qualquer plano caótico assim, mas Jon é bem mais complicado quando se trata desse tipo de coisa.
E, então, ele me surpreende ainda mais:
— Tenho uma ideia. Se vamos mesmo fazer isso, temos que fazer direito.
Conversamos bastante até chegarmos a um consenso.

— Perfeito! — diz Ruben. — Se vocês toparem, eu topo.

Ofereço minha mão, e Ruben aperta. Não preciso dizer nada. É óbvio que topo cem por cento.

Agora só falta Angel. Ele sorri.

— É hora do caos.

VINTE E SETE
RUBEN

A multidão está há dois dias acampada no Central Park.

Enquanto Penny arruma nossos cabelos e faz nossa maquiagem — sem parar de lamentar sobre como ficamos acabados sem seus cuidados constantes —, nossa equipe envia centenas de garrafas de água para o público. Olhando assim até parece que estão preocupados com os fãs, mas, no fundo, só não querem que ninguém desmaie de calor ou desidratação por causa deles. Também não quero, é óbvio, mas tenho a impressão de que, enquanto meus sentimentos são mais do tipo "meu Deus, isso seria *horrível*", os deles são mais "meu Deus, isso atrapalharia o show".

Estamos alojados numa tenda cheia de seguranças, atrás do palco temporário, cercados por fãs à espera, membros da equipe correndo de um lado a outro e murmurando em seus walkie-talkies, e o zumbido baixo dos geradores de energia. Zach e Jon penduraram suas jaquetas no encosto das cadeiras de plástico mais próximas. Para sorte minha e do Angel, estamos de camiseta. O sol da tarde está pegando fogo hoje, mas pelo menos não vai durar muito tempo. Vamos sair, participar de uma entrevista, apresentar "Overdrive" pela primeira vez, Jon vai dar uma mensagem rápida para os fãs, seguida de mais duas músicas. Moleza.

Esse é o plano *oficial*, pelo menos. A realidade vai ser um pouquinho diferente.

Coloco a cabeça para fora da tenda e dou uma espiada na multidão. Não consigo ver muita coisa através da equipe de segurança, mas o falatório me diz que já começaram a entrar e estão parados na frente do palco. Meu estômago dá cambalhotas. É a primeira vez em anos que me sinto nervoso antes de um show.

Alguém toca meu ombro, eu viro e vejo Zach. Ele não diz nada, mas com o olhar deixa claro que sabe que há algo de errado comigo.

— E se minha mãe se virar contra mim depois do que vai acontecer? — pergunto.

Zach indica a entrada da tenda com o queixo, e eu o sigo até um cantinho mais reservado. Ou melhor, reservado na medida do possível, dadas as circunstâncias. Não dá para nos escutar com todo o barulho, mas ele mantém a voz baixa mesmo assim.

— Se ela se virar contra você por contar ao mundo quem você é, ela perde o direito de ser sua mãe, isso se já não perdeu há muito tempo. A opinião dela sobre isso não importa mais, Ruben. Você não é uma criança. É uma pessoa incrível e inspiradora, e é ela quem deveria estar preocupada por perder espaço na *sua* vida.

Dou um sorriso triste.

— Racionalmente, eu sei disso. Mas agora não é só mais teoria. Na prática, o que eu *faço* se ela me chamar depois do show e dizer que não posso mais pisar em casa?

— A casa que *você* comprou, no caso?

— Isso.

— Daí você entra comigo num avião para Portland, a gente vai direto para a casa da minha mãe, ou para um hotel, ou para onde a gente quiser, e decide junto quais serão os próximos passos. Aconteça o que acontecer, você nunca estará sozinho. Sabe disso, né?

— Obrigado — sussurro.

Não tenho medo de perder a casa. Dinheiro pode não comprar tudo, mas, com o tanto que eu tenho, posso num piscar de olhos comprar o que preciso para viver. Posso acordar amanhã e fazer uma oferta para uma mansão gigantesca em Hollywood Hills, toda mobiliada, e estar totalmente instalado no tempo de assinar o contrato. Eu sei disso e, nesse sentido, ao menos, sou privilegiado. Mas meu medo é perder minha família. Querendo ou não, eles ainda são meus. E apesar de já estar mais confortável com a ideia de deixá-los — ou, pelo menos, deixar minha mãe — para trás, isso não significa que não será um tsunâmi de tristeza.

Zach continua, gentil porém firme:

— E isso não vale só por hoje, tá bom? Se você decidir a *qualquer momento* que já chega, mesmo se for às quatro da manhã, pode vir direto me encontrar. Sei que ela é sua mãe, mas você não é obrigado a nada. A gente é sua família também.

Me encolho contra a parede da tenda.

— Acho que ainda não estou pronto pra isso.

— Eu sei. Mas, se um dia estiver, não precisa ter medo. Só isso.

Assinto, mas não respondo.

Zach acaricia meu polegar, escondendo o toque com o corpo para que ninguém possa ver, e acrescenta:

— Além do mais, existem outras opções entre "morar com a sua mãe" e "cortar todo o contato". Você pode tentar criar certas barreiras e ver se dá certo.

— Verdade.

— Você deveria falar com Jon e Angel, ver se algum deles já está pronto para se mudar. Alguém tem que ficar de olho no Angel.

Acho que ele está brincando com a personalidade do Angel e não com o processo de recuperação dele, mas as palavras me deixam em alerta. O que vai acontecer com Angel quando as coisas voltarem ao normal? Quando começarmos a próxima turnê, por exemplo? Será que a Chorus vai ficar de olho nele? Será que ele será vigiado e receberá apoio para continuar sóbrio? Certamente seria uma combinação meio complicada para ele, sem contar os estresses adicionais. Ou vão colocá-lo de volta na panela de pressão que provocou tudo isso?

Acho que sei a resposta, e isso me enche com uma fúria que tento afastar. Não posso pensar em todos os motivos que tenho para odiar a Chorus agora. Preciso ficar com a mente arejada para o que vamos fazer. Então, foco na sugestão do Zach.

— Só nós três morando juntos?

— Bom, se vocês três toparem, é claro que vou querer também. Não vou ficar de fora da diversão. — Ergo a sobrancelha dramaticamente e ele fecha a cara. — Isso não foi tipo "vamos morar juntos" e tal. Ainda vou querer um quarto só meu, relaxa.

— Que bom. Não gosto de você *tanto* assim — diz ele, revirando os olhos, mas sua careta está se transformando num sorriso, contra a sua vontade.

— Aham. Acordar com você todo dia. Eu *odiaria*.

— Fazer as refeições juntos, tomar banho com você. Nossa, parece horrível.

— Te odeio.

— Também te odeio.

A voz dele é grave e profunda.

Uma produtora de calça jeans e camiseta vermelha corre em nossa direção.

— Checagem de som em um minuto, rapazes. Se preparem.

Zach olha para mim, respira muito fundo e nós dois expiramos juntos. Vamos até os armários guardar nossos celulares e, quando tiro o meu do bolso, por coincidência, ele começa a vibrar: minha mãe ligando.

Meu estômago se revira. Agora não. Não num momento tão tenso assim. A última coisa, a última mesmo, que preciso é ter que lidar com uma ligação pesada sobre o que devo ou não devo lembrar de fazer no palco.

— Ela quer me desejar boa sorte, eu acho — digo para Zach.

Ele apenas observa, inexpressivo.

O telefone vibra mais uma, duas, três vezes. E eu o jogo no armário.

— Agora não — digo para ele. — Simplesmente não... consigo.

Ele acaricia meu ombro.

— Tudo bem. Depois do show você liga pra ela. É só dizer que já tinha guardado o celular.

Faço que sim. Depois faço que não.

— Na verdade, talvez eu deva dizer que estava prestes a subir no palco e queria ficar de cabeça fria. Porque isso não seria nada absurdo, e não preciso mentir só para agradá-la, né?

Zach abre a boca lentamente, chocado.

— Nossa. Você sabe que isso chega quase a ser uma atitude *saudável*, não sabe?

— Eu sei. — Hesito. — Não preciso mandar mensagem pra ela agora, preciso?

— Não, não mesmo. *Anda logo*, precisamos subir no palco.

Angel e Jon nos encontram na entrada mais próxima e vamos até o palco escoltados por seguranças. As pessoas mais próximas nos avistam e acenam freneticamente.

— Ainda acho que vocês três deveriam fazer a coreografia — diz Angel enquanto caminhamos. — Eles bem que podiam me prender em uns cabos para eu voar pelo palco. Seria muito mais maneiro.

— Você poderia ser o nosso Hype man — Jon concorda.

— Exato! — exclama Angel. — Você sacou direitinho. Eu seria um excelente Hype man.

— Claro que seria, e se você conseguir erguer os dois braços acima da cabeça, já ajuda — debocho.

Angel me encara e balança o braço direito.

— Pois fique sabendo que já recuperei oitenta e cinco por cento do meu movimento giratório original, obrigado de nada.

— Seu movimento giratório é ótimo — Zach diz.

— Viu só, Ruben, seu namorado gosta dos meus movimentos.

— De que lado você está? — pergunto para Zach, dando uma cotovelada nele enquanto subimos as escadas.

— De lado nenhum!

— Então escolhe — diz Angel.

— Isso, Zach, escolhe um lado — repito.

— Não!

— Você consegue, Zach — Jon entra na brincadeira. — Já fez uma vez, consegue fazer de novo.

— Vai depender do que vai rolar hoje — responde Zach. — Se eu me arrepender, talvez volte a ser neutro para sempre.

Angel faz biquinho.

— Para que ser neutro quando se pode ter o arco-íris inteiro?

Zach lança um olhar tão cortante para Angel que ele dá de ombros e finge passar um zíper nos lábios conforme o técnico de som se aproxima da gente.

— Beleza, aqui estão os microfones. — Ele não parece muito mais velho que nós, é baixinho, forte e loiro. — Lembrem dos números, porque vão precisar pegar os microfones certos no palco.

Meu número é quatro. Zach é dois. Nem consigo mais ficar chocado ao descobrir que nos separaram mais uma vez.

Eles nos pedem para cantarmos uma parte de "Unsaid" enquanto ajustam os níveis e depois tomam os microfones da gente. Zach começa a saltar para espantar o nervosismo, e eu me balanço para a frente e para trás, com os braços cruzados. Até mesmo Jon e Angel ficam quietos enquanto esperamos. Então os apresentadores nos anunciam e, entorpecido, entro no palco.

Ocupamos nossos espaços em fileira — eu, Jon, Zach e Angel —, de frente para uma cacofonia de gritos. Angel levanta o braço quebrado, ainda de gesso, e aponta para ele com um sorriso bobo. Os gritos ficam ainda mais altos por algum motivo. Estreito os olhos contra a luz do sol e admiro as fileiras e mais fileiras de pessoas, todas aqui para nos ver, uma multidão pulsando com a energia frenética que apenas um show é capaz de causar.

A entrevista passa como um borrão. Não nos perguntam nada surpreendente; a lista de temas banidos já deve ter uns dois metros de comprimento agora. Nada de ships. Nada sobre o acidente de Angel. Nada sobre reabilitação.

Como foi a primeira turnê internacional?
Qual foi a cidade favorita de vocês?
Estão empolgados para voltarem à Europa em algum momento?
Que bom saber que você está melhor, Angel. O que vocês fizeram durante o tempo de recuperação?
Quais são os planos para o resto do ano?

Respondo todas as perguntas direcionadas a mim no piloto automático. David já nos orientou sobre o que responder tantas vezes que nem preciso pensar, exatamente como querem. Só quero que a entrevista termine logo para a gente acabar com isso de uma vez e eu conseguir dar fim à ansiedade para um dos maiores momentos da minha vida. Mas assim que a entrevista acaba, meu coração vai a mil e me arrependo de ter desejado isso. Quero voltar para o começo. Não estou pronto. Não consigo.

Mas não tem como dar para trás agora. A introdução de "Overdrive" já começou.

Nunca fizemos um show sem coreografia antes. Mesmo lá no começo, quando tínhamos quinze anos e nos apresentamos pela primeira vez no final do acampamento, com Geoff nos assistindo da plateia com seu olhar calculista, nós dançamos. Era uma coreografia péssima que a gente inventou de qualquer jeito, pegando como referência vídeos de outras bandas no YouTube e adaptando os passos para nosso nível de habilidade, mas ainda assim era uma coreografia. Sem dançar, me sinto pelado no palco.

Valeria nos explicou como devemos nos comportar. Jon deve flertar com o público. Angel deve manter o microfone no pedestal e sorrir o máximo possível. Fui instruído a não sorrir e perambular por trás do grupo, com ênfase em movimentos tipo bater os pés, me inclinar para trás e passar a mão pelo cabelo. Zach deve acenar para as pessoas que estão na grade e estender a mão para elas.

Mas agora Valeria não pode nos obrigar a nada.

Nós nos dispersamos. Angel pega o microfone e vai direto para a beira do palco, pulando enquanto canta e fazendo boa parte do público pular junto. Jon segura o microfone com as duas mãos, com uma presença de palco imponente, e se balança no ritmo da música, mas sem passada de mão na coxa ou mordida no lábio.

Eu e Zach vamos até o centro do palco, a alguns passos de Jon, e viramos de frente um para o outro, cantando. Se Zach está nervoso, não demonstra. Na verdade, parece que está vivendo o melhor momento da sua vida. Seus olhos brilham enquanto me encara, e ele arqueia as sobrancelhas para mim. Como se estivesse me lembrando do nosso segredo, e de como ele não será mais secreto daqui a alguns minutos. A energia paira no ar entre nós dois, me puxando para ele como um ímã, e no refrão faço uma coisa completamente proibida: passo o braço por cima do ombro dele.

Em algum lugar, membros da nossa equipe estão vendo. Valeria e Erin com certeza. David, provavelmente. Geoff, talvez. Será que estão mandando mensagens ou ligando freneticamente um para o outro? Será que nosso terrível castigo já está sendo planejado do outro lado do país? Ou na tenda a alguns metros de distância?

Se for o caso, é melhor que tirem o cavalinho da chuva. Porque não há castigo grande o bastante para o que está por vir.

Minha adrenalina está a mil quando tiro o braço dos ombros do Zach, ainda formigando na área em que nos tocamos, e na hora do meu solo, eu penso: *que se dane*. Em vez de cantar normalmente, mando tudo o que eu tenho: quinze anos de aula de canto profissional, oito anos de experiência em teatro musical e dezoito de críticas da minha mãe. Minha voz atravessa a nota mais alta, depois mais uma e mais uma, com o vibrato ressoando perfeitamente na minha garganta, me entrego por inteiro e jogo o corpo para trás. Antes mesmo de chegar ao auge já sei que sou capaz, e soco o ar em comemoração quando finalmente, *finalmente*, mostro ao público que sei cantar *de verdade*.

Todos gritam e aplaudem, e eu avisto várias expressões chocadas na plateia. No palco, Zach e Jon me observam, maravilhados, e Angel encoraja a reação da plateia, gesticulando um "como assim?" da forma mais exagerada que consegue.

Pronto. Agora, mesmo se eu nunca mais tiver a oportunidade de mostrar meu alcance vocal de novo, o mundo sabe do que sou capaz quando não estou amordaçado. Não sou um boneco. Não sou feito de plástico.

Sou bom *pra caralho*. E, agora, está registrado.

A música termina e nós recuperamos o fôlego. Pode até ser bem mais tranquilo cantar sem coreografia mas, caramba, é fácil perder o condicionamento depois de alguns meses parado. A luz do meu microfone muda de verde para vermelho. É hora de Jon falar com o público.

Faço contato visual com ele e trocamos de lugar.

Agora, sou eu quem está no meio com Zach. E meu microfone está ligado.

Preciso ser rápido. Jon repassou tudo comigo na noite passada quando compartilhei com ele o discurso que escrevi. *Vá direto ao ponto. Se a* Chorus *descobrir o que vocês estão fazendo, vão mandar desligar os microfones. Se o* Boa Tarde, Estados Unidos *perceber que há algo grandioso acontecendo, não vão obedecer. Não. Enrola.*

— Muito obrigado, gente! — digo. O público ruge em resposta, mas não posso esperar. Não dá tempo. Então, indo contra todos os meus instintos de teatro musical que me dizem para *esperar até que possam ouvir a frase com clareza,* eu os interrompo. — Estávamos com muita saudade dos palcos e de *vocês*, mas hoje é um dia particularmente especial. Não só porque o Angel voltou com tudo... — Mais aplausos. Droga, eu deveria estar esperando por isso. *Vá direto ao ponto, Ruben.* Na minha mente, já consigo ver Erin correndo da tenda até as escadas. Encontrando o técnico de som loiro. Meu coração entra em pânico. — Mas porque hoje não fomos coreografados. E a questão da coreografia é que, nas mãos erradas, ela pode pegar algo expressivo como a dança e amarrá-la, só para deixar o grupo mais coeso. Ainda é uma exibição de habilidades, e é lindo de ver, mas hoje queremos que, em vez de nos verem como um grupo, vocês conheçam mais sobre cada um de nós.

Escrevi só uma introdução mas, no palco, o discurso parece um milhão de vezes maior do que no meu quarto ontem à noite. Preciso contar agora, antes que perca a oportunidade. *Anda logo, Ruben. Você consegue.*

O rosto da minha mãe surge na minha mente, e eu o empurro para longe. *Não. Ignora. Foca nas palavras. Conta logo.*

Eu.

— Eu...

Sou gay. Vai.

— Queria dizer a todos vocês...

Que sou GAY. Põe pra fora, Ruben.

— Que o Zach e...

Mas então, eu fico mudo, porque minha voz perdeu noventa e nove por cento do volume.

Demorei demais. Hesitei.

Jon me disse para não hesitar, e eu hesitei.

Encaro o microfone em choque enquanto tento processar tudo. Embora não consiga levantar a cabeça, sei como os outros devem estar olhando para mim. Como Zach deve estar me olhando.

O público murmura, confuso e curioso. Algumas pessoas gritam em protesto. *Liga o microfone!*

A produtora da tenda diz alguma coisa em seu walkie-talkie e acena para a plateia.

— Foi só um probleminha técnico, galera! — grita ela.

— Sinto muito — diz Jon.

Ele sabe tanto quanto eu do que se trata. Vão dizer que não conseguiram fazer os microfones funcionarem. Vão pedir desculpas ao público e mandar todo mundo embora. Vão encerrar o bloco mais cedo, nos tirar do palco, e, então, teremos que encarar as consequências.

Vou assumir toda a responsabilidade. Dizer que ninguém mais sabia o que eu ia fazer. Dizer a eles que Jon pensou que pedi para trocarmos de lugar para que eu pudesse dar feliz aniversário para alguém na câmera ou qualquer coisa do tipo. Só não vou deixar que descontem nos outros. O erro foi meu, não deles. Eu deveria ter sido mais rápido. Deveria ter pedido que Zach falasse.

A produtora vai até a beirada do palco e acena para mim. Me ajoelho, já sabendo o que ela vai dizer. *O show acabou. Fomos instruídos a parar. Sinto muito.*

Ela chega bem perto e sussurra no meu ouvido.

— Recebemos uma lista de tópicos proibidos para a entrevista. Você ia... falar sobre um desses tópicos?

Assinto, perdendo toda a esperança.

Quando ela dá um passo para trás, seus olhos estão em chamas.

— Minha esposa ficou com *muita* inveja porque eu ia conhecer vocês hoje — ela comenta. — Ela é a maior fã da banda.

Puta merda. Ela vai religar os microfones.

Encaro-a bem nos olhos, e uma onda de compreensão mútua toma conta de nós dois.

— Se você quiser levá-la no camarim depois que terminarmos as outras músicas — digo. — Será um prazer conhecê-la.

Ela abre um sorriso malicioso.

— Ela não conseguiu pegar folga no trabalho. Mas vou dizer que você mandou um oi.

Levanto e volto até o microfone enquanto ela murmura no comunicador. Um segundo depois, a luz verde acende.

Agora, ao que parece, tenho todo o tempo do mundo. E, para o azar da Chorus, estou furioso. Muito furioso. Tentaram nos silenciar pela última vez.

Fui criado por uma raposa. Para conseguir suportar, me tornei um coelho preso na boca da fera, e fui me diminuindo para minimizar a agonia de ser devorado vivo.

Mas não sou mais um coelho. Hoje sou um lobo, porra.

Pela primeira vez, o cruel vai ser eu. Por todas as vezes que escolhi sussurrar quando precisava uivar.

— Vocês são a melhor parte do nosso trabalho — digo, minha voz ecoando pela multidão novamente. — Ver vocês, conhecer os fãs nos bastidores, ler as mensagens que recebemos. Vocês não escondem nada. Nos mostram tudo, cada partezinha vulnerável. Confiam na gente. Têm noção de como isso é poderoso? Porque é um presente, e somos sortudos demais. A parte mais inacreditável é que vocês não exigem nada em troca. Não merecemos o amor que recebemos. Somos só quatro garotos que se conheceram num acampamento de música, e agora conquistamos o mundo, porque vocês nos viram e decidiram nos dar o mundo. Porque sim.

Jon assente, concordando. Zach não tira os olhos de mim.

— A pior parte do nosso trabalho — continuo, expulsando o tremor repentino na minha voz. — É todo o tempo em que fomos proibidos de retribuir a vocês. Por anos fomos colocados numa caixa, com restrições quanto a quem podemos ser. Nos tiraram nossos nomes, nos arrancaram nossa dignidade. Fomos forçados a cruzar limites morais que nos deixavam desconfortáveis. Fomos vestidos em roupas de que não gostamos e ensinados a contar mentiras com tanta naturalidade, como se fossem verdades. E quanto mais a gente tentasse alcançar vocês e nos resgatar, mais restrições recebíamos. Mas queremos que vocês nos vejam. Lá no fundo, a gente sempre acreditou que vocês nos veem mesmo assim. Tipo, o Angel que acabaram de ver? O cara que pula pelo palco. É apenas um *quarto* da energia que ele tem. — Angel finge me lançar um olhar de raiva, e eu cerro os olhos de volta para ele. — Isso num dia *tranquilo* — completo, e o público ri. — E o Jon? Ele está sempre de olho em todo mundo, sempre pronto para ajudar e dizer o que precisamos ouvir. Ele é doce e gentil, uma pessoa que vocês gostariam de ter num momento difícil. E Zach... — Minha voz fraqueja, e eu me controlo. Não sai nada. — Zach...

— Ruben — Zach sussurra.

Paro e viro para ele. Ele estende a mão para pegar o microfone. Franzo as sobrancelhas, em dúvida, enquanto entrego para ele.

— Não quero que isso seja só uma coisa que acontece comigo — ele sussurra, antes de levar o microfone à boca.

De primeira, entendo tudo errado e acho que ele mudou de ideia. Mas aí as palavras da nossa briga na semana passada voltam com tudo, e me dou conta.

— Eu e Ruben também estamos sendo forçados a esconder algumas coisas — diz Zach. — A maior delas é que Ruben é meu namorado. Nós estamos juntos, e já faz um tempinho.

E o público faz barulho num nível que nunca ouvi antes. Não consigo definir a emoção, nem mesmo se é positiva ou negativa. A melhor palavra é, provavelmente, *choque*.

— Estamos contando porque o direito de ser quem somos e de expressar nossas versões mais verdadeiras para o mundo como desejamos é a forma mais importante de liberdade que temos. E queremos essa liberdade de volta, mesmo que a verdade seja algo que nem todo mundo queira ouvir de nós.

Zach pisca e olha para o microfone como se só agora tivesse percebido que o estava segurando. Em seguida, me devolve. Acho que a ficha do que acabou de fazer caiu.

Concluo por ele.

— Estamos aqui, compartilhando isso, compartilhando *quem somos*, porque amamos vocês. Confiamos em vocês. E respeitamos vocês. E, o mais importante, achamos que vocês merecem muito mais do que um show bem coreografado. E nós também.

Coloco o microfone de volta no pedestal e olho para as câmeras de cabeça erguida. Não há nada para esconder agora. Nenhum personagem. Apenas eu — *nós* —, o público, e os milhões de olhos que vão assistir a esse discurso hoje, amanhã e pelo resto da nossa vida.

Segurando a mão do Zach, me viro para a multidão. De início, enxergo as pessoas como um todo. Vibrando, comemorando e gritando. Então, presto mais atenção em alguns rostos. Uma pessoa na terceira fileira pula cobrindo a boca com as duas mãos. No meio da quinta fileira, uma garota está imóvel, nos encarando boquiaberta, enquanto a menina ao lado dela bate palmas no alto. Na segunda fileira, mais para a esquerda, dois garotos se abraçam. Um parece estar chorando no peito do outro, mas dá para ver que são lágrimas de alegria.

Olho lentamente pelas fileiras, fazendo contato visual com o máximo de pessoas que consigo. Não há mais nada nos separando. Pela primeira vez, não sinto que estou olhando para eles de cima, de uma altura inalcançável através de uma parede impenetrável. De repente, estou na multidão. Sou parte dela. Nós somos. Nós quatro.

A banda toca as primeiras notas de "Unsaid" e Zach solta o ar cheio de emoção, virando a cabeça para me olhar. Ele balança nossas mãos entrelaçadas em direção à multidão, e somos recebidos por mais gritos de emoção.

Sorrio e levo o microfone à boca para começar o primeiro verso, com Zach ainda segurando minha mão.

VINTE E OITO
ZACH

Assim que as câmeras desligam, começa o tumulto.

Somos praticamente arrastados para fora do palco por seguranças. A multidão começa a vaiar, eles, não a gente. Ao menos é o que parece.

— Zach, nós te amamos! — alguém grita.

Nos bastidores, Erin está esperando por nós.

— O que foi que vocês fizeram? — pergunta ela de olhos arregalados. — Isso não tem conserto!

Ela leva o celular ao ouvido e sai às pressas pelo corredor, acho que para ter um pouco de privacidade. Parece que Angel conseguiu o que queria.

Caos.

Fecho os olhos e penso nos fãs reunidos lá fora. Agora eles sabem. Finalmente sabem. Vi um garoto jovem na multidão e, pela expressão dele quando contamos, soube que ele nos entendia. Ele viu uma pessoa igual a ele no palco, demos esperança para ele. Só isso já faz tudo valer a pena. Que se dane a Chorus. Se fizemos alguém se sentir bem consigo mesmo, já é muito melhor do que quebrar mais um recorde ou deixar Geoff mais rico. A missão da Saturday deveria ser essa. Nunca me senti tão orgulhoso de estar numa boyband.

A apresentadora do *Boa tarde, Estados Unidos*, Kelly, se aproxima com o coapresentador, Brendon. Estamos no intervalo comercial.

Eles deveriam conversar com a gente depois da apresentação mas, claramente, o plano mudou.

— Bom, isso foi inesperado — diz Brendon.

— E bota inesperado nisso — concorda Kelly. — Bom trabalho, rapazes. Sabe, meu sobrinho é gay.

— Mas bem que poderiam ter avisado antes — interrompe Brendon, mudando sua empolgação usual para algo mais ácido. — Daí eu não teria aparecido com cara de peixe morto quando a câmera cortou pra mim.

— Desculpa, mas se a gente tivesse avisado, a Chorus teria cancelado a entrevista — diz Ruben, e meu peito se enche de orgulho. — Tinha que ser surpresa.

Brendon zomba e dá um passo em direção a ele.

— Você sabe o que vai acontecer agora, né? Acabou pra você, garoto. Para todos vocês.

— Que bom — digo. — Se as pessoas ficarem chateadas porque estamos juntos, não quero ter nada a ver com elas.

— Isso! — exclama Angel. — Zach, estou amando essa sua nova fase.

Brendon ri, mas com rancor.

— Podem rir agora. Mas quando se tornarem subcelebridades esquecidas, desesperadas por atenção, vão mudar de ideia. Vão por mim.

— Pega leve, Bren — diz Kelly.

— Não, os garotos merecem saber. Vocês traíram sua equipe. Ninguém mais vai querer trabalhar com a banda. Podem até pensar que são os heróis da história, mas não estão vendo que destruíram a própria carreira.

Erin aparece de novo. Com o rosto vermelho, afobada.

— Bom, o Geoff quer falar com todos vocês, óbvio.

— Quando? — pergunta Jon.

— Ele ainda não disse — responde ela. — Quer conversar com os advogados antes de falar com vocês.

★★★

A sede da Chorus é um prédio moderno e reluzente no centro de Los Angeles.

Na frente, há uma grande multidão reunida nas duas calçadas. O Serviço de Proteção Chase armou barricadas para proteger a entrada e manter a rua livre do grupo de fãs que apareceu, já prevendo o que vai acontecer. Enquanto o carro nos leva lentamente ao prédio, os gritos dos fãs ficam quase ensurdecedores. Alguns choram copiosamente, e não sei se é porque estão felizes por nos verem.

Em contraste, vejo também algumas bandeiras de arco-íris no meio da aglomeração, sendo hasteadas com orgulho.

Chegamos na entrada e a equipe de segurança nos tira do carro. O rugido da multidão fica ainda mais alto, ferindo meus ouvidos, e as câmeras começam a disparar violentamente. Meu celular vibra de novo no bolso. Está vibrando sem parar, mas eu estava evitando ver o que é. Agora dou uma olhada para me distrair da situação lá fora e do que está prestes a acontecer. Há inúmeras notificações, do Instagram e também dos meus contatos, tipo meu pai (Um amigo meu me contou a novidade! Achei fantástico! Te amo independente de qualquer coisa — Pai), ou Leigh, uma das minhas amigas de escola com quem não falo há anos (ARRASA, MANA!!!! BEM-VINDO AO VALE). Tem até uma mensagem de Randy Kehoe (Mandou bem hoje, cara. Mó orgulho).

Nossa. A gente pode até cantar pop, mas acho que o que Ruben e eu fizemos hoje foi punk demais.

Descemos do carro, as câmeras me cegam e o som me ensurdece. Tem tanta gente aqui, eles conseguiram se reunir numa velocidade insana. Vejo repórteres, equipes de TV e inúmeros paparazzi, todos se atropelando para conseguirem uma foto ou gravação nossa.

Escoltado por um segurança da Chase, sou levado até um saguão grande e branco. É espaçoso e frígido, decorado com móveis minimalistas.

Assim que todos entramos, as portas são trancadas, e dois seguranças da Chase se posicionam para bloquear a entrada. É como se estivéssemos enjaulados.

A recepcionista nos vê e, então, levanta da cadeira.

— Me sigam.

Ela entra num corredor, o salto alto batendo no chão de cimento polido. Nas paredes, vejo pôsteres de outras bandas também agenciadas pela Chorus. Já estamos quase na sala de reunião, no fim do corredor, quando finalmente vejo a foto da Saturday. Foi tirada logo depois do lançamento do nosso primeiro álbum, e parecemos muito jovens. Lembro que acordei com uma espinha naquele dia, mas tiraram no Photoshop. Estamos no palco, com o nome da banda em letras douradas ao fundo. Nós quatro ostentamos um sorriso genuíno, porque de fato era.

A recepcionista abre uma porta de vidro fumê, e entramos.

Um monte de caras engravatados está sentado ao redor de uma mesa comprida, com Geoff na ponta.

— Sentem-se — diz ele.

Nós quatro nos aproximamos e ocupamos os lugares da outra ponta. Os advogados nos observam com expressões frias.

— É o seguinte — diz ele, com uma presunção na voz. — Quero deixar claro que o que vai acontecer agora não é porque Zach e Ruben anunciaram um relacionamento. Aqui na Chorus temos o orgulho de construir um ambiente tolerante a qualquer nacionalidade, sexualidade ou identidade de gênero.

— Ah, sei — zomba Ruben.

— *Entretanto*, no processo de anunciar o relacionamento, vocês nos difamaram e causaram um dano irreversível à nossa marca. Vocês assinaram um contrato se comprometendo a nunca falar contra a Chorus publicamente, e não cumpriram essa cláusula. Então, é com muita tristeza que venho informar que estamos tomando ações legais contra todos vocês. Haverá punição extrema pelo que acabaram de fazer.

— Espera, pai, como assim? — diz Jon. — Você está fazendo tudo isso só porque Ruben e Zach se assumiram?

— Não tem nada a ver com Ruben e Zach serem namorados — diz ele, finalmente aumentando o tom de voz. Ele joga a cabeça para o lado, como se suas emoções estivessem chegado de surpresa e ele precisasse colocá-las de volta no devido lugar. — São apenas *negócios*. Vocês assinaram contratos concordando com os nossos limites, e um desses limites era não nos difamar. As pessoas já estão nos chamando de homofóbicos e a mídia já está publicando artigos nos acusando injustamente de homofobia por conta das palavras que foram usadas, quando na verdade nunca dissemos que vocês não poderiam se assumir. Vocês se provaram indignos da nossa confiança. Se viraram contra nós, mostraram que são inconsequentes e causaram um dano gigantesco à nossa marca. Isso é apenas a consequência.

— Você só pode estar de brincadeira — diz Angel. — Tá ligado que isso só vai te fazer parecer o cuzão homofóbico que todo mundo já acha que você é, né? Porque é exatamente isso que você está sendo.

— Repito, aqui na Chorus nós temos orgulho de...

— Ah, não vem com essa! — diz Jon. — Ruben contou tudo pra gente. Nos disse que vocês pressionaram ele a ficar no armário por *anos*.

— Nada disso. Simplesmente aconselhamos o Ruben e ele concordou em esperar pelo momento ideal...

— Que nunca chegou! Pai, você não percebe o estrago que está causando? Você fez com que ele escondesse quem era e depois tentou fazer o mesmo com o Zach!

Geoff cerra os punhos e depois relaxa.

— Não vou discutir isso com você, Jon. Ao concordar com o que

Ruben e Zach fizeram ao vivo, no que claramente foi um plano premeditado, você nos difamou, e nós vamos atrás dos nossos direitos.

Temos um contrato de cinco álbuns com a Chorus, e ainda faltam dois. O que significa que, nos próximos dois álbuns, ainda vão ganhar uma grande comissão independente de qualquer coisa. Além disso, não podemos buscar uma nova agência, porque não teríamos verba. Então, a Chorus pode transformar nossa vida num inferno e tirar tudo o que temos com processos. E, pelo que parece, é isso mesmo que Geoff está planejando.

— Você não pode fazer isso — diz Ruben.

Consigo ouvir o tom de derrota em sua voz, porque ele é inteligente e sabe muito bem que Geoff pode, sim.

Geoff sorri.

— É o que vamos ver.

Olho ao redor da sala.

Geoff tem respaldo de uma equipe com os melhores advogados do mundo. Jon, Ruben e Angel parecem meninos comparados a eles.

A gente perdeu.

E estamos presos às pessoas que vão nos destruir.

VINTE E NOVE
RUBEN

— O que passou pela sua cabeça?

Ergo os olhos cansados quando minha mãe me recebe na porta, com o rosto brilhando de tão vermelho.

— Sei lá — respondo honestamente.

A única resposta que tenho é inútil. Não estava pensando nos termos do nosso contrato, nem em ser processado, ou no que lutar por quem eu sou poderia significar para a banda. Caso contrário, teria me atido ao roteiro e apenas anunciado meu relacionamento com Zach.

Mas estraguei tudo. Destruí a todos.

— Sinto muito — digo.

— Sente muito? Você *sente muito*? Você subiu naquele palco, na maior inconsequência e...

As palavras dela somem até se tornarem um murmúrio abafado. Meu olhar a atravessa e encaro a sala de estar enquanto ela grita. Está vazia. Meu pai não está aqui. Mas não é como se ele fosse interferir se estivesse.

Mas, então, quem vai?

Quem vai me defender quando nem meus pais estão dispostos a isso? Nem minha assessoria. Ou meus amigos, que não estão aqui.

Arrasto o olhar de volta para minha mãe. Ela está zombando de mim, jogando os braços para cima enquanto berra tão alto que os vizinhos devem estar escutando.

As palavras começam a ferver.

Então, a represa estoura.

— CHEGA! — eu urro, saindo do meu torpor. — Já sei, tá? Já sei que fiz uma burrice, mas aconteceu, e aconteceu por um *motivo*.

— Você subiu no palco e teve a *audácia* de...

— Não é disso que preciso agora — interrompo. — Preciso de apoio. Não sou idiota, porra. Sei o que aconteceu! A última coisa que preciso agora é te ouvir narrando tudo de novo!

— Adivinha só, Ruben. Nem tudo gira em torno de você...

— Hoje gira — grito por cima dela. — Hoje me assumi para o mundo e estou sendo processado pela minha própria assessoria, então hoje *o mundo inteiro gira em torno de mim*.

— Assim como o resto da sua vida, né?

Me dou conta de três coisas ao mesmo tempo.

Um: é ótimo dizer o que realmente estou pensando pelo que me parece ser a primeira vez desde que vivo debaixo deste teto.

Dois: gritar com ela não piorou as coisas. Ela nem parece ter notado que revidei. A sala não entrou em chamas. Ela não vai me ferir fisicamente. Ela só continua gritando, como sempre faz. É terrível, mas não é pior do que todas as outras vezes em que não me defendi.

Três: não preciso ficar aqui a ouvindo gritar se eu não quiser.

Então, dou meia-volta em direção à porta.

— Vou dar uma caminhada.

Bato a porta antes que ela possa responder.

Fico sentado no parque por um tempo, observando o sol se pôr lentamente. Enquanto a escuridão se aproxima, o medo começa a arranhar meu peito com dedos sorrateiros. *Talvez ter reagido com gritos só não deu em nada porque ela estava em choque. Talvez você tenha piorado as coisas.*

Talvez, quando voltar, ela já terá planejado alguma coisa para que você se arrependa do que fez.

Mas, se for o caso, posso ir embora de novo. Posso ir para um hotel, para a casa do Jon, ou até mesmo para Zach, em Portland.

Posso ir embora, sem problemas.

Então, repetindo esse mantra para mim mesmo, volto para casa.

Meus pais estão no sofá vendo TV quando entro. Nenhum grito. Minha mãe me encara com uma expressão confusa, mas o vermelho de raiva já passou. Meu pai apoia a mão no braço dela e nenhum dos dois diz nada.

— Eu queria me assumir publicamente desde os dezesseis anos — digo, indo direto ao ponto. — A Chorus nunca deixou. Sempre que eu tentava tocar no assunto, eles me empurravam para os fundos da banda. Me obrigaram a vestir roupas sem graça. Não me davam nenhum solo. Não queriam que eu me destacasse, com medo de que as pessoas vissem alguma parte de quem eu sou de verdade. Quando viajamos em turnê, só piorou. Não nos deixavam sair do hotel. Proibiram as visitas e contato com amigos. Não nos davam tempo nem para comer direito. Então, quando as coisas entre mim e o Zach aconteceram, descontaram ainda mais na gente. Basicamente nos disseram que isso nunca poderia ir a público. Mentiram para a imprensa sobre nossa vida pessoal e nos forçaram a mentir também. Nos mantinham separados em público, e nos puniam quando olhávamos um para o outro no palco.

Sinto um nó na garganta e fica cada vez mais difícil botar as palavras para fora. Geralmente, eu engoliria a sensação ruim e respiraria fundo até me sentir tranquilo. Mas agora, pela primeira vez em muito, muito tempo, minhas emoções saem de mim numa mistura de raiva e ansiedade, e não me seguro.

— Decidi me assumir mesmo assim — continuo, com as palavras fracas. — E isso *não* quebraria nosso contrato. Era tão, tão importante para mim não ter que continuar mentindo. Queria poder ter namorados, sem precisar escondê-los. E daí... eu... comecei... e eles desligaram meu microfone.

Finalmente, a raiva desapareceu do rosto da minha mãe. Meu pai está assentindo, mas de um jeito sério. Um jeito mórbido.

Por fim, meus olhos se enchem de lágrimas. E não me seguro.

Pela primeira vez em muito, muito tempo, deixo o choro sair.

— Eles desligaram meu microfone — repito, inconsolável.

Minha mãe levanta e me abraça. Me apoio no peito dela, e tudo parece quente, pegajoso e molhado. As lágrimas saem com mais facilidade agora, e choro de soluçar enquanto ela acaricia minhas costas.

Ao menos, parou de gritar comigo. Não para sempre, mas pelo menos nesse momento não preciso lidar com a fúria dela acima de todas as outras coisas. Agora, eu aceito.

— Vai ficar tudo bem — ela sussurra.

Não sei como acreditar nisso. Mas tento.

No dia seguinte, a mãe do Jon marca uma reunião com todo mundo no apartamento da irmã dela em Orange County.

Quando eu e minha mãe chegamos, Zach e a mãe dele, Laura, já estão lá. Meu pai queria nos acompanhar, mas precisou trabalhar, e minha mãe prometeu que o atualizaria assim que chegasse em casa.

Vou diretamente até Zach assim que saio do elevador particular, que abre num corredor conectado à sala principal. Nos abraçamos enquanto nossas mães se cumprimentam de forma educada porém distante. Todos os nossos pais se conhecem, é claro; se conheceram na apresentação no Acampamento Hollow Rock anos atrás, e já assistiram juntos a inúmeros shows e eventos desde então. Contudo, suspeito que Laura não seja a maior fã da minha mãe. Também suspeito que seja porque Zach compartilhou com ela suas próprias opiniões fortes.

A sra. Braxton é uma mulher pequena, mais baixa que Jon, com o cabelo castanho-escuro e cacheado, um sorriso geralmente radiante que hoje tem uma pequena pontada de cansaço. Jon nos mandou mensagem noite passada avisando que, enquanto voltávamos para Los Angeles, ela já tinha feito as malas dele, e as dela, para ficarem aqui por um tempo. Duvido que os dois tenham dormido à noite.

Ela empurra uma caixa de pizza para nós.

— Estão com fome?

Minha mãe pisca como se tivesse sido pega de surpresa por algo terrível e ultrajante.

— Ah. Pizza. Mais tarde, talvez. — Seu sorriso é convincente agora. Se recuperou rápido. — Muito obrigada por nos receber, Shantelle — diz ela. — Foi uma ideia excelente, reunir todo mundo para criarmos uma estratégia antes que a situação piore.

— Podem me ajudar com as caixas? — Jon pede a mim e a Zach.

Nós o ajudamos a levar as caixas de pizza da cozinha até a mesa de centro. A mesa de jantar só comporta quatro pessoas, então é melhor acomodar todo mundo nos sofás e poltronas da sala de estar.

— Que bondade da sua parte espremer todo mundo aqui — minha mãe está dizendo para a sra. Braxton. — Pensando melhor, eu poderia ter oferecido nossa casa. Tem mais espaço para convidados e fica perto do aeroporto.

Zach ergue a cabeça. Está agarrando a caixa de pizza com tanta força que chega a amassar. Mas fica quieto. Jon apenas revira os olhos.

— Não tem problema — diz a sra. Braxton. — Só queria fazer isso o mais rápido possível. Estou tão furiosa que poderia... *argh*. Acho que só precisamos de vinho, pizza e um plano.

— Bom — diz minha mãe, sentando numa banqueta no balcão da cozinha. — Acho que estamos todos furiosos. A Chorus não tem o *direito* de fazer uma coisa dessas — comenta ela, repetindo as palavras acaloradas da noite passada. Em meio à raiva, parece ter esquecido que o marido da sra. Braxton é nosso empresário. — Nossos meninos trabalham como ninguém, são muito talentosos e *bons rapazes*. E, para começar, a agência jamais deveria influenciar na decisão deles de assumir a própria sexualidade.

Exatamente o que ela me disse ontem quando me recompus. Depois, apoiou as mãos nos meus ombros. *Você é meu filho. Mexeu com você, mexeu comigo.*

As palavras deveriam ser reconfortantes, mas acabei me sentindo confuso e um pouco vazio. Porque a mensagem que recebi foi: *sou a única que pode te magoar e te punir.* E por mais que eu me sinta grato pelo apoio dos meus pais, e por não terem piorado ainda mais a situação, não me pareceu apoio de verdade. Não me pareceu incondicional.

Quando ela soltou meus ombros, me lembrei da noite do acidente do Angel, quando fui engolido pela multidão. A mesma multidão que quase me afogou acabou me salvando. Caiu a ficha de que aquilo era terrivelmente familiar para mim. Foi a mesma sensação de receber a versão do amor da minha mãe durante toda a vida.

O elevador apita e as portas se abrem, mostrando o sr. e sra. Phan, com o Angel, e o barulho no apartamento de repente se quadruplica. No meio de toda a confusão e enquanto todo mundo se reorganiza na sala para começarmos, a sra. Phan fica frente a frente com Jon, encarando-o sem se mover.

Jon inclina a cabeça ao perceber que ela parece ter algo a dizer.

— Oi? — diz ele, com um tom de pergunta na voz.

— Oi — responde ela, com carinho. Hesita e então pula no pescoço de Jon para um abraço. Ele fica de olhos arregalados, surpreso e confuso, enquanto ela o aperta. — Reece me disse que foi você quem pediu ajuda para ele. A gente não sabia de nada que estava acontecendo. Algo grave poderia ter acontecido. *Muito obrigada.*

A sra. Braxton observa com os lábios trêmulos. Quando a sra. Phan solta Jon, a sra. Braxton estende os braços de onde está sentada, e Jon se aproxima, sentando no braço da poltrona e recebendo um abraço da mãe.

Angel vai com tudo para cima da pizza. Eu e Zach o acompanhamos.

— Estou morrendo de fome — anuncia ele, colocando uma fatia na boca enquanto olha o celular. — Ei, estamos bombando!

— *Reece* — briga o sr. Phan. — Que tal engolir antes de falar?

Angel o ignora.

— Anjon, Zuben... Salve a Saturday virou hashtag. Chorus também está nos assuntos mais comentados! Aposto que estão amando toda essa publicidade.

— Quem são Anjon e Zuben? — pergunta Laura.

Zach fica vermelho.

— São nossos nomes de ship.

— E o que é nome de ship?

— Não é aquela coisa de colocar no celular? — pergunta o sr. Phan.

— Não, pai, isso é outro tipo de *chip* — explica Angel. — Acho que não precisa pensar muito para saber que o Twitter não estaria coletivamente debatendo sobre um *chip de celular*.

— Reece, não fala assim com o seu pai — resmunga sra. Phan. — E abaixa a bola, por favor, nós estamos velhos para essa linguagem sem sentido da internet, lembra?

— Acho que ship é a abreviação de "relationship", relacionamento — diz a sra. Braxton delicadamente. — Jonathan, poderia me contar mais sobre "Anjon"?

— Na verdade, não tem nada no mundo que eu queira *menos* do que contar mais sobre Anjon pra você, mãe — diz Jon. — Tudo o que você precisa saber é que Anjon não existe.

— Existe no coração do povo — explica Angel, colocando a mão no peito. — Então, olhando por esse lado...

— *Não existe* — Jon praticamente dá um berro.

— Nós acreditamos em você, Jon — diz o sr. Phan. — Entretanto, só para te tranquilizar, se você *fosse mesmo* nosso genro, ficaríamos muito felizes com a notícia.

Angel levanta a mão para seu pai bater, mas fica no vácuo.

— *Enfim* — diz a sra. Braxton com ênfase. — Boas notícias na internet, então, Angel?

O sorriso de Angel morre enquanto olha as hashtags.

— Olha... até que sim. Parece promissor. Ai, merda, "End of Everything" também está nos assuntos mais comentados agora.

— Sempre acreditei naquele ditado "falem bem ou falem mal, mas falem de mim" — diz minha mãe.

Olho para Zach, que mal consegue esconder o sorriso debochado por conta do discurso de "nunca deixe a imprensa falar mal de você" que minha mãe vem usando pelos últimos... hum, dezoito anos.

Laura observa Zach também e interfere para mudar de assunto.

— Então, Shantelle — diz, virando para a sra. Braxton. — Você comentou alguma coisa sobre um advogado, certo?

A sra. Braxton abre um sorriso astuto.

— Um não. Vários.

Laura levanta.

— Essa conversa está pedindo um vinho. Eu trouxe espumante e tinto.

— *Ótima* ideia — Angel brinca, mas com a expressão séria.

A mãe dele ri.

— Boa tentativa. Aqui você é menor de idade de novo.

Angel revira os olhos até ficarem completamente brancos.

— Esse país é *péssimo*.

Por causa da piada, e não apesar dela, me dou conta de como esse tipo de situação deve ser desconfortável para ele. Toda vez que estiver cercado por pessoas bebendo socialmente, ele terá que tomar uma decisão contrariando grande parte de sua vontade. Infinitas vezes. Só porque recebeu alta, não significa que acabou. Nunca vai acabar de verdade.

Se não fosse pela Chorus.

Se não fosse pela *maldita* Chorus.

Minha mãe apoia a mão no meu braço.

— Querido, quer um gole de vinho? — pergunta.

Ela provavelmente só quer mostrar que beber vinho na mesa de jantar faz parte da cultura espanhola mas, no fundo, suas intenções são muito mais cruéis. Ou está tentando provar ser *muito* mais tranquila do que os outros pais, ou quer mostrar como o filho *dela* não tem problema nenhum com dependência de substâncias. De uma forma ou de outra, a questão é que, na maioria das vezes, minha mãe segue sendo a pior de todas.

Meu sorriso falso não transparece nos meus olhos.

— Não, valeu.

Zach apoia a cabeça nas mãos e cobre o rosto com os dedos esticados, a ponta dos dedos enfiada nas bochechas com tanta força que deixa marcas na pele. Ele está fazendo de tudo para guardar suas opiniões para si mesmo. Pelo menos verbalmente.

A sra. Braxton aceita uma taça de vinho espumante branco e recosta na poltrona.

— Meu marido pode até ser o empresário deles agora, mas a Chorus não é isso tudo que eles pensam que são. Qualquer coisa que tentarem fazer, eu posso fazer melhor. *Nossa* equipe de advogados é boa, mas existem melhores por aí. Consigo pensar em pelo menos três que ficariam felizes em nos representar, e já tenho uma confirmada: Jane Sanchez.

Ninguém na sala conhece o nome, exceto minha mãe. Seu murmúrio de aprovação me diz tudo que preciso saber. Ela continua de olho bem aberto quando se trata da indústria do entretenimento.

Até agora, nossos advogados sempre foram os advogados da Chorus. Geoff os recomendou quando assinamos o contrato, e todos no acampamento nos disseram que aquilo era bem normal. Só é ruim compartilhar advogados durante uma disputa.

Por exemplo, caso um lado meta um processo no outro.

— Já temos um bom argumento de base? — pergunta a sra. Phan com a taça nas mãos.

— A acusação de difamação não passa de papo furado — diz minha mãe. — Ruben não disse nenhuma mentira naquele palco.

— Ah, eu não tenho dúvidas disso — responde Laura, sentando e colocando uma segunda garrafa de vinho na mesa de centro. — Zach me contou *muita coisa* desde que voltou. Na verdade, me parece que eles ficavam frequentemente presos contra a própria vontade. Isso configura sequestro? Porque *eu acho* que sim. — Minha mãe e a sra. Braxton dão de ombros. Laura bebe mais um gole de vinho. — Não me parece legalmente certo.

— Vou pedir para a Jane revisar as cláusulas morais do contrato original — continua a sra. Braxton. — Dei uma olhadinha ontem à noite e encontrei algumas emendas sobre falar mal da companhia ou revelar informações internas. Cláusulas que tenho certeza de que não estão nos modelos de contrato do Geoff. Quero saber exatamente do que isso se trata.

— Também há toda a questão específica da discriminação — diz minha mãe.

Que sorte a minha ser uma *questão específica*.

— E os deveres de cuidado? — o sr. Phan pergunta. — Meu filho quase *morreu* graças à incompetência deles.

— Eles vão dizer que não sabiam de nada — interrompo. — Sempre fingiam não notar. Será uma negação bem plausível.

A sra. Braxton sorri. Parece muito animada.

— Olha, talvez eu tenha uma prova ou outra por escrito. Quando Jon voltou da turnê, tivemos uma conversa em que ele compartilhou algumas... *preocupações* comigo sobre o jeito como certas coisas estavam sendo feitas. Decidi dar uma olhada no e-mail do Geoff e encaminhei alguns para mim mesma, então tenho cópias.

— *Mãe* — diz Jon, abrindo um sorrisão.

Ela ri.

— Que foi? A empresa é minha também, Jon. O conteúdo de alguns dos e-mails foi bem esclarecedor, na verdade. Por exemplo, a cabeleireira e maquiadora dos meninos já havia demonstrado preocupações sobre o bem-estar do Angel *muito antes* de Budapeste, e até onde eu sei, nenhum dos procedimentos *indicados* para esse tipo de situação foi seguido. Encontrei *anos* de e-mails relacionados à sexualidade do Ruben, e sinto informar que boa parte deles cruza vários limites legais. Especialmente os que discutem o relacionamento dele com o Zach.

— Vamos processá-los até eles falirem! — murmura Laura. — Vou fazer com que ele deseje nunca ter... — Então, ela se recompõe. — Desculpa, Shantelle. Que situação desconfortável.

A sra. Braxton ri.

— Ah, é desconfortável mesmo. Mas não para qualquer um sentado nesta sala agora, prometo.

A pior parte é que o desconforto está só começando. Mesmo se conseguirmos vencer o processo judicial que a Chorus está preparando contra nós, isso não vai magicamente nos liberar do contrato. Se essa tal de Jane Sanchez é tão boa como a sra. Braxton diz, ela *talvez* consiga nos liberar, mas não tenho grandes esperanças. Enquanto o contrato for válido, a Chorus continua nos representando pelos próximos dois álbuns e fará o possível para transformar nossa vida num inferno, beirando arruinar nossa carreira, e esse limite só vai continuar existindo porque lucro é lucro.

Tecnicamente, podemos encontrar outra agência, contanto que a Chorus continue recebendo as comissões do contrato, mas nossas opções seriam: ou não pagar nada para a nova agência, ou pagar uma comissão justa assim como continuaremos pagando para a Chorus, o que seria um pouco pesado para nós quatro; acabaríamos praticamente trabalhando de graça. E nenhuma companhia com a cabeça no lugar trabalharia de graça para a gente. Talvez por um álbum, se tivermos sorte, mas não por *mais dois*.

— Preciso perguntar — diz a minha mãe —, se a Chorus é sua empresa...

A pergunta fica implícita. A sra. Braxton não parece surpresa.

— Quero deixar duas coisas muito claras. Primeiro, estou chocada com o que nossos filhos passaram. *Chocada*. Se eu tivesse conhecimento disso mais cedo, podem *acreditar* que teria dado um jeito. Mas, como não é o caso, tudo o que posso fazer é me desculpar profundamente por qualquer cumplicidade que eu tenha nesta situação.

— Não é culpa sua, mãe — sussurra Jon, mas ela o silencia.

— Segundo — continua ela —, uma empresa é uma empresa, e dinheiro é apenas dinheiro. Eu e Geoff somos bem preto no branco quando se trata de Jon e do envolvimento dele com a gravadora. As responsabilidades dele como pai devem estar *sempre* acima do trabalho, *e ponto-final*. Não imaginei nem por um segundo que ele passaria dos limites dessa forma e acredito que tenha sido por isso que demorei tanto a perceber o que estava acontecendo. Mas ele errou. Minha família vem antes de tudo, e ele vai descobrir o que acontece quando mexem com ela.

Os pais levantam as taças e minha mãe pigarreia.

— Eu gostaria muito de ver esses e-mails relacionados ao meu filho, por favor.

Os outros assentem, concordando com firmeza, e a sra. Braxton promete enviar tudo hoje à noite. É aí que Zach, parecendo um pouco enjoado, pede licença. Preocupado, vou atrás dele e o encontro perto do elevador particular, apoiado na parede.

— Você está bem? — sussurro.

Não há muita privacidade aqui, e ainda conseguimos ouvir tudo o que os outros estão conversando.

— Sim. Sim, eu só... — Ele meneia a cabeça. — Tudo está

acontecendo tão rápido. Ontem de manhã éramos um segredo, e a banda não estava em perigo. Agora nos assumimos, todo mundo está falando da gente, corremos o risco de perder tudo, e de repente têm *advogados* e *e-mails* e...

— Precisa respirar um pouco?
— Preciso, por favor.

Depois de voltar rapidamente para avisar ao grupo, saímos pelo elevador. Zach apoia a cabeça no espelho, mas o corpo está virado para mim. Ele aperta o terceiro andar — onde ficam a piscina e a academia — e joga a cabeça para trás, respirando fundo. Depois de soltar o ar, ele vira a cabeça de volta para mim com os olhos sombrios e estende a mão para me puxar. Me encaixo entre as pernas dele e o beijo com força. É nosso primeiro momento sozinhos desde o show e, de repente, percebo como eu precisava desesperadamente sentir a pele dele com os meus dedos, pressionar meu corpo contra o dele e o abraçar até sentir a adrenalina e a tensão saindo dos meus músculos.

— Meu Deus, finalmente.

Ele recupera o fôlego entre os beijos e estou prestes a perder a cabeça. Puxo-o pela nuca para beijá-lo novamente. Quando o elevador apita, levamos literalmente dois segundos para entender o que o som significa e, contra nossa vontade, nos afastarmos.

Ficamos a alguns passos de distância um do outro enquanto atravessamos a piscina praticamente vazia. Há apenas uma família, que não está prestando atenção na gente, mas o hábito já está enraizado a esta altura. É só quando sentamos num banco com vista para a piscina, ao longe, que seguro a mão dele de novo.

Ele fica surpreso, mas depois parece lembrar. Não somos mais segredo. Dar as mãos em público não é uma ofensa digna de punição.

Sem dizer nada, Zach pega o celular. Parece que está tão interessado quanto eu em explorar as hashtags já mencionadas. Olho a tela por cima do ombro dele, mas depois pego meu celular. Encontro páginas e mais páginas com fotos de nós dois. Uma delas, tirada quando Zach levantou nossas mãos entrelaçadas, ficou particularmente muito popular, e já foi compartilhada diversas vezes, em postagens de fãs e meios de comunicação oficiais. Mas há outras fotos também. Algumas da banda posando em premiações, outras de mim e Zach sorrindo um para o outro em eventos, e algumas de nós dois interagindo no palco na turnê norte-americana de *Months by Years*.

Parece que antes de a Chorus nos afastar, nós olhávamos *muito* um para o outro. Pensando bem, eu deveria ter percebido bem mais cedo que havia algo entre a gente.

Nem todo mundo nos apoia, é claro. Vejo um ou outro comentário cruel e ameaças. Às vezes de contas anônimas, às vezes de pessoas reais. Esses comentários são um soco no estômago. E, embora muito mais raros do que os outros, de certa forma parecem gritar mais alto.

Tento treinar meus olhos para desviar deles enquanto deslizo a tela. Assim que uma palavra de gatilho aparece, paro de ler e sigo para o próximo. Focando nas pessoas gentis.

> A gente ama vocês. Não vamos deixar que tratem a banda assim #SalveASatuday

> zach e ruben são os melhores, jon e angel também, vcs quatro salvaram a minha vida. agora estamos retribuindo o favor #SalveASaturday

> Gente não esqueçam de comprar e escutar o End of Everything. Se não pode pagar pelo álbum, escuta sem parar nas plataformas de streaming (deixa o volume no mudo se precisar fazer outra coisa, mas queremos fazer a música hitar!). Views no YouTube também ajudam #SalveASaturday

#salveasaturday NÃO PAREM DE TUITAR SOBRE OVERDRIVE E SATURDAY. VAMOS CONTINUAR NOS TTS. MOSTRE A CHORUS QUE QUEREMOS VER OS MENINOS COMO ELES SÃO. MOSTREM Q NOS IMPORTAMOS COM #ZUBEN

— Estão mantendo a banda nos assuntos mais comentados de propósito — digo em voz alta quando me dou conta.

Não é a primeira vez que os fãs fazem uma coisa dessas. Mas ver todos se unindo *agora*, quando estamos mais vulneráveis do que nunca? A um passo de perdermos tudo? Esperando para ver se nossa narrativa sobre nossa orientação sexual será positiva ou atribulada?

Durante todo esse tempo, sempre me senti intimidado pelo poder que esse grupo de pessoas maravilhosas tem. Mas não eram eles quem eu deveria temer.

Sim, foram eles que nos trouxeram até aqui. Mas isso não significa que nos machucariam. Mesmo se *pudessem*.

Sempre achei muito difícil acreditar que ser idolatrado me deixa a um erro de distância de ser menosprezado. Mas considerando a banda, Zach e nossos fãs, acho que estou começando a encarar as coisas de um jeito diferente.

Eles nos amam. E eu os amo.

Porém, mais importante que isso, eu *confio* neles.

A voz de Zach fica aguda e engraçada.

— Ah! — Percebo que os olhos dele estão marejados, e passo o polegar pelo seu maxilar. — Nem acredito que os fãs... — Ele olha para o céu e respira fundo para se recompor. — Eu não sabia o que esperar. Achei que ficariam chateados com a gente por termos escondido. Ou por estarmos juntos, sei lá.

Entendo o medo dele. Porém, acho que estou menos surpreso que Zach. Como passei muitos anos querendo isso, tive tempo de sobra para analisar como os fãs reagem a celebridades saindo do armário. Lá no fundo, eu acreditava que nossos fãs nos defenderiam. A maioria, pelo menos.

O que eu não esperava era a mais pura euforia por conseguir enxergar a mim mesmo. *Eu de verdade*, não um personagem inventado com meu rosto. Só agora está caindo a ficha do que fiz. Eu me assumi. Depois de tantos anos querendo, aconteceu.

O ponto crucial é que todos querem ser vistos pelo mundo como verdadeiramente são. A verdade não é o problema. O problema é que o mundo nem sempre torna a verdade segura o bastante para ser compartilhada.

Uma das crianças pula na piscina feito bola de canhão, e isso chama a minha atenção. As duas crianças, com uns três e cinco anos, são novas demais para nos reconhecer. E se os pais reconheceram, com certeza não estão a fim de nos encarar. Somos apenas dois caras curtindo na beira da piscina, como se nosso universo inteiro não tivesse implodido vinte e quatro horas atrás.

Sentindo uma coragem repentina, abro uma live.

— O que você está fazendo?

— A gente não falou nada. Eles estão nos apoiando e nós estamos quietos. Não quero ficar assim. E, pela primeira vez na vida, não preciso ficar assim.

Em resposta, ele pega o celular da minha mão, confere o próprio reflexo na prévia do vídeo e depois aperta o botão para iniciar ao vivo antes mesmo que a gente possa planejar o que vai dizer.

Bom, pelo menos eu admiro a confiança e o comprometimento dele, né?

Ele me cutuca com o cotovelo. Ah, que ótimo, ele pode tomar a iniciativa de começar a gravar sem avisar nada antes, mas sou eu quem tem que começar o discurso. Entendi.

— Oi, gente — digo. — O último dia foi meio... esquisito. Isso não vai ser uma mensagem longa, mas queríamos ver como vocês estão e dizer que estamos vendo as hashtags. Vendo todo o apoio. E... vocês nem imaginam o quanto isso é importante pra gente. Ontem foi, provavelmente, o dia mais desafiador que tivemos que enfrentar, e saber que vocês estavam do nosso lado e que continuam a nos defender é tudo o que precisamos. Amamos muito cada um de vocês.

O contador de visualizações está subindo tão rápido que não consigo acompanhar os números. Comentários começam a chegar também.

Ai meu deeeeuuusss

A gente tb ama vcs!!!!!!

end of everything é sobre zuben? é a música do zach, né???????

QUE BOM QUE VCS ESTÃO BEM

— Obrigado por se manifestarem — diz Zach. — E por estarem aqui desde o começo. E, acima de tudo, obrigado por continuarem ao nosso lado quando mais precisamos.

— Não podemos pedir por mais quando vocês já nos deram tanto. Mas há algumas pessoas que talvez estejam esperando que a Saturday vire assunto ultrapassado depois de amanhã. E se o oposto acontecer? E se vocês nos ajudarem? Isso pode mudar tudo. Agora, hoje, vocês têm o poder para mudar tudo. Sempre tiveram.

Zach parece gostar do que eu disse como um bom jeito de encerrar o assunto, porque abre um sorriso malicioso para a câmera, chega mais perto e beija minha bochecha enquanto encerra o vídeo.

— Bem sutil — digo com uma risada.

— Achei que a gente tinha se cansado de sutileza.

Apoio a cabeça no ombro dele.

— Obrigado por ter falado aquilo ontem — digo, de repente.

Acho que nem preciso dizer como é importante para mim ter a certeza de que estamos juntos nessa. Não ter que ficar aqui analisando as palavras e expressões dele, me perguntando se ele está secretamente magoado comigo por ter contado sobre a gente para o mundo. Mesmo com todo o medo e a ansiedade que tomam conta de mim neste momento, tê-lo de corpo inteiro, sem hesitação, ajuda muito. Não estou sozinho nessa. E isso já basta.

— Se arrepende de alguma coisa? — pergunta ele.

— Nada. E você?

— Nada.

Ele me beija com carinho, deslizando a ponta do dedo pelo lóbulo da minha orelha. Somos interrompidos pela voz de Angel chamando do elevador.

— Encontrei eles!

Nos afastamos e avistamos Angel e Jon marchando em nossa direção, observados da piscina pela família, que agora tem noção total da nossa presença.

— Sabia que vocês tinham fugido pra dar uns amassos! — comenta Angel. — *Típico.*

— Será que é típico mesmo? — pergunto. — Você literalmente nunca nos pegou no flagra fugindo para darmos uns amassos antes.

— Ou talvez vocês é que nunca me flagraram flagrando vocês — rebate ele, apoiando o dedo na ponta do nariz.

— Sua mãe ficou preocupada, Zach — diz Jon. — Você parecia bem triste.

— Ele está bem — diz Angel, balançando a mão. — Ganhou uma respiração boca a boca do Ruben!

— Você consegue *parar* por, tipo, cinco segundos? — pergunta Zach.

— Estou bem assim, na verdade.

— Além do mais, Ruben, sua mãe está começando a convencer todo mundo de que ela sabia desde o começo que a Chorus era abusiva e que ela vinha tentando te fazer impor limites com eles há anos — comenta Jon. — Achei que, talvez, você pudesse querer voltar lá e se defender.

— Ah, era *isso* que ela estava fazendo? — respondo. — E eu aqui o tempo todo achando que ela só queria que eu seguisse as regras e não perdesse oportunidades. Entendi *tudo* errado.

— Hum. A mãe do Zach até tentou dar uns foras nela algumas vezes, mas precisa de reforços.

Zach parece orgulhoso.

— Bom saber.

— Mas é melhor torcer para que ela não perca a linha — anuncia Angel. — Deixaria um megaclimão no casamento.

Zach chuta o chão e Angel pula para longe.

— Sorte sua estar com esse gesso no braço — murmura ele.

Angel abre os braços o máximo que consegue.

— Ah, é? Esquece o gesso. Cai dentro, cara. Manda ver.

Eles se encaram por alguns segundos. De repente, Zach salta para a frente e Angel sai em disparada até o elevador, gritando por socorro a plenos pulmões. A família na piscina nos olha, assustada.

— Beleza, falando sério agora, vocês estão bem? — pergunta Jon para mim enquanto seguimos os outros dois.

— Sim. Acho que vamos ficar bem. — Respiro fundo. — E você?

Ele dá de ombros.

— Não sei se estou feliz por termos ido embora de lá ou… Sei lá. Nunca pensei que meus pais pudessem se separar. E, oficialmente, ainda não se separaram, mas não consigo ver onde mais isso tudo pode dar.

— Quer conversar sobre isso? Podemos ficar por aqui, só nós dois.

Jon pensa e, então, seus olhos brilham.

— Na verdade, não. O que quero é voltar lá para dentro e decidir como vamos fazer meu pai se arrepender de tudo que fez com a gente este ano.

Cruzo os braços e arqueio as sobrancelhas.

— Vamos nessa.

TRINTA
ZACH

— Zach! — diz Ruben, me sacudindo para me acordar e interrompendo meu sono. — Olha isso.

Abro os olhos lentamente. Estamos na minha cama e a última coisa que lembro é de abraçá-lo antes de pegar no sono.

Ele está passando os últimos dias na minha casa, desde aquela reunião entre as famílias, em que minha mãe sugeriu que ele voltasse para casa com a gente. E sinceramente? Não poderia ser melhor. Não sei como eu estaria lidando com as coisas se não tivesse ele aqui comigo. Ruben tem um jeitinho especial de deixar tudo muito melhor.

Nossas famílias continuam em contato constante, trabalhando num jeito de fazer a Chorus pagar pelo que fizeram. Minha mãe vive no telefone com as outras mães agora. Elas se chamam de Esquadrão Mamães, e estão mandando ver. Se eu fosse Geoff, estaria morrendo de medo.

Ruben está sentado, recostado na cabeceira da cama com o rosto iluminado pela luz azulada da tela do celular.

Me reviro na cama para ficar ao lado dele, que me mostra o telefone.

É um e-mail da Billboard, com a última atualização do chart Hot 100. Eu sabia que chegaria esta manhã, mas tentei não pensar muito a respeito. Ruben está praticamente cantarolando, o que me faz pensar que o resultado não foi tão ruim quanto eu imaginava. Olho para a lista. "Overdrive" está em primeiro lugar, mas, de certa forma, isso me magoa. Posso até ter contribuído com os vocais, mas essa não parece uma música minha nem de longe. Melhor seria se tivessem listado Geoff como artista.

Além do mais, o sucesso da música pode ser atribuído à infinita cobertura da imprensa que recebemos nos últimos tempos. Nosso relacionamento já foi analisado por basicamente todas as principais revistas e portais. *The New York Times* escreveu um artigo a respeito. Nosso namoro *não* sai da boca do povo, dia após dia, sem nunca virar notícia velha. Acho que é isso que acontece quando membros de uma boyband revelam que estavam namorando em segredo. É algo que exige atenção.

Venho tentando, a todo custo, evitar os discursos na internet que, embora sejam sobre mim, estão sendo utilizados como plataforma para vários outros debates, como as críticas ao formato geral de boybands e análises muito necessárias de como funciona a indústria da música.

Tem muita conversa boa acontecendo. A luta é boa. Mas, no momento, a esta hora da manhã, só quero ficar com meu namorado. Acho que não é pedir muito.

Então, devolvo o celular para ele.

— Ótimo. Agora quem sabe o Geoff pode comprar mais um iate.

— Continua lendo — diz ele.

Deslizo a tela.

"End of Everything" está em quarto lugar.

Encaro o aparelho, como se aquilo pudesse desaparecer se eu piscar. "End of Everything" ainda não é single, foi lançada como faixa bônus, junto com "Overdrive", já que a Chorus e a nossa gravadora queriam ver a reação do público antes de nomeá-la como segundo single. Não era uma música para os charts. Nem tem videoclipe e não recebeu divulgação nenhuma da gravadora. Mas, ainda assim, é a quarta música mais popular do país.

Tudo graças aos fãs.

— Continua — diz Ruben.

"Guilty" está em nono lugar, o que deve ser um recorde já que essa música saiu há dois anos e agora voltou ao top dez. Geralmente, apenas músicas natalinas voltam às paradas anos depois do lançamento.

— O que está rolando? — pergunto.

Ter nosso single principal no topo da lista poderia até ser atribuído ao escândalo. Mas isso aqui? Outras duas músicas, uma quase não tocada nas rádios e outra lançada há dois anos? No top dez? Isso é algo completamente diferente. Decido pesquisar alguns termos no Google.

Zuben.

Música de Zuben.

Música do Zach para Ruben.

E aí entendo.

— As pessoas devem estar achando que eu escrevi "End of Everything" sobre você — digo, enquanto a ficha cai. — Estão comprando para demonstrar apoio.

— Ai, meu Deus. Tem razão.

— Mas nem fui eu que escrevi!

— Seu nome está nos créditos, e acho que isso basta. — Ele dá uma risada irônica. — Aliás, ainda não acabou.

Continuo deslizando a tela.

"Unsaid" está na posição vinte e um.

E na trinta e três, "His, Yours, Ours".

"Signature" ocupa a posição cinquenta e oito, a mais alta que já atingiu.

Temos *seis* músicas nos charts agora. Nossos fãs são dedicados e dão duro, mas nunca fizeram nada como isso antes. Não há dúvida nenhuma. Um número enorme de pessoas está demonstrando apoio a mim e a Ruben como casal.

A tela do celular de Ruben muda. Sua mãe está ligando.

A expressão dele perde um pouquinho do brilho. Já a conheço muito bem e, por algum motivo, isso não será bom o bastante para ela, porque nem quando Ruben faz algo completamente extraordinário, tipo colocar *seis* músicas no chart, é o bastante para ela. Ele vai atender.

— Não — digo.

Passamos boa parta da última semana conversando sobre como estabelecer limites saudáveis entre ele e a mãe. Sei que será um processo longo, mas precisamos começar de algum lugar. Espero poder ajudá-lo assim como ele tem me ajudado a ser mais assertivo.

Ele olha para mim com uma cara de *bem que eu gostaria*, desliza o dedo para atender e coloca a chamada no viva voz.

— Ruben — diz ela. — Já deu uma olhadinha na Hot 100?

— Oi, mãe, Zach está aqui.

— Ah, oi, Zach! Já viram o chart, então?

— Eu vi.

Faço um "desliga agora" com a boca para Ruben.

— O desempenho de "End of Everything" surpreendeu, o que é bom. Só queria que a música fosse melhor, Ruben. A gente deveria ter aperfeiçoado mais o tom que você usa antes da ponte, e...

Ruben passa o dedo pela tela e encerra a chamada.

— Ai, meu Deus — diz ele, jogando o celular para longe como se o aparelho estivesse pegando fogo. — Puta merda.

— Ei — digo, rindo. — Tá tudo bem.

— Não está, não! Ela vai me matar.

— Ela estava estragando o momento. Você *arrasou*, Ruben. Ponto-final.

— Sabe que vou ter que retornar a ligação, né?

— Sei. — Me aproximo dele e dou um beijo em seu pescoço. — Mas ela pode esperar, não pode?

Ele fecha os olhos e solta um gemido baixinho.

— Ela vai ficar tão brava comigo.

Sorrio.

— Provavelmente.

Ele começa a corar, e isso está me deixando descontrolado. Começo a beijar o peito dele e vou descendo um pouco a cada beijo. Ele levanta a mão, passa pelo cabelo e fecha os olhos. Ruben está excitado, e quero rasgar a cueca dele.

— E ela... Ai, porra, quem liga? Não para.

— Aí sim!

Volto a subir com meus beijos, até meus lábios encontrarem os dele.

Um pouco mais tarde, estamos no chuveiro. Ele está virado de costas para mim, e estou usando uma bucha nova para esfregar seus ombros.

— O que você acha que isso significa? — pergunto.

Ele olha para mim.

— Como assim?

— Bom, se conseguimos entrar no chart sem apoio das rádios, nossos números devem estar muito bons.

— Devem. Foi tudo streaming e vendas puras. Nossos fãs são os melhores.

— *Além do mais*, "Overdrive" continua em primeiro lugar. Então, dá para garantir que toda aquela preocupação do Geoff sobre nossa sexualidade prejudicar os números não passa de papo furado, e agora podemos provar. Isso nos coloca numa posição bem forte.

Ele vira para mim.

— Do que você está falando?

— Só acho que, talvez, isso seja bom, se quisermos continuar fazendo mais músicas com a Saturday.

Pelas reuniões que nossos pais organizaram, sabemos que não temos como nos livrar da Chorus até o contrato acabar, e nenhuma empresa de assessoria vai nos aceitar enquanto continuarmos dando dinheiro para a Chorus. Mas, olhando nossos números no momento, talvez isso dê à Chorus um pouco de incentivo para continuarem investindo na gente. Afinal, quanto mais dinheiro fazemos, mais dinheiro eles ganham. Apesar de, agora, nos odiarem.

Ruben coloca o braço ao me redor e sorri.

— Já imaginou se a gente puder continuar na Saturday — digo. — Mas sem a Chorus nos controlando tanto?

— Você poderia finalmente escrever uma música.

— Seria tudo. — Levanto a bucha. — Uma música sobre buchas de banho seria um sucesso, né?

Ele dá um tapa no meu peito.

— Se sua primeira música for sobre buchas e não sobre mim, eu juro por Deus...

Sorrio.

— Algo me diz que será sobre você.

Depois do banho, nos vestimos e descemos para a sala de estar.

Minha mãe está no sofá, lendo no tablet.

— Imagino que vocês já tenham lido as notícias, né? — comenta ela. — Só se fala disso no Twitter. E mandou bem desligando na cara da Veronica.

— Ela te contou? — pergunto.

— Ela exigiu que eu arrombasse a porta e te obrigasse a retornar a ligação. — Ela sorriu. — Visualizei e não respondi.

Minha mãe já preparou três canecas de café. Ela aprendeu como Ruben gosta — só um pouquinho de creme e uma gota de adoçante para cobrir o sabor amargo. Pego o meu, preto e puro. Ruben disse uma vez "igual a sua alma", o que me fez rir.

— O que o resto do esquadrão achou? — pergunto.

— Estão todas muito animadas. Vocês têm poder de verdade agora, meninos.

— Mas e você?

— Eu só queria que aqueles desgraçados da Chorus não ganhassem nada com isso. Aliás, agora existem camisetas do movimento Salve A Saturday, e todo o lucro vai para ONGs de acolhimento LGBTQIA+. Comprei três.

Ruben contorce o rosto.

— Que ótimo. Ei, vou lá no quarto pegar o celular. — Ele passa a mão pelo meu braço. — Juro que não vou ligar de volta para ela, tá?

— Tá bom.

Dou um selinho nele, que sai pelo corredor. Me sento de frente para a minha mãe.

— E aí? As coisas estão indo bem? — pergunta ela, com um meio-sorriso que, para meu pavor, me faz acreditar que ela sabe o que fizemos duas vezes na noite passada. E mais uma hoje de manhã.

— Sim, ele é o melhor do mundo.

— Ah, nada como ser um jovem apaixonado — diz ela.

Sinto fogos de artifício no meu cérebro.

Jovem apaixonado.

Há uma música aí. Sei disso. Só preciso pegar meu caderno e anotar. Tudo começa a se encaixar e uma melodia surge do nada. Acho que era isso que eu estava esperando todo esse tempo. Será algo realmente feito por mim, a combinação perfeita entre o que quero escrever e o que nosso público quer ouvir. Pego o celular e começo a escrever.

Ruben aparece no corredor. Olhando para ele, está na cara como essa música surgiu tão fácil para mim.

— Você não vai acreditar — diz ele.

— No quê?

— Geoff solicitou uma chamada com a gente — diz ele, com uma empolgação inegável na voz. — Ele quer, abre aspas, resolver as coisas, fecha aspas.

— Sério?

— Aham. E tem mais. A Agência Monarch quer falar com a gente. Parece que já sabem da nossa situação, mas ficaram tão comovidos com a nossa história que pediram uma reunião.

Beleza. Depois de passar tanto tempo com Ruben, acho que estou aprendendo com ele; não caio nessa conversa fiada nem por um segundo. Pelo jeito como ele arqueia a sobrancelha, sei que pensa o mesmo. Ninguém trabalha por caridade — eles aceitam perder agora para ganhar mais dinheiro no futuro. E, pelo visto, com nosso nome nas paradas como nunca antes, parecemos uma negociação atrativa o bastante que pode se pagar a longo prazo.

Até mesmo com todo o sucesso da banda… nunca em um milhão de anos imaginei que outra agência nos aceitaria sem receber nada. Por dois álbuns.

Mas, aqui está uma, querendo marcar uma reunião.

Se der certo… podemos nos livrar da Chorus. Para sempre.

E, desta vez, não somos mais adolescentes ingênuos de dezesseis anos assinando um contrato de longo termo sem ter nenhuma noção das cláusulas.

Teríamos nossos próprios advogados. E saberemos exatamente o que estaremos assinando.

— Puta merda — digo. — Quando eles querem falar com a gente?

— Geoff quer conversar hoje à tarde. A Monarch está livre quando quisermos.

— Que rápido! — diz minha mãe, recostando no sofá. — Eu mandaria o Geoff tomar naquele lugar e marcaria só a reunião com a Monarch. A decisão do que fazer em seguida é de vocês, não dele.

Dou uma risada.

— O que você acha?

Ruben coça o queixo.

— Acho que é melhor ouvir o que todo mundo tem a dizer. No pior dos casos, se não gostarmos do que for sugerido, é só irmos embora.

— Concordo.

— Isso pede uma comemoração — diz minha mãe. — Que tal waffles?

Eu e Ruben sorrimos um para o outro.

— Sinto muito — diz Geoff.

Eu e Ruben estamos sentados lado a lado, numa chamada de vídeo com Geoff e o resto da Saturday. Angel está vestindo uma regata preta com as palavras SALVE A SATURDAY escritas em rosa neon, e Jon veste uma camisa de botão azul-marinho. É a primeira vez que o vejo com a barba por fazer e ela acentua o maxilar dele, deixando mais evidente sua beleza.

— Agi na pressão — continua Geoff. — As emoções estavam à flor da pele e eu disse coisas que não deveria. De verdade, rapazes, sinto muito.

Quero rir na cara dele.

Até acredito que ele esteja arrependido, mas não por ter passado dos limites, e sim por ter subestimado o poder dos nossos fãs.

Ele também nos subestimou.

— Tá, agora que já terminaram as desculpas de mentirinha — diz Angel. — O que você quer?

Geoff faz uma careta.

— Certo, vamos direto ao ponto. Nós, da Chorus, gostaríamos de voltar a trabalhar com a Saturday. A Galactic tem planos de lançar "End of Everything" como single oficial e podemos começar o planejamento de marketing, com um videoclipe de alto orçamento. Acreditamos que, com a divulgação certa, focando a narrativa no relacionamento do Ruben e do Zach, podemos conseguir o primeiro lugar. Isso transformaria a Saturday na boyband norte-americana com mais singles número um da história. Mas a questão de tempo é crítica, e precisamos agir rápido. Se chegarmos a um acordo, gostaríamos de começar as filmagens no final da próxima semana.

Ninguém diz nada.

Mentalmente, começo a ligar os pontos. Até parece algo importante, e poderia ser importante para outros adolescentes queer, como aquele garoto que vi na multidão no dia que nos assumimos. Mas já trabalhei com Geoff por tempo o bastante para saber que ele não faz nada por bondade. Ele quer restaurar sua imagem pública, só isso. A Chorus está sendo massacrada na internet e, se nos aceitarem de volta, a poeira baixa, deixando-os com menos cara de vilões.

Ele não está sendo legal. Só quer se salvar.

— E aí, rapazes? O que me dizem?

Angel pigarreia.

— Vamos pensar e respondemos depois.

— *Como é que é?*

Acho que ele nunca ouviu uma resposta dessa antes.

— Vamos considerar sua oferta — diz Ruben, com a voz mais clara. — Porém, vocês *de fato* decidiram cortar relações com a gente.

— Eu...

— Então — continuo, interrompendo-o —, vamos explorar nossas opções. Quando estivermos prontos, nossos advogados entrarão em contato.

— Jon...

— Foi mal, pai, são apenas negócios. Tchau.

A tela de Jon apaga. Ruben entende isso como um sinal e finaliza nossa chamada também.

Tudo aconteceu como planejado.

Ruben está corado, com um sorriso de orelha a orelha.

— Isso foi bom demais — diz ele.

E, daqui para a frente, só vai melhorar.

Nossa motorista é fã da Saturday.

Ela passou a viagem inteira falando, fazendo perguntas sobre o que vai acontecer com a banda e quem vai nos assessorar agora. Como estamos no meio de negociações contratuais, não podemos responder muitas perguntas, mas a curiosidade dela é a coisa mais fofa do mundo.

Ela está nos levando ao escritório sede da Agência Monarch, então creio que saiba o que estamos indo fazer.

Espero que muito em breve nossos fãs possam saber de tudo. Daqui para a frente, é só isso que quero. Sem segredos, sem precisarmos fingir ser quem não somos.

Seremos a Saturday mas, desta vez, seremos de verdade. Ao ver como "End of Everything" e nossas músicas antigas estão indo bem, nossos advogados estão confiantes de que a Monarch vai querer trabalhar com a gente, e poderemos fazer algumas emendas no contrato para garantir que o que aconteceu esse ano nunca se repita.

Estou dividindo o carro com o resto da banda. Achamos que seria uma boa chegarmos ao mesmo tempo, para mostrar quem somos agora: um time unido.

— Então, caras — diz Angel. — Eu estava pesquisando umas coisinhas esses dias.

— Agora fiquei assustado — diz Jon.

Angel cruza os braços.

— Não falo mais nada também.

— Beleza, desculpa, o que foi?

— Bom, sabem como é, eu estava só dando uma olhadinha, mas achei uma cobertura com quatro quartos muito maneira e disponível em Marina Del Rey. Tem vista para a cidade e para as montanhas, e uma sala de cinema separada. Além do mais, eles aceitam animais! E vocês sabem como eu sempre quis um buldogue francês, né?

De alguma forma, não me surpreendo por conhecer o Angel há tanto tempo e ainda assim sempre descobrir coisas novas sobre ele.

— O que me dizem? — pergunta ele. — Posso agendar uma visita?

Ruben olha para mim.

— Olhar não custa nada, né?

— É — concorda Jon. — Que mal pode fazer?

— Marca a visita! — digo.

— Já marquei — diz Angel, sorrindo. — É terça que vem.

O carro vira uma esquina e avisto o prédio da Monarch. Na frente, há um grupo de mais ou menos cem pessoas. Levando em conta como as notícias sobre nossa batalha contra a Chorus estão se espalhando, não me surpreende ver fãs aqui. A surpresa é ver quantos deles seguram bandeiras ou usam blusas de arco-íris. Eles veem o carro e começam a vibrar.

Não estão gritando. Estão torcendo.

Isso me dá mais emoção do que um estádio lotado.

O carro estaciona, Angel sai e acena como se fosse da realeza.

Jon sai em seguida, ajusta a camisa antes de abrir um sorriso conquistador e caminha até os fãs com a postura impecável. Se eu pudesse escolher qualquer pessoa no mundo para nos liderar em direção ao futuro, escolheria ele.

Ruben sai, vira e estende a mão para mim. Eu aceito e, de mãos dadas com ele, dou um passo em direção ao sol.

O som fica ainda mais alto.

Aperto a mão de Ruben e ele aperta de volta. Enquanto caminhamos até os fãs, sou tomado por uma certeza: vai dar tudo certo.

O futuro não será mais ou menos e nem bom.

Será incrível.

AGRADECIMENTOS

Quando Cale chamou Sophie para escreverem um livro juntos, lá em 2019, não tinha como prever o que iria acontecer. Nenhum de nós dois havia coescrito um livro antes, e os nossos individuais são muito diferentes. O que tínhamos a nosso favor eram três coisas importantes: uma amizade que se iniciou no Twitter em 2014, quando havíamos começado a correr atrás do nosso sonho de ser publicados, o amor por escrever histórias queer e uma paixão pelo conceito deste livro. Foi Cale quem propôs inicialmente a premissa de dois membros de uma boyband se apaixonando um pelo outro, mas foi quando nos juntamos que esses personagens ganharam forma.

Não demorou muito para que o personagem de Sophie, Ruben, e o personagem do Cale, Zach, junto com Angel e Jon, se tornassem reais para nós. Se a leitura pode ser descrita como uma alucinação vívida compartilhada com o escritor, coescrever é algo completamente diferente. O jeito como concordamos imediatamente com os principais traços de personalidade de cada protagonista e como seriam seus arcos de desenvolvimento foi surpreendente, as ideias que tínhamos para as vivências individuais de cada personagem eram as mesmas antes mesmo de falarmos em voz alta, e a consistência dos personagens entre os capítulos que enviávamos um para o outro foi inacreditável desde o comecinho. De várias formas, foi como se esses personagens fossem reais, existissem em outro plano, e, ao coescrever este livro, tenhamos ganhado acesso conjunto e simultâneo à vida deles.

Se há algo que esperamos que nossos leitores tirem deste livro (além de uma leitura proveitosa, é claro!), é uma conscientização maior sobre a pressão que é colocada em artistas — principalmente artistas queer e/ou marginalizados de qualquer outra forma — dentro da indústria do entretenimento. Embora nossos personagens sejam inteiramente fictícios, as descrições de condições de trabalho exaustivas, invasão de privacidade por parte da imprensa e abuso de poder infelizmente foram inspiradas por relatos públicos dados por inúmeros artistas reais — especialmente aqueles que conquistaram a fama ainda jovens — que descreveram experiências próprias. Repressão da sexualidade, de forma descarada ou insidiosa, é uma ocorrência muito registrada, com diversas celebridades ao longo dos anos discutindo abertamente a pressão que sentiam para parecerem heterossexuais em função de preservarem suas carreiras. *Fica entre nós* explica como é possível começar a perder o senso de si mesmo quando somos forçados a interpretar um papel que nunca escolhemos, e as variadas maneiras como alguém pode ser aprisionado por pessoas que abusam do poder que têm.

Mas, além disso, é uma história de esperança, um livro que fala de lutar contra essas correntes. Esperamos ver, em vida, um mundo onde o sistema que arranca o poder e a independência de indivíduos que trabalham na indústria do entretenimento seja reestruturado, dando um fim a essas correntes de uma vez por todas.

À Moe Ferrara e à equipe da Bookends, e Molly Ker Hawn e à equipe da Bent Agency: somos gratos por nos apoiarem, por acreditarem em nós e neste livro, e por trabalharem sem cessar para deixar a história a melhor possível! Não teríamos conseguido sem vocês.

Obrigado à Sylvan Creekmore, editora extraordinária, sempre marcando videochamadas nos horários mais peculiares para nos alertar sobre um buraco particularmente complicado na narrativa, e por nos permitir levarmos essa história para onde esperávamos.

Somos muito gratos à equipe da Wednesday Books, por acreditarem neste livro e por transformá-lo numa experiência tão única. Um obrigado especial para Rivka Holler, DJ DeSmyter, Alexis Neuville, Dana Aprigliano, Jessica Preeg, Sarah Schoof, Sara Goodman, Eileen Rothschild e NaNá V. Stoelzle!

Obrigado à Olga Grlic pelo design tão lindo da capa original, e por apoiar Sophie com tanta paciência enquanto ela se aventurava pela primeira vez em uma ilustração de capa.

À equipe do Reino Unido e ao time de direitos internacionais da Hachette, especialmente a nosso editor, Tig Wallace: obrigado por terem nos apoiado tanto desde o início e por terem levado este livro à sua terra natal.

Aos nossos leitores beta, e aqueles que ofereceram críticas antecipadas, Julia Lynn Rubin, Phil Stamper, Adam Sass, Shaun David Hutchinson, Lev Rosen, Mackenzi Lee, Caleb Roehrig, Robbie Couch e Jacob Demlow: muito obrigado pelas palavras gentis, e por nos ajudarem com termos norte-americanos e diferenças culturais (é mais difícil do que parece!).

À Becky Albertalli, que muito generosamente ofereceu seu tempo e sua visibilidade para falar deste livro antes de todo mundo: a gente te adora!

Sophie gostaria de agradecer especialmente a Julia, Becky, Claire, Jenn, Diana, Alexa, Jacob, Ash, Samantha, Ashley e Emma, por serem as melhores amigas leitoras/escritoras que qualquer um poderia pedir! E, também, quero mandar todo o meu amor para Steph, Ryan, Jono, Paige, Laura e Brendan, por aprenderem os esquemas de uma indústria desconhecida só para participarem efetivamente dos meus desafios e conquistas; e a Sarah, mamãe e papai, por sempre se empolgarem e estarem de ouvidos a postos. Para Kathryn e Mark, obrigado por me deixarem ficar com vocês — boa parte deste livro foi criada na casa de vocês, e sou muito grata por isso! Para Cameron, você está comigo desde o primeiro romance que publiquei, até agora, o quarto! A paciência, animação e carinho que você me deu durante toda essa jornada são mais importantes para mim do que eu jamais seria capaz de explicar. Muito obrigada por viver ao meu lado.

Cale gostaria de mandar agradecer especialmente a Caleb Roehrig, Adam Sass, Adib Khorram, Julian Winters, Tom Ryan, Lev Rosen e Alex London por todos os babados do chat em grupo; Tricia Levenseller por ser a melhor escritora-gêmea e parceira de críticas; Callum McDonald por toda a ajuda e experiência de edição! Para os amigos Shaun David Hutchinson, Christy Jane, Rogier, Allaricia, Kimberly Ito, David Slayton, Jaymen, Raf, Mitch, Sarah, Dylan, Asha, Lauren, Maddy, Dan, Ryan, Ross, Brandyn e Kyle, obrigado por serem incríveis! SHAYE! Você é a melhor pessoa de todas e fico muito feliz por ser seu irmão mais velho. Você é tão boa quanto *Scooby Doo 2: Monstros à solta*, e sabe muito bem que isso é um elogio e tanto! E, por fim, muito obrigado à minha mãe, pai, Kia e Jayden, por serem as maiores estrelas do rock de várias formas diferentes — amo muito todos vocês!

1ª EDIÇÃO [2022] 3 reimpressões

ESTA OBRA FOI COMPOSTA POR VANESSA LIMA EM BEMBO E IMPRESSA
PELA GRÁFICA BARTIRA EM OFSETE SOBRE PAPEL PÓLEN NATURAL
DA SUZANO S.A. PARA A EDITORA SCHWARCZ EM JULHO DE 2023

A marca FSC® é a garantia de que a madeira utilizada na fabricação do papel deste livro provém de florestas que foram gerenciadas de maneira ambientalmente correta, socialmente justa e economicamente viável, além de outras fontes de origem controlada.